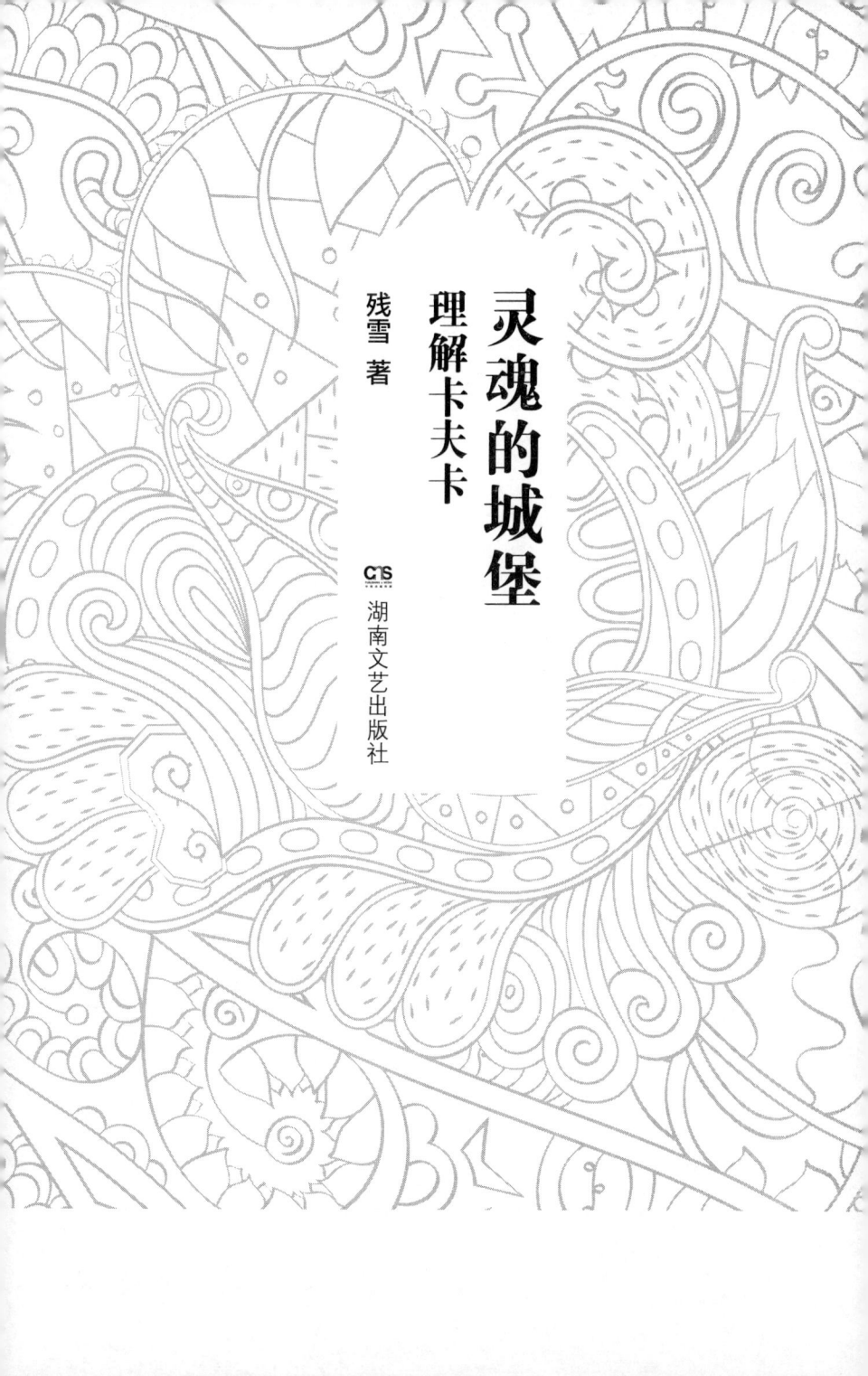

灵魂的城堡
理解卡夫卡

残雪 著

湖南文艺出版社

目 录

艺术的故乡

走向艺术的故乡——《美国》文本分析之一……………003

灵魂开窍时的风景——《美国》文本分析之二……………034

布鲁娜妲之歌——读《美国》……………………………075

艰难的启蒙

艰难的启蒙——读《审判》………………………………083

两种意志的较量——《审判》文本分析之二……………124

灵魂的城堡

理想之光………………………………………………………187

梦里难忘………………………………………………………199

记忆的重负……………………………………………………212

城堡的形象 ……………………………………………………………221

黑暗的爱 ……………………………………………………………231

城堡的意志 …………………………………………………………242

官员与百姓 …………………………………………………………253

命运与反叛 …………………………………………………………263

沉沦与超脱 …………………………………………………………272

城堡的起源 …………………………………………………………282

城堡的思维模式 ……………………………………………………292

生命力爆发时的风景 ………………………………………………305

老狐狸克拉姆的痛苦 ………………………………………………317

无穷的拷问 …………………………………………………………331

来自空洞的恐怖

理想之营造——解读《地洞》 ……………………………………343

双重折磨夹击下的创造活动——再读《地洞》 …………………354

阴郁的生存处境之歌——解读《乡村医生》 ……………………358

永恒的漂泊——读《猎人格拉库斯》 ……………………………361

蜕变的历程——读《致某科学院的报告》及后面未完成的片断 ………364

先知的眼睛——读《夫妇》及《小妇人》……………………371

良心的判决——读《判决》……………………………………377

拒绝生活的生活以及由拒绝所证实的生活——读《拒绝》…381

无法实现的证实：创造中的永恒痛苦之源——读《一条狗的研究》…386

辉煌的再现——读《歌手约瑟芬或耗子的民族》……………403

障碍——解读《乡村教师》……………………………………410

折磨：艺术家之一分为二——解读《和祈祷者谈话》………416

分段修建：艺术家的活法——解读《中国长城建造时》……420

跋

残雪与卡夫卡……………………………………………………427

艺术的故乡

走向艺术的故乡

——《美国》文本分析之一

求索之路

因为犯了大逆不道之罪，为父母所遗弃，孤身一人来到幅员辽阔，象征科学、民主和自由的美国的少年卡尔，在这块陌生的土地上，开始了他漫长的精神求索之路。在这个过程中，一种强大的势力不容反抗地使他逐渐失掉了他从古老的家乡带来的一切：他的行李箱、雨伞、身上的衣服，以及种种纯朴的美德，沦落为一个身份不明、身无分文、声名狼藉、寄人篱下的乞丐，一个被警察追捕的嫌疑罪犯。他仍然怀有良好的愿望，但是愿望，尤其是那种根本不能实现的愿望又算得了什么呢？谁也不理解，他也无法表现出来，所以等于零。他越反抗，越要坚持自己的人格，就陷得越深，越卑下，越没有任何人相信他的操守。我们跟随他踏上这无尽头的苦旅，与他一道遭受了那些野蛮的掠夺之后，不由得隐约感到：他身上原有的某种东西仍然保存着。丢掉的是看得见、说得出的东西：职位、名誉、身份和品格——一切对他进行外部规定的东西。命运总是将他赖以生存的这些依据抽空，逼得他流离失所。而没有丢掉的是反叛的欲望，求索的决心。可是他前途茫茫，永远不能给人一种哪怕小小的希望和踏实感，永远在钢丝绳上悠悠晃晃，一不小心就要掉下来，像一条癞皮狗一样被人痛打。

　　首先被父母抛弃，继而被叔叔抛弃，接下去又被女保护人抛弃，这对于卡尔意味着什么呢？抛弃，实际上意味着精神上的断奶。一个人孤零零地独立于这充满险恶的、拒绝他的世界或"原则"面前，如果他是一个不甘堕落的、有激情的人，那么唯一可做的事就是拼命挣扎以求生。他的惨痛的经验又告诉他，即使是竭尽全力挣扎，世界或"原则"也不会网开一面，让他进入；排斥是永恒的，无休止的；怀着小小的理想的个人却一定要进入，因此人的努力也成了无止境的。一个人来到世上，如果他在精神上没有经历"孤儿"的阶段，他就永远不能长大，成熟，发展起自己的世界，而只能是一个寄生虫。精神的这场独立运动是充满了惊险与痛苦的，甚至是非常恐怖的。一切已有的，都将遭浩劫，留给他的只是遍体的伤痕与不堪回首的记忆。有勇气经历这一切的，将存活下去，但也不要期望任何形式的得救。

　　在卡尔的流浪生涯中，维持一种相对的稳定需要的是这些因素：精神上的交流的中止，行为的全盘规范，感官的彻底萎缩，与自身过去的历史彻底告别。作为一个活人,卡尔当然做不到这几点,因而稳定总是被打破,最终落得个流落街头;然后又从新的地方开始,一旦开始又是旧戏重演。初到美国那天在船上那种撕心裂肺的号啕大哭也许是不会再重复了,生活却没有使这颗热烈的心变得冷淡与麻木。于是动荡不安成了他的命运,一生就处在这种摆不脱的恶性循环之中。又由于他是一个爱思索的孩子,从来也不安于逆来顺受,这种性格便使得动荡更频繁、更激烈,使他几次差点遭到灭顶之灾。那些短暂的稳定也是时时暗藏着危机,危机眼看要爆发。他这样一种处境的原因当然在他自身——一种倔强的、抗争的热情永不熄灭地燃烧在他的心底。

求索使卡尔懂得了世界之冷漠,原则之不可违反,他所遇到的每一个人(自我之对象化)都将这一点直接或间接地告诉了他。别人的教导没有使卡尔平静下来,他的冲动似乎是一种不可改变的天赋。青春的热血与千古不变的原则之间的较量,是怎样一种可怕的景观啊。

以一种古典故事的外观呈现出来的卡尔的求索经过,唤起了我们长久的思索。这篇故事虽然不及后来的两个长篇那么精炼,但可以肯定,作者想要说的绝不是寻常的话题;因为他对表面的、外部的世界毫无兴趣,他关心的只是自己的灵魂,他的叙述必然另有所图。我们可以说,这篇故事是灿烂而富有才华的青年时代,有一点犹豫,但充满了勃勃生机,以及那种不可重复的独特性。

初试锋芒

自由女神的手臂伸向云端,卡尔第一眼看见她,心中便涌起无限的赞叹之情。这个时候,初到美国的他还没有意识到女神的高不可攀,只是不由自主地在心里说了一句:多么高啊!后来发生的一切印证了他的直观是非常准确的。可怕的女神啊,你可让卡尔吃尽了苦头!我们将会看到,卡尔正是一步步走向自由,走向这种陌生的体验的。他的体验告诉他:自由就是孤立无援的恐怖,自由就是从悬崖坠下落地前的快感。对自由来说,人身上的所有东西全是累赘,全都是要丢失的。

卡尔首先丢失的是他的行李箱和雨伞(后来虽然失而复得,但又一件件再次丢失)。这两样东西是从家乡带来的温暖的记忆,有点伤感,有点怀旧,他曾苦苦地守护,没想到无意中随便就丢失了,正好应了父亲那句玩笑话:"看你能把它保存多久?"他的父亲当然是能够看透儿子的本质的那种人。他看出了这孩子任意妄为的天性,因而才决定打发他去美国流浪。他是一位不曾出场的先知。

接下去卡尔失落的是他的同情心与正义感——家乡留给他的遗产。他在船上遇见他的同类司炉。司炉过着牛马不如的生活,他向卡尔诉苦。听了他的诉苦,卡尔误认为自己有伸张正义的义务(他完全误解了司炉的意思),便与司炉一块儿去见船长。在船长办公室里,卡尔加入了司炉的控诉,以求改变司炉的处境。当他满怀激情地,甚至有点自鸣得意地为司炉做完了辩护之后,才发现他和司炉已经一败涂地。他们的失败与他们的辩护毫无关系，却与某种微妙的氛围、某种无法改变的制度和原则直接相关，这种东西说不出来，但时时体会得到。那个巨大的船长办公室就是这种氛围之体现。人站在那些大玻璃窗前，就如站在大海之中。大海以它那毁灭性的力量不断感染着无依无靠的、渺小的人类，让人类懂得自身努力的徒劳。司炉是过来人，知道自己的行为的含义，他从来也没有对自己的这次行动抱卡尔那种希望。向船长申诉只是出自他本性的一次冲动，一次直接与最高原则晤面的生命的爆发。他对于结果并不介意，因为结果是早就预定了的。蒙在鼓里的只有卡尔，家乡的影响给他留下了想入非非的毛病。他老觉得他和司炉的辩护应该要有个结果，难道人们连天经地义的事都不懂得吗？司炉受到了错待，人们应当纠正他们的错误！

　　事情的发展完全在卡尔的意料之外，却在司炉的意料之中。司炉说过，码头变了，船上的风尚也就会变的。卡尔已经到了美国——一个陌生的理想之地，先前的道德和判断就不再起作用了。不管他如何伸张，结局仍然是失落。没有人需要他的正义感与同情心。如果他不是个自恋狂，就只有暂时放弃。于是他就放弃了，并由这放弃导致了一场号啕大哭。这场大哭是他即将踏上美国领土时向过去百感交集的告别。与司炉的相遇是他求索之路上的第一站，这一站发生的主要事件就是一系列的丢失。司炉、船长和舅舅共同帮助他开始了对自身的改造。这种改造是以美国为象征的严谨的科学精神对于散漫软弱、不负责任的浪漫情调的制裁，严厉、苛刻，完全没有人情味。不甘堕落的卡尔不知不觉地接受了美国对他的改造。漫长的苦难生活从此降临到他的身上。

从司炉的辩护过程可以看出，在原则（或上帝）面前，人要开口说话是多么不可能。所有竭尽全力的叙述都不过是一种欲望的躁动，一种激情的抒发，完全无助于证实。尽管如此，司炉还是将肚子里的苦水都吐出来了。他为什么要这样做呢？他当然不是像卡尔一样，是出于正义感来申诉的。在这条船上起作用的不是那种空洞幼稚的正义，而是原则。司炉的申诉动机是出于人要表现自己的存在的天性——将遭受过的事情说出来。当然毫无疑问，卡尔的怂恿也起了很大的作用。他申诉过了，船长也倾听了他的申诉，这件事就完成了，最后的判决完全与他的努力无关。他倾心于这件事的过程，也倾心于过程中卡尔表现出来的对他的友爱，以及船长对他的短暂的关注。船上所有的人当中只有卡尔一个在斤斤计较事情的结果——他是个局外人。

精神之父

居住在纽约上空的铁屋内的舅舅，于不言不语中，甚至在令卡尔反感的情形之下，教给了他独立与自由的奥秘。

从古老浪漫的欧洲来到纽约，卡尔发现自己被隔离在一座铁屋似的房子里面了，就连视野都受到限制，从阳台上所能看到的只是一条街道，并且就连这点可怜的视野，都在舅舅不赞成的表情下被剥夺了。谁能懂得舅舅那深奥的内心呢？也许他认为，人所能看到的只是生活表面的诱惑，而表面现象无不是一种蒙骗，要想懂得生活的本质，就必须亲身去经受。铁屋内的那两个半月的囚禁可以看作舅舅对卡尔实行精神断奶前的准备。

舅舅是怎样的人呢？他并不反对音乐，也许只是鄙视那种浅薄的陶醉；他也能够真正欣赏诗歌的精髓，只是从不与卡尔谈论；他的事业是不可理喻的、庞大的体系；他教导卡尔对任何事物都不要轻易下结论，只要耐心地等待；他赢得了卡尔的崇拜。

长久的精神上的饥渴终于使卡尔有点不耐烦了——也许这正是舅舅意料之中的——他鼓起勇气向舅舅提出到舅舅的一个老朋友家去做客，那位老朋友家里还有个年轻的女儿。他焦急地想与世界建立联系，因此掉进了舅舅周密策划的"阴谋"之中。在动身之前，在他完全不知情的情况下，舅舅让他做了一次充分自由的选择——去还是不去？舅舅本人讳莫如深，似乎持矛盾态度。卡尔出于本能冲动选择了去，并为这一主动的选择付出了昂贵的代价。卡尔的选择看似偶然，甚至类似于受骗，实际上还是一种自由选择。舅舅知道，他不能长久住在铁屋子里，现在也许是他选择生活的时候了；他也预料到了卡尔的选择是可怕的。选择的事物按舅舅的安排发展着，卡尔被必然性牵着鼻子走，最后完全落魄了。舅舅的计划就是让卡尔在独立的第一步便抛弃身上原有的一切，抽去他的所有依靠，让他成为一个赤条条的人。他后来在那封奇怪的信中鼓励卡尔坚持自己的选择，做一个男子汉大丈夫，并要求卡尔与他彻底断绝关系。这个充满了理性精神的美国舅舅还在信中批判卡尔家庭的人情味，他认为卡尔特别需要战胜自己的欧洲情结，只有如此才会获得真正的独立。

外表冷酷无情的舅舅竟是帮助卡尔走向完全独立的精神之父！这一点也不奇怪，真正的精神独立从来就是一件残酷的事，一件需要亲身经历的事；没有经历过这种残酷的人，是从来没有达到过独立的人。舅舅的行为也并非斩钉截铁，而是犹豫不决的。比如他似乎不太高兴卡尔弄音乐，却又派人为他送来漂亮的钢琴；他不愿卡尔整天弹琴，却又送给他一些简单乐谱；他似乎不愿卡尔去他朋友家，却又主动与他商讨此事，燃起卡尔的欲望，促使卡尔主动做出去的决定；他希望卡尔摆脱家庭影响（那种不负责任的温情），却又叮嘱他照看好失而复得的行李箱——家庭的象征。从这些事情上看，他似乎不乏温情。然而就在卡尔糊里糊涂地做出了那个致命的选择时，正是这同一个舅舅，派出自己的朋友格雷恩去与卡尔周旋，自己在幕后操纵着整个事件，最后还心狠手辣地断了卡尔的所有退路，将他抛到了陌生的世界。舅舅给他的唯一的东西就是他勉强可以赖以为生的、两个半月的英语训练。舅舅的行径使我们想起动物对幼仔的断奶，其残忍令人战栗，但却是唯一可行的方式。卡尔是一个特殊的孩子（这已经从他的胆大妄为的行为中体现出来），他今后将面对的困难正类似于大自然莫测的凶险，没有这残酷的第一课，他以后更难适应流浪的生涯。舅舅的内心充满了矛盾与冲突，但对于他来说，原则是不能违背的。

纽约近郊舅舅的朋友波伦德尔的别墅是一座到处透风却又显得封闭的孤独的堡垒。在那座巨大而黑暗的迷宫里，卡尔被粗野放荡的美国姑娘克拉拉所羞辱、所征服，获得了做客的第一个见面礼。一切全是经过了精心安排的，然而同时又是卡尔于无意中选择的。舅舅料事如神，好似上帝。阴谋的实现是由舅舅的朋友格雷恩与大家（包括卡尔）在闲聊中进行的。整个过程中格雷恩从容不迫，有时甚至好像在戏弄卡尔，实际上他又是非常严肃的。与此相反，卡尔蒙头蒙脑地到处瞎撞，心里怀着不切实际的幻想，处处碰壁，狼狈不堪。他原先期望的是来体验郊区友人家的温暖、好客的氛围，到了此地后却没头没脑地遭到身强力壮的美国姑娘的殴打，亲眼见到了美国家庭生活内部的腐败、阴森、堕落与虚伪。克拉拉粗野的一巴掌把他从梦里打回了现实，他委屈、沮丧、绝望，他决定回去。卡尔的转折舅舅早料到了，他知道不论他如何教导他不要被事物的表面所迷惑，作为孩子的卡尔也不会记在心上。因此他认为：卡尔必须有自己的体验。

格雷恩这个狡猾的纽约老光棍，这个被卡尔看作敌人的人，正好是代表了舅舅所安排的卡尔的命运来执行任务的，只是这命运隔得太近，卡尔无法认出他来。这只老狐狸的皮包里揣着舅舅的亲笔信，耐心耐烦地待在堡垒里等待，一直等到卡尔尝够了委屈和痛苦，主动提出要回去，才亮出了底牌。底牌上面写的是"不行"。不仅仅是不能回去，卡尔也不能留在这里。舅舅的信向他表明他已彻底抛弃了他，堵死了他的一切依赖的可能性。从此他一无所有，没有任何人可以依靠了。就连舅舅信中透露的格雷恩会帮助他的许诺，也是一个欺骗，这很快就由格雷恩验证了。被不驯的卡尔所激怒的他，什么帮助都没给他，一把将他推到了门外。彻底的断绝就这样实现了。去乡下做客是一个集体合谋的阴谋，目的是让卡尔尽快地懂事，成熟起来。

011

舅舅冰冷的原则是不可动摇的，卡尔除了适应之外别无他路可走。他仍旧怀着温情想到舅舅，这温情在现实里等于零。在这位铁腕人物的逼迫下，乳臭未干的他要用自己的脚板走出一条路来。于是在黑乎乎的郊外，在完全不能判断方向的情况之下，卡尔随意选择了一条路朝前迈步了。在卡尔的身后，我们也许可以看到舅舅那矛盾的眼神，那眼神里含着默默的祝福——他知道卡尔是个坚强的孩子，不然他在轮船上与他初次相遇时，就不会向众人大声揭他的丑了。他相信无论什么样的打击卡尔都是承受得了的，而他的职责就是将最初的打击施加于这位外甥。

正如格雷恩所说的那样，舅舅的心思是无法了解的。对于当事人卡尔来说，舅舅更是被一团迷雾裹住，根本看不清他的真面貌。在这郊区的堡垒里，孤零零的卡尔不止一次地后悔自己的冒失决定，想要走回头路。堡垒里的一切都使他感到恐怖，他要逃遁，他要回到他的精神庇护人身边，他相信舅舅一定会欢迎他，与他沟通的。而真情是卡尔绝不可能与谜一般的舅舅沟通。假设这种沟通实现了，卡尔就不会有他自己的流浪生活了；正是这种沟通永远不能实现，卡尔才必须自己去体验自己身上所发生的一切。谜永远是谜，只能事后认识，永远不能事先解开。如同上帝一般的舅舅从一开始就看出了，卡尔今后的生活方式只能是流浪。于是在短短的两个半月里，他一直在为卡尔的流浪做准备，郊区别墅里发生的事正是这种准备工作的高潮。舅舅的安排天衣无缝，凡是他希望的都实现了。卡尔体验到了孤立无援、恐惧、世界对他的挤压、操守的丧失。是堡垒里面那几个幽灵般的人亲自教给了他这一切。从这个意义上说，同舅舅沟通就等于是同自己的命运沟通，而命运包含了无限的可能性，谁也无法与它沟通，只能过后去理解它。

纽约郊区的堡垒是舅舅于不动声色中为卡尔安排的操练之地，不论是克拉拉的粗野，格雷恩的阴险下流，还是波伦德尔的从来不起作用的善良，都是对卡尔的一种很好的教育，除了英语之外必备的教育课程。有了这次经验的卡尔以后无论碰到什么，将不至于大惊小怪了。

流浪汉

外表肮脏下流，不通人情的流浪汉鲁滨松和德拉玛什，在精神上较之初涉人世的卡尔，是要高出一个等级的。他们的出现再一次教育了卡尔。他们是如何教育他的呢？用不断的欺骗和奴役让卡尔饱受心灵之苦，这就是他们的方法。

首先他们骗去卡尔的上衣，接着又心安理得地花他的钱，吃掉他的香肠，还将他当仆人使唤，最后他们还砸开他的行李箱，把箱子里卡尔珍藏的照片弄掉。他们如此粗鲁地、忘恩负义地对待卡尔，终于弄得卡尔大发脾气，与他们断绝了关系。卡尔家乡的那套道德对他们是毫不起作用的，这两个人根本不承认卡尔心目中的那种温情和友谊，他们另有一套卡尔不熟悉的做人标准。当卡尔按自己的做人标准行事时，他们也按他们的标准行事，其强硬程度丝毫不弱于卡尔。这到底是两个什么人？他们为什么要缠着卡尔？他们希望从卡尔身上得到什么？在这一段里，意图一直隐蔽着，他们的举动的目的暧昧不明。

然而已有种种迹象显示出，这不是两个一般人。当他们刚刚在旅店相遇，卡尔按照常规热情地介绍自己时，这两个人粗暴地打断他，继续睡觉。他们不喜欢卡尔的这一套，因为他们是两个身份不明的精神流浪者吧。他们声称自己是钳工，这显然也是谎话。他们与卡尔交往的第一件事就是一半强迫一半欺骗地剥去他的上衣，卖掉后买酒喝。在与他们打交道中，卡尔一直小心翼翼地维护着自己的人格，坚持善良厚道的品格，以为"好有好报"，没想到，他的道德遭到了这两人的残酷戏弄。围绕着卡尔，他们策划了一场按部就班的掠夺的阴谋。似乎是，他们要奴役这个孩子，使他最终沦为他们俩的奴隶。在连骗带抢地将卡尔视为珍贵的一切都掠夺光了之后，会发生什么情况？这一场有计划的掠夺很容易使人联想到舅舅，就像是这两个人取代了舅舅的职责，在继续那种教育课。的确，卡尔用来与他们抗衡的道德显得是那么的可怜，不堪一击。要命的是这种道德一点也不能证明他自身的身份，只是把他自己弄得寸步难行。"秀才遇见兵，有理说不清。"他们是强悍的，卡尔是弱小的，任他们摆弄的，他用以支持自己的那些依据都是靠不住的。那么卡尔放弃了吗？当然没有，抗争是卡尔的本性。抗争就是生活，卡尔只能在抗争中认识由这些神秘人物教给他的粗暴冰冷的原则，在折磨中渐渐独立。如果不是一个意外的机会来到，使卡尔得以暂时离开他这两个古怪的同伴，卡尔一定立刻坠入了暗无天日的深渊。他逃离了，灾难也就在这里埋下了伏笔。

试想如果舅舅得知了卡尔在路上的这一段遭遇，他一定会捋着小胡子，若有所思地点头的吧。他曾不无幽默地要卡尔保存好他的箱子，卡尔却一上路就把箱子里最重要的东西丢掉了。仔细体会一下，这不正是舅舅所预料、所期望的结果吗？踏上漫漫旅途的人，谁个又不会将身上原有的，自己所珍惜的一切丢个精光？流浪汉们采取的是掠夺的方式，一种既干脆又奏效的方式，即使卡尔想要抗拒也不可能。自身的外部规定就这样一件一件地失去，像有一只魔鬼的手将这些东西从他身上剥离。也许曾有过伤感和痛苦，但旅途是不允许停留的，他必须昂起头来继续前行。

流浪汉是魔鬼的使者，他们遵从必然性出现在卡尔的旅途上，用粗暴的方式向这个孩子显示着真理。年轻幼稚的卡尔理性上并没认识到真理，但这不要紧。他们的出现给卡尔造成了一种生存的困境，激励他去反抗，去体验。前面的命运仍然很模糊，这种模糊形成了整个追求之基调。模糊与困惑代表着希望，这是年轻的希望，旅途无限遥远……

不可通融的原则

流浪汉们给卡尔的一课尚未上完，路线就改变了。新的希望忽然出现，卡尔改变了主意，投进一位善良的女保护人的怀抱。

原以为会得到善待，进了西方饭店之后，才发觉此地是一座冰窖似的堡垒。在这个地方，所有的人都要独自承担自己的行为的一切后果；事实制约着人，人必须小心翼翼地避开危险；一旦灾难降临，任何辩解全是不起作用的。母亲似的女厨师长经历了漫长的折磨才在今天的位置上站稳。她的生活经历给她留下了严重的后遗症，以致每天夜里根本无法好好睡觉，只能在失眠中挣扎。她善良，温和，能体谅弱小者的难处。过了好久以后卡尔才知道她的这些美德一旦涉及职务（原则）上的事就不起作用了。所以她对卡尔的保护只是种象征性的安慰，一点实质性的内容都没有。很显然，这位母亲似的保护人是精神生活中的过来人。她从前来自卡尔的故乡，因而一眼就从人群里将茫然的卡尔认了出来，打算亲手栽培他，使他尽快长成一个男子汉。她的这种愿望里也许有庇护的因素，可在实行时，一切世俗意义上的庇护在西方饭店这个秩序井然的迷宫里都是受到坚决排斥的。当然独立性很强的卡尔也并不期望受到庇护，他只想通过努力站稳脚。然而事实是，主观的努力完全不能带来预期中的效果，有一个至高无上的无形的权威在操纵小人物的命运。有时候，努力往往与效果成反比。而命运，不以他当下的努力为转移，却受到他从前无意中做过的事的制约。不管卡尔如何克己守则，表现出来的品德如何好，事情发展的规律也是丝毫不受影响的。因为规律和原则是暗中起作用的，看不见的，所以人往往受到表面现象的迷惑，产生种种的幻想；直到有一天规律的后果显露，人仍然糊里糊涂，看不见眼前的真理，只觉得不可思议。卡尔在这个迷宫里竭尽全力地工作，规律也在暗中以"好心恶报"的方式发展着。他孤立无援，困顿不堪，咬紧牙关挣扎，而灾难也在悄悄地一天天临近。卡尔在西方饭店拼命维持自己的地位的举动，可以看作维持精神生存与相对稳定的象征。饭店于不言中要求他做到的是断绝一切社会关系，拼全力工作，抛弃同情心，告别自己的过去。这饭店里的工作人员人人都是他的榜样，他的女友特蕾泽更是以自己的亲身经历，以声泪俱下的回忆向他呈现了人的真实处境。

年轻的打字员特蕾泽疲倦、苍白、老气，对自己那份力不从心的职务一丝不苟。她在第一次看望卡尔时就告诉他，她是多么的寂寞，她在这里没人可以说话，因为西方饭店决不允许违反原则的温情，所以她与女厨师长的关系也基本上是上下级关系；她之所以来找卡尔诉说只不过是想在一种极其狭隘的范围内与卡尔建立起友爱关系。他们很快成了朋友。谁也无法驱散特蕾泽内心的恐惧，那种恐惧深深嵌在她的本质中，促使她发疯似的努力工作，并时时刻刻用一些不满来折磨自己，弄得自己不得安宁。特蕾泽过去到底过的是一种什么样的生活？她怎么会变成这个样子的呢？有一天她向卡尔叙述了自己的身世。

她在很小的时候就和妈妈一道被父亲所遗弃，流落街头。之后，处在绝境中的母亲又遗弃了幼小的她，自己自杀了。特蕾泽是彻底孤孤单单的一个人了。特蕾泽没有说到后来发生的事，只是详细地叙述她和妈妈陷入绝境的细节，讲述那些抹不去的记忆的片断，那是母亲留给她的最后的纪念，也是对她来说致命的一课。这一课为特蕾泽今后的成人奠定了基础。一个人如果在这种情况下还没死掉，竟然活了下来，便不会再有任何不切实际的幻想了。所以，外表弱小的特蕾泽实际上是非常坚强的，她在小小年纪就洞悉了真实，懂得了人要活下去就要拼命挣扎。

她比卡尔老练得多，她知道原则对人的限制，也知道自己应该怎样忍耐。她在卡尔说起过去的朋友流浪汉德拉玛什时，立刻预感到了卡尔的危险，反复地劝他与德拉玛什断绝关系。她凭直觉感到了这个德拉玛什是卡尔的灾星，因为进入西方饭店工作的人都得与自己的过去一刀两断；比如她自己，就只能在偶然的闲空里想一想过去的事；再比如女厨师长，每天夜里为过去的噩梦困扰而睡不着觉，还是要强撑下去。西方饭店是一个只能进不能退的陷阱，任何伤感怀旧的举动都要受到严厉的惩罚。作为过来人的特蕾泽看到了卡尔的"弱点"，可是她没有办法说服他，何况这种事也没法用道理使蒙在鼓里的卡尔明白，只能靠他亲身经历，旁人无能为力。特蕾泽劝过卡尔了，这种劝诫无异于对聋人说话，卡尔一点也没明白。这件事也体现了西方饭店的原则：每个人的路都要靠自己来走，谁也帮不了谁。特蕾泽，作为劫后余生，早就懂得了加倍珍惜现有的一切，压抑自己的生命力，把自己融进原则里去。而卡尔，还有很长很长的一段路要走呢。

西方饭店的生活是一种地狱似的煎熬，所有的弦都时刻绷得紧紧的，除了职务外，其他一切个人的东西都要被消灭。这里的人都患有严重的精神病，被内心的矛盾折磨得痛苦不堪，所以特蕾泽总在担心自己要神经错乱。卡尔初到此地，内心的矛盾还没来得及展开，每天浑浑噩噩地劳其筋骨，懵懵懂懂地判断周围的一切；他完全缺乏应有的警惕，不知过去的阴影已经逼近了他。直到有一天矛盾突然爆发，弄得他措手不及。

命运的复仇

鲁滨松事件是命运对卡尔设计的又一个阴谋。由于卡尔的意志不坚定，不听特蕾泽的劝告与过去一刀两断，鲁滨松就鬼使神差般地出现了。这条甩不脱的癞皮狗，卡尔过去生活的阴影，一来就死死缠住他，不让他有任何喘气的时间，更谈不上解脱的希望了。卡尔所有那些企图解脱的举动只是导致自己在泥沼中越陷越深。这个神秘的煞星，这个看穿了卡尔本质的流浪汉，带着必胜的信心在西方饭店演出了那场怪诞的闹剧。毫无疑问，卡尔此刻对他的感情是矛盾的。不过事情的发展并不是由他内心的矛盾，却是由一种不可思议的超自然的力主宰着。这种力又来自于卡尔过去做下的事情。人对自己做过的事是无能为力的，任何人都无法与自己的过去一刀两断，今天的认识或行动就是过去的延续。当然人仍然可以发展，就像卡尔一样，但过去的阴影的控制是摆脱不了的，它局限着你今天的认识和行为。例如，当特蕾泽要求他与德拉玛什一刀两断时，他就始终无法答应她。就是这种藕断丝连引起了新的灾难。

鲁滨松以"不到黄河心不死"的倔劲，断了卡尔所有的路，成功地把他拖下了水。这个胖胖的爱尔兰人，是卡尔内在的恻隐之心的对象。在西方饭店这个不允许有任何恻隐之心的笼子里，卡尔不得不将自己的本性狠狠地压抑（其他人也一样）。压抑的结果是摧毁性的总爆发。这才是与他的主观预期无关的"善有恶报"。他天性善良，富有同情心，这个结果是不以他的意志为转移的必然结果。旅途上偶然的一次结交竟然会引起如此大的灾祸，是他绝没有想到的。命运就是这样一环扣一环地发展过来，谁也抵抗不了它的威力。在这场冲突中，卡尔仍然不明白事情的前因后果，只是他又有了新的感受。这感受就是身后那噩运紧逼过来的脚步，以及自己徒劳的抗拒。

人是没有办法战胜自己的恻隐之心的，即使处在像西方饭店这样一个只有职务没有个人生活的环境中也如此。复仇女神的毒箭会从背后射过来，中箭者会遍体鳞伤。这里的例子表现的是事物的反面，即顺应恻隐之心所遭到的打击。这些例子也可以看出人总是腹背受敌的艰难处境。女厨师长收留卡尔也是出于恻隐之心，收留的结果却是给她带来更大的失落和痛苦，她的情感遭到了粗暴的践踏。现在我们明白她为什么长期以来夜不能寐了，情感丰富的她从来就不曾丧失过同情心，她收留卡尔正如她收留特蕾泽是同一种情况。原先她还幻想过卡尔在西方饭店会长成一个强壮的男子汉呢。而她收留特蕾泽的结果又是什么呢？特蕾泽变成了一架工作机器，一个苍白忧郁的幽灵。她的同情心在卡尔的噩运中丝毫帮不了他，只是将他的痛苦白白地延长了一段时间。而她的学生特蕾泽对卡尔的友情也是如出一辙，不但帮不了卡尔，反而由于误解把卡尔搞得更痛苦。而压抑同情心又同样是女厨师长与特蕾泽睡不着觉、脸色苍白的最大原因。可以看出，人在西方饭店真是无论怎样做也摆不脱困境的。女厨师长做好事的举动终于半途而废，卡尔也顾不上与她和特蕾泽的友情，孤身一人逃生去了。卡尔逃走之后，女厨师长和特蕾泽会怎么样？她们一定在情感上受到空前的打击，从此更加噩梦缠身，度日如年了吧。每个人都处在命运的链条中，只有卡尔的链条是最为捉摸不定的，其他人的链条都是明确的，看得见的。

地狱演习

发生在西方饭店的鲁滨松事件处处渗透着这样一种原则，这就是事实只存在于人对它的不同解释之中，最后的判决只看结果不看原因。在原则面前任何个人的辩解都是无能为力的，人犯下了罪就只能由他自己来承担，一切同情与理解在此处都要让位于职务，人首先被职务所规定，然后才是其他，这个其他实际上等于零。

外表如同冷酷的机器人，每天随随便便做出杀人判决的总管，其实是命运之神使者的真实面貌。他的一切标准都是超道德的、公正的，只不过这里的公正是一种地狱（或天堂）似的公正。这种公正不为卡尔所理解，女厨师长和特蕾泽却心领神会。依照这种标准，卡尔以离开岗位（由事实证明）和偷窃（由前面的事实推论）两项行为犯下了弥天大罪，必须受到严厉惩罚。如果总管不惩罚卡尔，不管是出于什么原因，他都是在营私舞弊，是不称职的表现。当然总管也有小小的弱点，这就是他对女厨师长的爱，他从这爱出发对卡尔稍微减轻了处罚，而这一点又由门房的合作加以了弥补。在这个命运使者面前，卡尔无从为自己辩白，因为他所有的辩白都是从自己的"好心"出发，都是只涉及了事件发生的原因，而总管是蔑视这一切的。总管要告诉卡尔的是犯下了罪就要受惩罚。依照他的逻辑推理，卡尔死路一条。在这里总管的模样透出了死神的阴森。作为热血男孩卡尔，又怎能不挣扎、不反抗呢？卡尔由恐惧驱使，本能地进行反抗，反抗的结果当然并不是死，却是从死神手中逃脱。作为世俗人的卡尔，不可能像女厨师长和特蕾泽那样虽生犹死地过活，逃走流浪是唯一的出路。回过头来再看总管，可以看出不可动摇的原则里面也是有很多缺口的。总管并不是真的死神，只是一个扮演者，不然卡尔也就不会获得从原则的缺口拼死突破的机会了。至于女厨师长和特蕾泽，由于每天生活在死神的阴影中，因此对总管无比敬爱，绝对服从。在我们凡人看来她们的生活是不可理喻的，那样的生活不可能是活人的生活，只能是一种楷模，一种理想，一种大彻大悟的象征。卡尔既理解她们，又不理解她们，最后还是没有听从她们的安排，似乎是为生活所逼，又似乎是潜意识所使。命运的外表总是可怕的，面对它的卡尔不可能认出它来，就是认出了，也不可能有另外的做法，只因为他还要活下去，还要在世俗中做人。

对鲁滨松事件中的因果关系有两种解释。卡尔的解释与总管的解释正好相反，本来可以各执一词，互不相让，但因为双方所处的是命运与人的努力、原则与被执行者、上级与下级这样对立的位置，判断当然是由总管决定了。所有的人都处在职务中，于是所有的人都只能支持总管。卡尔处在被告位置，不论他说出什么话来，结论总是证明他自己有罪；人人都看得出这一点，只有卡尔看不出。所以女厨师长说，正义的事一定会有种特殊的外观，而卡尔的事不存在这种外观。女厨师长的逻辑就是总管的逻辑，这种逻辑与卡尔的世俗逻辑永远是势不两立的，他们双方谁都没有错。在这种不可改变的逻辑面前，特蕾泽绝望地看到了卡尔因犯规而失败，伤心地哭起来了。从感情上，她们两人都不相信卡尔是坏人；从理智上，她们必须相信卡尔做了坏事。处在这样无法调和的内心冲突中，女厨师长说了一番典型的自相矛盾的话。一方面，她绝对同意总管的判断，因为她通过多年的交往证实了总管是最为可靠的人，他的推理谁也不能辩驳；另一方面，她又仍然认为卡尔是个正派的孩子。她的内心下不了结论，只能在地狱中煎熬。最后她背着总管采取和稀泥的办法为卡尔提供了一条新的出路，从表面看似乎解决了矛盾，结果则是弄得自己和卡尔更痛苦。特蕾泽从抱希望到绝望，又一次失去了可以交流的同伴，她的痛苦也是无法言说的。在她看来，卡尔有罪和无罪是早经确定了的，重要的只是他能不能留下来。卡尔一点都不理解她，满脑子幼稚的正义感。他不知道，在西方饭店，只要有越轨举动便是有罪，他对特蕾泽误解自己，既心怀不满又失望。

门房属于另一种类型，他象征着被人所疏忽了的偶然性。人的一生就充满了这种偶然性。卡尔以前的确不曾小心谨慎地对待门房，他涉世不深，目光缺乏西方饭店职员的敏锐性。而这一切不可能顾到的疏忽，日积月累，埋下了祸根。门房的面目是可憎的，他的宗旨似乎就是要折磨卡尔，处处与卡尔为难，把他弄得寸步难行。深究一下，就会发现他的行为也是出自那种特殊的逻辑，使人想起反复无常的命运对人的报复、折磨与揪住不放的特点。门房扮演的正是惩罚使者的角色。他明察秋毫，整天坐在玻璃房子里，那房子像个命运观察台，里头的网络错综复杂却又自有规律，他的位置无比重要。就是这样一位上级，居然被一个毛头小子怠慢了，惩罚便是可想而知了。门房是绝对不会有错误的，不论卡尔从情感上觉得多么委屈，他的判断也是不可改变的。他的判断的依据是神秘而不可理喻的、卡尔从未了解过的东西，卡尔不能与之抗衡的东西。所以表面看来，门房的判断有极大的随意性，他爱怀疑谁就可以怀疑谁，一旦怀疑了谁谁就完蛋；他的工作是对总管工作的一种补充，总管因为小小的疏忽未能贯彻到底的工作，要通过他的帮助来贯彻。从门房身上散发出来的那种奇怪的霉味，就是阴湿的地狱里的味道；闻着这股味道，卡尔在劫难逃。卡尔不能理解门房为什么会有如此强烈的复仇的欲望。这种不理解当然是出于年轻人的无知，他看不到自己做过的事里面所隐藏的那种凶险，弄不清命运里头的因果报应，只会一味瞎撞。被门房的铁腕扼住了脖子的卡尔，最后却创下了奇迹，拼死力逃脱了门房的钳制，居然就在光天化日之下跑出了铁笼，表演了一出精神的原则让位于原始之力的好戏。

理清了这些错综复杂的关系之后，再回过头来看西方饭店的结构，就会体会到这是一座真正的精神炼狱。说它是地狱，是从它对人性的压制的意义上来看的。另一方面，这个地狱对卡尔来说又是不可进入的天堂，因为卡尔极力要在这里做一个尽职守则的"好人"，就像女厨师长和特蕾泽那样的人。但是卡尔做不了女厨师长和特蕾泽，尽管经历了九死一生的磨难，他还是只能做自己。这个天堂里没有他的位置，因为他"凡心不死"，结局只能是被逐出去。的确，卡尔所渴望的天堂只不过是尽职守则地生活。然而那是多么遥远啊！只要想一想女厨师长与特蕾泽的悲苦，她们在原则的钳制下对自身人性的扼杀，以及对世俗悲欢的麻木不仁，就足以使卡尔在天堂的门槛前望而却步了。这一切已呈现出一种征兆：卡尔今后的生涯只能是没有尽头的流浪，没完没了的试图进入—被逐出—再试图进入—仍被逐出的过程；在这过程中，他逐渐变得成熟；在这过程中，天堂与地狱同时进入他的内心，在促使他抗争的同时又引诱他和解。

在艺术的殿堂里

卡尔初次踏上流浪的旅途时所遇见的那两个流浪汉并没有将他忘怀。当时的冲突只是他们之间的初次较量，一根看不见的线始终连在他们之间，时机一到，线就绷紧了。从卡尔被西方饭店逐出到他被警察追击这短短的几个小时里，他是真正地陷入绝境了。整个过程很像是流浪汉德拉玛什设下的一个圈套。德拉玛什像渔翁一样坐在家里等待鱼儿上钩。他一定深知卡尔是那种"不见棺材不落泪"的家伙，一定要将他逼到墙上（绝境）他才会就范。与警察那场冲突又像意外又像游戏，德拉玛什深藏的诡计没法弄清，卡尔只能乖乖地跟随他爬上那半空中的艺术殿堂。如果生活中还有一线求生的希望，卡尔绝不会跟德拉玛什走，他早就对他那种横蛮的奴役充满了憎恨，只想离他们越远越好。性情下流、举止恶心、没有明确身份的流浪汉竟然会是艺术殿堂里的仆人！他们的那种强横，那种不择手段地要剥夺人身上的一切私有物的风格，不正是艺术本身所要求于人的吗？这两名使者看中了年轻的卡尔，正是因为他的坦诚、热情、唠唠叨叨和善于体会他人的感觉。初见之下卡尔没有认出他们，那时他还太稚嫩，对生活还有过多的幻想。直到他被从西方饭店赶出来，他对生活的认识才又上了一个台阶。当警察审问他时，我们可以回忆起他态度变化的微妙过程：从初到美国时在船上伸张正义，主动为他人辩护，到西方饭店不管他人的事只为自己辩护，再到在警察面前停止徒劳的辩护，沉默寡言，最后是公然的撒谎。这同时是一个道德堕落的过程又是一个认识升华的过程。德拉玛什要看到的就是这个过程，生活孕育的恶之花已经在卡尔身上结果。回忆一下卡尔落水的过程，整个事件的那根线就更清楚了：首先是鲁滨松去西方饭店勾引卡尔，然后又大闹饭店，弄得卡尔被赶了出来，被迫坐上出租车跟他走；到了家门口，卡尔仍然存有幻想，企图挣脱他们的控制，德拉玛什就出面了，他把卡尔的幻想砸得粉碎，使他除了自愿投靠他们没有别的出路。一切都发生得好像是偶然的，其实在事情发生前结果早就决定了。神的光辉在冥冥之中照亮着这混乱黑暗的现实，德拉玛什在半空的黑屋子里操纵了卡尔命运的转折。

在一般人的心目中，艺术的殿堂是神圣的，充满了自由的。然而在这个高高凌驾于城市之上的、由几个古怪的家伙组成的黑暗居所的小家庭里，我们是进入了真实的艺术了。女歌唱家布鲁娜妲可以说是灵感的化身。她虽然身体肥胖、笨重、行动不便，却又感觉敏锐，娇弱无比；她把自己关在家中，连光线和微小的噪音都要躲避，却又极其固执、横蛮、一意孤行，具有扫荡一切的威力；她的体态令鲁滨松遐想联翩，令德拉玛什崇拜得五体投地，实际上她却是一个暴君，日夜不停地差遣、折磨这两个人，把他们变成了彻底驯服的奴才；她是严格地与外界隔离的，这却并不意味着她对外界不感兴趣，相反她成日里举着一副望远镜，从这个很高的住所的阳台向下观察芸芸众生，乐此不疲。现在卡尔加入到这个一体化的艺术殿堂里来了，这里黑暗杂乱、有怪味，而且比较脏，并且卡尔从心理和生理上都不能习惯和理解这种古怪的生活方式。不过不要紧，生活会教育他慢慢懂得这一切的，正如鲁滨松告诉他的，此地是一个理想的学习场所。卡尔要学习些什么呢？首先他要学习的便是端正对布鲁娜妲的态度。布鲁娜妲要求他们这几个仆人对她要做到：绝对的虔诚，无条件的服从，无比的耐心，惊人的下贱；而要求鲁滨松的还有严格的禁欲。这一切是多么的违反人性，多么的令人难以忍受！卡尔起先对于布鲁娜妲的烦琐、苛刻的规章十分的反感、气愤，他生来不是一个逆来顺受的人。在这种时候鲁滨松就开始来教育他了，他说话的语气如同一个诚恳的兄长，循循善诱，以身作则；而卡尔虽然心里并不情愿，却也在不知不觉地受影响，不知不觉地成熟。若将这个时候的卡尔再与初到美国时那个冲动、热血的孩子做一番比较，就可以看出耐人寻味的进一步的变化来。他还是不想接受鲁滨松要他接替他的职位的建议，他认为这种被奴役的悲惨生活绝不是人可以忍受的。而他，想象中的自由人，迟早要与这一家人分道扬镳，去过一种他认为更正常的生活。至于那种生活是什么，他心里也没有底，但他决不放弃这个想法。他这个幼稚的幻想又由一名半夜在阳台上学习的大学生打破了。这名大学生也是卡尔人生路途上的老师。他将生活的面罩揭开，将真实指给卡尔观察，挫败了卡尔的反抗念头。大学生对生活的感受同卡尔一样。他对自己经历的描述同卡尔所经历的也很相似，结论却正好相反。卡尔的结论是逃离，他的结论则是就地忍受。这两种结论其实是一个事物的两方面。在逃离中忍受，在忍受中逃离，这是人生处境的真实状况，更是艺术家的真实处境。

布鲁娜妲当然不是无缘无故地要折磨他们三个人的。她之所以总是躺在沙发上为噩梦所折磨，不管白天还是黑夜总是发出可怕的呻吟；总是无比烦躁而要洗澡，没完没了地使唤德拉玛什，异想天开的花样层出不穷；总是不能容忍鲁滨松和卡尔对她的观察，因而不时大发雷霆。这一切，都是因为她内部那种巨大的热力的涌动，她那日夜兴风作浪的激情对她的折磨。她是专制恶魔的化身，世上再也找不出比她更难侍候的人了。这个魔鬼同时又是真正的美女，是德拉玛什和鲁滨松心中的偶像，这两个流浪汉在她身上找到了精神的寄托。卡尔对布鲁娜妲这个怪物由厌恶而慢慢地进入好奇，继而又慢慢地进入了深层次的理解。他的进步应该主要归功于鲁滨松与阳台上的大学生的教诲，以及德拉玛什对他的肉体的摧残。他们要他懂得：周围的人都在忍受着不亚于他的同样的痛苦，却从未想过要逃跑，所以他也应当忍下去。鲁滨松的冗长的叙述向卡尔描绘了一幅艺术殿堂的活生生的画面。我们看到生活在地狱中的他是如何每时每刻怀着关于天堂的梦想的，他今生的愿望就是生活在这位高贵无比的女神的身边，实现她的愿望，满足她的要求（虽然这几乎很难做到），永生永世不同她分离。高傲的布鲁娜妲不同凡响，其行为举止也惊世骇俗，鲁滨松和德拉玛什一见到她就像被磁石吸引过去一样，同她开始了这种三位一体的新生活。这种生活对于鲁滨松来说充满了痛苦和委屈，但也不乏那种瞬间的巨大的幸福感。他虽然满腹牢骚，其实基本上还是相当满意的。他之所以向卡尔唠叨过去的事，并不完全是发牢骚，而是向卡尔展示他（卡尔）将来的生活的前景。他的听众卡尔则用世俗的标准来衡量他的苦难，做出自己绝对承受不了那苦难的假设。从卡尔被德拉玛什留在家中，而后又在阳台上受到大学生的教诲，打消了逃跑念头这一发展过程，我们也许可以推断出：卡尔不会再次逃跑了，至少短期内，因为此地是他的家。卡尔将从此在这里安顿下来，与鲁滨松一道侍候着女神，工作态度也将逐渐变得主动起来。卡尔的变化是连他自己也没有觉察到就发生了的，由强力的逼迫所产生的，似乎仍是那只无形的手将他推到了这一步。然而我们之中又有谁没有感到过命运对人的强力逼迫呢？

艺术对于现实的彻底拒绝

布鲁娜妲正是那种新型艺术的魂，她高踞于现实生活之上，清楚地与日常划清界限，一举一动都拉开了距离，显得不可思议，任何一点微小的现实的入侵都使得她暴跳如雷。她的两个仆人德拉玛什和鲁滨松成天小心翼翼，避免与外界有任何接触和深交，关在黑屋子里与她成为一体，形成一种仇视现实、与现实对峙的古怪局面。

拒绝了现实的布鲁娜妲是否对现实失去了兴趣呢？卡尔与她和德拉玛什三人在阳台上观察游行队伍的一幕中，详细地刻画了布鲁娜妲的矛盾心理。原来布鲁娜妲根本不是对现实失去了兴趣，而是太有兴趣，太投入了，所以才会导致她憎恨现实，要与现实隔离。从阳台上用望远镜观察到的滑稽戏似的现实，正是布鲁娜妲感受和诘问的对象。可以说，她的全部的痛苦，她的地狱似的煎熬，都是为了弄清自己所置身于其中的这个现实。她透过望远镜发现了现实的真实本质，就是这一发现使得她再也不能与现实浑浑噩噩地混在一起了。不能设想布鲁娜妲离开了望远镜，她的生活还会有什么意义。从这方面说，她又仍然在现实中充当着角色。这就是新型艺术所包含的最根本的矛盾，从这矛盾的强力冲突中真实脱颖而出。

这样一个布鲁娜妲终于有一天从高高的楼上下来了。她将自己罩上一块大灰布，坐进手推车里，让卡尔推着她穿过街道，去一家企业。这该是一件何等麻烦的事啊！布鲁娜妲不能见人，而她的体积是如此之大，很难不引起人们的注意。怀着战战兢兢的心情，卡尔选择空无一人的小道行走，预料中的不幸还是发生了。他们两度被人拦住，紧咬不放。虽然结果有惊无险，布鲁娜妲还是受到了巨大的心灵上的伤害。我们看到这个时候的卡尔已完全不是从前的那个卡尔了。他细心，敏感，体贴，完全站在布鲁娜妲一边。他的那些怨恨与仇视都到哪里去了呢？他是怎么变得如此有忍耐力、有责任心的呢？这是一个谜，谜底已经由德拉玛什、鲁滨松和阳台上的大学生说出来了。唉，卡尔，卡尔，你是多么了不起啊！从你的今天，我们不是可以预言你将来前程无量吗？关于25号企业的环境描写也是耐人寻味的。那所房子里似乎打扫得干干净净，但仔细一看肮脏油腻，这种肮脏渗透于物体的内部，无法清除。由此我们又联想到布鲁娜姐那高楼上的居所。那里也是那么脏，那么有怪味，并且大家赖以维持生存所吃的东西也是不干不净的。虽然鲁滨松老是说要把家里彻底打扫一下，但从来也没有实施。就算彻底打扫过了，以布鲁娜姐的生活方式，不马上弄脏才怪呢。布鲁娜姐似乎就是"脏"的产物，脏是她存在的方式，她本人是感觉不到的；卡尔觉得脏，是因为他还没修炼到鲁滨松和德拉玛什那个份上。总之，从布鲁娜姐身上，我们看到了脏与洁净的混合，生命与精神的结合。最脏的她唤起了鲁滨松们最纯洁的遐想。睡在阳台上的杂物与灰尘里的鲁滨松正是在这纯洁美丽的遐想中，挨过一天又一天的地狱里的生活的。这种奇观颠覆了我们往常的艺术观念。

鲁滨松告诉卡尔说，他一直有病，可是他又不知道自己到底有什么病，因此难受得要死。他在家中做着奴仆，一心要使他崇拜的女神满意，哪怕是她对他讲一两句话，用裙子触碰他一下，他也要热泪盈眶。为达到这个目的，他累出了一身毛病，浑身疼痛。令他绝望的是女神绝不感动，也不怜惜他，反而对他无比厌恶，命令他离得远远的，安分守己地劳动，不要有任何奢望。这就是鲁滨松那无望的现实，这现实日日咬啮着他滴血的心。他除了在梦中与布鲁娜姐交媾之外，还能干什么呢？日复一日，他的身体受到了摧残。只要他留在这个艺术殿堂里，他的病就永远好不了。实际上，他也不想要他的病好，他已经把这里当作了最后的归宿。

皈依艺术

如果说，卡尔在布鲁娜姐家做仆人还只是他从事艺术的实习阶段，那么，他去俄克拉荷玛剧场的举动就是他朝着成为独立的艺术家迈出的第一步了。整个过程给他的感觉既是新鲜的、充满希望的，又是困惑的、不无讽刺的。正如广告里说的，谁想当艺术家，谁就可以报名，谁选中了剧院，剧院也就选中了他。这种奇怪的招聘广告其实是道出了艺术的本质。

俄克拉荷玛招聘处华丽、浩大的场面给卡尔一种虚浮的愉快印象，可是他却意外地在此处与早已被他遗忘的老相识重逢了。这几个典型场面的描写，使我们感到，一直处在日常生活的重压之下，连气都喘不过来的卡尔，此刻是走进记忆深处的海市蜃楼，也就是走进艺术本身了。凡真正经历过的，都永远不会忘记，并且会通过某种魔力再现出来。他从同乡女友手中接过喇叭吹了起来。这是一种奇异的喇叭，制作粗糙，大家用它吹出噪音，但它在人手中又可让人随心所欲，爱吹什么就可以吹出什么曲子。卡尔自以为是地吹出一首歌，他的歌打乱了整个噪音的合奏。显然大家的合奏是和谐的，而他是个外来的闯入者，不懂得他们那和谐的合奏的美妙，还以为是噪音。

招聘处对于卡尔的考察也是具有讽刺意味的。首先，他们郑重其事地要求卡尔呈上证件，紧接着他们又让卡尔轻而易举地蒙混过关了，似乎他们只是在考验卡尔的决心。卡尔为达目的表现出来的这种欺骗（包括后来的虚报姓名），正是他出自内心的真诚，可以看出这个阶段的卡尔已经不知不觉地成熟了。卡尔后来与一位上级先生谈话时就表现得更为沉着了，他对每一个问题都在心里反复斟酌，选择"最好"的而不是最"真诚"的话来回答。提问的先生睁大着双眼直盯着他的灵魂，提出那些模棱两可的、其实是涉及本质的问题。卡尔把这些问题与自己的录用直接挂上钩，以为回答的好与坏将决定他命运的转折。而实际上，他的命运早在他看见广告，并决定来应聘的一刹那间就已决定了：他选中了剧院，剧院就选中了他。在这个不需身份证的地方，在这个天使与魔鬼们混在一起吹喇叭的地方，他的新生活已经开始。可以预见，更大的灾难与噩运在前方等待着他，当然其间也不乏目前这种短暂的和解。

书中最后那不算结尾的结尾充满了象征的意义。他们坐在火车上，在辽阔的美国疆土上行驶了两天两夜；他们曾穿过一座大山，目睹了幽暗狭窄的、被撕裂的山谷那张开的大口，也曾从山涧里万千汹涌的浪花中穿过，浪涛的冷气使得他们浑身颤抖。这是一列驶向艺术的故乡——地狱的列车，朝着死亡的旅行将给艺术家带来无穷无尽的灵感。作为一个独立的艺术家的命运，在作者后来的两个长篇——《审判》与《城堡》中得到了最为生动、最为纯粹的体现，而这篇《美国》则是青春的力的初次显示。

1997年8月29日，英才园

灵魂开窍时的风景

——《美国》文本分析之二

这本书里描绘的风景是精神独立的早期风景，充满了混沌和挣破这混沌的强烈情感。涉世不深的精神洋溢着生动，眼前洞开的黑暗使一切都变得无比奇异。有一股强大的磁力，将诗人吸进一个全新的世界，也许他暂时还不知道那个世界的真正起源；他只知道，他看见了与常人看见的完全不同的景色，他已经身不由己了。用自己的激情追随奇迹，描绘它，这是他唯一的选择。当我们跟随诗人进入这个陌生的世界探险时，我们会一次又一次地忍不住惊叹："多么奇异啊！世界竟然是这样的！"除了惊叹之外还有恐怖，惨烈的事件不断，甚至可以闻到血腥的气味，那是新生儿从子宫里诞生出来的气味，伴随着刀割般的疼痛——痛感来自分离。在这样的文本里，创作成了不可思议的事，也成了一场追逐奇迹的马拉松运动；而不论那奇迹有多么的阴郁、可怕，只因为灵魂自己能发光，它照亮这一切，一切就变得可以忍受了。是的，诞生的喜悦压倒了分娩的惨痛。

文中多次提到有一种不宁静的、陌生的"自然力"在主宰人类，也主宰着主人公。就是这股力使得主人公卡尔如同中了魔似的，马不停蹄地奔向自己的命运，奔向艺术的故乡。这种"自然力"实际上就是支撑诗人信念的根本。它的超级强大的外表往往掩盖了它的发源的真实所在，因而误使人们到外部去寻找。主人公卡尔是一位不平凡的少年，他的不平凡就在于他有着特殊的视觉，总能看见一般人看不见的东西，比如那种自然力。同时他的特殊感觉也害了他，使他不能再过一般人过的那种生活了。那种力是很奇怪的。你不看它时，它不来找你，你一看见它，它就要扭转你的全部生活。一旦它主宰了人，人就再也无法逃脱，只能无限期地被它压榨。世界随之成了炼狱，能够不死而又熬过来的人，才能有幸体验到那种拯救。这部长篇小说就是这种神秘的力初显神通的展示。这种力给人的表面印象往往是负面的，就好像它要摧毁个性，灭掉人体内的冲动似的。只有仔细感受过了之后，才会发现表面的印象全是错误的。那股力的后面隐藏了说不清的、奇怪的意图，那意图还未充分显露。虽然被神奇的力所控制，主人公决不会放弃挣扎，停止努力。他正置身于矛盾之中，从幼稚走向成熟，未来的前景既宽广又深邃。

全书贯穿了少年的伤感情绪，刚刚从精神上断奶的主人公固执地向往着怜爱、温情和庇护，一边在征途上前进，一边梦想重返那田园牧歌似的母体。而一种严酷的理性则针对他的这一弱点，不停地粉碎他那些虚假的梦，把世界的真实本质一层一层地剥给他看，让他看了伤感，也促使他慢慢坚强，逐步地抛开不必要的怜悯心，义无反顾地投身于精神的追求。由"美国"作为象征的这种理性精神，同主人公的伤感形成鲜明对照，一道构成了全书的基调。这种理性是精神觉醒的标志。它渗透到了生活的每一个毛孔，据守在每一个变迁的关口上，以便随时向主人公说"不"；它不是要消灭伤感，取而代之，它只是要主人公不停留在伤感之中，只是要把他推向更高级、更纯粹的情绪体验。从母体出来后的一切体验都是新奇的，不能适应的，情感只有不断自我革命，磨出一层硬茧，才能在新情境之下发展。然而，关于古老的欧洲、关于家乡、关于父母的苦涩而甜美的梦，一直到最后都没有完全消失，反而以崭新的形式再现了出来。那是否定之后的再否定，是命运的轮回，而不是复归。

司炉

一、决裂

当主人公卡尔误认为他的美国生活还未开始时，当他还在船上凝视自由女神像，根本没想到马上要下船时，美国的生活已经悄悄地开始了，在他完全没有一点防范的情况之下开始了——这是他从未经历过的生活，他没法防范。同旧的生活与观念的决裂是不知不觉地进行的。当意识到痛，事情就已经发生过了；当想要退回，后路就已经堵死了。决裂的裂口又往往发生在最牢固的那些关口上，后果便更显得惨不忍睹，无法修复。在这一阶段，美国给卡尔的印象是一顿劈头盖脸的打击，将他生活的主要支撑全部打垮了，而施行这种打击的神秘的力不知来自何方。

决裂不是由幼稚的卡尔自己来完成的，他还太年轻，还不具备那种力量和计谋的策划，一切都由周围环境为他代劳。但这里的环境绝不是世俗意义上的环境，而是有可能在某一天转化成卡尔的本质的环境。目前他还与这环境，与周围这些人在表面上是一个整体，但已不是浑然一体，他已开始了区分的努力。所以这里有两种决裂：一种是同过去的决裂，一种是同周围人的决裂。前者令他心中滴血，后者令他无限惶惑。

最先他想依赖的人是一位年轻的小伙子。那人同他在旅途中有一面之交，他请求那人照看自己的箱子，结果那人背弃了他的托付，把箱子扔下不管自己走了。这是第一次对良心、信义的决裂。这个决裂在忙乱中不知不觉地发生，他差不多没有意识到，因为这种无言的冷酷他从未经历过。接下去的决裂发生在司炉和他的关系中。司炉在卡尔面前倒出自己生活中的苦水，是为了自己的痛快，也为了教育卡尔。卡尔一直在误解司炉的话，他将司炉引为知己，把自己的想法看作他的想法。直到船长办公室里那场申诉发生过后，卡尔才弄清原来在他和司炉之间有一道深渊，原来先前的和谐只是表面的，是他一个人的幻想。在那场不幸的争吵中，司炉毫不犹豫地把他看作傻瓜，向众人展示他同卡尔在思想上的冲突。即使司炉后来仍然对他怀着感情，即使卡尔将司炉的发作看作怪脾气，他也终于逐渐明白了：司炉根本就不需要他的帮助！这个人有一套陌生的思想体系，同卡尔家乡带来的那些观念完全不搭界，卡尔所有的义愤都是自作多情。在这里环境通过司炉将生活中的裂缝展示给卡尔看，卡尔看见了，因为不理解而悲情大发。裂缝的那一边站着许多人：司炉，船长，舅舅，舒巴特，一面之交的小伙子等等；而这一边，仅仅只有卡尔孤零零的一个人。这短短时间内发生的裂变，既激烈又隐晦，如果不是像卡尔这样敏感的孩子是不会对此这么动感情的。

舅舅也是卡尔想依赖的人——他毕竟是亲人。但卡尔一和舅舅靠近，就感到了舅舅身上那股"冷"味。这个古怪的、不可亲近的舅舅早就认出了卡尔，但始终不动声色。他为外甥在家乡和在这艘船上的胆大妄为感到自豪，他看出他是一段可塑性极强的好料子，他耐心地等到最后才同他相认，一相认就将外甥在家乡的"辉煌业绩"向众人宣布（外甥认为那种事是十分丢丑的），随后就将他带走了。卡尔同舅舅的关系中没有伤感的成分（舅舅不喜欢这一套），一开始他就看见了裂缝，知道这个舅舅同家乡人没有一点相似；但卡尔还是想依赖他，决裂发生在好久之后。

决裂就是区分的认识。生平第一次，年轻的卡尔正在把自己和周围人区分开来。这似乎并不是他的本意，而是某种神秘的意志在拽着他干这一切。但怎么能肯定这不是他的本意呢？周围人又是谁？这个问题要一直到最后才会显露出来。

二、人物分析

卡尔将司炉看作他的大兄弟，一腔热忱地对待他，和他推心置腹，听他诉苦。但是慢慢地，他就发现司炉有些难以理解的地方。一直到司炉去船长办公室申诉，卡尔为他两肋插刀，他才知道，司炉的思想和情感逻辑同他自己完全相反，司炉对于他完全是个陌生人，他的精神世界他完全进不去。然而事情并没有这么简单，司炉对于卡尔有着很大的吸引力，他的真诚的倾诉深深地打动了卡尔，他是一个活得真实的人，只是卡尔还不理解那种真实到底是什么。不管他是否理解，就从司炉这里，卡尔的一只脚迈进了真实的境界。司炉声泪俱下的申诉是多么感人啊！船长等人的无动于衷，大海的主宰一切的力量，也给卡尔留下了永远无法磨灭的印象。这就是真实，司炉面对这强大的真实激情澎湃，泣不成声。而卡尔，却由此激发了另外一种激情——世俗的激情，他的爆发甚至还更为强烈，势不可挡。细细一想，两种激情实际上是一个事物的两方面；或者说，一个是另一个的表现形式。如果卡尔同司炉没有这种内在的情感联系，卡尔对他也就不会如此的尽心尽力，以致为他的不幸而心碎了。从他们两人的认识一开始，直到最后分手，司炉总在诉说他的苦难，诉说世道的不公。他其实是要向卡尔强调：这一切都是不可改变的真实。随着卡尔同他交情的加深，卡尔对他的（或自己的）处境的感觉也在加深。虽然卡尔的思维逻辑是相反的，但这并不妨碍卡尔体验真实。卡尔作为大洋那边的欧洲人，只能照他的样式来体验他所不理解的美国生活。"船上的风尚也跟着变"，但人还是旧人，这也是一条贯穿始终的逻辑。到底是什么东西使得卡尔同司炉一见如故，把他的困难当作自己的困难呢？是同情心和正义感。司炉知道，卡尔的同情心和正义感还只是一些空泛的观念，从来没有同真实遭遇过，而他自己，可以给卡尔提供这样一个遭遇的机会。如果司炉不是作为卡尔本质里潜在的可能性出现，卡尔是不会这样着了魔一般地投入的。卡尔对司炉的辨认就是对自己灵魂里正在萌生的那些东西的辨认，这种辨认还是完全不自觉的。

司炉以自己的彻底丢脸而结束了同卡尔的关系，以身作则地告诉了卡尔：既然身外之物（雨伞、衣箱等）可以丢掉，丢脸又有什么关系呢？按照美国方式，人活着就要丢脸，只能以丢脸的方式活着。同司炉的方式相呼应，后来舅舅又让卡尔大丢其脸，而舅舅和船上的人对这一点的反应也是卡尔所不理解的，他们似乎无动于衷。原来这里的人的脑子里根本没有"丢脸"这个世俗的观念，这一点同司炉一样。当然说司炉对自己的苦难无所谓也是不对的。司炉对苦难同卡尔一样敏感，所以他才会一见面就向卡尔诉说，后来又去船长办公室向最高领导诉说。卡尔不知道，"说"就是司炉的目的，就是他的生活方式。卡尔以为他还有另外的目的，就像虚伪的欧洲人（或世俗中的人）一样，"说"是为了主持某种空洞的正义和公道。或许是司炉竭尽全力的启发，或许还加上周围那种浓烈氛围的启示，卡尔终于在自己痛心的哭声中感到已经到了美国了。是的，他已经离开欧洲了，他倾注了那么多情感的司炉也已离开他，新生活在向他招手了。

舅舅是一位极其有教养的绅士，卡尔对他身上体现出来的美国教养完全茫然无知。他出现在矛盾激化的时刻，出现在司炉汗流浃背地为自己做了辩护，卡尔对他的拙劣的辩护不满，于是司炉和他争执起来的戏剧性的时刻。舅舅在这段时间里在干什么呢？他在观察，思考，他看到了他外甥的出色行为，联想到他在家乡惊世骇俗的壮举，心里充满了自豪感。他的外甥果然非同寻常！这个热情的男孩给他留下了极其强烈的印象，他已经决定了要做他的监护人，使他顺利地在这片陌生的国土上成长为一个男子汉。在舅舅的眼里，卡尔还是一张白纸，他的纯洁无知和他的勇气都是最好的基本素质，他的正义的热情则预示着他有远大的前程。于是舅舅就同他亲爱的外甥相认了。相认时他的一番讲演展示了他那对卡尔来说是奇特的观念。首先他把欧洲和欧洲的亲人们说得一钱不值。这又使我们联想起这个问题：欧洲象征了什么？为什么舅舅总要贬斥它？很显然，欧洲在这本书里是作为原有的人性，人的"弱点"出现的。那古老、伤感、灰黄色的记忆，在人的改造过程中具有不可抗拒的魅力；作为理念象征的美国，将以它年轻人的冷酷、专横和粗暴来同它抗衡。接下去舅舅却又自相矛盾地夸奖了卡尔闹出那桩非理性丑闻的事，对他的勇气和私生子母亲的廉价情感大加赞赏，最后又说要卡尔吸取教训。舅舅的态度十分暧昧，从他的话里很难得出任何结论。奇怪的是周围每个人都对这种讲话的方式心领神会，一点也不觉得矛盾。这是舅舅给卡尔上的第一课。卡尔虽不同意舅舅对家乡的评论，但这一天中他在船上这种特殊氛围里受到的影响已足以使他对自己的欧洲观念产生怀疑了，所以他认为舅舅的话可以理解；而舅舅，为此称他为"了不起的外甥"，因为他接受新生事物如此之快。

就在船上，舅舅第一次向卡尔解释了什么是"公正"，什么是原则。卡尔对司炉充满同情，坚持要依照自己的感情来处理问题，舅舅对此不以为然。他告诉卡尔，船上的事一律由船长来决定，因为纪律和原则是绝对不能违反的。什么是真正的公正？船长的话就是公正。舅舅接着又说他完全理解卡尔的正义冲动，正是这一点给了他立刻将卡尔从这里带走的权力。为什么呢？大概因为有正义冲动，敢于违反原则的人才是舅舅感兴趣的人，因而舅舅才萌发了让他继续深造的想法吧。那么舅舅究竟是赞赏他的正义感，还是对他的正义感不满呢？这种事却是搞不清的，舅舅太讳莫如深了。卡尔搞不清舅舅的心思，卡尔只知道他自己深深地同情司炉受到的不公正待遇，他为司炉哭了，还吻司炉的手。于是舅舅说他被司炉"迷住了"——一句显然是赞赏的话。为了这个"迷住"，他必须马上带走卡尔，不然卡尔就"太过分"了。看得出通过船上事件的考验，舅舅已经对卡尔非常满意了。他对船长说，有了这么一个外甥他就"知足了"。然而舅舅模棱两可的态度却使轻信于人的卡尔也对他生出了疑窦。卡尔不能理解他。实际上，卡尔不理解所有的人，只是舅舅在所有的人当中恰好是他的监护人。他害怕，伤感，怀念；他不知道自己干了些什么，现在又是怎么了，以后还会遇到什么。所以他在离开那条船时大哭起来，既懵里懵懂，又似乎有某种预感。舅舅当然知道他哭什么，他动了恻隐之心，搂紧他，抚摸他，同他依偎着走下船。可是后来在小艇上，当卡尔打量他时，他却又避开卡尔的目光,也许他认为温情对于外甥没好处吧。

从舅舅的一系列举动可以看出,美国精神也并不是一味地冷酷和专横,而是内部包含着深深的矛盾,这矛盾使它的体现成为一系列犹豫的结果。舅舅要卡尔学习美国精神就是要他学习做一个有坚强理性的人,这理性是怎么回事,要靠他自己去琢磨。

舅舅

一、内面的风景

从古老的故乡乘海轮来到美国,卡尔实际上是在经历一种由外部向内部进入的旅行。虽然他自己一点都不自觉,但他看见的全是奇异的、不能理解的现象。住在舅舅那高高的铁屋子里看到的美国,非常类似于灵魂深处的景色。人可以看见混乱,看见喧嚣,看见力的躁动;也可以看见一束巨大的光线将这一大团混乱握住和渗透,那光线就是人的不可动摇的理性。不过美国绝非仅仅只有理性,它的欲望也是十分可怕的。这欲望在今后的日子里将要使得从彬彬有礼的文明社会来到此地的卡尔大开眼界。舅舅将卡尔最初的这种观察称之为"分娩",劝他不要在观看中消磨了时间。因为这一切是卡尔以后都要亲身经历到的,雾里看花只会把人弄糊涂;也因为卡尔的时间已经不多了,他必须全力以赴来为今后的真正生活做准备。不久卡尔就发现,人住在铁屋子里也同样可以拥有音乐。而这音乐，居然可以让人在一瞬间忘记铁的理性的扼制。

富家子弟马克出现了，他在卡尔眼前展现了狂放不羁的、粗野的人类欲望；那是一种席卷一切的力，然而马克多么优美地运用着它！这使人不由得要深思：美国是如何控制它的欲望的，又是如何将它的欲望保存得如此完好的呢？将它同衰老的欧洲相比，年轻的卡尔只有口呆目瞪。舅舅在对卡尔实施了铁的限制之后，又叫他去向马克学习马术，其用意就在这里。这是精神放逐前的演习，在那种生气勃勃的欲望操练中，卡尔一定受到了深深的感染。现在我们明白美国理性精神是从何而来的了；后来卡尔终于又参观了舅舅那沸腾着生命力的商行，对这一点我们就更清楚了。美国＝原始的欲望＋铁的理性。现在可以说，卡尔从世俗（欧洲）中剥离出来，是进入了他的理想王国了，是无意的闯入也是着意的进入。试想彬彬有礼的欧洲又如何容得了卡尔这种胆大妄为之徒？他留在家乡只有死路一条。

人在看到有可能成为自己的灵魂的那些风景时，总是不由自主地受到吸引。人在解释这些风景时则往往得出错误的结论，因为人衡量的尺度永远是从外部拿来的。这就是舅舅为什么总是警告卡尔不要对事物下结论的原因，也是他在每一件事情上犹豫不决的根源。无论他为卡尔安排什么，都很难确定这种安排是否符合卡尔的本性，因为那本性是一个矛盾，标准无法固定。此外，他之所以犹豫，也是为了触发卡尔自身的冲动，让他凭欲望做出自己的选择。卡尔在流浪生涯开始前的这段日子里，在舅舅这个高明的教师的引导之下，开始了从感性上对精神本质把握的过程，也就是由一个无法无天的顽童变为一个自觉戴上枷锁的人的过程。他的眼睛所看到的，暂时还没变成他自身所拥有的。因为内部矛盾还处在初级阶段，尚未彻底展开。但他特殊的眼睛确实使他看到了那道理性之光。在他今后的生涯中，那束巨大的光线会一直伴随他。

为使卡尔进入这种内面的风景，舅舅的启发别具一格。他用他的犹豫来刺激卡尔。从表面看，他似乎是主张强有力的节制，容不得任何放任，其实他又是最懂得情感放任的妙处的。不然他为什么让卡尔在铁屋里弹琴，朗诵深奥的诗歌，还让卡尔领略马克骑马的疯狂派头？他是要告诉他：欲望有多高，理性就有多强。这种不可思议的奇妙统一就是美国精神的境界，也是卡尔今后要达到的精神境界。现在一切都已就绪，卡尔清晰的判断力将会很好地驾驭他那不安分的欲望，让他顺利地开始精神流浪的历程。

二、理性的"缺陷"

浑身散发出理性气息的舅舅其实并不信任理性，这一点从很多迹象上透露出来。他反对卡尔观察周围这个世界，也反对卡尔下判断；他自己也很少做判断，甚至说他总在等待。他等什么呢？舅舅讨厌写字台上的高级装置，那种制作科学的、能够将文件随意分类的神奇装置。这一点又同他那刻板、冷静、科学的头脑相矛盾。莫非他对科学与理性一贯持怀疑态度？莫非他认为对事物所做的任何人为的区分全是靠不住的？他相信什么呢？

也许他暗地里相信音乐与诗歌？也许他让卡尔弹钢琴和朗诵诗就是在对他进行非理性教育？还有让卡尔去观看马克的骑术表演，这又作何解释呢？但是舅舅对卡尔定下的规则却是不可动摇的，他总在训练卡尔的理性，他要求卡尔尽快地掌握英语，以便融入这个新世界。

舅舅在对待卡尔应邀去郊外做客这件事上的态度简直莫名其妙。他一会儿要他别去，一会儿要他去，出尔反尔，最后又不了了之，没有表态，使得做决定成了卡尔自己的事。其实舅舅的不表态就是一种最为严肃的表态，因为在这件事情上理性应该退位，让位于人的冲动了。时机已经成熟，转变的关头到了。读到此处就会明白舅舅先前一直在等什么了，也会明白他为什么总不信任理性的判断了。处在理性王国内的这个参议员，一直受到与理性抗衡的那股力量的深深困扰，他也深深懂得平衡这两种相等的力的艺术；他在进行走钢丝的演出，卡尔是他训练的演员；他决心将这种高级艺术的秘密教给卡尔，他相信这个年轻人不会让他失望。卡尔就这样糊里糊涂地，实际上却又是遵循命运逻辑地离开了舅舅的家。理性退位了，但又没有真的退位，只是换了一副面孔重又登场；欲望暂时战胜了，可惜这种战胜又是惨痛的溃败。

由此可见，理性王国绝非纯理性，也许同时又可以称美国为非理性王国。因为较之卡尔家乡那种未能充分成熟即已衰老的人性来说，这里可称得上是欲望沸腾，势不可挡。只要看看马克骑马的气势就可初见端倪了。这是一个充满朝气的、完全成熟的王国，这里的一切都"发展得非常快"，卡尔当然也不会例外。

舅舅首先让卡尔适应在理性的钳制下生活，接着又反复暗示他理性并不是万能的，行动的力量在他自己身上。他的安排可谓煞费苦心，表面上却又显得是无意的。也许真的并无什么有意的安排，当理性渗透在人的个性中时，一切着意的设计都是多余的了，人只要行动，就会合乎逻辑，就如同诗人写这本书一样。但理性有一个"缺陷"，它不能先行，先行是违反美国的原则的。它总须等待，等一个契机，让它那庞大模糊的阴影部分投射到它的前面。那个时刻是它的节日。舅舅深通这种高级的人性，所以他才发展起了自己庞大的事业，那事业还呈现出蒸蒸日上的局面。但卡尔却是另外一种类型的人，他的本质是诗人，他的命运是流浪。舅舅心怀矛盾和忧愁（也许还有惊喜）送他上了路，送别的方式也别具一格。

啊，美国！谁能看透你那阴沉的外表下面火热的内心呢？是什么样的超自然的强力，钳制住了你那狂乱的欲念？在这茫茫的死海上，欲望之船将驶向何方？

纽约近郊乡村别墅

一、自由的堡垒

舅舅让卡尔开始了流浪生活前的序曲。波伦德尔家的别墅是一座真正的自由堡垒，卡尔在黑夜里摸索着领略了它的风度。

它是完全封闭的，找不到出口的，而在同时，它又到处是裂缝，灌满了穿堂风；人到了它里面，只能凭本能做出孤注一掷的判断，并且心里要明白，所有做出的判断都得由自己来承担后果。这一切都是卡尔最不习惯、不喜欢的，以他的教养，他从不曾凭空做出过任何决定，做任何决定之前都得有理由。但这座别墅却是这样一座魔窟，它将卡尔心里所有的正当理由全部抽空，将他逼到悬崖上，然后又将他猛推下去，并且使这一切又都还是他自愿的选择！他怎么会选择了这样一条路呢？是超自然的力在堡垒里对卡尔起作用。同样可以反过来问：他怎么能不选择这样一条路呢？莫非他还能在这种地方与那几个可怕的人物和平相处而不犯错误？莫非他还真的可以返回舅舅家做一个乖孩子？那些设想都是他用来自欺的借口。奇怪的是这些借口并没有妨碍他做出正确的选择，反而成了选择的理由，堡垒不断化解这些理由，他又不断造出新的来。他是在与虚无斗争的过程中完成选择的。

这样的堡垒里没有回头路可走，每当迷路的他想要返回，就会发现后路已经消失了，前面只有黑洞洞的空虚。这就迫使他每走一步都要面临选择，不断地想出新的世俗的借口来行动。执着的卡尔也似乎是一个想借口的好手，总能随机应变，将逻辑推理进行到底，直到那推理完全失效才不了了之。他的种种表现都令人想起那位舅舅，也许推理的本事来自家族的遗传，也许舅舅这样来训练卡尔是为了让卡尔达到他的那种境界，在那种境界里，人不再把推理当回事。卡尔是在被人从屋子里猛推出去的一瞬间达到那种境界的。当然在那种境界里不能久留，新一轮的推理又会重新开始。作为一名初出茅庐的少年，卡尔时时处在"向子宫回归"的冲动之中，堡垒的设计就是针对这种冲动而来的。这种设计采取"调包"的方法，使回归变成了出走，精神独立的洗礼就在不知不觉中完成了。

这场做客的把戏是一个大骗局，可到底是谁骗谁呢？在卡尔眼里，是舅舅等人骗了他，在他毫无思想准备的情况下将他弄到这个地方，后来又抛弃了他。但在舅舅眼里，是卡尔一直在自己骗自己，因为大家都从不曾向卡尔许诺过什么，如果他有幻想，那是他自己的事；而大家所做的，就是要揭穿卡尔的骗局，破除障碍，赋予他自由。堡垒里的氛围是真实的氛围，卡尔不能长久地忍受真实，这也在大家的意料之中。没有人要留他，只是想让他在此陶冶一下性情罢了，因为他的欧洲派头、浅陋的人情味、浪漫的伤感等等，对于他今后的流浪生涯确实没什么好处，他身上的一切都得好好改造。那么他们相互之间是一场误解吗？是的，误解是个好东西，卡尔的一生都将伴随它，没有人对他的误解感到失望。他的误解越深，舅舅越放心：瞧我的外甥多么会欺骗自己啊，瞧他在一个欺骗被拆穿之后多么快地又想出了新的欺骗啊！而波伦德尔先生也会用严肃的、充满期待的眼光看他，希望他在错误的解释里做出惊天动地的大事来。因为人之为人，很不幸，只能居住在错误的解释里。只有格雷恩，可怕的格雷恩，当卡尔再次做出那种解释时一掌将他推到了黑蒙蒙的外面。但那也并非禁止他解释，只不过是将他的解释推到一个新的转折点上罢了。然而他们又的确是要破除他的误解！否则他们在做什么呢？克拉拉的野蛮，波伦德尔的虚伪，不是已经把卡尔对他们的幻想砸得粉碎了吗？卡尔不是比刚来做客时清醒多了吗？看来不论是卡尔也好，周围的人也好，他们的意图全是模棱两可的。这就是自由的氛围，不愿消沉的人在这种氛围中自有办法。

二、活力

波伦德尔的女儿克拉拉，是卡尔从不曾接触过的那种典型的美国姑娘。卡尔事先对她的想象全部是错误的。这个紧绷在裙子里头的、健康美丽的肉体，沸腾着野性的活力。在她和卡尔打交道的短短时间内，什么礼节之类的东西全被扔到了九霄云外，她根本就没有这一套。她运用自己的蛮力毫不讲理地将卡尔打倒在沙发上，使得卡尔既惊吓又恼怒，如同见了鬼似的。奇怪的是这个疯女孩在这个家庭里，在她的未婚夫面前，甚至在卡尔的敌人格雷恩面前都显得很和谐。他们一点也不认为她"疯"，倒是卡尔自己，处处显得笨拙、愚蠢、碍手碍脚。问题出在卡尔身上，这个走进了真实的外来人，判断事物的标准全是从外面拿来的。他不知道，这个堡垒里不讲礼节，也不存在待客的规矩，只有"是"或"不是"，"要"或"不要"，一切全是唐突和粗暴的，因为去掉了矫饰和伪装。卡尔马上体会到，这种日子他一刻也待不下去，他只有逃离。其实在他来别墅之前，他就已经从马克的骑术中观察过这种美国式的活力。当时，他还从心里发出了由衷的赞美。可见他是"叶公好龙"，真龙的确是太可怕了啊！欧洲的儿子卡尔，既缺乏这些人的铁一般的意志，也不能如他们一样让欲望汹涌。但是他有潜力，他还在发展，他将变成美国社会里的一名流浪者。

三、波伦德尔的爱和格雷恩的冷酷

波伦德尔对卡尔的爱同舅舅一样，是一种精神之爱。这种爱同样表现为一种犹豫不决，即究竟是让卡尔马上同残酷的真实见面好呢？还是让卡尔继续自欺好？那场关于卡尔该不该去别墅做客的讨论就是关于生存本质的讨论。对这样一场讨论，舅舅和波伦德尔当然都不能下结论，结论应由卡尔做出。波伦德尔亲切地搂着卡尔到了他家，后来又一直关心着他。这当然是长者表现出来的慈爱，只不过这种爱是精神之爱。被蒙住眼睛的卡尔却要从这种爱当中去寻找世俗的东西，结果当然是找不到。于是在世俗的眼里，他的爱成了毫无用处的、虚伪的东西。波伦德尔关心的是卡尔精神上的健康发展，卡尔关心的则是摆脱困境，获得解放。二者是如此的势不两立，但又契合得天衣无缝。波伦德尔总是忘不了给卡尔出难题，让卡尔自由地选择。卡尔已经到了他家，他还提议送他回去；后来卡尔执意要走，他又想出种种理由来考验他的决心；最后事情木已成舟，他就消失了。

与波伦德尔的爱相对照的是格雷恩的冷酷。前者着重于"蒙骗"卡尔，后者着重于袒露真实，而两个人的目的又是一致的。卡尔怀着温情脉脉的欧洲幻想来到这个家时，满肚子诡计的老光棍格雷恩已抢先到达了。他在餐桌上奚落卡尔，同克拉拉调情，专门说些卡尔不爱听的话，他的一举一动都令卡尔恶心。然而这样一个人却同父女俩相处得十分好，三人之间充满了默契。格雷恩的形象处处让人联想到真实。真实是不堪入目的，所以卡尔才时时想要摆脱他。但他可不是那么容易摆脱的，他就是卡尔的影子，死死跟定了他。他蔑视卡尔，蔑视他那些行动的理由。他的皮包里放着对卡尔致命的判决书，却迟迟不拿出来，一直要将卡尔戏弄得精疲力竭才告诉他真相。最后他又不顾卡尔的抗辩，野蛮地将他推出门外。

这两个人物代替舅舅履行了他的职责，或者说他们是舅舅的一分为二。人的需要总是双重的，在弄清真相的同时需要自欺。所以对卡尔的精神成长来说这两个人都少不了，格雷恩自始至终待在堡垒里，卡尔不走他也不能走。

四、通往舅舅的路

卡尔向波伦德尔先生发表了长篇演说，他要回到舅舅身边去。他的眼前出现了一条路，这条路穿过别墅的玻璃门，越过楼梯，穿过林荫道，越过公路，穿过市郊，到达市内大马路，通到舅舅的家中。同时他又有种异样的感觉，觉得这条道路是一条完全陌生的路，它连成一个整体，一切都为他准备好了，空荡、平坦的前方有一个强有力的声音在召唤着他，那声音不可抗拒。所以尽管卡尔内心充满了恐惧，他还是要马上行动。这是卡尔对于前途的双重感觉。一方面，他以为自己要奔向舅舅温暖的怀抱，另一方面又隐隐地有难以形容的陌生感。

舅舅的信似乎是堵死了卡尔通往他的路，让卡尔另找出路。但是被从别墅赶出去的卡尔，难道不正好是听从那强劲的声音的召唤，走在他起先想象过的那条路上吗？这条不可抗拒的路，不就是通往舅舅的内心吗？可见卡尔只要遵循直觉行事，就是遵循了舅舅的意志，他的直觉绝不会骗他，凡是隐约感到过的，都会变成现实。

通往拉美西斯之路

一、格格不入

卡尔上路后遇到了两个同伴，这两个人无论在什么方面都同卡尔格格不入，他们是卡尔从未见过的类型。他们住在旅店，却没带任何行李；他们睡觉时不脱衣，不脱鞋，就直接倒在床上；他们对人的身份地位之类毫无兴趣；他们没有私有财产观念，也不尊重别人的人格；他们不相信任何世俗的好意，总是坚持自己的独立性；他们完全蔑视世俗生活，靠白日梦作为生活的支撑。对比一下就可以看出，这两名流浪汉区别于刚刚成了流浪汉的卡尔的地方就在于他们的纯粹性，那种真正的超脱。凡卡尔看得贵重的东西，在他们眼里都毫无价值，因为他们的价值观同卡尔相反。同样是听从神秘的声音的召唤在流浪，卡尔的表现同他们大不相同。那两个人潇洒自如，对发生的一切都有清醒的判断，一举一动全是美国派头。而卡尔则是畏畏缩缩，酸里酸气，甚至小里小气，又多愁、伤感，对前途没有把握，对身外之物过分看重。这一切都显示出，卡尔要成为一个纯粹的人还得经历无数的磨难。也许他永远成不了那种人，学不好美国派头，但那神秘的召唤正在不知不觉地使他朝那方面努力。

卡尔一直对这两个人忠心耿耿，他维护着自己的信用、荣誉，甚至时常为他们做出牺牲。女厨师长要他在饭店留宿，他为了和刚结识的朋友待在一起同甘共苦竟然拒绝了。而这两个朋友，居然趁他不在砸开他的箱子，把他珍贵的照片弄丢了。卡尔的信用、荣誉、隐私对他们来说等于零，一切善的努力都受到嘲笑和误解，沟通完全没有可能了。而从德拉玛什和鲁滨松方面来看，情形正好相反。他们认为卡尔浑身都是人类的坏脾气，成天自己骗自己，还自作多情，信奉着一种虚伪的道德。他们觉得他的弱点难以容忍，非得好好地教训他一顿，才能让他清醒一点。为了教育他，他们尽量去破坏他那些最重要的支撑，例如钱，例如亲情，例如友谊等等。因为卡尔对待这些事的认真态度实在令他们作呕，他们觉得他虚伪透顶。在对现实的把握方面，卡尔也根本不能同他们两个相比。站在纽约面前，卡尔只有一种说不出来的感受，德拉玛什和鲁滨松却能够马上加以清晰的区分，并说出各种地名。他们对舅舅的运输行的评价也是一语道破本质，说它臭名昭著，靠可耻的欺骗来招募工人。在他们眼里，世俗生活就是由欺骗构成的，理应受到他们的鄙弃。卡尔则认为他们对舅舅商行的评价伤了他的感情。毫无疑问这两个流浪汉是有追求的，他们追求一种高级的、梦想的生活。

人世间的一切都令他们不耐烦，怒气冲冲，由于梦想没有寄托，他们只好四处流浪。

二、流浪汉的原则

流浪汉不但有追求，还是两个非常有理性、有原则的人。其中鲁滨松稍微温和一点，但在原则方面也是毫不让步的。他们的原则是什么呢？他们的原则就是对世俗的彻底否定。但是他们自己并不是天外来客，而是两个有着肉身的人，因而免不了也具有世俗的需求。由于这个矛盾，他们坚持起原则来就呈现出一种荒谬的外观。他们鄙视卡尔的金钱观，却想方设法从卡尔身上骗钱供他们吃喝（有时是强要）；他们嘲笑友谊和虚伪的道德，却又用世俗的标准来指责卡尔背弃朋友，不讲道德；他们将卡尔仅剩的一点血缘之爱捣得稀糟，却指责卡尔伤了他们的感情（当然只能是世俗的感情）。也许是原则本身的缺陷使得他们只能有这副不三不四的无赖面孔，也许是他们的面孔遮住了他们内心的激情吧，这世界就是这样阴差阳错的。卡尔对他们的第一印象是"可疑"。这个印象是完全正确的。要以如此奇怪的方式来坚持一种奇怪的原则，又怎么能不处处让人产生疑心呢？所以流浪汉于生活在真实的同时，也生活在荒谬中，崇高的追求与卑劣的苟且同时进行。怎么能不苟且呢？人饿了就要吃饭，困了就希望有一张床、一个屋顶遮风避雨。然而有时，当原则占了上风时，流浪汉们就毫不迟疑地牺牲自己的享受了。比如在最后，卡尔要他们交还照片（承认世俗之情的价值），他们就宁愿牺牲饭店舒适的床，而留宿在野地了。他们同这种酸溜溜的世俗之情誓不两立。仔细分析卡尔对父母那种稀里糊涂的爱就会发现，一切真的是那么虚伪、无意义，无异于犯傻。这样不负责、又无比冷酷的父母应遭天罚，而不是让人怀念。但卡尔是从欧洲来的，自欺是他的本性，他忘不了父亲的目光，也忘不了母亲那双温柔的手。不论父母对他做了什么，他的回忆始终是温情的。这不是他的错，是世俗生活本身的缺陷。既然原则和世俗都有致命的缺陷，这两种东西就成了相依相存、不可分割的了。流浪汉空洞的原则离不开卡尔的俗气，卡尔俗气的追求也离不了原则的指引。前者从后者那里摄取存在的依据，后者从前者那里学习超脱的方法。流浪汉们扔掉卡尔的照片就是为了让他在情感上来一次大飞跃，让他柔软的心肠变得硬一些，麻木一些，以适应可怕的环境。

从流浪汉们的表现可以看出，要让原则在生活中实现是多么不可能，这件不可能的事做起来又是多么自相矛盾。但原则是不会消失的。它一旦产生，人的双脚就踩在了两个世界里。流浪汉们奇怪的生活就是卡尔今后生活的折射，也是他到美国来后的短暂生活的总结。矛盾虽然还是以外部形式展示出来，但内部的能量正在积累，那是终将导致分裂的爆发的力。

三、失而复得，得而复失

作为旧的人性的象征的卡尔的衣箱，在整篇作品中如同魔箱一样转化着，一会儿失去，一会儿又重新回到他身边，为的是再次失去。每次这样的变化，都发生在他的命运出现转折的关口。这种变化使人坚信，没有什么东西是会真正被忘记的，人的本性万变不离其宗，今天的新事物的诞生汲取的是昨天的营养。然而在这个特殊孩子身上，命运特别粗暴和绝情，每一次行动都像是拔掉他的根，而且没有让他怀旧的余地，然后猛一下将他推进新生活。这种粗暴迅速地转换，需要极强的应变能力来承受，卡尔正好就具有这种天分。不论环境是如何的恶化，他一直在匆匆忙忙地生活、思索、规划未来。他没有过多的时间去怀旧，旧日的情感在他的旅途中只是一些苍白的影子，随着时间的推移越来越淡。也许有一天他终将与昨天相遇，但到那时，昨天已具有了全新的意义。从最初的离家出走，一直到受尽磨难，开始新一轮的旅途，他一次也没想到过要返回到旧的温情当中去寻找安慰。所有的苦难都由他自己来承受，咬紧牙关活着便是最大的安慰。

这一章里着重描写了箱子里那张父母的照片。在大洋彼岸再来观察这张照片，一切都显得不可理解了，回忆正在渐渐模糊，离他远去，陌生的情绪代替了一切。当然出于惯性，他仍然将照片看得珍贵，并且对母亲照片上那只温柔的手还残留着新鲜的记忆。这点残留的惰性后来又被两个流浪汉打扫得干干净净了——他们专拣痛处戳。卡尔经历了这一件同过去断绝的事之后，自然再也不会有要不要给父母（过去的幽灵）写信这个问题在他脑子里盘旋了，他在急剧动荡的生活里有太多的问题要考虑，有太多的情感要经历，昔日的爱和恨已没有机会插进来了。

西方饭店

一、异化

女厨师长是卡尔在美国遇见的第一个家乡人（舅舅除外）。她外表亲切、大方、热情、体贴，具有家乡人的一切特征。这使得卡尔错误地按家乡的观念把她当作了一个可以依靠的长辈，从而盲目乐观了一阵子。女厨师长从一出场就显出她是卡尔所不理解的那种新型人物，一种被异化了的人。在她身上，所有那些激烈的内心冲突都被强大的理性死死地禁锢在内，令人初见之下难以发觉。但是她同卡尔的谈话还是泄露了某些东西。她在自己的新的国家里遇见了从前故乡的一个男孩，关于过去的暗淡回忆闪烁起来，使她一时动了恻隐之心，产生了要收留他的念头。因为这个男孩身上有种她所熟悉的东西，那也许是她自己从前具有的东西。在她的心底，完全清楚自己的举动对卡尔来说意味着什么，但她还是凭直觉认为这对卡尔来说是有好处的。卡尔将会在这类经历中"长成一个身强力壮的男子汉"。女厨师长将卡尔吸引到自己身边后，就鼓励他好好干，"通过勤奋和谨慎步步高升"，"站住脚跟"。她从这个正直、诚实的孩子身上看到了自己过去的影子。她对他身上沸腾的活力也许估计不足，也许估计到了，反正两种情况都不影响结果，结果不是卡尔变成特蕾泽似的年轻人在西方饭店安定下来，而是继续流浪。但在当时对于卡尔来说，"在某个地方站住脚跟"，确实"比到处闲荡要好些"。女厨师长从怜悯心出发愿意让新一轮的异化过程在她眼前重演。她的慈爱也同波伦德尔一样，人很难从当中找到世俗的内容。但那终究是一种爱！人不能因为从感情里得不到世俗的实惠就说那感情根本不存在。她是爱卡尔的，不然她也就不会从很多人当中认出他，并收留他了。这样一种异化了的、寓言似的爱，卡尔从中得不到世俗的好处，但他的精神的确因此受益而渐渐强大起来。

西方饭店是一个严密的专制机构，能够在此留下来任职的人，必定具有超人的自制力和理性。整个庞大的机构在卡尔眼前呈现出陌生的异化的形态，每个人都将真实的、软弱的情感遏制在心底，默默地为制度贡献着自己的精力；人变成了机器，世俗的喜怒哀乐必须服从于原则。这个机构里的每一名职员都有一个惨痛的故事，它描述着他们从前同世俗社会的冲突。特蕾泽的故事就是其中的一例。人只有闻过了尸体的气味，同死亡接过了长吻，才能在西方饭店这样的地方长久待下去。特蕾泽就是这样一个女孩。特蕾泽是一位感情丰富、细腻，有点儿忧郁的女孩。她远比卡尔成熟和有毅力，她的毅力既来自她非同一般的经历，也来自西方饭店工作的磨炼。她知道饭店不容许情感泛滥，所以她的一举一动都是冷静而有节制的，显出一种"看破红尘"的风度。没有看破红尘的卡尔虽努力向她学习，但心里实在是困惑得很，也许他一直在想这能不能叫作生活。西方饭店的职员们的脑子里不存在这个问题，他们不问自己这类问题。他们这样做是因为他们必须这样做，他们没有选择，他们在很久以前就已经选择过了。特蕾泽也是这样一个早就做出了明确选择的人，她没有和她母亲一道去死，也没有在饥寒交迫中丧命，而是奇迹般地活了下来，西方饭店就是她多年来的生活模式。对于她来说，如果要做另一种选择，那就只能选择死。她是懂得这个道理的。特蕾泽和每个职员都比卡尔更懂得"活"是怎么回事，因此没有人抱怨。又由于他们太懂得"活"是怎么回事了，他们就不可能真正地生活了。倒是像卡尔这样懵懵懂懂的年轻人，才有可能获得真实的生活体验。特蕾泽是卡尔的小老师，她教给了卡尔生与死的秘密。但卡尔总有一天会看到，他同她，同女厨师长之间的距离就如同隔着万丈深渊。

卡尔也在不知不觉地被异化。他也看出，不管他多么努力，在这个地方他总不能像别人那么自在，所有的人在生活上总是领先他一段距离，他没法完全适应。为什么呢？根本上还是因为他太敏感、太世俗化，总之家乡带来的那些毛病阻碍着他进步。他虽然也有可怕的经历，但比起特蕾泽的经历来就算不了什么了。他从来没有经历过完全绝望的、等死的日子，而是总有小小的希望在前方招手。就是在性格上，他同她也有差异，他永远不能像她那样冷峻、坚忍、不思变迁。看来卡尔从本性上是不适合西方饭店的，不过这种强制的改造对他来说很有益处。也许是料到卡尔在饭店不可能长久待下去，流浪汉打听到了他，开始对他加以引诱。老练的特蕾泽苦口婆心地对卡尔陈述利害，可惜她的话卡尔听不懂，这是由于他并不真正懂得西方饭店。饭店不容许任何世俗诱惑的介入，理性精神统治一切。只有泯灭了欲望的人才能与它联为一体，否则便会成为外人受到驱逐。认识不到事情严重性的卡尔不以为然，照样按自己的性情行事。

异化是人必经的精神历程，异化又使人停留在永远达不到纯粹的痛苦之中。不是就连女厨师长这样的成熟女性，也仍然在心底保留着对故乡的憧憬，因而夜夜失眠、痛苦不堪吗？特蕾泽和女厨师长的痛苦是不能生活的痛苦，卡尔的痛苦则是因生活而遭受的痛苦，这两种痛苦也是一件事的两个方面。

二、理性教育

西方饭店是一架巨大的石磨，以它阴沉的理性精神昼夜不停地碾压着人们，在碾压的过程中逼使人去感受世界构成的本质。这个机构里的每一个人都在精疲力竭地坚守着岗位，以保持整个机构的秩序。那种情形就如同一场没完没了的理性防守战争。防守的敌人是什么呢？是人性的自然流露，是情感的洋溢，是生理限制导致的疲倦、让步，甚至疏忽。人人都得尽力投入战争，谁顶不住了，谁就得退出。这里的私生活带有一种幻影的性质，因为私生活已经被挤到遗忘的角落里，不再行使它的功能了。女厨师长只有在稀少的空闲里，才能坐下来进入那种久远而古老的记忆，这种时候她便要卡尔谈他们的故乡欧洲，而她的感叹完全是隔膜的，因为一切都和她现在的生活无关。至于特蕾泽，惨痛的往事丝毫也不能影响她的工作，正是过去的经历塑造了她今天的性格。她把往事讲给卡尔听，是要让卡尔，也让她自己更加坚定活下去的意志，而不是为往事伤感，放松理性的防守。进入了这两个人的生活之后，卡尔才明白，这个地方谁也帮不了谁，一切都要靠自己硬挺。卡尔也打算以她们为榜样硬挺下去，开辟自己的前途。毫无疑问这种理性精神是很有感染力的。如果不是性格上天生的不适合，卡尔也许就会如同女厨师长所断言的，在此地"长成一个身强力壮的男子汉"了。饭店的生活对于卡尔这种人来说注定只能是一种磨炼，他的性情同这里太格格不入了，即使主观上想要进入，最终也还是进入不了。故乡的烙印是深刻的，欧洲的少年无法长成美国的男子汉，冲撞只会带来混合。饭店的生活的确对卡尔的性格产生了很大的影响，一个多月的时间里，他一次也没有再为回顾家乡的事而伤感，也没有为舅舅的举动而抱怨、而觉得委屈，而是积极地工作，为改善处境而奋斗，独自承担艰辛困苦，他真的是长大了。试想假如没有女厨师长和特蕾泽耳濡目染似的启发，没有饭店工作的重压，此刻卡尔同流浪汉们待在一起，他会不知要如何伤感和抱怨呢！这就是女厨师长说过的，在一个地方站住脚跟给他带来的好处。女厨师长的丰富阅历和慧眼让她一下子就看到了这一点，她对卡尔的栽培也是在不知不觉中进行的，她是卡尔精神上的母亲。难怪卡尔凭直觉就知道投奔她不会错，一定是有某种神秘的引力存在于他们之间吧。从卡尔在饭店两个月来的生活也可以看出，他的防守是被动的防守，他还太年轻，不懂得理性一失守就会带来可怕的灾难。卡尔对非理性力量的无知是他的一种基本的生活态度，只有抱着这种态度的人才有可能无所顾忌地生活。所以他活一天也就一天避不开危险，因为生活就是冒险，而人不能先搞清了利害关系再活。即使在西方饭店这样阴森的地方，卡尔也不能够事先去防备什么，哪怕制度压榨着他，他也学不会，他太有活力了，极度的恐惧也压不住活力的迸发。理性能提高他的认识和承受能力，但理性最终还要让位于冲动，只有糊里糊涂的冲动能打开新的局面。在这个方面特蕾泽恐怕就当不成他的老师了。但谁知道呢？也许特蕾泽也同女厨师长一样，是明白底细的？也许她们共同（有意或无意）促成了卡尔后来的转折？

鲁滨松事件

一、失守

如同预料中的那样，卡尔终于失守了。实际上，他本来就没有主动防卫的知识。他还是他，仍然是那个具有怜悯心的、从欧洲来的孩子。这样的孩子不可能同饭店职员一样有稳固的心理防线。流浪汉鲁滨松也预料到了这一点，因此，他向卡尔发起进攻的突破口就选在他的怜悯心上头。卡尔起先还记得特蕾泽的警告，想要摆脱鲁滨松，接下去事件的发展就急转直下，超出他的控制了。怜悯心顺理成章地成了行动的准则，原则被彻底破坏，一切都放任自流下去了。回过头去看特蕾泽的话，就会明白她为什么要那样苦口婆心劝卡尔同德拉玛什断绝，为什么为卡尔忧心忡忡了。因为只要让残存的怜悯心稍稍冒头，防守就会全线崩溃。

同样鲁滨松也看到了对自己有利的地方。也许是德拉玛什，也许是鲁滨松本人，早就估计到了事件的结果。当然也可以将一切归结于那种神秘的自然力。鲁滨松是可以看透卡尔本性的那种人。他知道卡尔不论在什么情况之下也不会忘本，所以他说卡尔"的确是个好小伙子"。那么是德拉玛什知道卡尔终究在西方饭店站不住脚，在幕后导演了这出戏吗？总之两名流浪汉抓住了卡尔的本性。冷冰冰的西方饭店怎么会是卡尔的长久居留之地呢？鲁滨松的行为是陷害也是拯救，也可以说他两种目的都没有，不过是凭直觉来将卡尔叫回去罢了。说到底，卡尔应该同他们是一伙的呀。再说卡尔在此地接受教育的时间也够长了，需要改变一下生活方式了。在长达两个月的地狱般的生活里，他已经领略了人类的理性之谜。现在该是他回过头去，领略人类的怜悯心之谜的时候了。

整个事件中发生的一切都是那么凑巧，就像是事先的着意设计一样。从整体上观照更像是自然力在起作用。这种力不属于卡尔，不属于流浪汉们，也不属于西方饭店的任何一个人；它无拘无束，呼啸而来，席卷而去；它总是逼你走上最符合你的本性的那条路。卡尔这一次的失守也是它的作用，因为卡尔本来就不适合于那种坚守。那么它是什么？是人的命运，还是人本身的意志？人必须等待，它才会露出真面目。卡尔对于自己的这次崩溃完全不理解。他越是努力，事情越是朝反面急转直下。但是可以肯定，他的良好的感受力使他从事件中学到了很多东西，这些东西在今后的艰难岁月中将会起到决定性的作用。

二、理性的力量

事件的结果是卡尔被冤枉，这个结果是推理的结果，逻辑的结果，也是卡尔违反逻辑亲手给自己造成的结果。逻辑总是一往无前，而人的情感和怜悯心却一味迂回。卡尔在事件中弄得自己自相矛盾，没法开口说话了，他被总管的逻辑彻底击败了。他的初衷是想要不说谎，他的表现却是不断说谎，越辩解越说谎，越让人不能相信。难道能让总管等人相信，逻辑的推理也会有错误吗？卡尔只能沉默了，这里是理性的王国。女厨师长却还不放过他，女厨师长远不如总管和门房彻底，她的心底藏着和卡尔同样的东西，于是她就用她那矛盾的情感来折磨卡尔了，她想要卡尔开口说话。卡尔能说什么呢？只要开口，必定是谎言，他所做过的事决定了他说出的必定是谎言，西方饭店的标准也决定了他说出的只能是谎言。所以女厨师长不论问多少遍，也只会有相同的答复，而这个答复又只能是对卡尔不利的。女厨师长反复询问卡尔的举动并非是由于她心里抱着希望（作为有经验的老职员这是不可能的），而是由于无法表示同情而进行的自我折磨。她到底想知道什么呢？她又想说清什么呢？显然都不是。她之所以说，只不过是说出那结论罢了；她之所以询问卡尔，也只不过是进一步证实她心中的推理（尽管是痛苦已极的证实）罢了。

西方饭店不允许、也不承认矛盾，所有的原则都是不可动摇的；如果一个人食言，他就一定是在撒谎；如果一个人撒谎，他就一定是品质恶劣，应立即被逐出饭店。这种清晰的推理是总管、门房等人的职位的根基，女厨师长也不例外。"正义""正派"，这些词语的含义在此地是完全不同于世俗的含义的；它们远远地超出于世俗的、具体的情感之上，以其抽象的冷酷散发出压倒性的威力，人在这种威力面前只能屈服。那么这种几乎是先验的理性精神又是如何贯彻的呢？它真的排除了任何矛盾吗？为什么女厨师长可以在认为总管是最可靠的人的同时，也认为卡尔从根本上是一个规矩正派的孩子呢？这不是有点像胡言乱语吗？

三、理性的机构是如何运作的

卡尔在门房间里观察到的情况很好地回答了以上问题。如此高不可攀的理性原来根本不是依据精确的科学的判断来推理运作的；原来在那繁忙的、乱糟糟的机构里，一切都取决于偶然性，一切都是似是而非的，看上去一丝不苟，实际上却漏洞错误百出。可以说，人们围绕着一种巨大的荒谬而工作。他们用不着弄清他们工作的性质，命令就是一切。一直到即将离开，卡尔才看到了这个严厉的机构内部致命的矛盾。接着门房班长又进一步加强了卡尔的这种印象。他对卡尔说，他的职责是不让任何一个形迹可疑的人溜出去。至于怎样判断谁是形迹可疑的人，他却又说他爱怀疑谁就可以怀疑谁，即取决于他个人的好恶。

用门房间里观察到的情况类比一下就会发现，在此之前总管等人对于卡尔的判断和推理也是十分随意的，错误和漏洞往往是那种推理的前提，表面上的气势汹汹也排除不了内在的自相矛盾。而女厨师长和特蕾泽的推理则是基于对总管和门房班长的信任，也就是基于她们多年来形成的习惯。一切都是脆弱的、经不起推敲的、由偶然性所决定的。同西方饭店那强大的、专横自负的外观形成对照的，是它内在的无可救药的虚弱，它的神经质的任性，它的乖戾的冷漠。西方饭店是怎样在悠久的岁月中形成这种奇怪的原则的呢？这就需要到女厨师长和特蕾泽的经历中去找答案，也需要到卡尔的经历中去找答案了，因为饭店就是从他们每个人的精神历程中发展出这种原则来的。经历了绝望的追求的人，应该说是不再抱有幻想了，而同原则联为一体了，但奇怪的是一个偶然的事件的牵动仍然可以使得坚固的大厦濒临崩溃。设想一下卡尔走后女厨师长和特蕾泽的怜悯的爆发和对自己的痛责吧，她们将怎样度过今后那些更加可怕的漫漫长夜啊。只有作为行动者的卡尔用不着回顾噩梦，他又一次运用起青春的力从原则的缺口突破出去，继续他那奇迹般的追求。

门房间是窥破西方饭店秘密的地点，所以门房班长有意让卡尔在此地观察和受教育。他死死地抓住卡尔，折磨他，末了却又让卡尔从他手里逃脱，那就像是给卡尔一个突围的机会似的。卡尔突围了，青春的热血又一次战胜了理性，闯出了自己的路。卡尔不愧是卡尔，他用自己的行动向他的老师女厨师长和特蕾泽表明了：理性绝不是万能的，什么样的原则也阻止不了人的活力。他没有辜负他的恩人的期望，即使那期望连她本人也不十分清楚。

四、仁慈

有这样一种仁慈，它所给予人的不是庇护和依靠，也不是对前途的放心感；它是一种诱饵，诱使人怀着虚幻的希望朝某个方向挺进，到头来却要由人自己戳破心中的希望，逼使人承担事情的后果。女厨师长和波伦德尔的仁慈就属于这一种。这是一种使精神早日独立的仁慈，这样的仁慈是真正的美德，卡尔因此而大大受益。女厨师长同卡尔的那场讨论就是出于这种仁慈的初衷而进行的。她说卡尔做下的事不是"正义"的事，即不符合理性原则；而她又不断地为这种非正义的举动辩护。她那种要使对立的观念统一起来的徒劳努力刺痛了卡尔的心。卡尔终于对他追求了这么久的理性感到了绝望，而在心中调动起自己的非理性力量，准备做最后一搏了。当然卡尔对这一切并非有清楚的认识，他受到了强大的"自然力"的操纵。女厨师长是否知情呢？判断是模棱两可的，但结果说明了一切。就是说，不论她是否自觉，是否洞察到了方方面面的可能性，卡尔的精神发展终将因她的安排受益。她的最后的话是要卡尔不必操心未来，"多想想过去的时光"，这又是一句寓言似的语言。属于非理性冲动的未来是人所无法操心的，而对过去的理性批判无论多么执着都不过分。她道出了卡尔做人的信条。除此之外，她还为卡尔安排了最适合于他的、莫测的前途——不是去一家公寓工作，却是被人追击，仓皇逃命！并且在此前她还使卡尔失去了他所有的钱和箱子，也许她认为摆脱了身外之物的累赘，卡尔会更加无牵无挂地尽情生活吧。

避难

一、改造计划

德拉玛什和鲁滨松要把卡尔变成艺术的奴仆，这件事必须有卡尔的自觉配合才能做好，但处在此阶段的卡尔，一心只想摆脱这两个流浪汉。怎样才能驯服卡尔呢？德拉玛什看出，必须杜绝卡尔所有那些虚假的幻想，逼得他死心塌地地跟自己走，他们的计划才有可能实现。在世俗中，没有人会心甘情愿做奴仆的。年轻的卡尔也不可能马上就意识到他的面前只有一条路，生活的经验还没完全告诉他这一点。为了让他提前意识到，德拉玛什才导演了这出戏。艺术是一条狭窄的小道，这条小道是专门提供给那些走投无路的人的。卡尔其实已经走投无路了，只是他心里的幻想还未破灭，他还以为自己可以在别处找到工作。他的发展要依仗于德拉玛什的引导。

从卡尔下车起，德拉玛什的计划就开始了。德拉玛什和鲁滨松用最卑劣的手段断了卡尔的后路，他们让他在人们眼里成了品行不端者、骗子、罪犯，以致他再要在世间混下去的话就只能进监狱。当卡尔终于在德拉玛什的协助下摆脱了警察惊险的追捕时，当他迫不得已跟着德拉玛什上楼到那个艺术之家去时，卡尔才不得不看到：另外的出路已经消失了，至少是暂时消失了，不仅是因为追捕的危险，也因为体力的耗尽。也许走上艺术之路的人们，在此前都曾有过这样的历险吧，德拉玛什是这方面的行家，他促成了卡尔的进化。

卡尔同德拉玛什之间的较量，是一场钳制与反钳制的较量。德拉玛什要向卡尔揭示真实（即他面前只剩下了一条路），卡尔要尽力反抗，执着于梦想。就在一边反抗一边屈从的过程中，卡尔渐渐地在认识真实，走向德拉玛什为他设计的改造之路。当然他仍然是不服气的，他要梦想，也要自欺。他的改造是没有尽头的改造。这一过程中，我们看到他从身体上的激烈反抗、挣扎，过渡到逐渐平息下来，只将逃跑的愿望藏在心中；而最后，终于完全地打消了逃跑的念头，进入了自觉的改造。这种改造开始时是多么激烈，后来又是多么惨痛啊！一个人，如果不脱一层皮，又如何能看见真实，接近艺术？同时也可以看出，德拉玛什和鲁滨松并不是要完全打消卡尔的幻想。他们只是要他改变幻想的方式，让他在意识到真实的前提之下来幻想，就如同鲁滨松所做的那样。一边是不堪忍受的真实，一边是面对真实的遐想，二者共居一室，这就是艺术殿堂的内部情况。卡尔逐渐知道了，真实是躲不开的，它就在你身上；同时他也知道了，面对真实仍然可以闭上眼睛幻想，因为幻想是人天生的权利。从那梦幻般的高楼上下到人间，用手推车推着布鲁娜妲走在街上，卡尔才更深地体会到了世俗生活是多么不堪忍受。也只有经历了高楼上的艺术噩梦之后，卡尔的心才同布鲁娜妲贴近了，她的恐怖也才成了他自己的恐怖。德拉玛什的改造计划终于收到了应有的效果，卡尔成了艺术殿堂里的一员。

二、艺术和距离

艺术只有同人的欲望拉开距离才成其为艺术，鲁滨松的例子很好地说明了这一点。又正因为拉开了距离，渴望才永远是渴望。极其敏感的布鲁娜妲不容许别人看她，一道厚厚的帷帘将鲁滨松隔在阳台上；而鲁滨松，隔着帘子在痛苦中煎熬的同时，产生过多少火辣辣的、美丽的梦啊。人对艺术的进入又总是同恐怖联系在一起的。例如布鲁娜妲桌上的铃，将猫都吓走了，鲁滨松对那铃声害怕又渴望。艺术灵感往往产生在人的欲望受到致命的挫折，由惯性的反弹变得空前强烈之后，那时，在渐渐平息下去的心灵波涛中，一轮无比空灵的明月冉冉升起，用它普照的光辉抚平了人身上所有的伤口，人不知不觉地沉浸在美感之中。鲁滨松就多次体验过这种境界。当他被自身的处境逼得快要发狂，不顾一切地号哭起来时，布鲁娜妲就降临了。虽然只是一个瞬间的梦，虽然仍被拒绝接近她，鲁滨松的苦难还是全部得到了补偿。鲁滨松获得的非凡的幸福要感谢那块厚厚的帷帘，是它调动了他体内的潜能，让不堪忍受的苦难世界里有甜蜜的梦幻降临。他也要感谢布鲁娜妲的敏感和傲慢，是她使他体内的渴望长久地燃烧，那是永远得不到满足的、能够不断升华出梦境来的渴望。

作为欲望和艺术二者矛盾统一体的布鲁娜妲，就是在同世俗决裂，拉开距离的过程中发展起来的。完成了外部的决裂，撤退到世俗的边缘地段之后，折磨着女神的就是她的肉体了。她必须同自己搏斗，征服这巨大的，里面像有岩浆沸腾的肉体。她是怎样做的呢？她的方式就是在她的小天地里摒弃一切世俗，生活在纯理念当中。但她怎能摒弃自己的肉体呢？为了同自己的肉体拉开距离，她进行着长久的消耗战。浑身消除不了的疼痛使她变得更美、更有诱惑力，也更咄咄逼人、不可侵犯了。面对着她矛盾的肉体，两名流浪汉神魂颠倒，不知如何是好。这同人面对一件艺术品的感觉很相似，那种被打动又被拒绝的感觉，它的深入程度远远地超过了人的性欲，而它的起源又同性欲密切相关。

布鲁娜妲那架神奇的望远镜就是艺术家的眼睛；那种与现

实拉开距离的同时又穿透现实的观察方式，是人所难以适应的。所以当布鲁娜妲逼着卡尔从望远镜里向外看时，他什么都看不到，但布鲁娜妲却说他"已经看见了"。这样持续了一会儿，卡尔果然能看见了，只是很不清晰。而在他心里，对这种矛盾的眼光很是反感。可见人如果彻底生活在艺术中是受不了的，尖锐的矛盾必定让人发狂，人总需要某些遮蔽，才能取得平衡。对于被囚禁在黑屋子里的卡尔来说，这种遮蔽就是关于将来会过上好一些的生活的梦想，他活一天就不会放弃一天努力。然而于无意中，他自己正在理解布鲁娜妲的眼光，因为人即使是在遮蔽之下，也还是可以感到尖锐的真实，布鲁娜妲可怕的呻吟总在旁边提醒着他。

三、艺术家眼里的现实

卡尔站在高高的阳台上观察到的，就是艺术家的现实。现实是一场又一场无望的竞选活动，是喧闹的、找不出意义的滑稽戏。不论候选人如何声嘶力竭，希望总是看不到。嘈杂的黑夜乱哄哄的，各种吵闹相互抵消，灯光变幻不定，黑夜无比迷茫。很显然，这是灵魂外化的图像。对于布鲁娜妲这样的纯艺术化身来说，只有一个现实，那就是灵魂的现实。但灵魂是人向内看时看不到的，想要看到它的艺术家们在追求中发现，灵魂并不光是肉体内漆黑一团的东西，灵魂在一定的时候可以冒出体外，与外界结合，组成一个新的世界图像，而且只有这样的图像，是它存在的证实。这个图像属于艺术家，它同世俗的现实有千丝万缕的联系。但它是一种升华，是艺术家独有的、同时又具有普遍性的现实。要拥有这样的现实，望远镜是必不可少的工具，与世俗的剥离也是先决条件。艺术家布鲁娜妲，用她那颗博大、强健的灵魂将世俗的活动全都囊括在内，造出了这样新奇的景象。面对这样的景象，人即使是看不懂它的内涵，也会受到深深的吸引。

俄克拉荷马露天剧场

投奔艺术

卡尔终于沿着自己面前那唯一的一条路走到了艺术面前，并且被艺术雇用了。俄克拉荷马剧场拥有无边无际的场地，无数支招募队在各地不停地旅行，招募职工。谁愿意当艺术家，马上就可以报名。这里描述的，正是艺术的真实情况。艺术无处不在，它的大门对所有的人敞开，但人们不理会它，个别的人想加入它也是犹豫不决的；只有像卡尔这样走投无路的人，才会怀着急切的心情毅然直奔目标，所以招募队的人事科长说他这种态度"非常正确"。然而卡尔被录用时审查的时间最长，也许是由于他一心想要投奔艺术，艺术才对他进行反复的考验。那种一来一往、切中本质的问答考试，回答起来是多么困难啊！但是他终于顺利过关了，艺术不拒绝任何一个人。

告别尘世的场面是狂欢的。似乎是一切可怕的限制都不存在了，阴暗的心情逐渐明朗起来。在那些丧失了一切的无产者当中，卡尔甚至遇见了从前在西方饭店的同事。是的，他们这些受尽了折磨的灵魂，终于要告别世俗了。他们是去天堂，还是去地狱？谁也回答不了这个问题。那股"自然的力"又一次临近了他们。它隔得那么近，它汹涌而来，扫荡一切，像要把人吞没。这就是美国，卡尔感到的、不可征服的美国，以它超级的理性逼迫着他走向艺术故乡的美国。它以经验丰富的方式培育了这位年轻人的精神，现在它又伴随他上路了，去那天堂和地狱的交界之处，去创造从未有过的奇迹。为什么要告别尘世呢？因为一切外部的，都将变成他自己的；因为实际上，列车的前方正是那无限扩张着的人的心灵。所有的悲伤和眼泪，看不见的爱和看得见的冷酷，短暂的欢乐和长久的绝望，无用的仁慈和有用的卑鄙，友谊和背叛，美和丑，一切的一切，都将汇合于那个黑暗的处所。

虽然整部《美国》里有很浓的宿命的味道，深入地体会就会感到，这里的"命运"有很明显的主动性，似乎是反叛的产物，有那么一天它将会由主人公自己来决定，来创造。

1998 年 7 月 11 日，英才园

布鲁娜妲之歌

——读《美国》

谁能料得到,在诗人那干竹子一般枯瘦的躯体之内,会潜伏着这样一个胖大、笨重、狂暴专横、反复无常而又阴郁至极的艺术之魂?她就是日夜兴风作浪的布鲁娜妲,城市上空那块阴暗的领地里的女王。

布鲁娜妲曾经是世俗中的一员,为从芸芸众生中脱离出来,她经历了极其惨烈的剥离的过程。那是一种常人无法想象的过程,它需要六亲不认的冷酷心肠,也需要蔑视现存秩序的气魄和豁出去成为孤家寡人的胆量。骄傲的布鲁娜妲首先就赶走了那么爱她、依恋她的丈夫,把他变成了一个可笑的小丑,让他在绝望中徒劳地挣扎。这便是女王从前从世俗中超拔的第一步。她要干什么?她内在的欲望逼得她要发狂了,她要去创造一种从未有过的生活,她要建立自己的艺术王国,这就是她要干的。她,全身沸腾着热浪，胖大火热的躯体将身上的衣服都快胀开了，然而她却行动不便，不借助于别人就无法料理自己的生活，她的活力正日甚一日地成为她自身的负担。一个特殊的日子来到了，那一天，狩猎女神站在楼下，她那明亮的目光落到流浪汉德拉玛什身上，立刻认出了他，他也认出了她。她将他带到高楼顶上那黑暗的寓所里，从此与他合为一体，随同一起的还有流浪汉鲁滨松。

超拔后的布鲁娜妲就这样在那座高建筑的顶楼寓所里开始了她的真正的艺术生涯。艺术是什么？艺术是折磨，是无穷无尽的、别出心裁的蹂躏，是一次又一次的毫不留情的践踏。德拉玛什和鲁滨松这两个精神的游魂在那个不平凡的日子里见到的，正是布鲁娜妲那洋溢着活力、显示着矛盾的美艳肉体。流浪汉们立刻就明白了：只有这个女人，才是他们的归宿，她将使他们得以成为人，她将使他们结束空洞的游荡，开始真正的创造。然而要对付布鲁娜妲这座肉体的火山可不是一件那么容易的事。每一瞬间都不能预见下一瞬间的事，任何一个行动都不能达到预期的效果。由两个流浪汉和女王布鲁娜妲构成的艺术三位一体，就是这样在那高高的阴暗的艺术殿堂里，日复一日地进行着他们那充满了眼泪、恐惧和期待的艺术实践。那是怎样的一种不堪忍受的生活啊！女王由于内在欲望的煎熬，显得那样的乖张、残暴和霸道，她的欲望就是一切，一切都不容分说。在封闭的密室里头，欲望是赤裸裸的，赤裸裸的欲望却不要求回应，相反，女王要求的是禁欲的服从。然而怎能不服从呢？两个游魂不正是为此而来的吗？深通艺术本质的德拉玛什和鲁滨松，懂得怎样小心翼翼地保持警惕，不断克服自己身上的惰性，虔诚地倾听女王的呼吸，调动起体内全部的幻想力，来完成与女王的神交。他们是高手，我们目睹了他们怎样在压制人性的同时通过弯曲的渠道释放了人性。

布鲁娜姐的肉体是造成流浪汉们两难局面的依据，那是一个越不过去的障碍。在他们眼里，她既是妖艳无比的尤物，又是冷若冰霜、拒人于千里之外的神。即使是德拉玛什同她的性爱也绝对感受不到那种肉体的欢娱，能感到的只是无穷无尽的渴望——由于缺乏而导致的饥饿。谁爱上了她，必将终身在饥饿中煎熬。肉体的苦役没完没了，杜绝了一切缓解的可能，人被逼进死角，就从漆黑一片当中开始了发光的梦想。睡在阳台上肮脏的秽物里头，呼吸着满是尘埃的空气，鲁滨松做了一个火辣辣的梦。他在梦里忘记了自身的创伤和疼痛，沉浸在女王充满诱惑的气味里头，感动得无法自已！这个虚幻的梦境也许可以看作对他白天所受折磨的补偿，补偿只是加剧了他的饥饿感。流浪汉没有故乡，他们的故乡在梦里，而布鲁娜姐就是那些瑰丽的梦境的激发者。这半兽半神的女歌唱家，她的高傲的红裙子，她的浓烈的体味，她的无耻的袒露和声色俱厉的拒绝，谁能抵抗得了这把双刃之剑的诱惑啊！布鲁娜姐，布鲁娜姐，你这古代的美女，你来自何方，要带领我们奔向哪里？流浪汉在梦里噙着眼泪一千次地叩问，恭顺而爱恋地捧住女王裙子的一角，将嘴唇凑上去……然而他被惊醒了，房子里面，布鲁娜姐正在大发雷霆，粗俗地叫骂，将食品倒在地上。于是鲁滨松记起了他的仆人职责，撑起病体走进房里开始了一天的苦役。

布鲁娜妲集各种矛盾于一身，她是一个常人所不能理解的谜。她粗俗、胖大、强壮有力，同时又娇弱、过敏、风度高雅；她发起怒来像狮子一样吼叫，但却忍受不了最细微的噪音；对待异性，她像火一样热，同时又像冰一样冷；她醉心于观察楼下的人群，却又过着一种严格与外界隔绝的生活；她生活在无比纯净的意境里，而她的周围却是不堪入目的杂乱和肮脏，她自己也很脏；她成天为疾病缠绕，躺在沙发上不停地发出呻吟和喊叫，而实际上她又有着一个可以消化变质食品的无比强健的胃，和可以承受任何变故打击的有力的心脏。这样一个布鲁娜妲，人如果想满足她的需求，除了沦为终生的奴隶之外还能怎样？于是为她的魔力所折服的两个流浪汉，心甘情愿地走上了苦役之路。年轻的卡尔对女王的认识是一个逐渐深化的过程，一个由不信任、厌恶，企图反叛到慢慢理解、容忍，最后终于成为同谋的过程。这也是卡尔成长的过程，这一切都要归功于环境的启发教育，当然最主要的，还得归功于女王的权威。谁走近她，就一定会深深地感到那种威慑的力量，因为她的意志不可违拗。这幅地狱生活的画面正是艺术殿堂的真实写照，为命运所逼闯入到它里面的卡尔，将在这里学习怎样做一名艺术家。

那么，高踞于城市上空的布鲁娜妲的殿堂，究竟是天堂还是地狱？应该说，它是二者汇合的中间地带。如同布鲁娜妲本人那半兽半神的肉体一样，这种混合也是奇妙无比的。此处排除了一切世俗的入侵，无比空灵，但又具有世俗的所有特点，是人类欲望的展示之地。依仗于强大的体魄，布鲁娜妲将趋于极端冲突的矛盾统一于一身，从而营造了这样的奇境，一个初见之下必定会令人感到陌生和反感的奇境。布鲁娜姐的肉体的魅力就是艺术的魅力，它挑起人的欲望和遐想，但绝不给人丝毫的满足，它只是让欲望之火烧得更旺。在这个殿堂里，被剥夺了一切，人唯一可做的事就是梦想，那种饥渴煎熬中的美丽的梦想。不相信梦想的人，布鲁娜姐决不会选择他。他们三人在这个特殊的实验室里干什么呢？他们那忙忙碌碌的活动的本质到底是什么呢？原来他们在这里所做的是融化界限，使两极相通，使两界连成一体的工作。这种艰巨的工作充满了创痛、梦魇、压抑，也充满了无望的挣扎。然而，人在这种工作中会不时听到来自天堂的召唤。是艺术，唯有艺术，才能实现这种辉煌的媾和。布鲁娜姐以超人的气魄营造了这个实验室，是由于内心矛盾的逼迫。她不能去天堂，因为她对尘世的迷恋深入到了骨髓；她也不能与世人搅在一起，那种交往令她发疯。走投无路之下她只能搞发明，于是她就发明了艺术，她的精力也从此找到了出路。

布鲁娜姐的产生似乎是一件不可思议的事。然而有一点是可以肯定的：她来自于极度压抑中的爆发，她那天马行空似的冷酷就是这种压抑的产物。她在爆发中突围，抛弃从前的生活，在半空中建立了自己的小小王国，成为名副其实的女王。由于这种爆发是绝望的爆发，于是此后她所做的一切都只能是无中生有了。也就是说，她只能听凭自己这座肉体的火山爆发下去，让爆发导致的发明活动（由流浪汉协助完成）进行下去，因为她只有在这种活动里自身才得以存在。

1998 年 4 月 8 日，英才园

艰难的启蒙

艰难的启蒙

——读《审判》

法律为罪行所吸引

K被捕的那天早上就是他内心自审历程的开始。这件事在K的生涯中绝不是偶然的,法也不是偶然弄错了惩罚对象;在此之前,一定有一个日积月累的过程,事先也肯定有过某种征兆,只不过发生在黑暗的潜意识的深处,没有被K所意识到而已。然而革命终于爆发了,史无前例的自审以这种古怪的形式展开,世界变得陌生,一种新的理念逐步地主宰了他的行为,迫使他放弃现有的一切,脱胎换骨。

K起先一直强调自己是无罪的、清白的,随着案情的发展,他变得越来越困惑,只是在结局到来时,他才明白了自己的罪行只在于自己要抓住生命(用二十只手抓住世界)。为明白这一点，他付出的代价也是整个生命。罪是什么？罪是由于自审才出现的。没有那天早上开始的自审，K就不可能犯罪。最初的自审是无意识的，虽然周围的人（理性）不断地向他示范，他仍然处在蒙昧之中。于是他出于要抓住生命的本能尽全力进行反抗，提出种种软弱无力的证据，如他的社会地位，他在公众中的好印象之类，想以此来驳斥对他的指控。他不明白，他所面对的是一个特殊的法庭，在这个机构的控制下，自身那些表面的规定就如可以随时脱下的衣裳，毫无意义；法是冷酷无情的，决不姑息。K就这样不由自主地一点一点地放弃象征生命的那些东西（职位、品格之类），一步步走向绝望，走向对一切都无所谓，直至最后全部放弃生命本身。

人要是自觉地活着，就有不可逾越的罪挡在前面，一旦意识到罪，法的惩罚就降临了。所以人决不能（不允许）完全自觉地活，也不能提前意识到罪。K的痛苦还不完全在于犯罪，他的痛苦还在于对法的一无所知与恐惧。他要弄清法的真相，他想为自己的活着找一个站得住的理由，想避免惩罚，他的努力并未收到效果。因为只有在他进一步犯罪时（每一次努力都是一次新的犯罪，短短时间里他罪行累累），法才出现，而且是以意想不到的、令他反感的形式出现，以至于他在理智上完全不能接受，错过了弄清真相的机会。例如与看守、打手、画家、律师的会面均是如此。这些举止奇特的人都在对他进行启蒙，而他，由于已经形成惰性的、由生命滋养着的思维方式的限制，不可能及时地觉醒。

K一直到最后才弄清自己的罪行，这是不是个例外？他有没有可能早一点觉醒？假设他当初听从了律师的劝告，结果会不会要好一些呢？可以预料，如果他听从了律师的劝告，服罪伏法，过程一定会拉得很长，并且不会产生这种突发的结局。如果再为K设身处地地想一想，这个结果又是必然的了。K的"弱点"只在于他过分看重生活，他下意识地不愿早一点觉醒，他顺其自然地沉溺于肉欲之中，不放过一切尽情生活的机会（如与毕斯特纳小姐、女看护等人的关系），这个"弱点"不断地加重着他的罪行，也是他对律师和画家的劝告怒不可遏的原因。正是由于他一意孤行，不愿主动放弃，才导致了灾祸的过早降临。但不论在哪种情况之下，K要彻底意识到自身的罪行都是不可能的；像K这样热情荡漾，见缝插针地追求肉欲满足的人，又怎么能彻底放弃生活的权利呢？就是他的这种性格才使得法以更可怕、更冷酷、更干脆的面貌出现的。

一次拙劣的表演

在法的面前，人的挣扎总是显得万分可笑。K的错误在于他用来与法对抗的那些东西是不堪一击的世俗材料，而法是属于另一个世界的。作为上流社会的绅士K，他一心要证实自己的清白，为达到证实的目的，他决心向毕斯特纳小姐表演当时的情景，以使毕相信，逮捕他是多么荒谬，多么没有道理。他的表演效果怎么样呢？不但没有使毕小姐信服，反而把自己弄得没有把握了，这效果是出乎他的意料的！实际上在他表演时，观众不止毕小姐一个，我们明明感到还有另外一位观众躲在暗处，正是这位观众使得K隐隐地感到他的存在而变得没有把握的吧。到了后来，当K的表演突然草率结束时，他还沉溺在儿童式的异想天开里，又弄巧成拙，对毕小姐犯下了不可饶恕的罪行。假如他意识得到的话，在那位看不见的观众面前，他是何等拙劣啊，事后他一定会后悔不迭，拼命唾弃自己吧。在表演时，他却没有充分意识到，表演后犯起罪来还显得很自然似的，对自己的行为居然感到愉快，大约犯罪是最符合人的天性的吧。

K的行为也与众不同，非要亲自表演当时的情景来说服毕小姐，就像个不谙世事的儿童，以为所有的人都是可以说服的。毕小姐对他的表演不感兴趣，也不想接受他那荒唐的建议；她是高高在上的，对K关心的那些琐事不屑一顾，在K面前，她拥有精神上的某种优越感。尽管如此，她身上仍然透出那种世俗的诱惑，那诱惑使得K昏了头，像一头猪一样扑进她的怀里，彻底冒犯了她。

K的依据到底是什么呢？也许他认为，只要如实地再现当时的情景，观众就可以看出，像他这样一位体面的绅士，在银行里高居要职，事业上春风得意，却在一个早上成了囚犯，是多么没有道理！多么像一场可怕的幽默！但是如果换个角度来看，幽默和嘲弄不正是反过来针对不自量力的K的吗？他在竭力反抗的是什么？绅士、事业、银行的职位等等，对于那位看不见的观众来说到底算什么，不是已经很清楚了吗？就连毕小姐不也是似听非听的，丝毫不受他的影响吗？他对自身表面规定的那种过分的热情，究竟有什么意义呢？也许对他有重大意义的事，只是在法面前完全失去了意义吧。

问题是没有第二条路可走，服罪是违反他的本性的，放弃迄今为止的生活方式更不可能，于是在有了这第一次拙劣的表演之后，K后来的生活就成了一系列企图证实的表演了。表面看似乎是无意识的，从他的行为里却可以体会到某种顽固的内在的抵抗与坚持，这种东西一直贯彻到最后，才由他自己的口中说了出来。

K一直有种与毕小姐相反的优越感，并用这种优越感来对抗对他的审判和限制。他的优越感是什么？不就是他的教养、身份、职位，他要用表演所证实的东西的依据吗？而教养、身份、职位，不过是个体生命的形式，这些脆弱的支撑，当然不足以与无比强大的法庭抗衡。当K感觉到优越时，是谁在对他进行嘲讽？

K为什么只能自欺到最后

K在走向刑场之前与神父的谈话等于是对他短短一生的一个总结。在教堂里，神父告诫K不要再欺骗自己，并说他一直在欺骗自己，然后神父就给K讲了那个关于乡下人的寓言，并与他讨论了对这个寓言的几种可能的解释。教堂沉没在黑暗中，神父的暗示既模糊又清晰，K在完全的绝望中抱怨说："谎言构成了世界的秩序。"

其实神父也是矛盾的，他既不说看门人欺骗了乡下人，也不说他没欺骗乡下人，在整个谈话中他只是在谈论自己的困惑。神父的分析是想说明，既然欺骗是一种必要，是这个世界存在的基础，一切都以它为前提，也就谈不上是欺骗了。看门人通过一些小小的举动和话语使乡下人滋生出许多希望，直到最后仍然给他一种虚假的安慰，这是很正常的；乡下人受到了欺骗，那是他自己的问题，他愿意相信想象中的可能性，愿意在这种幻想中等待、度过一生，他与法之间的关系也随之得以成立。精神世界与个体之间关系的普遍秩序从来就是这样构成的。可为什么神父要告诫K呢？这只能说明神父内心的矛盾，就像看门人内心也有矛盾一样。这种矛盾态度用K的世俗眼光来看可以称之为谎言。谎言不是出自任何个体的意志，只不过是世界的一种先验的"缺陷"。K的案例是这个寓言的最精彩的实现。

K精神觉醒的那天早上，法就开始了对他的清算，清算的第一步就是抽掉他赖以在世俗中生存的基础——职位和身份。K出于求生的本能自然要反抗，可惜在无比冷酷的法面前，唯一可行的反抗形式就是自欺。于是，自欺就和自审同时开始了。K这种对法既拒绝又接受的态度与神父的要求也是一致的，神父要求他意识到法，他意识到了，只是仍然消除不了陌生感。

K被捕的那天夜里，与房东太太之间有一场精彩的对话，这场对话预示了K后来的全部处境。在他俩的对话当中，作为有身份的房客，K竭力想通过自欺，也通过房东太太的证实来抹去早上所发生的重大事件，他要从房东太太口里得到令他放心的答案。与书中除了K之外的所有人物一样，房东太太也是知情人，她知道那种特殊法律的存在（只是认为没必要去搞清），也知道K目前处境的暧昧和不可逆转。出于对K的关怀，她用同情的口气劝K不要对自己被捕的事耿耿于怀——一位见多识广的老年妇女的忠告。K要的不是这种忠告，K想要求房东太太与他一道参加他的自欺，一道来忘掉早上那惊心动魄的一幕（当时房东太太躲在门后观看）。K的要求是房东太太做不到的，这两个人的思维在相反的逻辑上运行。不论K认为自己的解释是多么有力，自己的品格是多么正直，发生在他身上的事是多么卑鄙，在房东太太听来仍莫名其妙，就像她的耳朵出了毛病似的。世俗的逻辑只属于K个人，他身旁所有的人都遵循法的逻辑思考。房东太太不但在这一点上令他完全失望，接着又对他说出许多有失身份的闲话，将K这位听者的身份也搞得不伦不类的，直到敏感的K大发脾气。房东太太是很有意思的，在她那种认真劲后面隐藏了幕后者对K的调戏和嘲弄。银行高级职员的身份有什么用？不照样想说不体面的话，想干下流的勾当吗？K到底想坚持什么呢？K的第一次操守上的全盘崩溃是那天夜里那场拙劣的表演。表演及表演后的劣行使K本性中下流的一面暴露无遗，使他拥有的优越性化为乌有。正如看守提醒他的那样："您今后会体会到的。"眼睛上蒙着布的K当然没去深入思考这一切。

意识到法的过程就是进一步觉醒的过程，一个又长又艰巨的过程。在案情发展中，生命与法对K产生二律背反的作用，他处在尴尬的妥协中，自欺是使这妥协延续下去的秘密武器。每次K用他的所谓的优越性来反抗法，就会有执法人教导他：反抗是没有用的，大声嚷嚷也是没有用的，捉摸法庭的意图也是捉摸不到的，还不如多想想自己（一生中到底犯了哪些罪）。当然法并不鼓励自暴自弃，比如监督法官就对他说："当然，这并不是说您应当放弃希望。"执法人的潜台词也可以理解成："反抗下去吧，捉摸下去吧，这样您就会更深刻地体会到法的无边的威力，当然这体会也是没有用的，有用与无用的判断是世俗的判断，您只要活下去就成。"按照法的逻辑，K长期以来认为如此宝贵的生活毫无意义。K畏惧法，崇拜法，又不可能抛弃生活，当然就只能在自欺中挨一天算一天。即使他决心改过自新，也不知道具体该如何着手，那"过"在哪里。他无法可循，法律"只存在于你们（执法人）的头脑中"。

　　清算是不留情面的，法律就像一个入侵的暴徒，剥去了K所有的衣裳，随随便便地将他称为"房屋油漆匠"。当K在法庭上强调自己是一家大银行的首席业务助理时，周围的人狂笑得喘不过气来。的确，与这铁一般的法相比，K的软弱的辩护就如同痴人说梦！举的那些他自己认为雄辩的例子又是多么幼稚可笑！若不是血气方刚，冲昏了头脑，他怎敢当庭做出那样拙劣的长篇辩解，那种既丢丑又毁了自己前途的辩解呢？谁要听他这些毫无意义的蛮横无理的话？一个人怎么能无知到这种程度？法官不耐烦地在椅子上蹭来蹭去，下面的人们议论纷纷，而K居然自我感觉很好。直到最后法官提醒他："今天你放弃了一次审讯将对被捕者肯定会带来的全部好处"时，他还在大声讥笑，这完全是执迷不悟。人类身上几千年来遗留下来的惰性是多么顽固！这惰性裹住人的身体，使他们不会因袒露而直接受到法律那利剑一般的光芒的直接伤害，使生命得以延续。

自欺发展到后来干脆变成了白日梦。例如大学生抢走了他的女人，他第一次承认了自己明白无误的失败时，他马上在脑子里设想出一个最可笑的场面：这个大学生，这个白痴，跪在他从前的情人面前求爱。在这种场面里，他要比这些蔑视他的人优越一千倍。可惜的是，事物每次都朝着他设想的反面发展。不过就是朝反面发展，也还是阻挡不了他那无穷无尽的白日梦。不自量力的较量终究是较量。说不定这正是法所要求于K的呢。法不是要毁灭个体，也不会真正为难被告，反而保护被告，让被告有种虚幻的自由感。K因此可以不断犯规（出于本能，也出于报复）而不受惩，也可以受了小小的惩罚后胡思乱想一气，在幻想中取胜。女看护告诉K，他的错误只在于他太倔强，她这话的意思不像批评倒像欣赏，或许可以说二者兼而有之吧。难道不正是K的这种倔强，这种梦想的能力使得女看护情不自禁地爱上了他吗？被审判的被告的魅力就体现在此。

法终于胜利了，K与两个打手组成一个无生命的整体，朝屠场迈步。他还利用最后的力气反抗了一下，在最后的自欺意识指引下选择了毕斯特纳小姐消失的方向作为前进的目标，接着就用身体向自己说出了必然的结果。临终前远方出现的那模糊、细瘦的身影就是从灵魂中释放出去的精灵，那身影渐渐升腾、消散，与那无边的、看不见的法融为一体。

法的逻辑毫无疑问不可动摇，但它无法抗拒一个想要活下去的人。逻辑只能在妥协中得以实现。对于K来说，颠倒逻辑的体验具有某种英雄主义的意味。

模拟的机构内部——思维的限制

K在好奇心的促使下,跟随听差参观了法院办公室。在那昏暗简陋的楼上,一切生命的痕迹都消失了,K所看到的一切都令他沮丧,令他厌恶得要死,最后他产生了头昏眼花的生理反应,几乎晕了过去,虚弱得再也无法照顾自己。办公室的内部的最大特点就是没有可供呼吸的新鲜空气(维持生命的第一要素),这是一个真正封闭的处所,在这个模拟的法机构的内部,一切微弱的希望都没有立足之地,被告们全都处于瘫痪状态,绝望地坐在一旁等待申诉的机会,或仅仅是等待探听一点消息的机会,官员们所说的话就如汽笛在尖厉地鸣叫,一句也听不懂。而K,"好像置身于一条在大浪中颠簸的船,翻滚的波涛冲击着两边的墙壁,过道深处仿佛传来海水咆哮的声音,过道本身好像要翻转过来……"他昏头昏脑,快要死了。直到别人把他扶到大门口,外面清新的风向他涌来,他才重新恢复已经麻痹的身体。

K这一次的经历是一次试图进入法的努力。虽然这个办公机构设在人世间,虽然法本身仍然说不清道不明(法只是模糊地存在于人的头脑中),我们还是可以从这个法律产生地的模型中意会到很多东西。K在这个机构内部得到了那种从未有过的体验——他体验到了人类思维的限制,以及伴随着限制而来的窒息的痛苦。此地是一个绝境,一切语言在这里都变为尖厉的噪声，所有的被告的轮廓都在消融，成为一摊摊稀泥，只有执法人那幽灵般的、傲慢的身影在走廊里匆匆走过。一个活人是绝对无法长久待在这种地方的。那位问讯处的官员就像一位穿着时髦的阴间的阎王，人们为他乔装打扮，凑钱买了时髦的衣服和行头让他穿上，以便那些被告在第一次进入法庭办公室时对他有个好印象，可是他那令人毛骨悚然的笑声却泄露了天机。在我们看来，他那恶意的笑声与阎王（或上帝）的幽默如出一辙。他一笑，K就变成了一件没有生命的物品，只能任他们摆布；或者说，他的笑声使K的存在成了不可能的事。虽然K如在梦中，对周围的一切都无法理解，然而感觉是多么清晰啊。他看到搀扶他的这位官员和这位姑娘在浪涛里无比平静，目光敏锐，感觉到他俩均匀的步伐，他听见他们那听不懂的、对他自身的议论。思想已经停止了，身体也无法动弹，只有感觉还在起作用。这就是法。法在此刻降临在他身上，他却因为不能思想，无法理解而痛苦不堪。原来法就是思维尽头的所在——那永远主宰着他的、不可到达、不能摆脱、也不能理解的，无声无形、却又无处不在的东西。

这次经历使K体内酝酿了一次剧烈的变革，旧有的一切支撑都变得可疑起来。他仍然在思索，只是那思索越来越软弱无力地撞击在法律的墙上，他的路渐渐地归拢成狭窄的一条直线，不知道他临终时还记不记得听差在法院办公室告诉他的那句话，"这里只有一条路"。一切在机构内部经历过的，后来都得到了验证。

女人们

女人们全都懂法守法，在K的眼里，她们都是一些尤物。她们引诱着K，向他暗示可以通过她们的周旋使他得到法的宽恕，从而促使K与她们鬼混，以进一步地犯罪，在泥坑里陷得更深。她们是向着K，为K着想的（毕小姐除外）；她们的法律知识又使得她们的内心很矛盾，到头来她们全都帮不了K。在她们与K的关系中，K总是流露出下流无耻的那一面，只想占便宜和利用她们，而她们就张开了温柔的网引诱他进去。女人们得过且过，只想作为法与K之间的媒介，与K保持一段短暂的关系。或者说，女人们在法的主宰之下促使K在犯罪时意识到法。每当K触犯了法时，她们就消失了，似乎是完成了她们的历史使命。在K的眼里，她们全都类似妖精。每次她们中的一个出现，K就立刻为她所吸引，一方面是出于多情的天性，更主要的则是从她们身上看到了与法建立间接联系的可能性。在K不自觉的情况下，他倒的确通过这些女人与法建立了间接的关系，这种关系与他本人那种乐观的预测无关，仅仅表现为在法的面前不断地沦陷。K在临死前所见到的毕斯特纳小姐的身影，以及他对这个幻影的追随，给这个象征画上了句号。

K的生活是什么？撇开银行里的工作，就只剩下了同女人们的关系。他被逮捕以后，这种关系也随之发生了微妙的变化。同从前的情人艾尔莎那种随便轻松的关系是一去不复返了，他后来交往的好几个女人全都给他一种危险的、靠不住的感觉。他越来越没有把握，不知道要怎样来看待自己的行为，内心还隐约地有种惭愧，最后爆发的理性意识就是这些惭愧积累的结果。

每次K遇到困难，就会想到去求得女人们的帮助，那些女人也确实给了他一些表面的、小小的帮助，至少在当时使得他那颗躁动的心平静下来。只是这些帮助引起的后果与K预期的相反。K一次次验证了这些帮助对他来说意味着什么，到了下一次又旧病重犯。没有谁比K更善于及时总结经验教训的了，他的现状却没有丝毫的改观，一边总结，一边重犯，这是个怪圈。

大律师的女看护列妮在最后关头还惦记着K，给K打来电话，感叹道："他们（法）逼得你好紧啊。"就是这个热情的列妮，对K爱得神魂颠倒的女人，曾经力图阻止K践踏法的尊严而没有成功，现在她无可奈何地目睹了K的落网，于是皈依到法的那一边去了。不能说列妮不够爱K，她当然是爱这个迷人的被告的，在她眼里所有的被告都有吸引力，而K对她的吸引力又超出旁人。不过列妮是服务于大律师的，与法有着密切的关系。大律师授意她与K厮混，将K圈在他身边，便于随时联系，也便于教育K。但是K的想法不同，他急功近利，一心想要他的案件取得可以看得见的进展，既不把列妮放在眼里，也看不起大律师。于是阴错阳差地，列妮反而激怒了K。K就这样半清醒半糊涂地走向了刑场，结局必然是孤零零的，所有与生命有关的都消失在刑场门口。

K与女人的关系还有一重意义，就是K想通过与她们发生关系来报复法（或执法人）。这是一种顽童般的恶作剧的心理。时常，K有种幻觉，拥有了曾属于法的女人，也就是拥有了某种与法讨价的资本。他不知道或不愿知道，女人并不属于他，相反永远只能属于法。报复的目的仍然是为了同法发生关系。K的意气用事没有任何效果，法始终不出现，任凭他像网中的鱼一样游来游去。例如K对毕小姐非礼之后便去上床睡觉，他反思自己的行为，既满意又有点不满意。满意的是他可以不管早上的事，仍然可以同从前一样爱干什么就干什么，他对毕小姐的非礼有很大成分是对早上所受屈辱的复仇。他为什么又有点不满意呢？只是由于睡在客厅里的上尉的缘故吗？说到底，是因为毕小姐的心仍然不属于他（有可能去与上尉鬼混）。她冷淡，没给K任何暗示，还有点厌恶K的过火行为。还有K的对自己的不满当中没有包括进去的更坏的情况，那就是他的罪又加重了。

法与被告之间的桥梁——律师

饱经沧桑的大律师既懂得法的无边威力，也懂得被告有哪些活动的余地，没有比这位睿智的老人更加明白这场官司的个中底细的了。所有的可能性，所有的答案全在他的心中。几十年来在生死场上的丰富阅历使他一开始就看出了K的案件是最有吸引力的案件，并马上接手，打算拼上老命负责到底。他当然不会弄错，一错再错的是K本人。

K的案子到底有什么特殊呢？是这件案子的什么地方吸引了大律师？大律师始终没有向K清晰地讲出他的全盘想法，也许那是没法说出来的，只能猜测，也许他说了，K没听懂。我们却从他那些暗示性的话语里领悟到了：K所与之对抗的，是整个看不见的司法制度；他的罪只能是死罪，这是一场毫无希望的官司。这样的案子对于这样一位老律师来说当然是最有吸引力的，是对他从事了一生的律师工作的一个最大的挑战，案子本身是一个奇迹。律师决心用他毕生积累的丰富经验来参与这个案件，带领被告一次又一次地从法律的缺口钻出去，来领略冒险的刺激。律师的武器则是他同法官之间的私人关系。由于法官必须通过律师来与人间保持联系，所以他们总要定期访问辩护律师，离不开律师，这正是法律机构的缺陷——高高在上，脱离现实。完全脱离现实的法就不再是法，因此法要存在就必须与现实发生关系，与被告产生联系。正是这种依存的关系才使得律师有空子可钻的。K所遇到的是有名的大律师，与法官私人交情很深，因而案情的每一步发展他都了解得清清楚楚，只要K与他勤联系，以积极的态度对待申诉，排除异想天开，这案子就可以长久拖下去，而K也就能不受处罚地活下去。

遗憾的是K对前景的认识并不像律师这般清晰，他一味地执迷不悟，步步错棋。换个角度来看，K的做法也是天性使然。只要他一天不放弃生活，他就不能按律师的教导去做，因为律师向他指出的生活并不是真正的生活，而是虽生犹死，行尸走肉。所以他唯一的出路只能是反抗，于是他就反抗了。

首先，他就在律师家得罪了一位来访的法官，这位法官在K案件的审判中可以起很大作用，K竟然有意无意地怠慢了他，与女看护鬼混去了（也可能是女看护有意拖他下水）。接着他又不听律师的劝告，怀疑律师的能力，直到做出胆大包天的解雇律师的举动。K的一举一动都像任性的小孩，任何人的劝阻都不起作用，有时还对自己的错误判断沾沾自喜，一直没觉察到自己已经死到临头了。他听不懂律师那种充满了内心矛盾的分析，他也不习惯长期身处暧昧之中，总之他不耐烦了，又由于这不耐烦而迁怒于律师，误解了律师的好意，从而走上单枪匹马地蛮干的绝路。体内活力沸腾的K的所作所为，使得他的案子由原来的没有希望变得更加没有希望了。律师的本意是想以案子来制约他，不料他只顾按自己的思路走下去，终于走到了那一步——用自己的热血来与冰冷的司法匕首交手。

K对于接手他案子的大律师到底是误解还是在自欺的大前提下有意不去了解他的活动？理解了律师为他所做的一切就意味着什么？K注意到律师很少盘问他。每次K去他那里，他要么瞎聊，要么沉默地与他面对面坐着，发呆或想心事，要么说几句无用的忠告，然后就是吹牛皮，炫耀他同法官们的密切关系，接下去又要求K不要来打扰他的工作，对他应该绝对信任，而不要指责，因为K连指责的理由都不知道是什么，差不多就像一个瞎子，他却知道所有的底细。在K看来，律师在磨时间，在欺骗他，律师的拖延使他内心的不满与愤怒日益增长；而在律师看来，他该做的一切都做了，K之所以要指责他是因为他年轻气盛、不耐烦，对自己案件的严重性没有充分的认识。律师反复向K描述司法制度内部的真实情况，为的是使K了解自己的处境；而K，由于遵循的是与律师相反的思路，把律师的描述都看成陈词滥调，完全听不入耳，还越来越反感。他们俩的关系似乎是由于思维方式的不同只能误解到底，毫无沟通的可能。那么K的思维方式真的不可改变吗？这种方式的缺陷是由什么来决定的呢？K在解聘律师时告诉他，他当初听从叔叔的建议聘请律师就是为了减轻自己的压力，没有料到聘请了代理人，案子的条件具备，一切都变得更令他苦恼了。而在当初，当他不把案子当回事的时候，有时他差不多可以把案件忘记；现在有了律师，案子反倒成了铁的事实，并且对他的威胁越来越大。K说了真话，从他说话的口气里透露出，他所要回避的正是他自己说出的这个真情：案子越来越逼人，他越来越想忘记。再回到上面的问题，一切都明确了——K的自欺，K的思维方式的缺陷是由他的存在、他的生活方式本身所决定的，生来具有的。这个方面律师的影响无能为力。K如果要理解律师的话，他就只有放弃一切挣扎，束手就擒，变成像僵尸一般的法院听差、看守一类的人。这当然是不可能的事。律师也并不想要他完全变成那种人。律师也是暧昧的，一方面也许暗暗欣赏K的反抗与活力（就因为这他才坚决要接手这个案件），另一方面又不断告诫他反抗毫无用处，死罪不可改变。在整个案件过程中，律师的推理也像一种不动声色的自娱，充满了智者的苦恼。当K提出与他分手时他是十分惋惜的，这意味着他进行到此阶段的有趣的工作要过早地结束；他还曾极力想挽回，无奈K一点都听不进去。从头至尾K都不曾理解律师为他做出的努力，心底里还有点鄙视，这似乎是K的最大错误。但是K与法的关系，正是建立在这种天生的误解中，他要活下去，就只能误解，对于这一点律师丝毫也不大惊小怪，只是因为K的决绝而十分难过而已。K的出于本能的误解与大律师的深明大义的劝诫共同构成了法的现实基础。直到生命结束之际，K才努力睁眼看见了真实，与那长期以来被他抑制在潜意识深处的命运相遇。

没有例外，律师对待K的态度也是矛盾的，K总是弄不清他究竟想安慰他还是想使他绝望，应该说是二者兼而有之吧。律师的说教深思熟虑而又自相矛盾，与其说他是想论证，还不如说他是想与K进行讨论，以求得某种释放。他给K指出的道路是什么？是原地的徘徊，是无穷无尽的自我分析。

律师既然是明白底细的，他所面对的困难之大便无法想象。K多次向他询问申诉书的事，他总是心事重重地回答说申诉书还没交上去，他也只能这样回答。这样的申诉书没法写，因为没有任何人知道K因何被控告，律师也不可能知道，他只是根据经验确定K有罪。于是律师冥思苦想，还是只能随便起草一些公文似的申诉敷衍了事，并且至今没有正式交上去。就是交上去了也没有用，他知道法官会当废纸扔掉。律师在干什么呢？他在与K一道小心翼翼地等待，这就是他所干的事业。（注：着重号为作者所加，下同。）

K在绝望中决心自己来起草申诉书，但是还没有动笔就发现这是一件不可能的事，要花费无休止的劳动而又没有任何效果。他的罪在什么地方？他必须仔细回忆他的一生，就连最微不足道的行为和事件也得从各个方面详细解释清楚，而就是解释了，也仍然不能确定有罪或无罪，因此也就不能确定要申诉些什么。K在这种强制的忏悔中体验到了思维的限制，他什么也没想出来，只是在白白浪费时间。然而这种遐想的姿态就是进化的标志。在思维无法到达的、逻辑之外的地方，到底有什么呢？这是律师和 K 共同面对的难题。在案件中无所作为的律师，自愿地与 K 一道默默等待，难道不是对 K 的一种安慰吗？可惜 K 觉悟得太晚了。逻辑之外的那个法是岿然不动的。你申诉也好，放弃申诉也好，法并不关心，还会给予被告充分的自由。危险正在法的这种姿态中，被悬置的被告失去了一切行动的准则，如粘蝇纸上的苍蝇般左奔右突，还是免不了灭亡的下场。自有人类以来，最大的痛苦也就是这种限制的痛苦了，它是精神的一种永恒的疾病，一代代遗传下来，不断变换着梦魇般的形式，越来越可怕。

律师的慧眼从人群中认出了特殊的被告 K，在这个生命力旺盛的个体身上发现了与永恒相通的可能性，所以才兴致勃勃地介入他的案子，与他一道来体验思维的无限与有限的吧。在这个死亡游戏中，K 只能将律师看作敌人，这大概是游戏的规则，律师不会不知道这个规则的。知道了这个规则，仍然幻想 K 从他这里得到某种安慰，这是律师内心的矛盾。"所有的被告都是最迷人的。"而 K，是最迷人的当中最最迷人的。律师被年轻朝气的 K 完全迷住了，即使因为这案件使他的心脏受不住，甚至夺去他的生命，他也认为自己的努力是值得的。律师因为自身的职业而与永恒结下了不解之缘。我们在此看到了双向的追求：K 追求的是活下去，在生活当中理解那不可理解的法；律师追求的是让法在生动的案例中得以鲜明地体现。两人的目标实际上是一个。

法与执法人

执法人身上体现着法，仅仅因为这一点而十分傲慢，不可一世。在其他方面，他们往往都是不可救药的下流坯：受贿、淫乱、说谎、吹牛、势利，说到底，人所具有的他们都具有；又由于执法者的身份而使这些弱点更为醒目。他们是同 K 同样的有弱点的人，但法律毕竟是通过他们来执行的，否则又能通过谁来执行呢？充斥在这个世界的人就是这个样子，法别无选择。只有一点是值得赞赏的，那就是这些人无一例外都对法无限忠诚，他们的行为教育着 K 也使 K 感到非常害怕。就这样，神圣的、看不见的法居然奇迹似的从这些恶棍、流氓身上得到体现，就连摆在审判台上的法典，也是几本不堪入目的淫书。艺术家的魔杖是如何化腐朽为神奇的呢？其中的奥妙只在于意识到法，所有意识到的人，全都蒙上了圣洁的光芒，皈依到法的无边的麾下。

法的严酷不允许同情，每一件恶行都要受到相应的惩罚，绝不姑息。K 在废物储藏室里看到的那恶心的一幕也可以看成 K 本身变相的自审。看守们下流卑贱，完全丧失了人格，面对法的惩罚，他们像鼻涕虫一样求饶。但求饶也不起作用。为什么会到这一步呢？只因为法高高在上，根本不承认人格、身份之类的表面规定。人在犯法时胆大包天，一旦惩罚来临则魂飞魄散。提前预防是不可能的，所有的执法者看上去都像儿童，不知道要如何预防自己犯罪。作为具体的生活在世俗中的人，法只是在执行任务或受罚时才被他们意识到。平时，他们与一般人无异，每一天，他们都在逃脱法的制裁的侥幸心理下苟且过活，大部分时间都是洋洋得意的。"苟且偷生"正是这些执法者在日常生活中的写照，他们偷鸡摸狗，钻来钻去，只是为了得点小便宜罢了。当他们意识到法的时候，他们身上的这些与生命有关的弱点就都消失了，所有的人都变成了一些面具，除了那干巴巴的几句例行的话语之外，再也说不出什么。说什么呢？那种事本来就是说不出的，只有抽在身上的皮鞭倒是实实在在的。法只停留在卑贱的执法人的脑海里，卑贱者仍然卑贱，常常在无意中践踏了法，这种情况下，法并不抛弃他们，这又是法的宽容所在。法力无边，包容一切。就连那可怜的听差，位置最低的仆役，戴绿帽子的家伙，不也受到被告们的尊敬吗？这个被法律阉割了的家伙，内心也深藏着复仇的火焰呢。只不过那复仇只能于幻想中实现罢了。法的宽容也来自于法本身的弱点，法不可能脱离大众独立存在，只有这些卑贱者的脑海是它的栖息之处，于是法不得不迁就他们，显出它仁慈的一面，让这些家伙像小孩一样乱来，只是牢牢地保留着最后惩罚的权利。生活在法的控制中的所有的执法者都显出鲜明的双重人格。

执法者全是一些具有自我意识的人（虽然在日常生活中同样自欺），执法者在对法的理解方面明显高于K，他们对K的所作所为都是为了教育他，告诉他法的存在及其威力。顽固的K却一直生活在表层，死抓住虚幻的根据不放。执法者与K的这种关系揭示出人的启蒙是何等的艰难，完全的启蒙又是如何的不可能。在尘世的大舞台上，半瞎的K只能凭本能向前摸索，用皮肤感受光的所在。

如果K不被捕，K与执法者们就会一直互不相干地生活在两个世界里（这是种不能成立的假设）。由于这没有先例的逮捕事件，一条昏暗狭窄的通道便在那破破烂烂的法院楼上出现了，K稀里糊涂地走在这唯一的、为他而设的通道上，似懂非懂地与法相遇，开始了重新做人的历程。执法者是这条通道上的一些标志，路还得靠他自己走。不如说，K在尘世中生活了三十年，这条隐秘的通道从来就在那里，这通道是为他而设的，执法人也是为他而存在；他们一直在等，等一个契机，他们终于等到了他的被捕，等到了将两个世界连接起来的这一天。法律绝不是从一开始就要消灭K的生活，法只是要在K的生活中设置一些无法逾越的障碍，强迫他意识到它的强大。

艺术家与真实

由于画家与法的特殊关系，K在别人的劝告下决定去找他帮忙。这位穷困潦倒的画家居住在很高的阁楼上，阁楼又破又小，里头空气污浊，周围环境坏到不能再坏。种种描述都使人联想到居住在人群之上的艺术家的真实的精神状况。画家早就等着K的到来，但他对待K的态度既傲慢又不动声色。K首先在他那里看到了一幅画，画的是一名威风凛凛的法官，法官所坐的椅背上画有一名正义女神。女神托着天平，眼睛上蒙着布，正在飞翔。K大惑不解：女神的这种姿态又如何能保证天平做出公正的判决呢？这不是违反常情的吗？画家解释说，法官正是要求他将女神画成这种样子，他是遵旨办事。最后，他在法官的头部画出了红色的光环，将正义女神画成了狩猎女神。无疑，这也是法官的意旨。K不明白，在这个特殊的法庭里，正义绝不是放在不动的天平上来衡量的，正义女神就是狩猎女神，她不用眼睛寻找罪，猎物（罪）自会将她吸引过去。这位为法所雇用的艺术家，不过是将人们所看不到的东西画了出来。身处世俗而又长着特殊眼睛的K被他的画所吸引住了，但是没有看懂，因为他眼前有障碍物。

画家首先问K是否清白无辜，得到K的肯定回答之后，画家便心中有数了。一个自认为清白无辜的人，肯定是对法一无所知的人，这样的人注定要一辈子进行无望的反抗。画家告诉K，他的辩护是绝不可能成功的；虽然这样，画家还是决心要帮K的忙（也许K正是他的创作的永恒主题之再现？），他打算利用自己与法官的私人关系来对法官施加影响，使他们做出符合K的心愿的判决。关于K的选择范围，画家提出了三种可供他选择的出路，然后分别对这三种出路加以解释。解释完毕之后，K才知道对他来说这三种出路在本质上全都一样，都不是他所愿意的。第一种出路形同虚设；第二、第三种则都是将他永远置于法的铁网之内，并时时感觉到惩罚临近的逼迫，于是不得不尽力挣扎，直至最后。原来就是为了让K获得这三种判决中的一种，画家打算为他奔忙。画家对K的前途的分析比律师更直露，这无异于当头一棒，打得K昏头昏脑。在那狭窄的阁楼上，真实以稀薄污浊的空气的形式体现出来，画家在这种空气里很自如，很活跃。但K却不能赤裸地面对这种可怕的真实，这种真实使得他不能呼吸，他急于摆脱画家，到外面去呼吸新鲜空气，也就是回到他所习惯了的自我欺骗的世界里去，把这一切不痛快通通忘掉。然而画家还不放过K，好像非帮他的忙不可，甚至威胁他说，如果他不来找他他就要亲自去银行。在此处二人的关系又颠倒过来，使我们再次想起罪吸引着法，想起椅背上的狩猎女神。可以在K的案子里帮得上忙的人就是些这样的人，他们使K心中虚幻的希望完全破灭，他们通过清楚的分析将真实描绘给他看，他们身上体现出法的冷峻而飘逸的风度。生活在尘世中的K不能接受他们，每次交往的结果都是一心要远离他们。

从画家的家中出来，K才弄清楚画家的住处正是法院办公室的一部分，这个发现使他更加沮丧不已，像贼一般地逃离了现场。K的害怕表明了他其实是感觉得到真实的，感觉得到真实并不等于就可以生活在真实之中。任何人都不可能生活在完全的真空里，即使是如画家那密闭窒息的阁楼上，也会有充满煤烟味的稀薄空气渗透进去的吧。像K这样的凡夫俗子，他的肺和心脏都绝对适应不了那种环境的。

初出茅庐者与老运动员

商人布洛克是个有五年官司经验的被告，接手他的案子的律师就是接手K案子的同一名律师。K与布洛克在律师家里相遇，布洛克向K介绍了自己打官司的经验。从对话中可以看出，K自以为是，狂妄到了愚蠢的地步。他用世俗的方式来对待自己的案子，对于法律方面的事务一窍不通，又不听劝告。与K的愚蠢形成对照，布洛克十分精明，谦虚好学，又有耐心，五年的被告生涯甚至使他对自己的官司发生了不同寻常的兴趣，为打官司他用掉了全部的生意资金，也丢掉了从前的地位，这一切换来的只是对于自己官司的一些经验以及案子的拖延。布洛克沉浸在自己为案件所做的努力中，毫不怀疑自己的每一项行动都是必要的，他的信念使他彻底抛弃了过去的生活，而自己并不后悔。他的例子就是自审导致人性升华的例子。然而布洛克的经验只是给K带来更深的绝望。一想到自己要像布洛克那样活着，K觉得自己还不如死了好。布洛克也有羡慕K的地方，他说K的案子刚刚开始，存在着多种可能性，因为这一点大律师才特别重视他的案子，而他自己，已经没有太多的可能性了。可能性是什么呢？就是隐藏在黑暗的记忆深处的那些原始的能量吧，五年马拉松式的官司已耗尽了商人身上的这些能量，他的前途差不多已清楚了，他本人也干瘪了，乏味了，律师对他的兴趣也就不如对K那么大了。布洛克还提到，在K这个初犯的被告身上，就有某种神秘的迹象（嘴唇的线条）暗示了他那暗淡的未来，所有的人都看出了K的罪是死罪，而且担心他身上的晦气沾到自己身上来，这一点谁也救不了K。布洛克的描述是想说明法正是被神秘的、迷信似的能量启动的；身上这种原始能量越多的人，罪也就越重，法也就越被他所吸引。

K虽然觉得布洛克的经验介绍使他大长见识，可是对他的官司毫无用处，他急于在官司上获得看得见的进展，并且最终摆脱官司。布洛克似乎没有这方面的需要，其实是他知道摆脱的不可能，于是转而着眼于过程本身。他的这种泰然处之的态度使得K不耐烦了，同时这种逆向的思维还威胁着要动摇摧毁K的那些支撑，K于冲动之下终于不顾一切地做出了不可挽回的冒失举动。

布洛克最后在大律师面前的表现不但让K绝望，还使他觉得丢尽了脸。他就同律师的一条狗一样，以身作则在K面前表演对法的驯服，他的举动令K恶心。奴颜婢膝并不是布洛克的本性，仅仅只是在法面前他才如此自觉有罪；他已经完成了改造，变成了工具。在还没有完成改造的K的眼里，他是不可理解的、陌生的异类。大律师让布洛克表演的目的就是要向K表明：布洛克的现状将是他的未来，K必须习惯这一切。如同意料的那样，K身上蕴藏的活力是要与这一切对抗的，他决不能习惯做一个工具。在法的面前，他是浑身沸腾着热血的初出茅庐者，而布洛克是已耗尽了心血的老运动员。K的冒险倾向与莫测的未来使大律师内心充满了深深的忧虑，他对这个青年的爱和无可奈何让他长久地叹息。

囚犯的自由

从被捕那天起，K成了一个特殊的囚犯，一个自由的囚犯。又由于法的存在，更使他不断地体验到这种自由。短短的时间里，他做出了一系列不顾后果、违反原则的事情，例如在法庭上大吵大闹，蔑视官员，在工作中玩忽职守，甚至发展到一意孤行解聘律师。被捕以前，K是一个规规矩矩的生意人，遵纪守法，谦虚谨慎，工作勤奋，但似乎是，他从未体验过自由的滋味。他有时与妓女稍微胡来一下，不过那种行为是受到尘世中的法律的保护的,因此也谈不上自由。是被捕使他丧失了理智,还是法本身就带给人自由呢?

K虽然被捕了,他的案子却没有做出判决,这就是问题的关键所在。延缓的判决使得他的生活失去了意义,在游离的状态下无论他干什么都是可以的,他处处面临着选择,而他的选择又没有任何参照。既然没有参照,K的选择就完全遵循惰性,遵循从前生活的标准来进行了,这种选择是最糟糕的。法的确带给人自由,但这自由是一种克服不了的困难——无论怎样选择都是错误的。人只好在错误中体会自由。书中多次提到法对于K的优待,因为他的被捕,他差不多是爱干什么就可以干什么了;凡是别人提醒他不可以干的那些事(看守、律师等人的警告),都是种虚张声势,只不过是为了唤起他对法的意识。自始至终,法从未要求、鼓励过他去干什么,也从未真正阻止过他去干自己要干的事。法,由于其本身的抽象和空洞,似乎可以被K忽略不计。然而,即使在忽略不计之际,也会不断体会到这种可怕的自由的隐约威胁。法总是在他的意识深处提醒:犯法吧,犯得越多,最后的惩罚就越重,不过惩罚还不到时候,继续犯法吧!

神父对K说,法院是不会向他提要求的;K来,法院就接待他,K去,法院也不留他。所以K第一次得到法院含糊的口头通知,赴法院参加了开庭后,就再也没有接到过通知了。K第二次再去法院是出于内心的意愿,也就是说他是主动去的。他这种自愿是法于无言之中教会他的。K的那些自由的举动并不地道,往往十分笨拙可笑,时常是气急败坏的、短视的。不过那毕竟是某种选择,自由的选择,与他从前那些胸有成竹的举动,那种按既定目标的努力有天壤之别。作为普通人的K一点也不习惯这种自由，总想回到先前作为伪装的外壳里去，可惜那外壳已被法的无情的手剥去了，粉碎了。是不是可以说，K的被捕也是自愿的，是潜意识深处的一种选择呢？法是先验的，你意识到它，它就存在。这是K的案例告诉我们的。

选择了被囚的生活方式的K，每天仍然过着一般人的生活，这生活由于意识深处法的存在而变成了行尸走肉。似乎是，法要把K变成一个工具，一个彻底如行尸走肉的人，同时法又在踌躇，因为这一点是绝对不能完全做到的，如果做到了，法也就不存在了。所以，法总是挑选那些生命力旺盛、反抗性最强的个体来体现自己，这样的人绝不甘于做工具，而要尽力挣扎，将能量耗尽。过程中的每一步都是对法的冒犯。从这个意义上来说，法本身就是个最大的矛盾。

在那个神奇的早上，的确有种陌生的东西在K的体内苏醒，这就是法的意识，这意识随案情的发展一步步露头，强制性地挤进了K的日常生活，在囚禁他的同时也解放了他，使他变成了赤条条无牵挂的自由人。

从K自白中体现出来的某种自虐倾向

执着于世俗支撑的K，内心总是那么冲动、焦虑、烦恼，总是那么急于要向他周围的人表白清楚他的想法。他自认为思路清楚，无懈可击，受到了天大的冤枉，每次他将他的冤屈向人表达时，才发现别人一点都不理解他的看法，甚至对他的看法表示厌恶和害怕。

这里首先要弄清的是K周围的人是什么样的人。很明显，从K的案件发生的那天早上起，他周围的人就不再是没有自我意识的世俗之徒了，他们都不同程度地与法发生了关系。这些与法发生了关系的人立刻在K的眼中显出了陌生化的倾向，站在K所不能理解的立场上来看问题了。由于K的思维方式在原地没动，而周围的一切全改变了，K那些理直气壮的话，如果换一个角度，也就是从法的角度来看，就显得无比的可笑了，就像是有人躲在后面对他进行恶意地讥笑似的。他越慷慨激昂，他的话越显得荒谬，因为参照物已彻底改变了，变成了他完全不熟悉的东西，而他还不知道。于是，在K那些徒劳的辩白的文字背后，有一副恶毒地微笑着的面孔，那面孔透露出因为自虐而感到无比痛快的表情。

第一次辩白发生在K与房东太太之间。K莫名其妙地被捕了，他要在房东太太面前否决这件事。他开始调子很高，满怀说服别人的期望，后来却因为房东太太的反应而完全泄了气。房东太太其实是从心里要维护K的，她懂得所发生的事情的实质，她为K的处境而难过。K却被她这种同情激怒了。是谁蒙在鼓里呢？当然是K。K又为什么这么容易地泄了气呢？大概是内心深处对自己的怀疑吧。谁也不会站在K的立场上来看待发生的事，只除了他自己。

最精彩的辩白是K在法庭上的辩白，在那些老谋深算的法官眼里，K是个令人厌恶的跳梁小丑，这个小丑是如此的不甘寂寞，还要将世俗陈腐的老生常谈搬到法庭上来宣讲；而且居然还不知天高地厚，公开指责起法的机构来，这不是发了昏又是什么？对于至高无上的法来说，油漆匠和银行襄理又有什么区别？还有比K这番话更荒谬的吗？所以法庭因为这番话闹开了锅，每个人都笑得弯下腰去，浑身乱颤。笑过之后便只剩下对他的无比蔑视。由看不见的导演执导的这场残酷的闹剧在不动声色中收了场，我们不由得感叹：这真是自我幽默的极致！这种幽默已达到了自虐的地步。

就是这样一个K，居然瞧不起老被告布洛克，无端地认为自己拥有某种超出于布洛克的优越性，而实际上，自己已经死到临头了。布洛克心里很清楚K的处境，也许他将K的态度看作某种矫情，因而无比厌恶与鄙视。他恶狠狠地教训K，告诉他真情，K竟没有听懂！这真是天大的玩笑！K拿自己的性命在开玩笑，他无知到这种地步，真让人伤心。接下去他又在神父面前辩护，还攻击法庭，弄得神父于气愤之中忘记了自己的职责，大喊大叫起来。神父的惊叫既是愤怒又是怜悯。眼睛上蒙着布的K一点都看不到即将发生的事，非要将滑稽剧演到底。可是他看不到的事马上就要经历到了。

自娱——一种高级的生存方式

在法的高压之下，在大局已定，前途明了的情况之下，人还能干些什么呢？大律师、商人布洛克，以及最后出现的神秘的监狱神父，他们都在干着同一桩事——自娱的游戏。这种游戏是他们精神生存的方式。为了无牵无挂地游戏，商人布洛克抛弃了财产和地位，沦为法的可怜的附庸；大律师不顾高龄和严重的心脏病，全力以赴来接手K的案子；而谜一般的监狱神父，他是多么津津有味于黑暗中的那番分析啊。这三个人都对自己所干所说的事怀有浓厚的兴趣，那种对于内心困惑的分析，那种原地踏步似的努力，那种希望与失望的交替，正是他们精神生活的需要。

大律师对K的那些长篇大论似的劝告，从表面看近似夸夸其谈，其实他说的全是真实情况，是他多年职业生涯的经验之谈。他的话自相矛盾，推论的结果相互抵消；与其说他是在提出劝告，还不如说他也是为了自己而谈论，而谈论的动力是他对过程本身的着迷，或者说他需要借K的案子来对自己做心理治疗。他年事已高，内心的负担使他只能大部分时间躺在床上思考，K的案件使他又一次找到了精神的出路，使他的才干和推理的能力又一次得到出色的发挥。他这一生可以做的，也就是这些推理了。推理使他获得了短时的满足，之后又是更为黑暗的、虚无的压迫，促使他重新躺回床上去休息他那衰弱的心脏。如果说他全是为了自己才接手K的案子也不公正，他也是为了K，他与K的利益是一致的，他们面对的困难也是同样的，所以才需要齐心协力。在这方面K真是一点都不理解他，也听不懂他的话；K对精神上的事兴趣不大，只关心尘世中那点虚幻的利益。相对来说，律师差不多是承担了案件的全部重负，而K，由于无知并不能感觉到真实的情况。

商人布洛克主要是用行动来进行自娱的游戏的。他不但时常守在大律师的家中等待他接见，还自己花钱又雇了五个业余律师，奔跑于这些人之间，以满足自己的需要。可以说，他为自己的案子而活，时刻都在打探关于案子进展的消息，并渴望与人谈论分析，以便采取下一步的行动，当然所谓下一步的行动也不过是进一步的打探与谈论。他从未像K一样想过要摆脱自己的官司，相反他走火入魔，每时每刻都纠缠在官司里头，虽然害怕却又其乐无穷。当K问他雇用五个律师有什么用时，他回答说自有用处。他所说的用处是指律师能给他带来打赢官司的希望。但是他并不急于要打赢官司，似乎是，也不很关心短时间内的效果，他关心的是另外的事。那么他请这么多律师只能看作他的一种特殊的兴趣和需要。他需要时刻与法发生关系，他需要与和法有关系的人探讨他的案子。他的这种畸形的生活方式成了他终身的追求。

出现在最后的监狱神父似乎是带给K答案的人，奇怪的是他说出来的答案根本不能算一个答案，反而是对任何确定答案的否定。他在黑暗中牵着K的手，将他引向矛盾的顶峰，并对K言传身教，让他与他一道来体验这个世界构成的基础。面对着K，这位老哲人十分兴奋，思维就如潺潺流水般活跃，K受到了感染，明白了一切，却不能像神父那样超脱，只因为两人的立足点不同。神父的兴趣在于揭示世界的根源，K的焦虑是世俗的焦虑。在黑暗中的烛光下，在教堂庄严而恐怖的氛围里，人的精神伸出了触角，两极终于相通了。

与自我相逢的奇遇

饱受内心折磨之苦、眼看就要被恐惧所压倒，但仍然怀着一丝侥幸心理的K，在那个阴沉沉的雨天来到了大教堂。他到底是被骗而来，还是遵从神秘的召唤而来，这之间毫无本质区别，他个人的看法是毫不要紧的，因为他是自愿的。身穿黑袍的杂役成了领K走向最后审判台的领路人。这位奇怪的引路人，并不向K明确地指路，只是用期待的眼光望着他，让K自己似乎是无意中走到了小讲坛的那一边。那小讲坛就是审判官的位置，神父一会儿就上来了。在这个低矮得连腰都伸不直的、折磨人的小讲坛上，神父开始了对K的审判。K开始只想逃走，后来却又由于一种偶然的机缘（只是看起来像偶然的）而留了下来，在那死一般寂静的地方，独自一人面对神父接受了对自己的审判。这是怎样一场审判呢？我们看到，整个过程既没有具体定罪，也没有任何盘问，神父与K之间那场关于法的讨论也像是在夸夸其谈。但这只是用世俗的眼光来看才是这样。一旦我们真正进入神父的思路（就像K强迫自己所做的那样），立刻就会感到，这正是一场最后的、生死攸关的审判。在这场审判中，神父为K描绘了K自身那凄凉的、毫无出路的生存蓝图，所有的谜底都在那里头得到了揭示，只是将结论作为最大的谜留给了K自己。神父究竟是什么人，他为什么如此明白底细？又为什么直到最后才现身？为什么K与他的会面既像是预先决定，又像是不期而遇？为什么K在如此暧昧的情况下见到他，却对他的身份确信不疑？当我们读完这一段，就会发现这位神父多么像我们在日常生活中永远要回避的那个影子，多么像只有当我们灵魂出窍时才会见到的那个人！是的，神父就是 K 一直将他抑制在黑暗深处的那个自我，他在命运的最后关头于黑暗中出现，来向 K 讨还债务了。只是这不同于一般的讨债，这是 K 自己向自己讨债，神父不过是以他清醒的分析促成了这一事件。审判结束时，K 心中残存的那一丝侥幸心理被神父当面击碎，真实呈现于眼前。

回过头来再看前面，就会发现，在这场马拉松式的审判中，K 的自我并不是在神父之前一直缺席的，它曾经由多个人物担任，这些人物随案情发展而轮流出现。只不过在案件的初期阶段，由于 K 认识上的模糊，也由于对世俗的迷恋，这些自我的替身在他的眼中才显得分外陌生，特别不能接受而已。逐步认出这些人的过程就是审判的过程。核心的人物是看守、打手、检察官、画家与律师；其他的一些人物则是他们存在的补充。这就是说，K 周围的这些人才是 K 的本质，本质是相对不变的，K 自身倒是不断演变的。K 只有通过不断演变（不断向法靠近），才会认出自己的本质，而本质又是通过 K 的演变来得以体现，否则无法确定其存在。K 演变的结果使得每一阶段的自我以不同的面貌出现，从单纯到复杂，从具体到抽象，然而不论面貌多么不同，他们都是执法人。变化的只是 K，K 没有确定的罪名，因而罪犯的身份也是不确定的，由于身份的悬置，他必须要不懈地努力，以消除（或确定）自己的犯罪嫌疑，改变自身不确定的局面。这样，K 就成了自我存在的形式，一种永不安宁、不断向上（或向下）、向着完善（或毁灭）而演变的形式。这些体现自我的角色尽管有着相同的本质，在发展中呈现的面貌还是各不相同的。比较一下就可以看出，越是处在认识低级阶段的角色，生活气息越浓（如看守、打手的俗气），越到了高级阶段，角色越变得像不食人间烟火的偶像（如神父）。所以认识自我的过程也是抽空生活的过程，这种抽空发展到顶峰，K就根本不能生活了。K的身上有一种十分危险的走极端的倾向（或称为自杀倾向），他凡事要弄个水落石出，缺乏自我调节的机制。在那间令他呼吸困难的阁楼上，画家向他指出了两种出路，这就是"表面宣判无罪"和"无限延期"这两种活法。画家苦口婆心地解释，内心暴烈的K根本不想听，也坚决不能接受。就是他这种走极端的倾向导致了过早的结束吧。但是怎能不走极端呢？他也知道画家和律师向他指出的活法有可能拖延得更久，但以他的性格，他没法那样活。不断地抽空、抛弃，向着纯净的虚无义无反顾地进发，这是K的方式。他是不自觉的，又是自觉的。在进程中，浓郁的氛围不断地将他引向越来越深奥的自我。

生存模式结构

A. 乡下人—看门人—法
B. K—神父—法

从K的世俗辩解与神父的分析的对比中，我们可以看出K的思维是单向的、仅仅从生命出发的，神父则是将生活本身作为一种矛盾来看，即不仅仅考虑到生，而且考虑到死（法）。神父将矛盾的两方面都透彻地分析过了，而关于究竟要不要活这个问题，他没有自己的意见，只是流露出一种深深的困惑，最后是K用行动来做出了否定的回答。首先，神父责备K近视（"你难道不能看得更远一些吗？"）、过于欺骗自己；接下去神父却又用寓言证实了乡下人自欺的合理性，并说："对一件事的正确理解与错误理解并不相互排斥""不同的看法往往反映的是人们的困惑"。可见神父并不反对K自欺，他只是要引导K达到有意自欺，即明知道是自欺还要自欺。在神父的精湛分析中，世界（精神世界）由三部分构成：乡下人，看门人，法。乡下人与法构成矛盾的对立面，而看门人是二者之间的媒介，三者缺一不可。这样我们就理解了为什么大门专为乡下人而开，为什么乡下人永远不能真正进入法，为什么看门人既要坚定不移地捍卫法的纯洁性，又要维持矛盾的对立（给乡下人凳子坐，耐着性子听他哀求，收下他的贿赂，甚至对他做出小小的挑逗）。只要乡下人活一天，这种三权鼎立的局面就会维持一天。所以看门人说出乡下人不能进入的第一句话之后，暗示的是第二句话：大门是专为他而开的。专为某人而开的门是法的大门，是永远不能进去的。乡下人理解成将来有一天可以进去，于是在门旁等了一辈子。乡下人的这种理解也是看门人暗中希望的（当然也可能乡下人也是有意自欺）。两种愿望达到的结果都是一样的，都促成了矛盾持续下去。所以说："正确的理解与错误的理解并不相互排斥。"整个过程中，看门人所说的话就同神父一样模棱两可、自相矛盾，而他们都在这种矛盾的思维中表达出对生存的困惑。

他们并不要消除矛盾（那是不可能的），而只是要说明、突出矛盾，当然他们用以说明的方法也是矛盾的。所以K听了神父的解释之后，一个简单的故事就变得模糊和无比深奥起来，超出了他世俗的想象力，并且像噩梦一样缠绕着他。关键就在于法和乡下人总是平行发展、相互依存的；而作为中介的看门人，则具有两者的特点，这就是他，也是神父那无限的困惑的根源。K从自己的立场出发总忍不住要攻击、贬低看门人（要么说乡下人受了看门人的骗，要么说看门人也是愚蠢的受骗者），一方面是由于他生存的需要，另一方面也是由于从那种需要中产生的单向的思维方式。直到最后他还是没有被神父说服，但已模糊地感到了那个不为自己完全了解的、极其丰富而深邃的世界，这个世界有对立的两极，每一极都是无限的、不可穷尽的，而这两极又相互反映、互为本质。没有谁能比神父更丰富、更全面；同样，也没有谁比他更困惑、更矛盾。就这样，K从神父那里听到了那种特殊的认识方法，并跟随他的思路不知不觉地对自己的灵魂进行了一遍彻底的拷问。出路并不是神父关心的，他只是要揭示过程，他要让K在彻底自由的情境中领略过程的专制性——法的先验性，不可选择性。这一切都不是什么新东西，从K被捕的第一天起，周围的人就在向他重复同样的道理，只是说的方式不同而已。但没有千百次越来越清晰、越来越严厉的重复，人是战胜不了自己身上的惰性的；当然就是努力过了最终也还是战胜不了，最多打个平手，因为惰性是生存的前提。也许可以说，神父的思维方式是一个圈套，一旦被套住就别想再出来。不过神父又并不主张束手就擒，他只是向K展示了戴着镣铐跳舞的前景。因此同样可以说，K的自取灭亡与他无关，只是K个人的选择。如果K不是这样走极端，还会有别的奇迹出现，然而无论什么样的奇迹也仍然会演绎成这同一个模式。

生活在神父模式中的艺术家总是有两种冲动、两种标准。他既想揭去面具袒露在真实之中，又对于这戴着面具的人生无比迷恋。这两个方面不时发生冲突，但总的来说是平行发展，分不出高低。K的自取灭亡也不过是暂时的放弃，否则远方那细瘦的身影也不会出现在灯光下了。彻底放弃必定是漆黑一片。

法是一个过程

法到底是什么呢？按照神父的见解，法是不能谈论的东西，它的尊严是不容怀疑的。看门人受雇于法，所以他的地位至高无上，不能用世俗的眼光来评价他。而作为普通人的K，只能用"人"的眼光去理解法，即将法与世俗的法庭联系起来，除此没有第二条路。但这种特殊的法是超出人的理解的、无限的东西，它只能被"感到"。在这场漫长的审判中，每当K用世俗之心去理解法，他就走向了法的反面，又因为只能有一颗世俗之心，K的罪就越来越深。即便如此，K对于法本身也绝不是没有感到，他是感到了的，所以他的态度一直在发生那种微妙的变化。在他身上，对法的感觉与出于惰性的误解同时进展。法不断地威胁着要解除他的全部武装（身份、名誉、地位），到了最后终于解除了。他与神父的会面就是法的意志的全部披露；误解消除，法的旗帜插在放弃了生命的躯体之上。

乡下人当然是自由的，他是一个贪得无厌的家伙，于冥冥之中产生了要进法的大门的念头，于是抱定这个妄想寻到了法的大门口，从此就在那地方坐下来了。他是在等待和哀求的过程中，在痛苦的煎熬中，在看门人的冷酷中，逐渐体会到法的存在的。同样，K被捕的那天早上他就成了同一种自由的囚徒。既然他已经不知不觉地、自由地选择了法，法也就选择了他。于是他不得不逐步抛弃世俗的一切，这期间他差不多是要干什么就可以干什么，无论干了什么到头来全无所谓。他变得自由散漫，行为恶劣、卑鄙；简言之，由一名堂堂的君子变成了鬼鬼祟祟的小人。他只需要对一样东西负责，这就是法。但法总是隐藏在深处，态度暧昧，他为此痛苦，为此焦虑，为此于无形中进一步抛弃世俗的价值。但是法仍然不现身，它要的是彻底的皈依。K和乡下人的区别只在于K是世俗中的人，而乡下人是寓言中的人。寓言中的乡下人对法无比虔诚，一心一意地等，世俗中的K对法的态度是一种抗拒的屈从，即主观上要抗拒，达到的客观效果是屈从。他是三心二意、磕磕绊绊地走在通往法的小路上的。结局相同，过程很不相同。

按照看门人的理解，法是什么呢？看门人从未看见过法，他也是于冥冥之中受雇于法的，他守住大门不让乡下人进去的那一天也就是他开始体验到法的那一天。乡下人受到的煎熬越厉害，哀求越凄苦，看门人对法的感受也就越真切。如果说他自己无法证实法的存在，那么乡下人那永不改变的狂热，那以死相求的决心，还有他自己坚守原则的冷酷拒绝，这本身就是最好的证实。所以法不容怀疑。看门人的工作就是折磨乡下人，同时又任凭他怀有小小的希望，以此来体验法，捍卫法，并让法的淫威通过乡下人而展示。也许对于他来说先有法后有乡下人，但那只是一种信念。同样可以说，有了乡下人，法才得以存在，看门人也才获得守卫的资格，法的过程也才展开。看门人在过程完毕时说他要去把门关上，那只是为了说明他的职业。法的大门将随乡下人的死去自行消失。

在K的案件中，寓言中的看门人化身为一系列的人物——看守、打手、检察官、画家、律师，最后是神父。每一个人物都代表了法的过程的一个阶段。与寓言中看门人那单调的过程相对照，这个过程是多么激动人心啊。它是真理由模糊往清晰，由表面的偶然性往本质的必然性的展露，每一阶段都伴随了K内心滴血的体验。这些个看门人，既生活在世俗中，同时又为法服务，K一见之下往往认不清他们的面貌。K从这些人身上看不见法（"法只存在于你们的头脑中"），但总感到他们有某种不同寻常之处。随着过程的深入，角色不断替换，隐蔽的方面才渐渐暴露；发展到神父出现的阶段，K的内心才完全认同了他作为看门人的身份。这位最后的看门人貌似严厉，实际上又给予K完全的自由（"你来，它就接待你；你去，它也不留你。"他的潜台词是法从不强加于人，一切都要等待K自己的觉醒）。神父完成任务之际，就是K觉醒之时，于是K觉醒了。这位最后的看门人是用更为全面、更有说服力的解释来从根本上促使K觉醒的，他不仅仅像画家与律师那样向K描述了他那无望的前途，而且用一个寓言和对寓言的讨论向 K 呈现了他的生存处境的整体，以及各种可能性，他的话包含了赤裸裸的真理。K，尽管内心仍在像以往一样反抗（因为他还活着），但终于默认了这个可怕的真理。这种认识并不是突然发生的，如同神父对审判过程的描述一样（"过程本身会逐渐变成判决"），认识的过程也是逐渐凝固的，最后变成夹住 K 自己的一把铁钳。在从前，所有的人都在向 K 说着神父所说的同一件事，K 也不是完全没听懂，但他就是要欺骗自己，不往那方面想（当然这种欺骗属下意识的）。在事件过程中，自我意识越来越频繁地从潜意识里冒出来，怀疑和动摇渐渐占上风，直到神父出场，世俗观念才全盘崩溃，自欺为自审所揭穿，K 陷入了无法生活的致命的困境中。

1997 年 12 月，英才园

两种意志的较量

——《审判》文本分析之二

读完全书,我们陷入一种深深的困惑之中,我们面对着一个最大的疑问:法的意志究竟是什么?法到底是要 K 死,还是要 K 活呢?故事的结局已经表明了这种意志,也就是说,法要 K 死,如同 K 一直理解的那样。然而在漫长的过程中,K 遇到了那样多的引诱,那样多的希望,那样多的突围的缺口,它们都在反驳着上述单一的结论;它们不断地用暧昧的语气告诉 K,法要 K 活,活着来体验罪,而不单纯是为了最后的惩罚,如同 K 一直在下意识里隐约感到的那样。法的意志的矛盾一崭露出来,永恒的较量就由此开端了;又正因为它是一个矛盾,底蕴才显得深不可测;人可以追索、叩问,但不能从单方面下结论,它是一股能动的力,由两股相反的力合成,并通过这两股力的扭斗和撞击向前运动。在形式上,K 最后死了,似乎死更能体现法的意志，但留给读者的思索却是关于活的思索。不然为什么要写这个故事呢？

法的矛盾意志就是K的矛盾意志之体现，这种双重的意志使他在追求尘世享乐的同时不断地向往着那种纯粹的境界，他总是站在两界之间，很难断然地说他到底更爱哪一边。严厉的理性将他往死路上逼，邪恶的欲望让他抓紧时间生活，就这样向往着、向往着，在堕落中耗尽了生命，一步步临近那真正的纯粹。诗人要描述的，并不是真正的纯粹（那是无法描述的），而是对于纯粹的想象，这种想象又只有在最不纯粹的生命活动中才可以实现。这样，每一种生的冲动都成了向死亡的靠近，绝对的区分成了不可能的事，但我们仍然可以从事件整体中，从K的身上区分出两种相反的法的意志。

仔细地体会K的精神历程，我们不由得会感到，总是有两个K在对同一件事做出判断。一个是遵循逻辑的、理性的K，这个K要弄清事物的原委，要改善自己的处境，要对自己的生活加以证实和规定；另一个则是隐藏的、非理性的K，这个K挑起事端，让欲望泛滥，从而自己践踏了自己的那些规定，不知不觉地把自己搞得罪孽深重。因为有了这种分裂，内审才启动，表面的、外部的审判实际上是内审的投影。在这场内耗的持久战中，究竟谁胜谁负是没有结论的，从结局来看似乎是最后矛盾激化，对生命的认识战胜了生命本身。但结局只是叙述故事的需要。

有了内审的需要之后，受审就成了一件真正严肃的事。在法的范围之内，人无处可逃，连自杀也不可能，人只能做、唯一可做的就是活着反省，任何脱离宗旨、分散注意力的行为都是法所不允许的。法无处不在，但法又是抽象之物，空洞之物；它必须由犯罪人来实现它，充实它；它用优待的方式促使人犯罪，而它对罪犯的要求只有一点，那就是绝对的罪孽感。法既高高在上，统一而严密，法又深入人心，用缺口吻合着人的欲望，这种二重性也是人的本质的二重性。两个 K 在漫长的纠缠与斗争的历程中，不断批判地实现着法——人的本质的象征。

第一章

一、看守和监督官等人

K 在一天早上醒来被困在自己的房间里。法派来了几个对他进行启蒙的使者，这几个人以冷酷的面貌出现，捍卫着法的尊严；他们傲慢至极，绝不通融，逼着 K 接受目前的处境。但这只是 K 最初的感觉。如果我们再深入地探讨一下，就会发现，从事情的初始，就有很多暧昧之处。也就是说，法并不是像他的使者宣称的那样铁板一块，而是十分暧昧的，这种暧昧里深藏了法的最终意图。

看守起先说得十分吓人：他被捕了，只能待在自己的房里不动，早餐也要由他们给他送，任何身份证件对他的案子都无济于事，他除了老老实实地集中注意力考虑自己的案子外，什么也不能做。假如K相信了看守的话，后面的戏就没有了。K理所当然地不相信看守的话，他一意孤行破坏原则，只因为原则太荒谬。不过他又不是绝对不相信看守的话，在他内心深处还是害怕惩罚的，所以他的行为总是留有充分的余地；他不敢把路堵死，他的潜意识里已隐约地感到了这种特殊的法律的存在。同样，看守也并不像他们自己说的那样坚持原则，他们并不是盯住K不放，而是采取比较宽松优待的看守方式。他们这样做或许也是为了给K留有余地？为了不把他的路堵死？或许竟是为了看K的好戏？既然法是那样可怕，为什么他们在看守K时又如此随随便便呢？

看守们的奇怪态度就是法的态度，铁面无私的表情暗示的是挑逗，挑逗暗示的是铁面无私。K当然立刻感到了这种暧昧性，于是自己也立刻变得暧昧起来，既害怕法，服从法，又时时不忘违犯法，向法挑战。外部和内部的两个审判过程就同时开始向前演进了。

接下去便是同监督官相遇。监督官比看守们更严肃，K在被叫去见他时甚至必须要穿一身庄严的黑衣服，在他面前也不能坐，只能站着说话。可是他在审问K时玩桌上的火柴盒，对K的申辩爱听不听的。当然他的行为并不影响法的严肃性，K也绝对不会因为监督官的这种态度有所侥幸。被他的态度所激怒的K又受到对面街上三个邻居的刺激，出于火暴的脾气就要同刚刚隐约意识到的法较量一下了，他想抹杀法的存在。这时看在眼里的监督官就说话了，他斩钉截铁地告诉他：法是抹杀不了的。他的声明使得K体内隐蔽的那个自我抬头，K碰在法的铁壁上，

127

主动屈服了。当然屈服是暂时的。监督官降服了K之后，马上又给了K一种优待。原来法根本不是要真正逮捕他，把他关起来，原来早上发生的一切都只是做做样子的。监督官告诉他可以自由行动了。他甚至早有准备，还派了三个银行职员陪K去银行工作，免得K因为迟到而引人注意。他这种别有用心的体贴又同他刚才的强硬形成对照。他并且告诉K：他的日常生活一切照旧。是啊，一切照旧，法离不开生活。但与此同时，一切又完全不同了，变化的只是人内心深处的东西，是人的眼光，人的感觉。这就是法的奥秘。监督官的审讯是为了教会K幽默的机密，这是人间最高的机密。遗憾的是，表演幽默者不能在同时意识到幽默，这大概是K作为表演者的先决条件。说到底还是这种幽默太严肃太认真了。人必须先在绝望中挣扎，然后才能在意识里（或潜意识里）嘲笑这种挣扎，否则幽默便失去根基了。由于法的这种安排，K一直到最后也没有学会这种幽默。监督官与K的较量不就是K内心那两个自我之间的较量吗？谁是赢家并不重要，重要的是战火已经点燃了。

二、房东太太

K必须向房东太太做个交代。为什么？有谁逼他了吗？K的动机不能往里面追究，硬要追究的话恐怕只能说他在默认中向法屈服，而他自己却认为此举是要抹去事件的痕迹，也就是抹杀法的存在。这又回到了他的老矛盾上。处在法的掌握中的K被这样的矛盾心情撕扯着，怎不似惊似乍，鬼使神差！房东太太当然没有使他的愿望落空（如果他从理性上知道自己的真实愿望是什么的话）。经过那样一场半是误解，半是下意识里的追求的谈话之后，K被她彻底拖下了水。这种事谁能断定呢？完全可能是K自己要下水！是他自己主动找房东太太讨论早上的事件。他憋不住了，一定要把他内心的矛盾对一位老年妇女倾诉。谁知道他这样做是不是为了谋求某种快感呢？而后他又出于隐秘的嫉妒心带头挑起对毕斯特纳小姐的不满，而当房东太太果真大肆诽谤毕小姐时，他又装好人对房东太太大发脾气。他心里到底有什么鬼呢？他是来忏悔的，可是一边忏悔，一边又在犯罪，就好像忏悔是犯罪的借口一样。他卑鄙地将房东太太关在门外的举动，也许就是当初他找她诉说的初衷？要知道这一关门的罪行使法的存在又一次得到了确立。房东太太真不愧为幽默大师，幽默得K见了她就害怕，觉得她实在难缠。世界上什么东西最难缠？灵魂黑暗深处那个鬼精灵最难缠。K躲得了房东太太，躲不了自己的灵魂。况且K究竟是要躲它还是要找它也是难以断定的。一切都是似是而非，说不清道不明的。然而从房东太太一本正经的、甚至痛苦的表情来看，她又不像是在有意识地幽默。那么到底谁在幽默呢？房里只有两个人。应该说是不能出场的法在幽默。房东太太也是在表演幽默，或者说她在促使K意识到幽默。她和监督官承担着同一项任务。怪就怪在这种可怕的幽默不是为了消除K的反抗意志，倒是为了维持他的反抗活力。每幽默一次，反抗的情绪就愈加强烈。体内的怪物到底是要否定生存的意义，还是要肯定它呢？里面的戏和外部的戏是如何受制于同一个导演的呢？困惑的K又进入了第三幕,即同毕斯特纳小姐交手。他在第三幕里的表演令人啼笑皆非。

三、毕斯特纳小姐

仍然是鬼使神差。明明房东太太已经让他看过了毕小姐的房间,从当时看到的情况来看一切都回归到了原样,K根本用不着再向她道歉,但是心里有鬼的K还是顽固地要等她回来,他想同她谈谈。谈什么?显然是要谈他心里的鬼,而不是真的要道歉,道歉只是个幌子罢了。他在焦急中等来了姑娘,一个非同一般的、明白底细的姑娘,一个最能洞悉他的欲求和嗜好的姑娘。毕小姐的每一句话都似乎是种挑逗。她要让好斗的K毫无保留地袒露出矛盾,她要让他纠缠不清,陷入不可收拾的境地。而看起来,她又的确是无辜的。她当然不能对K的沦陷负责,明白底细并不是她的错。一个自己要往泥潭里跳的人,旁人对他当然没有责任。原来K是自己一味下意识地要沉沦,而且他的举动给他带来那么些隐秘的快感!他迫不及待,一心要重温早上的事件。他在毕小姐这个灵敏的旁观者面前再现了早上的情景,从否定法的初衷出发,进一步地证实了法的存在。又因为这违反初衷的证实,因为表演过程中犯罪感的加强,他变得玩世不恭,变得破罐子破摔,因而一不做,二不休,痛快淋漓地亵渎起法来。来自下意识的动力让他犯下弥天大罪,从而实现了法的意志。可以说,从头至尾K的举动都是暧昧的,异想天开的,自相矛盾的。每次他产生一个愿望,其行动就同那个愿望相悖,行动的结果就同那个愿望相反。而他到底要达到什么目的是很难理解的，就连自己也搞不清。一开始似乎是要道歉，当道歉的理由成立时却又没有道歉；相反念念不忘的是要在毕小姐面前演戏，演完了戏又胡搅蛮缠，还趁机耍流氓占毕小姐的便宜。罪行就同滚雪球似的增加着。我们不由得要感叹：这样的幽默可不是一般人承受得起的，人心深处的黑匣子谁个又有胆量去打开它！为什么说K实现了法的意志呢？因为法为罪所吸引，要让K意识到法，只有让他亲自犯罪。黑匣子就这样打开了，邪恶的能量滚滚而出，那个清醒的自我暂时靠边站，且让他做一回混世魔王，留待以后再来沉痛反省——反正，法是不会放过坏人的。毕小姐是谁？一个尤物，邪恶本能的激发者，或者说法派来的密探。这种人正好投合了K的本性，她同磁石一样吸引着K，K通过她与法建立起密切的关系，这种关系一直到K灭亡的前夕还在主宰着他。毕小姐同谁默契地配合演出呢？还是那个不出场的法，或者说K心里的鬼怪。那家伙终究不可战胜，所以这一幕又有点类似引蛇出洞。

　　整个第一章是内心矛盾慢慢展开的过程。投影的形式为K与看守、监督官、房东、毕小姐等人的冲突。在冲突中K第一次为法所钳制，又为摆脱法而挣扎。这种外部审判反过来又成为内心审判的观照，层次分明，逻辑清晰，将我们带往一个立体的世界。

第二章

一、法的态度的层次

K接到电话通知要去参加初审,通知的方式表明了法的态度。一是审讯必须时常举行,K必须到场,而且要求他参加时要头脑清醒;二是时间的安排并不严格,可以随K的心愿而定。口头通知里的这两条大意似乎相矛盾。更加矛盾的是没有说出来的那些无言的要求。法既没有告诉他具体的审讯时间,也没有告诉他详细的地址;法好像在沉默中对他说:一切都取决于他本人的自觉。那么前面的严厉又是怎么回事呢?这正是法的方式。法所要求于K的是自由的审判、自觉的审判,而不是限制的审判、被动的审判。也就是说,K在被审判的外部形式下,自己的内心要发动一场对于自己的审判;在这样的双重审判中,法给予K真正的自由,以让他体验法的实质。

K寻找法庭的过程就是他克服身上的惰性、用直觉战胜思想框框、反其道而行之的过程。没有坐标,没有明确的指引,没有逻辑可循,一切都遵循心底的那种神秘欲望,一切宛如在梦中发生。法只是牵引着他,要他积极主动,要他不要放弃,也要他不要耍小聪明,不对自己虚伪。说不清的氛围充满了暗示,法因为看不见摸不着才无处不在。法在对K严格要求的同时又对他没有要求;法并不曾牵引他,法任其自然。K耍过了小聪明,又虚伪过了;他刚刚处于绝境,法庭就突然找到了。大约是被他在现场犯下的罪所吸引过来的吧。原来法并不阻止犯罪，还怂恿犯罪，只不过怂恿的方式别具一格；原来法离不了罪，如同鱼离不开水，只有罪的临近才使它偶尔露出峥嵘。像 K 这样罕见的被告是法多年经营的成果，一旦抓住了他，它永远不会放过。K 的这种寻找是真正的自由之旅，短短的一刻浓缩了整个一生的经验，前来投奔法的他身上那过人的意志已在寻找中略见一斑。表面上犹豫不决，实际上由直觉带路，这是 K 的派头。似乎每一步都要反复思量，都没有把握，其实每一步都遵循了内心深处的愿望。

模拟的法的审判开始了——审判永远只能模拟，K 今生不能与真正的法谋面。法问的是永恒的老问题：你是谁？法不要求 K 回答，因为口头的回答没有任何意义。法用这个使 K 蒙羞的问题激怒 K，让他进行犯罪的表演，这样他就用行动回答了这个古老的问题。他的答复是多么的精彩啊！这一场践踏法的爆发令在场的每个执法人大开眼界，也让他们体验到魔鬼般的痛快，法居然可以被这样践踏！他的行动正是法所企盼于他的：让他在疯狂造反的瞬间清晰地感到自己仍在法的钳制之中。不管多么疯狂，最终还是做贼心虚，而不论多么做贼心虚，到了下一次又还是要重蹈覆辙继续疯狂。这就是法的意志。K 的这一次演讲是由他个人唱独角戏的大幽默。他无师自通，于懵懂中将这人间的最高机密发挥得淋漓尽致。当他这样做的时候，法降临到他的心中，法同他频频地神交，给予他源源不断的灵感，既让他战胜，也让他彻底溃败。他口若悬河，内心通明透亮，他那些亵渎的雄辩，从反面证实了他心底对法的虔诚。反抗不就是服罪的表现形式吗？就因为承认其"有"，才会反复不断地强调"无"，从这强调中获得近乎歇斯底里的快感吧。在这场与法的对抗中他战胜了谁？他战胜了他自己，结果是古怪的，也是理所当然的。预审法官最后给K的忠告里肯定也包含了对他的赞赏，他不可能完全不受K的感染，观众们不是受到了强烈的感染吗？但是K可不会这样条理清晰地、没完没了地去琢磨，法高深莫测，远不是他能琢磨得透的。因此，管它赞成还是反对，他豁出去了。

二、向内的追踪

在同法交战的过程中，向内追踪与叩问的过程同时展开，这两条主线是完全吻合的。

首先，K决定认真对付他的案子了。就因为那人在电话里通知了他吗？当然不完全是。种种迹象表明了他心里不愿意承认的事，他要采取行动了。他打算自觉革命，九点以前赶到那个地方。他这一着是屈服的一着，他自己却认为是在对抗。为了独立对抗他拒绝任何人的帮助，要单凭自身的力量使自己得到解放。不过到底应该对抗还是屈服，他也没把握。这是个大问题。所以他一边不想一分不差地赶到那里，一边终究又加快了脚步，以便尽量在九点钟赶到。可见在此处起作用的不光是判断力，隐藏的造反者在反复问他：法到底有还是没有？如果没有，干吗要如此认真对待？如果有，干吗不依法行事？依法行事就是依这个造反者的爆发力行事，这在后面寻找地点时就充分地显露出来了。

寻找法庭所在地时他差不多是在随便乱走。但他又不是随便乱走，他遵循的是内心的呼唤。他的行为是内部辩论的结果，辩论让他选中了偶然性，这个偶然就是他自由生活中的必然。他盲目地、却又有几分清晰似的登上了楼梯。这时他的日常自我开始用判断力折磨他，不断地让他产生怀疑和懊悔，最后使他恼怒起来，决心不再依赖任何人的指点，独立冒险。出自本能的爆发力一占上风，法庭就找到了。这个过程中，日常判断也不是毫无作用，它的作用就是以逻辑推理的折磨来激怒K，因为爆发是同逻辑纠缠和对抗的结果。自由的选择来自K的不自由的双重性格。获得了自由的K仍然不自由，所以女人告诉他法庭到了，他还是意识不到，意识得到的只是限制与桎梏。但他毕竟做了一次自由的选择。

接着他就要进行更大的发挥了，那是典型的为自由而战。魔鬼被从心底释放出来大闹法庭，目的却是为了让他自己当众出丑，让他动摇自己生存的根基，让他成为既不是油漆匠也不是银行襄理的、不伦不类的自由人。他越是跳得高，越发现真相的凄惨，以及自身处境的荒谬和孤立无援。但是怎能不跳呢？怎能被法抓在手中，老老实实做一个不三不四的"油漆匠"？明知其不可为而为是魔鬼的本性。包括预审法官在内的观众们充当着障碍，他们横在K的路上，以激发K运用内心的蛮力飞越他们。这种游戏不是一次可以完成的，越过了这一道障碍，马上面临着更加难以逾越的新障碍。K在这场游戏中始终喘不过气来。他们时而伪装，时而露出本相，时而引诱K，时而打击K，最后还心怀鬼胎地向K表明：他完全失败了，惩罚就要降临。K

如果去掉感情色彩来看的话，这些观众其实并不曾伪装，所有的都是真实的，从预审法官的严峻到某些观众的狂热，全都体现着法的要求，从而也体现着K内心深处对自己的要求。这是一种自相矛盾的要求，不能实现而又不得不实现的要求。也就是说，法同时要求K屈从和反抗。由于法本身的古怪，执法人才显得不可捉摸，似乎心心相印，又似乎远隔千里。理解了法，执法人的行为就可以理解了。认识到法就是K内心深处的愿望，才能理解K那些犯法的行为。这是怎样一些执法人啊！他们虚张声势，面目冷酷，似乎马上就要履行惩罚的职责；一旦K不顾一切地大闹起来，他们又袖手旁观，听之任之，甚至还鼓励K继续造反；他们假装分化成两派，给K以某种精神上的支撑，到头来却让K发现他们是一伙的；而当K造完了这一轮反准备离开时，又轮到他们来恐吓K了。这样奇怪的执法人，超凡脱俗的执法人，从冥府深处走来的家伙，由世俗培育长大的K怎么认得出他们？不要紧，K用不着马上认出他们，后会有期。此刻他只要在他们的配合下尽力表演就行了，表演的成绩将载入他个人的史册，成为通向法的道路上的里程碑。要是说K的表演是早有预谋的那就错了。这种表演无法预谋，因为它是黑暗灵魂的崭露。所以K在法庭上的那一番滔滔演讲完全是在周围环境的影响下的即兴发挥，是不顾一切的释放，就连他自己也没料到，一开始他还打算少讲话多观察呢！仍然是引蛇出洞的老手法，危机四伏的法庭上处处显出亲和力，透出希望，就仿佛他不是被叫来受审的，而是给他一个机会发表叛逆宣言。K在此前也许预料过种种困难，也许准备过许多辩护的理由，也许还规划过自己的目标；只有一样东西他不能预料到，那就是他心底的欲望，因为人心是无法预测的。同样可以说，法从来就未打算过按世俗的常规来审判他；法要进行的就是这种特殊的审判，即由K主动加入的对他自己的审判，以陌生形式出现的、K难以意识到的审判。只有让K冒犯法，践踏法，K才会意识到罪；只有让K心里的魔鬼战胜他的理性，他才会知道自己可以邪恶到什么程度，也才会知道自己的生存是一桩多么不可思议的事情。是的，K所做的就是法所要求于他的、对自身的审判。这种审判由于其幽默的本质只能表演，不能被意识到。表演者的盲目使幽默分外生动，为此观众才笑弯了腰。原来反抗法就是审判自己，原来这种特殊法庭的审判与世俗的审判正好是颠倒过来的。这样全新的事物当然是K无法预料到的。

第三章

一、第二次审讯

这一章描写的是第二次审讯。第二次审讯比第一次审讯更进了一步。没有人通知K，K就主动找上门去。整个审讯过程中没有法官也没有听众，也不存在开庭的事。然而这的确是一次自力更生的、无声的审讯；K再次与法遭遇，灵魂的审判向纵深发展。法的安排是多么精心，人在走进侦探故事时遇到的氛围暗示又是多么的强烈！

经过第一次的审讯将法在K的脑海中确立下来之后，K更加坐立不安了。法一步步将他的生活变成了单纯的生活，所有别样的生活都被它所渗透，或给它让路。所以他第二个星期天一早就又上那儿去了。他别无选择，难道现在还能不接受审判吗？到了那里之后法院不开庭，他还不甘心离开，似乎还想捞点什么。他想捞什么呢？不就是深入法的内部，更加确立法的存在吗？现在他已经是这样自觉，而且摸到了一些门道，所以不用别人指点，他也知道要如何做了。法的策略是诱敌深入，K的策略是虎穴追踪，二者正好契合。表面的误解实际上是循循善诱的结果，内部和外部追求的东西实际上是同一个。

法一旦在K的灵魂里扎根，就显露出它的不堪入目的真实内容了。法庭既然设在人间，就脱不了荒谬和丑陋。法甚至将自身构成的这些材料以夸张的方式凸现于人面前：法庭上摆着淫书充作法典，法官们偷鸡摸狗，下属们乱七八糟。法以这种方式展示着人类的惨状，也展示着辩证的魔术，并于无言之中告诉K：即使到了这种地步，人还是要审判自己，因为这是唯一的获救的途径。浑身都是正义感的K被震惊了，他要和法的腐败做斗争。这场斗争的实质是什么呢？实质并非K脑子里那些浮泛的观念，实质是K灵魂深处的逆向运动，即意识到自己的罪。越斗争，越深入，这种意识也越清晰。最后他不是到了寸步难行，要两个人架着他走路的地步吗？似乎是K中了法的圈套，其实是法使K用本能的自欺引导自己进行自我认识。在法院办公室外面同听差的老婆经历了那场丑恶的纠缠之后，K又进到了办公室的里面。办公室所在地是与世俗隔开的,因而这里不存在丑恶,可以说是相对纯粹的地方。K进去之后才知道,这样的地方他更不能待,因为里面没有供他呼吸的空气,连大脑也在这样的氛围里逐渐麻痹,停止了思想。这就是他深入虎穴得到的经验。将K在法庭外面和里面获得的经验综合起来,构成了这样的印象:法是不能真正进入的,尽头是完全的虚空,探索到底必然同"死"相遇;法又并不是和"死"一样完全空虚的东西,它实现于人间,由世俗的罪恶所滋养,它是实实在在的,因为有这样多的执法人为它服务,有这样多的罪犯同它发生关系。

第二次审讯让K以死里逃生的体验大大地提高了对于法的认识。他在对于法的畏惧加深的同时,更体会到"他还是拥有自主权的",因为他做的一切都出自自由的选择。

二、模棱两可的意识

K向法的内部挺进的目的是揭露法的腐败,以便有一天能推翻自己所受到的指控,战胜法。K就是这样认识自己的行为的。这种表面的或理性的意识是一种贯彻到底的自欺。自欺并不妨碍人对世界的真正认识,反而促成人的认识,因为在理性认识的下面,深层次的、逆向运动的潜意识在同时流动着。这种生机勃勃的潜意识从根本上决定着K的生命活动。它向K暗示的是相反的东西:人不能最终战胜法,人必定会失败;人的失败是一种犯罪,人可以犯罪,也只能在犯罪中意识到罪。于是出现这样的局面:由理性支撑的自欺把握着K行动的大方向,由潜意识的自发运动形成 K 行动的节奏。听差的女人一同 K 接触，就将法的肮脏的内情向他展示，极尽炫耀和引诱之能事。如果 K 是一个十分理性的人的话，他就会因恶心而马上走掉。但 K 并不是一个单调而理性的人，所以他的行为同他的初衷背道而驰。他一同那女人见面就把自己事先预定的任务搁置一边，先同这女人鬼混了再说（美其名曰：从法官手中争夺女人）。后来他又同作为候补执法人的大学生争风吃醋。他总是身不由己，离理性的目标越来越远，这是法的魔力在作用于他。于不知不觉中，与法的对抗变成了与自己的理性的对抗，变成了一连串的胡闹，他就在这胡闹中洞悉了法的秘密，同法达成了妥协和统一。

第二次审讯已抛弃了被动的外壳，内在矛盾成了唯一的驱动力，因而比第一次显得少了些迷惑，多了些孤注一掷的味道。第一次审讯 K 主要考虑的还是撇清自己，这一次却是要去调查法庭的腐败了，完全是主动出击的派头。而同时，他那下流的本性也比第一次暴露得更多、更充分。性欲成了理念的反讽，分裂的人格导致滑稽剧底下演出着严肃的人生正剧。当我们说这是一次审讯时，指的就是这种二重性——既是法对 K 的继续审讯，也是内在的 K 对外部的 K 的继续审讯。空空荡荡的审讯室，无人的开庭，男女之间的胡闹与争风吃醋，从表面看似乎是一种嘲讽，其实暗含着严峻的性质。一个人被剥夺了一切理由，连死的理由和借口都被剥夺了，他只好活下去了。但法要求的又不是纯粹的赖活，无可奈何的活，而是要由自己内部生出理由来，为这个生出的理由全力以赴地活，并在活的过程中将这个理由又一次否定。K 到了法庭后因为没人管他，他就只好自己来寻衅闹事了。他恶意诽谤桌上摆着的法典，攻击司法制度和法官，抱着亵渎的心理同听差的女人鬼混，还同法律学生打架争夺这个女人，之后他又在法庭办公室羞辱坐在过道上等候的被告，还口出狂言，将法说得一钱不值。这一次，他的一举一动都像一个无耻之徒，颇有街头流浪汉的派头了。这并不是说，他不再运用自己的理性来规定自己的行动了。他仍然在进行那种不懈的努力，不论干什么他都有非常充足的理由：他攻击司法制度和法官是为了表明自己无罪；他同女人鬼混并为了女人打架是为了证明法的腐败或法不成其为法；他羞辱被告是为了当众宣布法的荒谬，从而抹杀法的存在；进入办公室是为了调查这个机构。所有的理由都是自欺的努力。他在自欺中闯进法的内部后，法于不言之中对于他的造反行动给予了最好的回答，这就是法不但存在，而且可以随时毁灭他——办公室里的空气就可以让他丧命。这个回答同他理性上的努力相悖，同他潜意识里的觉醒相吻合。所以在经历了这场历险之后，他意识到也许他体内在酝酿着一次剧烈的变革，以迎接一次新的考验；同时他又认为自己还拥有自主权——即继续自欺的权利。理性和欲望在此达成暂时的妥协。

听差的女人作为法的帮凶，将法的意志表现得惟妙惟肖。她的一言一行都是诱惑的、引起冲动的，K简直没法抗拒。糟糕的是她一边引诱K，一边又用她的丑陋和卑劣来打消K的欲念。这一场纠缠实在糟得不能再糟了，倒不是因为K没有得到女人，或K被彻底羞辱，而是因为K投入感情纠缠了一通之后，竟不知道自己是怎么回事了。自己到底是喜欢她，渴望她，还是鄙视她，要躲开她？一切都没法确定，也似乎毫无意义。他不知道自己干了什么，他成了个傻瓜；他这个傻瓜还不想走，又去和听差本人诉说他老婆的可恶之处。而听差本人说起话来更老到，更暧昧，他完全称得上是法律专家。可能他觉得自己光是说一说还不够，口头的宣传印象还不深，所以他怂恿K身临其境地去受教育，以便把自己的地位彻底搞清，将这一场审讯很好地完成。

虽然在这一次审讯中K的态度有孤注一掷的味道，但又并不是那种底气很足、很坚决的孤注一掷，而是同以往一样，犹豫着，犹豫着，不知不觉就做下了不可挽回的事。每一举动仍然是内部冲撞的结果。既然不开庭，为什么不回去？是为了不白来一趟；既然看到了法典就是淫书，他的案子肯定没希望了，为什么还要待下去？是因为听差的女人有吸引力，而且愿意帮助他；既然接下去发现那女人是天生的贱货，完全帮不了他，还欺骗他，为什么还要站在那里胡思乱想呢？是出于好奇心。反正无论怎样总找得到借口来执着于法。犹豫归犹豫，取胜的总是魔鬼。同样，无论内部的欲望多么嚣张，无论流浪汉的举动多么不管不顾，法的铜墙铁壁始终岿然不动，暂时的取胜不过是失败的前奏。抱着希望来调查法，钻法的空子的K的眼前，展现着一幕又一幕吓人的画面，将他原来的设想砸得粉碎。这种因地施教让他懂得了：出路是绝对没有的，就连死也不是出路，因为没理由死。法院内部的参观过程就是为了让他体验死是怎么回事，但K在那里面却一点都没想到死，因为里面的一切对他毫无意义，他的所有的意义全在外面。被法，被他自己的理性否定了的 K，仍然不能死，仍然只好活下去。在获悉了法的卑鄙的内幕，在对法充满了仇恨的情况下，仍然眷恋着法，同法纠缠不清，一门心思为法而活，这种内心的张力该是多么让人惊叹！犹豫是由内部的扭斗引起的，既然魔鬼长据灵魂，既然理性决不放弃称臣，犹豫就将永远是 K 的行动方式。犹豫是以守为攻，以退为进。在这一章里，犹豫使得他深入到了法的内部，那个生与死的界限上。由此产生的那种悟性又成为继续同法对抗，也就是继续内耗的动力。

第四章

一、一场特殊的忏悔

在这一章里自省又深化了，成了真正的自我折磨。落入法网的 K 变成了一个没事找事，整天同自己过不去，专钻牛角尖，甚至到了践踏自己的地步的怪人。他的个人生活随之消失了，一切活动都紧紧地围绕法转，睁眼看见的全是与法有关的蛛丝马迹，弄得他坐不能坐，站不能站，行动诡秘，疯疯癫癫。在这样的精神状况中，被压抑的欲望自然要找突破口了，他就找上了毕斯特纳小姐，将毕小姐作为对手来实行他的自我革命。为什么一定要有对手呢？因为 K 是一个具体的、活生生的人，他的欲望不是抽象的，他自身的规定也不是抽象的，而是各种关系之总和。即使是落入了法网，这一点仍然改变不了。所以自然而然，被法渗透的生活仍然是生活，到处是日常的重压，否则一个人还能怎样活呢？K就这样开始了他的胡搅蛮缠。他的绅士风度完全被自己破坏了；他不择手段，失去了廉耻，也不顾及自己的名誉，有时还穷凶极恶起来。总之他完全变了个人。他自己并不知道这是对法的追求的结果。他只知道自己被一股无形的力量所逼，他只能顺从那股力量，虽然也有犹豫和后悔。焦虑、迷惑、痛苦、懊恼，以及小小的暂时的胜利喜悦，构成了这个事件的基本调子。可以看出，无论怎样自觉地追求，也依然是盲目的，离不了自欺这个前提。正因为这样，K在追求中的情感才分外的真实。他只是做了，并不知道为什么要这样做。可以说他是鬼使神差，但又似乎不完全是鬼使神差。欲望在心中发号施令，逼他一次次出丑，逼他成为毕小姐的女友和上尉的笑柄，以便让他以后长期为此感到羞愧。

纠缠毕小姐的实质在于他要向她忏悔，他对她犯下的罪孽深重，一天不忏悔就一天不得安宁。这种认识当然只停留在K的潜意识里头，他只知道自己要找她，非找不可，找她干什么是弄不清的，也许真找到了的话，又会发生上次的丑剧，而不是忏悔。但是忏悔的对象因为同法有关系，所以就不能出现，K的忏悔于是成了没有对象的忏悔。这种忏悔同宗教的忏悔是如此不同，它不是先犯了罪，然后忏悔，而是让罪犯在进一步犯罪时去意识到罪。K的忏悔就采取了这种自我折磨的，没有神父的古怪形式。也许毕小姐的女友是代理神父，可能还加上上尉。只是代理神父的职能在这里不是倾听，不是抚慰和平息，却是挑起战火，使 K 内部的战争打得更激烈。K 认不出这两个人的真实面貌，正如他认不出自己的本质，他将这两个人看作不共戴天的敌人，自己继续着犯罪的勾当，最后终于在这勾当里羞愧难当，将法为他设计的这场特殊的忏悔画上句号。当 K 溜回房间去时，不能露面的毕小姐也完成了任务。

法既然同罪分不开，就必然会涉及忏悔的问题。这个问题在整个审判过程中都是隐蔽着的，K 一次也没有从理性上对自己的罪加以过清晰的归纳。症结就在于作为一个世俗的人，他意识不到这种罪，于是一切都只能发生在潜意识里，发生在那种不明的欲望里。毕小姐的女友和上尉就是促使这种模糊的欲望实现的媒介。他们是 K 从理性上极其反感的人物，又是法的使者；他们幽默的表演是为了促使 K 体内的欲望抬头，让欲望冲破虚伪的外部限制，将触及灵魂的忏悔真正实现。对于一个像 K 这种特殊性格的人，普通的忏悔显然是不够的，他需要强刺激；只有通过行动来使自我的分裂达到极致，才是他真正的追求。深知 K 的本性的法就想出了这种忏悔的形式，表面看似乎同忏悔无关，实际上它的深度、强度、直接性也许还超出了普通忏悔，又因其非理性的本质而更刻骨铭心。这样的忏悔对个人的生活的改变是决定性的，因为它本身就在铸就一种生活方式，一种永不平静的、寻衅肇事的方式。在这种方式里，人是法的奴隶，也是自己灵魂的主人。每一次犯罪中的忏悔不是带来平和的心境，反而是使对抗更加激烈。被莫名其妙的气急败坏驱使着的人必须马上去寻找新的对手，新的事件，以便重新上演具有新的内容的老戏。仔细一回想，自从法侵入 K 的生活那天起，这种隐蔽的忏悔就一直在进行，凡 K 周围的人都是他的神父。K 与毕斯特纳小姐在她房间里的交锋也是一次忏悔，只是程度要轻一些，K 更加懵懂一些，所以事后还能马上进入梦乡。那一次之后犯罪意识就在他的心底潜伏下来了，他良心上不得安宁，所以才有了这第二次破釜沉舟似的行动。这一次 K 当然难以在事后马上进入梦乡，他的灵魂真正被触动了。微妙之处就在于这些特殊的神父只有当 K 没有意识到自己对他们的罪行时，他们才出现在 K 面前；一俟 K 有所意识，他们就不出现了。所以毕小姐不出现，出现在 K 面前的是两个代理人。

二、女友的策略

毕斯特纳小姐的这位女友的策略是非常高明的。K 由于找不到忏悔的对象而陷入深深的苦恼之中，他是多么想解脱啊。这个时候女友蒙塔格小姐就出场了。她来代表法打消 K 的幻想，告诉他他所忏悔的对象绝对不会出现了，告诉他抱希望本身就是一件丑恶的、需要反省的事。蒙塔格小姐之所以做出这副恶毒的面孔来羞辱 K，不是为了要把 K 赶走了事，她暗藏着隐蔽的策略。她用言语和行动向 K 表示：有神父的忏悔还够不上彻底的忏悔，只有用行动折磨自己，让自己蒙羞，才是法要求于他的忏悔。蒙塔格小姐表面同 K 疏远，故意冷落他，暗中又牵引着他，由此让 K 自愿上当受骗，受了骗之后陷入长久的自责之中，而法的忏悔精神也得到发扬光大。在事件中，K 总是有错过机会的感觉，这种感觉也来自于自欺。蒙塔格小姐也许没有有意欺骗他，她只是造成一些诱因，K就主动入网了。于是K进入了自欺—清醒—再自欺的轮回之中，自欺是为了犯罪，清醒是为了意识到罪。

当K对蒙塔格小姐说毕小姐拒绝了他时，蒙塔格小姐就对K进行了一段长篇说教。这篇说教应理解成：代表法的毕小姐是不会断然拒绝他的，"拒绝"这种表达太严重；虽不拒绝他，却也不赞成他，只是派了她蒙小姐来与他谈判，一切都要看谈判的结果怎么样。这种隐晦的意思K当然没听懂，K也不必听懂，他只要有所行动就可以了。由此可见，这场说教的核心是行动，是表明空谈没有意义。怎样才能让K行动起来呢？只有把他逼上梁山。蒙小姐的计谋很快成功了。K又羞又恼，为报复闯进了毕小姐的房间，进一步犯罪，随后又进一步羞得无地自容。K的行为应了蒙小姐在前面说过的话，即法对他的要求既不能随便答应，也不会轻易拒绝，暗示法给K提供的是一条无限的出路，永远不会有"是"或"不是"这样明确的答复，答案就在K的肚子里。K将蒙小姐的说教看作双刃的剑，要置他于死地的剑，这种看法只对了一半。因为K同毕小姐之间的关系的确是重要的，K约毕小姐见面这件事也的确是要认真对待的重大事件，K既然开了头，挑起了战斗，就要打到底。蒙小姐为完成法的任务就来逼K了——逼他活下去。蒙小姐并没有耍手腕，也没有夸大什么；弄错了的是K自己，这种错误也是没法改变的——因为要活。法永远模棱两可，K的理性认识只能偏执于一端。所以，蒙小姐策略的高超来自于法的高超。法怂恿人自欺，也怂恿人揭穿自己的自欺。在法的范围内，没有什么简单的问题，人只要开始体验，就开始了情感的纠缠；人只要开始思考，就陷入悖论中不能自拔。可见蒙小姐用长篇大论来解释一个"简单"的问题是完全必要的。只有蒙着自欺的面罩的K才会把这种问题看作简单问题，可以用几句话说清的问题。

这一章的自省明显地加进了自虐的因素。自虐将氛围渲染得分外浓烈，能动性被更充分地调动起来，魔鬼般的欣赏能力在文章后面显露出来。

第五章

生存方式的示范

作为执法人的打手和看守，他们的任务就是教育K，将上级的精神通过言语或行动来传达给K。K在那个晚上看到的，就是法为了启发他而设计的这样一场戏。这场戏很惨烈，法将它的意志里吓人的那一面强调着，颇有要人万念俱灰的气势。在K努力尝试了企图通融的手段而不能奏效之后，打手举起了要命的皮鞭，一场命案就要出现在K眼前——当然只能是表演。在目睹了这样的场面之后，K如果没有自欺的保护本能，还能不魂飞魄散？法既收买不了，也绝不通融，那么罪犯除了坐着等死以外还能如何？幸亏K是一名被告，还不会马上遭到这样的处罚。按照法的规定他还有很大的活动余地，他可以充分利用这个规定为自己奔走，但逃不了最后的惩罚。"法网恢恢，疏而不漏。"但是法的启示就仅限于这一面吗？这场戏里还有一些暧昧的细节。

看守们理性上忠实于法，自愿受罚；但法的确是太可怕了，以至于他们在惩罚来临时丧失了理性，变得不那么驯服了。他们信口扯谎，编造故事，甚至不惜把责任往同事身上推，想让别人代自己受罚。他们明知法是骗不过的，出于卑劣的本性，也出于恐惧，他们还是要搞欺骗，而这欺骗必定又要加重他们的惩罚。对于被告K——未来的罪犯来说，这些情节暗示着什么呢？这里暗示的是不要放弃活的权利，骗也好，对抗也好，人要活就只能这样干，反正到头来逃不了一死，人就只能在活法上做文章。法并不主张坐等死亡降临，相反，法对反抗的举动倒是容忍的。如果人人都成了驯服工具，法也就没有存身之地了。那么K在发现了看守们在法面前的欺骗恶行之后，对法的意志该有了全面的领悟了吧。即使不领悟也没关系，他从来就没打算去死，离死还早得很呢。K理解了看守们的卑鄙，意味着他固执于自己要活的欲望。将心比心，处于法的淫威之下，人怎能不为了眼前过关而卑鄙呢？难道真有不怕死的人吗？

目睹了酷刑的场面之后，就得将看到的情形时时记在心中，翻来覆去地体会。作为一名被起诉的被告，目前虽然还不等于罪犯，但被告的前景是不可改变的。于是法让K处在这样一种心境中：在时时看见前景的同时，时时企图改变前景。这又使人联想到前面听差的话，他说只有K可以揍大学生，因为K已经被起诉。被起诉而又尚未遭到判决的人可以尽全力造反，到了罪犯阶段就不行了，只能搞一搞欺骗。法的逻辑就是这样。所以 K 的地位是一种悬置，他不再等同于法盲（从前的 K），也不同于执法者（罪犯），他是二者的中间状态。他在这场戏中从头至尾一直在企图改变法的判决；而在这样做时他又不断体会到"不可改变"这个法的宗旨。一直到了第二天，储藏室里的情景还在向 K 强调这个宗旨，以防他在精神上有任何的松懈。正视自己的最后归宿，同时不要放弃生活，要以积极的反抗来服从，是这场启发教育所要求于 K 的。这是一种不可能做到的要求，而法，就是要 K 去做那不可能的事。这家伙总会有办法的。

第六章

一、奇怪的叔父

叔父的确是非常奇怪。K 将他看作从过去生活中来的魔鬼，说明 K 早就隐约地感到了他身上的某些神秘成分。一开始叔父匆匆赶到城里，闯进 K 的办公室，立刻就向 K 打听他的案子。他是以不知情者的面貌出现的。他气急败坏，一心只想马上挽救局面。当 K 终于告诉他"这不是一件普通的案子"之后，叔父的情绪和态度立刻发生了根本性的转化。他变成了知情者，他不再急于打听案情的细节，而直接就为 K 考虑起各种对策来了。他议论法庭的话显得非常老到，将各种可能性都估计得很充分；

他建议K去乡下避难时也显得别有用心；他也非常善于调动K的注意力，善于把握他的隐秘情绪。最后，他和K经过争吵达成一致，去找他的朋友胡尔德大律师。这一切都发生在K告诉他案情的详情之前，使人不由得要怀疑叔父一开始就是知情者。再者他自己也声称在接到女儿的信时就猜到出了什么事。那么他起先的大喊大叫，他的逼迫都只有一个目的：迫使K看到案件的严重性，全力以赴来对付案子，而不是用自欺来拖延，来逃避。他和K的位置很快转换了。他不再关心K要说些什么，而是反过来教育他，他说案子糟透了，说这种案子是日积月累后的突然爆发，而一个人遇上了这种倒霉事，唯一的可能性就是积极投入，决不可用无所谓的态度将案子搞得更糟。叔父说话时使用的那些双关语完全是法的风度。当K还在犹豫时，他不由分说地把K往法这边拖，打的却是拯救K，让K尽快从诉讼中脱身的幌子。一切都做得那么不露痕迹，那么合情合理（法本来就是合情合理的），K除了服从外，别无选择。直到好久之后K才意识到，自己被这位老叔父拖下了水（"拖"字在这里也是很可疑的）。

每当K落入了某种处境而又不自觉、不甘心时，法就会派出使者来向K强调这种处境，打消他的犹豫和幻想，让他变得脚踏实地起来，让他"认命"，这种认命又不是通常被动的认命，而是另有内容。做事风风火火的叔父将K从醉生梦死中惊醒过来，像从前一样担负起了监护人的工作——一种非常高级的监护。彻底批判了K的侥幸心理之后，他将K带到真正的导师——大律师的家里。于是通过这种半强制半自愿的办法，K又一次同法短兵相接了。这样看起来，叔父不仅仅是K生活上的保护人，也是他思想上的保护人。虽说K已成年，经济上已独立，谁能保证他不在思想上误入歧途呢？喜欢大包大揽的叔父又具有十分清醒的头脑，他知道一切都要依仗于K的自愿，成功的动力全在K自己身上。所以他才同K辩论，通过辩论调动起K的能量和自信心，以迎接新一轮的挑战。这个表面粗鲁的叔父实际上粗中有细，料事如神。他在律师家的表现更证明了这一点。

叔父同律师是老交情，现在又为他带来重要的业务，当然就更有理由不打招呼就闯进律师家，也有理由对一切都不礼貌地加以挑剔。律师起先不知道他带来了"业务"，显得无精打采。这时叔父就同女看护发生争执，一心要找她的碴。他的这种奇怪的行动后面暗藏着阴谋，他要使K将注意力集中于女看护身上，而不是律师。一直到差点闹僵，他才摊出底牌：他是为K的事而来。律师立刻精神大振，从床上撑了起来，病也没有了，因为他知道叔父带来的业务不是一般的业务，他说他就是为这个案子把老命搭上也心甘情愿。这时房间里出现了法院办公室的主任，律师、叔父、主任三个人立刻凑到一处来谈论法律方面的事，实际上是来策划K的命运。他们有意将K晾在一边，K也就顺理成章地中了叔父的计，同女看护列妮鬼混去了。一边是为营救K而进行的生死攸关的讨论，一边是被营救的对象同女看护在律师办公室的地毯上打滚，这是多么鲜明的人的生存画面的展示啊！叔父从一开始就在暗暗努力使法的精神得到实现，也就是使法变为现实，所以他才会盯住女看护不放。现在叔父带K去律师家干什么是清楚了：让他同法纠缠不清，让人性的"弱点"

充分发挥。这也是所有"案子"的内容。

虽然 K 中了叔父的计，或者说按他的要求同女看护鬼混了一场，K 还是一点都看不透叔父。这诡计多端的老人等在门口，一俟 K 出来就冲上前来扭住他，恶狠狠地教训了他一通。表面上他说了一大通粗话责备 K，其实他的目的很难看透。如果从法的角度来理解，这些话差不多可以看作对 K 的高度赞赏！谁还能像 K 这样大胆、有冲劲呢？谁又能像他这样敢于面对法来犯罪呢？甚至偷情偷到了大律师家里，偷到了法的鼻子底下？叔父当然也不是一味地赞赏 K；他揭露 K 的劣行，主要还是为了让 K 明白他的罪到底是什么性质的罪，将那可怕的前途再次端出来威吓他，敦促他更加竭尽全力挽救自己。

将叔父同法的关系搞清后，他的一系列古怪行为也就有了解释。他一开始就倚老卖老地冲进办公室，无视 K 的日常工作，是向他表明：现在只有法才是 K 唯一的工作，其他都见鬼去。接着他假装（也可能是真的）紧张，要 K 吐露真情；在询问 K 时，他严肃到极点，是为了强调法的至高无上，为了让 K 少一点矫饰，正面对待这件事。包括他后来试探性地提议 K 躲到乡下去，也是通过激将法让 K 再次明白：法是躲不了的，必须拼全力来独自对付。K 同叔父统一了看法之后，叔父就带着他去投奔律师。他说律师是"穷人的律师"，也就是说，他只为那些最需要辩护的人辩护。叔父的一系列举动就是为了告诉 K：他现在一刻也离不了法了，马上行动起来为自己辩护是唯一的出路。将 K 的情绪调动起来之后，一切条件成熟，他们坐上车风驰电掣般地奔向律师家。当 K 误认为他是要同律师面对面讨论案件时，叔父却用计谋将他调遣到女看护列妮的身边。因为抽象的讨论对K没有意义，K此刻的当务之急是到女看护身边去发挥。也就是说，他只有在犯罪当中才能体会到讨论的主题。待K同列妮尽情发挥过后，叔父又老谋深算地等在门外，以便将K臭骂一顿。后来他就不再出现了，他完成了监护的任务。

这样看待叔父是不是将他过于复杂化了呢？或许他做的一切并不是有意的，他只是履行了法的神秘职责，也就是说，他是受法调遣的木偶。但结果不还是相同吗？人的主观意图无关紧要，值得追索的是生活；而生活本身，是一部复杂的侦探小说。只有那些饱经沧桑而仍未被征服的人，可以看出内在的复杂结构。

二、难以舍弃的"弱点"

列妮代表着人类的弱点，也就是人身上最隐蔽、最有活力的那个部分。由于她以纯粹的欲望的形式出现，去掉了一切伪装和矫饰，她一出现，K就受到比任何时候都更强烈的诱惑。接着叔父就把她强行赶走了，为的是使K更惦记她。K遵循欲望的指引找到了她；她坐在K的膝头，同K进行了一场关于欲望和爱的讨论；这场讨论将K提高到一个超凡脱俗的境地。列妮坦率地说，她就代表着爱，K应该同她结合。俗气未脱的K不习惯这种真诚的、赤裸裸的表白，他用一句躲闪的话来敷衍，这时列妮就占了上风。列妮进一步表示她的欲望，K还是不敢正面回答，但已不能控制自己，就搂住她，将她拉得离自己更近。K虽抱着她，还是不习惯于这种奇异的感情，因为这是他从未经历过的，所以总显得隔膜。接着列妮又同K讨论了世俗的爱。在列妮看来，K对艾尔莎的爱不能算爱，因为K不会为她牺牲自己；而且照片上的艾尔莎的衣服绷得太紧，将欲望紧紧地束缚着来给视觉以刺激，这种方式太做作，她不欣赏。最关键的一点是，艾尔莎没有生理缺陷，即她的"弱点"（欲望）完全被外部的东西遮盖了。讨论到此处，列妮向K展示她手指间的"蹼"，浑身散发出异样的刺激的气味，使得K如临仙境，立即同她坠入了欲望的河流。

　　列妮是咄咄逼人的，赤裸裸的；而K，作为世俗的一员、习惯了伪装的人，对她身上的一切都感到好奇，马上为这个女王似的姑娘左右了。同列妮相呼应的是K体内的欲望，她的任务就是将这欲望唤出来，让K毫无顾忌地"喜欢"她。所以K同她的胡闹是一次真正的犯罪，完全不同于和艾尔莎的关系。K同艾尔莎的关系既没有义务的约束，也不会有惩罚；那不是爱，也不是犯罪，只不过是每个属于世俗的人都做的一种游戏。同列妮的关系则是致命的，K吻过了她手上的"蹼"，就整个地属于她了，也就是说，他必须全身心地服从自己的欲望，陷入罪恶的深渊；而且他还必须承担把案子搞糟的后果，因为列妮是不会救他的。这是非常可怕的爱情，但是K又怎能抵抗得了女人手上那块奇异的"蹼"的诱惑呢？他在不太情愿的情况之下被叔父带到律师家里后，不是只有这个女人是他阴暗情绪中的亮点，是他绝望中的希望吗？不是讨论桌上的枯燥理论，而是性感的列妮带给他的狂风暴雨似的激情，使他又一次同法交手了？列妮向他证明：人身上的"弱点"是一切的根源，舍弃了它，人便不再是人，理论也会消失；这个"弱点"又是罪恶的渊源，因了它人才能不断地同法相遇。

三、K在这一章中的情绪斗争

又是一场欲望战胜理性束缚的好戏。当K在忙碌中将案子暂时忘却时，叔父这位过去的魔鬼就从记忆深处冒出来提醒他了。K对他很厌烦，因为他打乱了他的生活秩序；但K又不得不听他的将令，因为他就是K的自我。一开始叔父不断讲到案子，K不断想化解案子；相持了一会儿之后，K慢慢从日常事务中苏醒过来，战胜惰性的判断，又一次打起精神来深入他的案子。他仍然不情愿，但全身的神经不得不绷紧了，做好迎接又一次战斗的姿态。在氛围的逼迫之下，他又将案子的前后经过叙述了一遍。这是战斗前的温习，他即将面临考验。一进律师的家门K就进入了角色，他身上的怠倦之气一扫而光，案子不再是可以忽略的记忆，而成了必须面对的现实。他凭直觉（虽经叔父强调）找到了问题的症结，精力充沛地投入了自我解剖的手术中。在这一场"荒唐"中，他的欲望有多强烈，他的犯罪感就会有多真切，恐惧也就会有多深。他受到列妮引诱时，开始也说了些词不达意的俗套话，接下去就顺从自己的欲望了。同他日益嚣张的欲望相配，这个女人也比毕小姐和听差女人更袒露、更强有力，属于什么事都做得出来的那种类型。这时K不再是银行襄理了，他成了在法面前偷情的无耻之徒；而他又还是银行襄理，一个没有理由再活下去的骗子。K完成了叔父交给他的任务，叔父就用一通恶骂总结了他的成绩，为的是不让他回去之后又在惰性中安生，因为他的命运只能是没完没了的战争。

第七章

一、精彩的心理分析

从K同律师结缘的那天起，K的心理分析课程就开始了。有两种分析在同时进行。

一种是律师对K的分析。这种长篇大论的分析只有一个目的，就是教会K辩证地看待问题的方法，不偏离法的轨道。律师的思路是这样的：申诉是很重要的，必须积极申诉；但申诉不会有看得见的结果，对此不要抱希望；不抱希望不等于可以绝望，K应当看到有利条件，这就是律师本人同官方有密切联系，有时甚至可以影响官员的判断，这是对申诉特别有好处的，这就等于坐在家里掌握了案情的进展；只不过同官方的这种关系又往往没有什么用，因为最后的判决是由偶然的、不可能知道的因素决定的，做出最后判决的高级官员谁也没有见到过；因为看不到自己工作的结果而颓废也是错误的，看不到结果不等于案子没有进展，虽然看不到结果，但下级官员带来的消息说明案子在进展，被告只要不放弃就行了，但也不能由此得出结论说判决会有利于自己。这种近乎诡辩的游戏的实质是非常严肃的心理分析，也是作为病人的 K 唯一可以得到的治疗。当法的意志是一个矛盾时，这种分析是不会有结果的。人可以追求的就是分析本身（用行动来追求）。一旦进入这种分析，人就变成了法的奴隶，在希望与绝望的两极之间浮沉。

律师工作的意义从表面看似乎是将 K 挡在法的门外。没完没了的分析能够带来什么呢？只有痛苦和烦恼，不会有丝毫进展。K 要的是进展，看得见的进展。但进展本身恰好是看不见的，它要靠 K 自己做出来，就是做出来了也还是看不见。而推动进展的准备工作就是这种冗长的分析。被告通过律师的分析将自己极度受压抑的处境弄得清清楚楚，然后奋力一搏，开创出一个新阶段。这就是分析的真正作用。怎能不分析呢？"活"不就是分析吗？律师细致入微的分析展示的是生存的生动画面。不要以为 K 完全没听懂，他只是出于自欺的本能在回避而已。律师一张口，K 就感到了他的意思；律师不张口坐在他面前，他也感到了他的压力；于是在潜意识里，他接住了律师抛过来的球。律师在暗示，这种非人的处境是多么难以忍受啊。所幸的是他可以将这一切说出来，传达给 K。而 K，还可以做一件事，这件事他迟早会做。这是件什么事呢？K 会用行动把谜底揭开的。

另一种分析是 K 对律师的分析。K 不是那种被动接受分析的人，因此在律师对他进行分析的同时，他也在分析律师。律师在分析中将 K 可以做的那件事的答案留给了 K 自己，他预料到 K 会于不知不觉中来做那件事的。分析律师就是主动地来分析自己，只是 K 没意识到这一点而已。他以为分析自己就是写申诉书，他觉得申诉书没法写。不论是否意识到，K 就是这样通过对律师的分析开始了对自己的主动分析，这就是律师要求他做的那件事。在 K 看来，律师除了耍贫嘴之外就是沉默地坐在那里回避问题，要么就是教训、奚落他的无知，把他当小孩对待。K 一问起案子，他就用他那一大通诡辩来敷衍，从来也没打算采取实质性的步骤来推进案子，一味地强调困难，一味地强调人的行动对案子没有作用。这一切都分明是由于他的疾病，他的无能，使得他不敢同法院交手，害得作为被告的 K 只好受其连累，坐等惩罚降临。既然律师对他的案子如此没有用，他为什么不采取行动自己来推动自己的案子呢？这是 K 的分析得出的结论。然后他就着手行动了。K 的以上分析只是理性的分析，潜伏在这下面的还有一种意识的流动，这种意识流暗示着另外一种看法：也许律师并不是无能，是 K 的案子本身使得他只能采取这种态度？也许他不是不敢同法院交手，而是只能采取这种迂回的方式拖延？也许 K 果真采取行动的话，真的会像律师预言的那样导致毁灭？但是他又怎能心甘情愿地任人宰割呢？不，他不能！即使案子真有律师暗示的那么严重，他也要拼死一搏，决不放弃。理性分析与潜意识的领悟相反，结论却一致，都是采取行动推进案子。在实施的过程中可以看出他受潜意识影响的痕迹。那种影响在理性的压抑之下隐隐约约地闪现着，直到 K 采取极端行动时才冒头。

律师对 K 的分析激发了 K，使他必须反过来分析律师。说到底，K 除了分析律师之外，还能有什么其他有效的分析呢？对律师的分析必然会产生突围的冲动，这也是律师料到了的，律师浑身都是这种暗示。他在等待，不是等法院的判决，而是等K的觉醒。K在理性上不知道他是谁，但在潜意识里已弄清了他是谁，他要他干什么，而他就不知不觉地干了。他所采取的行动是在自欺的前提下的下意识行为，也就是说，他总在混沌中实现着自我。

写申诉书象征着分析的不可完成性，人所能够做的就是感受这种不可完成性。每当K一坐下来想到申诉书，每当他要动笔，就发觉无从着手，痛苦万分。最后的忏悔是无法写在纸上的，那是一种无比深远的意境，无处不在，无时不至。所以这样的申诉书只能是一张空白纸，但又绝不是一张空白纸；痛苦和烦恼是实实在在的，时间和地点都历历在目。K活一天，就要把这个负担背在背上一天。即使他真的放弃了他的工作，将个人生活缩小到最低限度，负担也不会因此而减轻。那种无限性挤压着他，要找出路就只有豁出去。所以K写不了申诉书，但他可以对律师进行分析，律师是具体的、可分析的。这种分析和分析导致的突破就是他的申诉。

二、致命的考验

申诉书写不成，长时期地陷入苦恼之后，法派来了新的使者同K接头。他是一名工厂主，打着来做买卖的幌子，其实另有所图。他知道K已陷入了绝境，他给他带来了一线希望，因为分析不能中断，要向更高的阶段发展。于是工厂主提供的救命稻草马上被K抓住了，他推掉所有的日常工作，奔向那个地方。

K的救星是一名身份不明的画家，据说他为法院工作，画家的住处说明了他这种特殊的身份。同法挨得越近的人，处境就越可怕。画家那高高的阁楼上的小房间就是这种情况。那是贫民窟中的老鼠窝，笼子般的小房间里空气稀薄，灰尘让人没法呼吸，耗子似的残疾女孩们整天围着房子转，不给人一刻的安宁。正是在这种地方，画家根据法的旨令描绘着连他自己也不太能把握的法的幻想。由于成日里同法打交道，画家已经同司法人员一样精通于法了，所以他一听到K的案子就产生了兴趣，这样的案子正是他的创作的素材。他通过工厂主向K发出了信号，他知道这个走投无路的人必定会来找他。因此当手足无措的K出现在他面前时，他真是忍俊不禁。好好地捉弄了K一番之后，画家没有忘记法交给他的任务。这任务就是深入地向K解释法，说明作为一名被告的处境，还有被告可以做的事。

　　画家首先要K确定自己的清白无辜，也就是说，自己确定自己是一个知道法的存在，但不知道法是什么，而又决心自欺到底的人。这样的人正是画家的素材，或猎物。确定了以上根本的东西之后，他就可以对K进行尽兴的分析了。他说他一个人就可以让K解脱。他所指的"解脱"是法的意义上的术语，在K听来却误解成世俗的意思。然后他就滔滔不绝、苦口婆心地向K描述了解脱的方法和内容，他自己也在描述中获得了极大的快感。他的描述看起来如同圈套，其实是非常严肃的、法律履行过程的模式，同律师叙说的模式一样。解脱是什么呢？解脱就是被告在法的桎梏的间隙里尽力挣扎；不论被告选择哪种桎梏，它们都有相同的功能。人的自由就是戴上桎梏的自由，以及挣扎的自由。法所提供的两种解脱的方法都会导致K同法的联系的加强，从而被法更加牢固地控制，成为真正的笼中鸟，这是一方面；另一方面，在这两种模式中，法又逼着人大显神通，大搞"幕后活动"（潜意识活动），将个人的潜力发挥到极限。每当人意识到控制，前景就呈现一片阴暗；每当人投入创造性的活动，前景就透出光明。这两种意志的此消彼长就是那永恒矛盾之体现。在这场角逐般的分析中，无处可逃的 K 始终执着于光明面，阎王似的画家则执着于黑暗面；也许双方都在演戏，但这场戏是致命的，这种严肃也是十分恐怖的。

从 K 自身来说，他从分析中得到了什么呢？为什么他从头至尾都想马上离开，而又从头至尾像被磁石吸住了一样，迈不动脚步？这种分析就是他下意识里所需要的。经历了那样多的灾难性事件，已经走到了今天的 K，必须依仗这种强烈的刺激，来将灵魂里的这场革命进行下去。自从投身于法网以来，他的每一种自发的、盲目的举动都内含着他的自我意识，因而与法的规则贯通起来了。他从银行逃出来，奔向画家，是因为他的自救的模式要在画家这里得到更新，因为法用它的无限性，它的空虚将他折磨得痛苦不堪了，解决的办法只能是到法本身那里找。画家的答案深藏在他的话里，长着世俗脑袋的 K 被他的话完全摧垮了。这并不是一件坏事，画家就是要摧垮他那种理性的防御，让 K 自己战胜自己的世俗，以达到解救他的目的。在脱胎换骨过程中，K 的全面溃败意味着灵魂中新生物的成长和强大。可以说，他从死亡的分析中获得了生长的养料。K 的外部举动也充分地暗示了内心的这场战争：一开始他就打算尽快找到画家，向他提几个问题，然后马上离开；接着却又不敢直奔主题，反而同画家讨论起法的问题来了，待讨论完毕，时间已过去了好一阵；好不容易进入正题，只想快点弄个水落石出，然后走路，没想到正题不是三言两语说得清的，要将整个司法制度向 K 解释一遍，他更走不成了；到画家对他的折磨终于完毕时，他真是精疲力竭，全身都散了架，而这种时候了他居然"仍然犹豫着"，还没有离开；最后画家又同他讨论起艺术来，而他也耐着性子听完了他那奇怪的见解，这才终于把门打开要走了。这一切都说明 K 想要的并不是他脑子里规划的那些东西。他想要的是一个谜，他在画家的阁楼上磨蹭着不走就是想等在那里看谜底解开。他当然不知道那个时刻是等不到的，因为谜只能由他自己用行动去解。然而"等"已经表明了谜的存在，非理性的强大。画家作为灵魂的救星又一次考验了灵魂的张力，K 在考验中证明了自己是合格的被告。

三、艺术与法

艺术是为了再现法，可惜法是无法具体把握的，它是一股风，一道光，人感得到它，捉不住它。但是怀着雄心壮志的艺术家决不甘心，他们从古代起就开始了这种尝试，一直努力到今天。他们为什么会抱着这样的希望与热忱呢？这是由法本身的性质决定的。法将生活变成了艺术。法体现着真正的平等与普遍，它渗透了生活的每一根毛细血管，从最卑贱的到最崇高的，全都洋溢着它的精神。因为心里装着法，因为在卑琐的日常生活中到处感到法的光芒，艺术家压抑不了内在灵感的冲动，只有描绘才是他唯一的出路。这样的描绘是几乎不可能的工作，等于是要用空灵来类比恶俗，用荒谬来冒充真理。艺术家在这种工作中必须飞越巨大的鸿沟。幸亏法的专制性或统一性给了艺术家支撑，艺术家由此变得自信而又自负，因为一旦为法所雇用，便没有他描绘不了的东西。他用的是世俗的材料，表达的全是世俗以外的东西；他可以用这种方式将对于法的想象无穷无尽地发挥下去。所以K在画家的所有画幅上都看出了那种完全一致的意志。那正是飞越了巨大鸿沟之后的意境，法的深远意境，虽然阴郁，却出自强有力的心灵。

给执法者画像正是画家化腐朽为神奇的经过。下级法官全是些猥琐的家伙，他们其貌不扬，没有风度。他们只有一件事可以骄傲，那就是他们是执法者，心里整天考虑着法律事务。这一件事就抹去了他们生活中的全部阴暗，使他们生活在光环之中了。画家在描绘他们时毫无例外地都是描绘着法；于是在画面上，世俗隐退了，一切同法有关的东西显现出来，被赋予了令人激动的、新的意义。由于K同法的特殊关系，他一看见这类绘画就有种似曾相识的感觉，下意识里已经知道它们说的是什么。

艺术家们为什么要坚持不懈地描绘法呢？当然是为了要以他们特殊的方式活下去，这种方式就是在地狱里梦想天堂。只有这种方式才能给他们带来真正的快感。现在我们明白了为什么在那肮脏的、令常人窒息的小阁楼上，画家会如此自得其乐了。如果将他抛到下面的人群里，他一定会晕倒，因为没有可供他呼吸的空气。很久以前艺术家们肯定也是从人群里来的，后来才为法所雇用；法雇用他们的时间越久，他们就越无法忍受世俗，因为不可能与世俗彻底隔离，他们只好住在高高的阁楼上，为了同法离得更近，也为了让两极相通。

第八章

一、没有保护面罩的生活

经过不断的心理分析的激发，K体内的矛盾终于又一次大爆发。他擅自做出了一个胆大包天的决定，他要解雇律师，独自承担案件。虽然即使在爆发的时候仍是犹豫不决的，他终于还是去律师家了。他在那里遇到了另一名被告布洛克。商人布洛克五年以前也是同K一样性质的被告，他向K传授了他的经验，而后又在K面前展示了他对于法的恐惧和忠贞不渝。同样是被告，布洛克同K有一个最大的区别，那就是他缺乏自欺的保护本能。他所干的一切和K所做过的也差不多，体验起来则完全不同。他太自觉了，每做下一件事都完全清楚自己做的是什么，会有些什么后果。这样的生活绝对是K忍受不了的。布洛克蜷缩在佣人的小黑屋里，终日里提心吊胆，还得阅读那些自己永远读不懂的文件，反思自己永远反思不到的罪行；他抛弃了全部的世俗生活，将自己整个奉献给法，一天天挨着日子，等着上绞架的那一天到来；他也积极地活动，但他对活动的认识同K相反，不是为了对抗法，而是为了更加效忠于法；他已经如此训练有素，坚信自己有罪，只要一听到有关案子的事就簌簌发抖，魂不附体；为了和法接近，弄清自己的罪，他也有些小诡计、小犯规；他耗尽心血，周旋于六名律师之间，但出发点不是胆大，而是害怕；他知道惩罚反正是要来的，就拼命探听确切的日期，每次探听的结果都是更加害怕，惶惶不可终日，于是又更加紧去探听；他也在律师的鼻子底下同女看护鬼混，但这种鬼混毫无快感可言，只是他那该死的工作的一部分。布洛克可怕的私人生活的暴露是法对K做出的威胁姿态，法在气势汹汹地问K：你能这样生活吗？这就是你的明天！真相的揭露使K陷入无比阴郁的情绪之中。他不能正视眼前的真实，他将在自欺中继续走自己的路。布洛克的生活是寓言，世俗的人不能那样生活。

在法的压榨之下，布洛克成了一只躲在阴暗处的老鼠。他自觉地将自己看作一个什么也不是的、多余而又碍手碍脚的人。一个人，既然成了被告，在尘世便不再有立足之地，而法的领域也是拒绝他的；他成了一名乞讨者，每天眼巴巴地盼望着法能给他一点什么，好让他可以苟活下去。法当然是每次都毫无例外地拒绝，因为施舍是违犯法规的。得不到任何施舍，他只好自己来制造自己的精神食粮，这些食粮体现为将来法有可能给他一点什么，于是幻想成了维系生存的唯一的营养。乞讨的生涯将他的意志锻炼得无比顽强，又正因为讨不到东西，讨的欲望反而更强烈了。于是一个接一个地雇请律师去刺探，就像中了魔。被告这种身份非常微妙，他已被法所控制，但又还没有最后判罪；法和世俗两个世界都拒绝着他，他处在两界之间，但两界他都不可能脱离。即使是如布洛克这样虔诚的人，也还保留着自己买卖的小小的事务所，不然的话他哪里有钱来雇请律师呢？谁也不能彻底不食人间烟火。所以世俗生活的抛弃也是相对的，他将世俗生活转化成了为法服务的努力。这里的生活是被抽去了鲜活内容的生活，只留下空虚苍白的外壳，哪怕是最为生动的性爱也变成了例行公事。所以一开始他就和列妮说 K 居然会嫉妒他这样一个人，简直是不可思议的事。而他自己，毫不嫉妒 K 对列妮的渴望。当他面对法的时候，他是一只老鼠；当他面对世俗的时候呢？这个时候他就变得非常傲慢了。一切都是他经历过的，他唾弃了一切，任何俗人都没有资格再来教训他；因为他的身心都已皈依到法这一边，在俗人里面，找不出比他更虔诚、更高尚的追求者了。刚刚出道的 K 同他相比还差得老远呢！

法将布洛克这样的被告典范呈现于 K 的面前，是不是要他向他学习呢？是，又不是。法虽然十分赞赏布洛克这种理想主义的虔诚（通过律师流露），但法又深知 K 的本性，知道他成不了布洛克，他要走的是一条另外的路，虽然那条路在本质上也同布洛克的路相同，或者说一个是另一个的寓言。对于 K 的本性中的"弱点"，法的态度是矛盾的，一方面鄙视它，希望它泯灭；一方面又欣赏它，知道 K 同法的沟通要借助于它来实现。所以律师最后对于 K 的前途的忧虑也不是单纯的忧虑，那里面一定还有某种胸有成竹的赞赏。是他亲手将 K 逼到这一步的，他尽了最大的努力，他知道 K 同法短兵相接为时不远了，因而可以放心休息了。

布洛克的例子再现了 K 内面的激烈争斗。撕去面罩的冲动越来越强烈，周期性的发作导致认识一轮一轮深化；旧的面罩撕去了，底下又是新的，永远没个完，实体永远看不到。布洛克以他纯净的理想主义从反面激发了K的邪恶本能，使得K在远离他的同时又不断地靠近着他，他们将汇合于同一个目标。

二、律师的另一面

律师有两副面孔，一副是向着K的，我们熟悉的面孔，满怀忧虑、迟缓、沉重，即使是振奋也只有在唠唠叨叨的谈论之中，一静下来立刻成为高深莫测的死水一潭。律师的另一副面孔则只是偶尔露一露。文中有几处是这副面孔现形的地方。当K决定鼓起勇气解雇他时，这个老谋深算的人一定早就猜到了K的来意，却一味顾左右而言他，婉转地向K表示了内心对他的爱。他曾说过被告是茫茫人海中那些最美的人，原因是对他们的审判使他们变美了。只要联想一下律师的职业，就可以推断出老人对K的爱、羡慕和关怀。可以说他为K而活着，K的案子是他老年的唯一寄托；像K这样有过人的精力，而又执着于法的被告，他今生是再也碰不到了。所以他一定要手把手为他引路，甚至将他背在背上，一直背到目的地。而为了达到这个目的，律师的工作就是激怒K，促使K来反抗自己，直到K甩掉自己。律师的这个意图自始至终是隐蔽的。这就是说，K解聘律师的举动其实就是律师的心愿，他一直在促成这件事，用他的迟缓、沉重、顽固来压抑K，使K处在一种走投无路的氛围之中，使他产生只有摆脱才是唯一的出路的冲动。由于隐藏着这样秘密的心思，律师听到K要解聘他的消息时，内心深处是非常兴奋的；他也许在想，这个年轻人终于上路了。他不顾寒冷从被子里爬出来坐在床沿上，告诉K他这个决定是多么重要，由于父辈的友谊和他对K的爱，他要帮忙帮到底，也就是说要促使K将决定付诸实行，而且不反悔。他在促进K的方面做了些什么呢？仍然是用K不大听得懂的那些唠唠叨叨来教育K。律师深藏的这副面孔给人的感觉是，既仁慈又无比冷酷。当他心里对K怀着深深的爱时，他是仁慈的，仁慈到可以为K牺牲自己，什么报酬都不要地牺牲；当他凝视着他和K前方的共同目标——"死"时，他毫不留情地将K往那条路上推，他的所有的兴奋点全在那上头，因为只有通往死亡的路才是"正路"。律师的矛盾意志是法的意志的又一次再现；站在法的边界上为人类辩护的人，也会将法的意志贯彻到底。

为了将K引上"正路"，也为了再次欣赏K体内的活力，律师在K面前演了一出戏。这出戏的表面主演是律师和布洛克，实际的主演是K。因为K不单纯是观看，他的灵魂正在法的面前表演，这种表演马上就会要达到高潮了。前台的表演和后台的隐秘表演，剧情似乎是相反的，实际上是殊途同归。律师是能够洞悉K的灵魂的那种人。他拿出了撒手锏，他期待这出戏能彻底打倒K，也期望彻底解放K。他这两个对立的目的都达到了。当K从律师家走出去时，他的感觉是如释重负也是眼前一片黑蒙蒙。但是事情还没完。

在同律师的关系中，从头至尾K都采取不合作的、甚至捣乱的态度；他完全不把律师放在眼里。他的举动却是律师暗暗赞同的。所以律师在K侮辱他时也完全不生气，超出了K的理解。同样超出了K的理解的是，律师企图向他证明，他的行为和布洛克没有本质上的区别，只有表现形式的不同。这一点是最让 K 不服气的，他不能忍受将自己的全部生命活动看作一种形式，他要的是实实在在的喜怒哀乐，他决不放弃。当然这件事情上律师是稳操胜券的，但他同样也乐意被 K 战胜；K 的局部胜利是他辩护的根据，何况他从这里面获得了多么大的陶醉啊！可以看出，站在界限上的律师一点都不是静止不动的；两股势力同时对他起作用，分不出谁胜谁负；于是又可以说他是相对静止的。一直到 K 同他分道扬镳，他仍然在原地未动。K 的案件真的原地未动吗？灵魂里的革命呢？难道没有发生过吗？律师的职业是寄生于 K 这样的被告身上的，无论 K 是多么冒犯法，他都必须为其辩护。他又希望 K 不停地冒犯，致命地冒犯，这样他才有事做，也才有冒险的刺激。他的生命只能实现于这种特殊的辩护里头。这种辩护又不同于一般的辩护，它不是被动的，它要通过被告的进一步冒犯来实现。就是这种曲里拐弯的关系使得律师的面孔上呈现的表情永远是极其复杂的。一方面，他要向 K 指出他的冒犯之处，让 K 反省；另一方面，他期盼着 K 马上又做出不可挽回的事来，以使他的辩护可以持续下去。最后 K 的离开既是他的心愿又违反他的心愿。这骇人听闻的冒犯给了他极大的刺激和满足，为之停止心跳他也心甘情愿。然而是不是结束得太快了呢？他真不想这么干脆地断了自己的路！离开了这个最后的被告，他的事业也就完结了。

三、列妮同布洛克及 K 的关系

列妮的职业是律师的护士，同时也是律师的助手。长期同律师生活在一起，她已经具有了律师的判断力和眼光。当然，由于她的职业，她更有人情味，对人的弱点更能体贴，使人产生可以亲近她、依赖她的幻想。一旦涉及法，她就变得和律师同样冷酷了，由于性别的原因有时还更显得有恶意。布洛克是一名老被告，长期住在列妮为他安排的小房间里；他那阴暗的生活使他早就丧失了往日的活力，也使他的思想变得如此单纯、执着、乏味。他也是列妮所爱的人，列妮在案子开始时就爱上了他。随着案情的持续，他越来越驯服，越来越自觉；他身上的血肉也不断变为抽象的理念（这个理念正是列妮和他所共同追求的）。所以列妮对他的爱也有了很大的变化；爱情被滤去了世俗的杂质，消除了世俗的热度，成为生硬的服从与被服从的关系。她同他心心相印，任何一句话、一件事他们之间都有默契。然而不可否认，平淡与厌烦也是这爱情的必然产物。到后来布洛克终于沦为一名奴才，列妮心爱的奴才；他除了对她的眼色极其敏感，把她的愿望当作他自己的愿望之外，对世俗的一切都变得麻木不仁了。K同列妮的关系有很大的不同，列妮对K的爱也许相当于她对布洛克早期的爱。她像一个吸血鬼，一旦爱上谁，就要慢慢将那人的血吸光，让他变成空壳。K的活力远远超出了布洛克，他同列妮的关系马上变成了改造与反改造的关系，而K的坚决不服改造又正是使列妮迷醉之处。她爱他，又吸他的血，心底里又鄙视他的恶俗。K的改造过程是通过反改造来实现的，因而是不自觉的。这种不自觉同布洛克形成鲜明的对照，使得列妮时常对他又爱又厌恶，爱和厌恶同样强烈。律师的住所如同一个精密设计的阴谋网，列妮在里头扮演着重要的角色。她是欲望的化身，她又使律师的理念在 K 身上活生生地实现，让 K 将法的方方面面的关系都弄清楚，调动起 K 身上的主观能动性，为最后的冲刺做好准备。原来列妮的地位并不像外人看到的那么低，在律师同被告的关系上，她是起决定作用的人；没有她，律师的那些理念就只能停留在人的脑子里，真正的辩护根本无法实现。回想 K 初到律师府邸时，叔父对列妮极力刁难，将她看作眼中钉，不就是在从反面强调她在整个辩护中的重要性吗？要辩护就要犯罪，辩护不是在申诉书上，而是在行动的体验里实现的。列妮这个尤物成为被告行动的中心，产生行动欲望的对象，主宰了整个事件的沉浮。由于这一切隐藏得很深，律师对她的态度从头至尾都显得耐人寻味，她对律师的服从也不是被动的服从，其间充满了创造性的发挥。两人珠联璧合，构成了完美的灵魂图像。

第九章

一、神秘的使者

罪行积累着，法快要露出狰狞的面貌，"死"的意志渐渐占上风了。一个雨蒙蒙的早晨，法派来了神秘的使者。这名使者以意大利顾客的身份出现，从头至尾讲着 K 听不懂的语言，后面的举动更是令人毛骨悚然。他将 K 约到阴沉沉的大教堂，让

K一个人待在那恐怖的黑暗中，自己却始终不出现。整个策划和教堂的氛围都暗示着这是一次死亡之约，因为最后的审判就要到来了。

K为什么如此轻易地就上了当呢？以他的干练，他的敏锐，难道事前就一点都没有看出些蛛丝马迹来吗？K的判断的障碍原来还是在他自己身上。根本的原因是他不肯放弃生活。他仍然要维持自己在银行的地位（虽然那地位马上就要崩溃了），他要同副经理争高下，他要避开同事的耳目处理他的案子，他对别人的怀疑提心吊胆。为了这一切，他不敢拒绝陪伴这个意大利人。考虑到长期以来形成的种种限制，现在他除了自愿钻进圈套外还会有什么别的出路呢？他要生活，要做银行襄理，就不能看见真实，就只能有一种思维方式，因为另一种思维是通向死路、绝路的，只能回避。但是法并不因为你不去想它它就消失，它在悄悄地变得更强大了。随着末日即将来临，它派出了这个连行踪都弄不清的、一举一动都古怪得无法理解的使者来同K交手。使者身上散发出的陌生气息都是来自于另外一个世界，K只要抛开自欺的面罩，就可以认出这个人。但K怎能不自欺呢？他的全部事业、荣耀，他为人的根本，全都在这个世界里，另一个世界对他来说有什么意义呢？所以他注定了不可能也不愿认出这个人，哪怕事情重复一百次也不能。

但也不能说他绝对没有认出这个人。事情在K身上总是这样稀奇古怪的。他那些关于去与不去的推理，他对这项工作的矛盾态度，他努力要听懂意大利人奇怪的语言的努力，他在大教堂内为自己的滞留找理由的那些反反复复的思想斗争，以及最后留下来的举动,不都在暗示着相反的东西吗?K心里有鬼,神秘的使者就是那鬼的化身,指引着他走完最后的征途。就因为"死"的意志占了上风,"活"才显得如此急切,终于违反理性,自欺到如在梦中的地步的吧?也许,这个时候无论他眼前出现的是什么,他总找得出世俗的理由来做解释。时间已经不多了,他不能在怀疑中踌躇不前。凡是发生的,总是合理的。他必须蒙住双眼走到审判台上去,否则那审判台远在天涯,永远也走不到。

二、代表全人类听取宣判

K终于到达了庄严的审判台前。一个自称是监狱神父的人从教堂的布道讲坛上对他讲话。没有了律师,K只能自己为自己辩护了。在这个阴森森的地方,同奇怪的神父面对面地站着,K心中的恐惧在上涨,他说话的口气变得底气不足,迷惑压倒了自信,理性的束缚面临溃散。他还在做垂死的挣扎,他问神父:一个人怎么会无缘无故地被判有罪呢?神父不回答他的问题,只是告诉他:有罪的人都会提同样的问题。神父永远不会回答K的问题,因为问题本身是审判的前提。但K的反抗也是前提,K从自己的前提出发,说神父对他有偏见,所有的人全对他有偏见。神父说他理解错了,然而他无法直接将世界的结构告诉他,那样做就等于要他马上死。所以神父只是问K下一步打算怎么办。K的回答还是老调子,他说打算争取别人的帮助。神父就向他指出别人的帮助并没有用。K当然只能不相信,无意中又攻击起法官来，后来又意识到自己此举有罪，连忙又想挽回。这时神父就对他严厉地大叫了一声，情形变得于K更不利了。到此为止，神父一直是从讲坛上居高临下地对K讲话。他必须这样，才能形成令K恐怖的压倒气势。但审判毕竟是K自己的事，最后要由K自己来完成，所以神父一经K要求就从讲坛上走下来了。他们开始肩并肩在黑漆漆的教堂里来回踱步。这个时候审判才进入主题，前面的一系列问答只是序曲。

由于不能直接向K讲出世界构成的秩序，神父就将这种秩序编成了一个寓言。这个寓言似乎否定了K的生活，但又没有彻底否定；它留下了很多缺口，很多讨论的余地。于是围绕这个人类生存的寓言，K同神父在黑暗中从各个方面进行了探讨。这场探讨的核心问题仍然是法究竟要K死，还是要K活？K究竟有没有可能去掉自欺的面罩而活？如果不能，这种欺骗的活法还值不值得持续下去？这种讨论具有可以无限深入的层次，不论人深入到什么程度，矛盾依然是矛盾，解脱是不可能的。不知不觉地，神父在引导K回答他自己的问题，引导他自己将对自己的最后审判完成，并亲口说出宣判的结果。当世界的铁的秩序已经铸就，当人用自己的全部生命来丰富了法的内容时，如果法的意志倾向于要人死，面对铁的法律人是毫无办法的。然而牺牲者那傻瓜似的虔诚是多么令人感动啊！不是就连冷酷的法也为之动容，让他在临死前看到了法的光辉吗？当然那只是人的感觉；人不可抱希望，人能做的就只是一代又一代地、坚持不懈地证实法。人不可抱希望，人又必须抱希望，才有可能完成他的使命，到达彼岸的、也是自己的光辉。且不说K的那些自我欺骗，就是寓言中的看门人，也必须用小小的欺骗来引诱、挑逗乡下人，否则他是无法熬过那些寂寞的日子的。这个寓言概括了K的整个追求历程，只是K的生活比寓言更生动，更激动人心而已。从他的追求过程我们可以看出，法是K终生的理想或命运，既钳制他又敦促他，他只能用自己的行动来实现法，终极的实现是永远达不到的；我们还可以看出，K是一个理性非常强的人，不管命运将他推向什么地方，他始终保持了清醒的、逻辑的头脑，在分析，在判断，在选择行动的方式；我们更可以看出，K是一个非理性占上风的、欲望强烈的人，这种欲望往往冲破理性的藩篱，做出一些他自己事先没料到的事来。在这种时候，他非常善于调整自己的理性判断，立刻让它适应了变化的新情况。K的理性是他现实生活中的看门人；而他的欲望，他的潜意识，远比寓言中的乡下人要躁动不安，并且时常具有攻击性。这样的乡下人恐怕是很难乖乖地服从被处死的宣判结果的；只是他已经疲惫不堪了，诗人才让他暂时安息了。关于法的这次讨论是一次最为庄严的、终极的审判。神父将K摆进了法的秩序，也就是把K的生活变成了寓言之后，分析变得那样透明，关于生的各种可能性在这秩序里各就其位。即便如此，讨论还是没有限度的，人只要想继续，就可以继续下去，正如人只要想活，就可以活下去。

历尽了沧桑的K终于同这样一位神父站到了世界的最高处，来检阅自己那不堪回首的过程。也许是年轻人的热血和冲动使他对自己过于阴沉和严厉，虚无和悲观在此时占了上风，凡是思想所到之处一律变成了废墟。似乎是，他把自己彻底击垮了，他认定自欺的活法不值得再持续下去，他觉得自己应该做牺牲，来揭穿整个法的体系的虚伪根基。他的牺牲有种殉难的性质，为不可达到的真理，为不能实现的绝对的正义，也为尘世间不可能有的、去掉了面罩的真实生活。

三、乡下人和看门人究竟谁更优越

看门人是法所委派的、至高无上的权力象征。他的职务毫不含糊，他说出来的话不可违抗，乡下人来到法的大门之前他就已经存在了，他是专为制约乡下人而存在的。因此相对于乡下人来说，他的地位无比优越，乡下人只是他的附庸。但看门人有几大致命的弱点。一是除了不让乡下人进门之外，在其他方面他心肠都不够硬；他不断地给予乡下人小小的希望，甚至挑逗乡下人，这就间接地说明了他对乡下人的依赖性；假如乡下人耐不住寂寞走掉了，他也就用不着看门了。二是他有很不好的自负和夸大的倾向，他谎称自己知道法内部的情况，甚至暗示自己将来有可能放乡下人进去；这种说法超越了他自己的职权范围，只能归因于他头脑简单，又由于头脑简单，他在执行守门的职责时就不那么严密了。三是他是法的被动的奴才，他没有任何自由，被拴在一张大门旁，而这张大门只是为一个人开的。乡下人没到大门这里来之前，他坐在大门边等他，一直等到他来，乡下人来了之后他才能守门，一直守到乡下人死去，他的工作的意义全部受制于乡下人，他是乡下人的附庸。

乡下人也受制于看门人，他是一个可怜巴巴的家伙，心里怀着不切实际的幻想，为这幻想耗掉了自己的一生。他是一个大骗局的牺牲品。只因为他心里的欲求过于强烈，过于执着，受到的打击才分外惨痛。尽管他给人的印象一点都不优越，相对于看门人来说，他却有几大优越的地方。一是他是一个自由人，他自愿来到法的面前，也可以自愿离去，不受任何纪律的约束，只除了不能进法的大门。二是他感情丰富，尽管进不了大门，却可以始终对可能性做各种各样的想象，以这想象来消磨时光，不像看门人干巴巴的，日子过得索然寡味。三是他有极高的悟性，这种悟性虽没能让他见到法，却在他临终时让他看到了一束亮光从法的大门里源源不断地流出来，从而让他相信了他等待的一生是有价值的；而木讷的看门人始终看不见法的光芒。

关于这两个人谁更优越的讨论仍然是关于法的意志的讨论。人只能加入讨论，不能得出结论；结论在人的行动中，也在人的感觉里。

四、在鸿沟的两边

K就要离开神父了，一道深深的鸿沟将他和神父隔在了两边。K对神父是那样恋恋不舍，他心里又是那样不甘心。他对什么不甘心呢？当然是对法做出的判决不甘心。他已无力再进行挽救的抗争，但他死不瞑目。分别之前双方有一段惊心动魄的对话，当中的每一句话都是双关语，每一句话都在阐明法的意志。K留在此岸，神父消失在彼岸的黑暗中；双方心里都明白了，不久他们将在同一个地方会合。

K对神父的爱是对一种透明的理念的爱，理念是专横的，它要求K用生命来实现那种爱。同样爱生活的K终于一步步将自己弄到了山穷水尽、能放弃的都放弃了的地步。虽然K最后还强调了一次自己是一家银行的襄理，但那只是出于反抗的本性，他心里明白这种强调已完全失去了意义。神父最后对K说：法是不会向他提要求的。此话应理解成：凡是法要求于K的，都是K出于自由意志所追求的；人意识到了的东西，就是法的要求。那么法到底是人所制定的，还是一种先验的东西呢？应该说两者都是。多年前灵魂深处的变化导致了法的萌芽；这种萌芽一旦被人意识到，立刻就发展成了体系；发展成体系的法又反过来作用于人的灵魂深处，引起革命。所以从未见过面的最高官员、神秘的法典等等，全都来自于灵魂里面的那个黑洞，那个地方的活动是任何人都操纵不了的，谁也无法弄清楚的。这就使得在那种情况下产生的法带有很大的先验的性质。然而这种神秘而朦胧的法有一个缺陷，就是它不能直接显现，它依赖于人的理性意识和这意识指导下的行动来实现自身。于是人在执行那种神秘意志的时候就给自己订下了种种规章制度，这种制度就是法的外形。久而久之，人的灵魂就同他的外部存在分家了。他们被隔在鸿沟的两边，今生不能相会，但却有神秘的使者飞越鸿沟，来来往往，将灵魂的信息传达给人，以规范人的行为，同时又从人的生命活动里吸收营养，以丰富灵魂本身。

第十章

一、在自欺到底的同时亲手揭开自欺的面罩

法自始至终都在促使 K 揭开自欺的面罩。一次又一次地，K 执行了法的命令；只是面罩下面还有面罩，以至无穷，实体永远看不到；人只能想象，只能在揭的过程中感觉它。

最后的处决终于来了，但 K 还没有死，还在思考，所以他仍然要自欺到底。他坐在家中等那两个刽子手进来。他们来了之后，他又觉得他等的不应该是这样两个人（也许弄错了？也许还没有死到临头？）。即便如此，他又终于还是认定他们是法派来的。然而还是不甘心，又问他们演的是什么戏（因为从未见过真正的死，希望这一次也同从前一样是演戏）。模样毫不含糊的刽子手紧紧地夹住他，以干脆的动作打消了他的幻想。K 终于信服了，但还得挣扎，像粘蝇纸上的苍蝇一样挣扎，以这种自欺的方式活到最后一刻。这时像死神一样的毕斯特纳小姐出现了，K 记起了自己所有犯下的罪行，于是停止了挣扎，迈步向目的地进发。他终于意识到了自己的一生是一个错误，结束生命是这种理性认识的必然结果。用二十只手抓住世界的欲望是可耻的，应受到最后的惩罚，这是 K 最后的理性认识。这时他才意识到，从前的认识全是自欺。不过这果真是最后的认识吗？他已摒除了全部的面罩同死亡会合了吗？他的肉体在表明相反的东西。刽子手们无法使这副叛逆的躯体驯服；无论他们怎样摆布他，总是

放不熨帖；无论刽子手将屠刀如何在他面前比画，也不能使他自杀。这时远方出现了亮光和人影，那是临终者眼里最后的希望，他出于本能将双手举向天空，要抓住那不灭的希望；与此同时，刽子手的屠刀刺进了他的心脏，在屠刀转动的一刹那，他的理性还对自己做了一次最后的认识——可惜谁也无法判定那认识是不是真理了。

从处决的过程可以看出，清醒的认识总要为欺骗所拉平。认识的过程无穷无尽，只要还在思想，人就要反抗逻辑。K是一个生命体现在思想上的人，所以他一直到最后都保持了冷静和理智，也保持了自欺的思维方式；他将灵魂内部的这种斗争进行到了同死亡晤面的瞬间，为人类树立了精神生活的光辉榜样。人无法说出真正的死到底是什么，但人可以从生者的角度说出对那种东西的体验，能够不断地说，说到底。人能够这样做，还因为他们具有先天的优势——自欺的本能。而死亡本身，除了存在于这种不停地"说"当中，还能存在于哪里呢？最后的真理是由K"说"出来的，而在这之前他也一直在说，他为说耗尽了心血。

二、K为什么要跟随毕斯特纳小姐

在临终时刻出现的毕斯特纳小姐既使他回忆起自己的罪，也使他打消继续活下去的欲望。此时的K可以说是百感交集，也可以说是脑海空空。这个特殊的女人，曾经给他留下了那么多耻辱的记忆，叫他怎么忘得了？可是那些个记忆，在这样的时刻又算得了什么呢？不过是种游戏罢了。毕斯特纳小姐以尤物和死神的双重身份在前方招引着 K, K 不由自主地跟了她一段路。这种跟随有两重意义：一是跟着她，趁着还有一点时间在心里向她彻底忏悔，以便死前卸去良心上的重压；二是由她带领走向死亡，因为她的存在提醒着 K 挽回是不可能的，犹豫也是没有意义的。这样一种跟随是自欺，也是对自欺的揭露。跟随了一段时间之后，死的意志终于占了上风，K 自动放弃了她，独自承担着自己的罪恶走下去。这个时候他已经明白了，他的忏悔已没有意义了，任何一种忏悔都没有意义了；他被普遍的罪恶意识淹没了。而且他也不想再挽回，也用不着她来提醒自己了。离开了毕斯特纳小姐，同两个机器人似的刽子手单独相处，才让他尝到了真正的孤零零的味道，也就是独自承担的味道。任何借口，任何讨论，任何抗议，都将消失在那巨大的真理之中。在这个世界上，他是真正的一个人了；而同时，他又是全人类。一切都来不及补救了，但一切都最后完成了。

三、刽子手的微妙态度

刽子手是死亡意识的化身。死亡意识不等于真正的死；它总是讲究形式的，这种讲究使看破红尘的 K 既讨厌又不耐烦。K 没有想到，讲究形式的人其实就是他自己。既然是去死，又为什么还要对刽子手挑挑拣拣，为什么要提抗议，为什么撒娇不继续往前走？可见人就是到死都是在演戏，因而到死也脱不了自己的劣根性。只因为"死"本身就是一种形式，而不是其他。

那么就把戏演到底吧，只要心里知道就够了，否则还能怎样？于是K继续演戏。他跟随毕小姐回忆着自己的罪行；他害怕警察注意他们而拉住两个刽子手飞跑；直到最后，那幽灵似的影子出现，他还朝空中举起双手，发出一连串的提问。他果真保持了自己的冷静与尊严。人作为人，只能如此，既可笑，又伟大。刽子手们理解这一切，他们的体贴中暗含着激励，默默地协助着K。

在执行死刑的过程中，刽子手们的态度变化十分微妙，似乎并没有某种确定的规则，而是在两极之间来回摆动。一开始这两个人十分坚决，不容K做任何辩解，紧紧地夹着他，也不让他挣扎。可是后来K停住了，那两人便也停住，仍然不放开他，却又变得遵从他的意志了；K要停他们就停，K要走他们便走，K的每一个细微动作都得到他们的应和。由于K一直在犹豫（只要不死就只能犹豫），他们也显得犹豫。他们一直在留心，只要K有选择的愿望，他们就让他做出自己的选择；K在他们的挟持之下是囚犯又是自由人，这也是他们的工作所追求的效果。K最后放弃了反抗，刽子手摆弄着他，想使他变得驯服；他们还将屠刀在他头顶上传来传去，想激起他自己动手。但K还是既不驯服也不能自己结束自己的生命，他死到临头了还在幻想；刽子手们终于举起了屠刀。

以上过程可以看出，刽子手执行的是法的意志，而法的意志恰好是来自K心里的那个黑洞。这种意志在这篇作品里还比较隐晦，直到长篇《城堡》产生，它才渐渐地清晰起来，结构也更复杂了。

四、诗人的犹豫

摇摆在两极之间的诗人，总是处在要不要生活的犹豫之中。突围似乎不是为了打消犹豫，而是为了陷入更深、更致命的犹豫里。生活由此变成了最甜蜜的苦刑，思想变成了极乐的折磨。双重意志将他变为了世界上最不幸的人，但也可以推断出他所获得的那种幸福也不是一般的人可以享受得到的。这一切都是由于他那超出常人的灵魂的张力，这种张力使他达到的精神高度，至今仍无人超越。

1998 年 6 月 29 日，英才园

灵魂的城堡

理想之光

一、交融

K生活在巨大的城堡外围的村庄里。与城堡那坚不可摧、充满了理想光芒的所在相对照，村子里的日常生活显得是那样的犹疑不定，举步维艰，没有轮廓。混沌的浓雾侵蚀了所有的规则，一切都化为模棱两可。为什么会是这样？因为什么？因为理想（克拉姆及与城堡有关的一切）在我们心中，神秘的、至高无上的城堡意志在我们的灵魂里。从一开始，城堡守卫的儿子就告诉了K："这村子隶属城堡，在这里居住或过夜的人就等于居住在城堡里或在城堡里过夜。"[①]K没能得到在村里居住的正式许可，当然不可能得到；他的身份永远是不明确的，因为城堡的光芒是那样的耀眼，K感到自身勉强聚拢的轮廓总是于不知不觉中化为乌有。我们看到稀薄的，（被某物）渗透的，无法规范，永不明确而又变幻莫测的村子里的现实；从K迷路误入村庄的那一刻起，这种无穷无尽的、从城堡里反射过来的"现实"便为诗人心中那许多美丽动人的寓言提供了土壤。而城堡是什么呢？似乎是一种虚无，一个抽象的所在，一个幻影，谁也说不清它是什么。奇怪的是它确确实实地存在着，并且主宰着村子里的一切日常生活，在村里的每一个人身上体现出它那纯粹的、不可逆转的意志。K对自身的一切都是怀疑的、没有把握的，唯独对城堡的信念是坚定不移的。

在这块淹没在暴雪里的狭窄地带里，沐浴着从上方射下来的虚幻的白光，原始的、毛茸茸的欲望悄悄地生长，举世无双的营造显出透明的外形，现代寓言开始启动了。

二、年轻而世故的弗丽达与老谋深算的老板娘

这两个人身上鲜活地体现了诗人性格中那深藏的纤细而热烈、执着到底的女性气质。她们那非同寻常的对于理想（克拉姆）的狂热也使我们的灵魂为之战栗。女性的敏感使得她们与城堡发生了直接的关系，而她们那包容一切的气度与不凡的忍耐力又使得她们能将自身与城堡的关系维持到今天。盲目的K一头撞进了早有准备的弗丽达撒下的情网里，而这张网又是由洞悉一切的老板娘操纵的。他在里头钻来钻去，起初根本无法弄清前因后果，不断地犯错误；可是由于他的真诚——他一心想通过弗丽达与克拉姆保持关系——他终于在弗丽达那双小手的指引下与克拉姆取得了一种间接的联系。这种联系也许是想象的、靠不住的、并且最后要消失的。可是在村子里，这种想象中的联系常使他感到安慰。那是一种拥有某种珍贵的东西的安慰，K自身的价值便体现在这上面。

  （弗丽达）暗笑着说："我不会去的，我永远不到他（克拉姆）那里去。"K想表示反对，想催她到克拉姆那里去，并开始把衬衫上的零碎东西找在一起，但是他什么也说不出。双手把弗丽达拥在怀里，对他来说太幸福了，幸福得让他提心吊胆，因为他觉得，要是失去弗丽达，也就失去了他所拥有的一切。②

K忽然间拥有了克拉姆的情妇弗丽达，这种拥有却非常虚幻，时常类似于自慰。只有当克拉姆待在遥远的、不可企及的城堡里时，这种拥有才使K产生无限的自豪感，而一旦克拉姆近在眼前，其魅力便消失得无影无踪。实际上，克拉姆的魅力是通过弗丽达来体现的。这便是为什么从一开始弗丽达便将K吸引住："她那流露着特殊优越感的目光却让人感到惊异。"③是的，弗丽达身上散发出克拉姆的气息，这气息使K一下子就将她从人群里认了出来，后来又像狗一样追随着她。可是某种气息是若隐若现的，当你刻意追寻时，它竟然不再出现。

  他们躺在床上，但不像前一个夜里那么沉湎、忘情。
  她在找什么，他也在找什么，动作非常猛烈，脸都扭出了怪相，把自己的头埋在对方的胸脯里，直往里钻，两人都在寻找……但是这一切都无济于事，完全失望了……④

就这样，克拉姆化为一股情绪，在永恒的女性弗丽达身上时隐时现，指引着盲目的K在漫长的人生通道上行走。年轻的弗丽达对于K的无知永远采取母亲般的宽容态度，她知道自己命中注定是K的引路人。

在弗丽达的背后，站着一位更为伟大的、历尽沧桑的女人，这就是旅店老板娘。而这位女性，因为她那长期尘封、深不可测的情感，出场时是不动声色的，以至于K在初见之下并没有嗅出她身上的克拉姆气息。又由于她那左右一切的魄力（来自对城堡的信念）使得K不舒服，直到最后他也没能完全认识她、习惯她。问题出在K身上，他本性难改，总是左顾右盼，犹疑不决，注意力分散，时常死抓住细枝末节，却看不见前方的大目标。也许K并没有问题，灵魂如果不是偶尔出窍，谁又见得到它？虽然K没有认识老板娘，老板娘还是一直站在他和弗丽达背后，在暗地里保护着他们俩。她的理想要通过她的这两个学生来实现。因此不论老板娘对于K的幼稚和不专心是多么的嫌弃、鄙视、不耐烦，她自始至终都没有抛弃他，而是手把手地引导他进入更为广大和深邃的人类精神之谜。她的地位在人群中是无比优越、居高临下的，她洞悉一切，因而一开始就从K身上认出了人类克服不了的弱点。

我们也许可以这样来看待这几个人的关系：

K—弗丽达—老板娘—克拉姆

这也是诗人与天堂的关系。正如老板娘说的，她养着弗丽达，弗丽达又养着K，而她自己则由更为纯粹的克拉姆的情绪滋养着。可以说她浑身上下全是克拉姆。请看看她说话的风度吧：

"在目前的情况下我要提醒您（K）注意，引您去见克拉姆的唯一的途径，就是秘书先生这里的这份备忘录。但是我也不愿夸大，也许这条路通不到克拉姆那儿，也许在离他很远的地方这条路就断了，这就要根据秘书先生的意见来决定了。""不过您说了今天的这番话，试图采取突然拦截克拉姆的行动之后，成功的希望当然就更小了。可是这最后的、渺茫的、正在消失的、其实并不存在的希望却是您唯一的希望。""……您迅速地征服了弗丽达，这使我大为吃惊，我不知道您还会干出什么事来，我要防止您干出别的乱子来，我觉得，要达到这个目的，我没有别的办法，只有用恳求和威胁来设法动摇您的信心。在这段时间里我学会了更加冷静地来思考整个事情了。您可以我行我素。您的行为也许会在外面院子里的雪地上留下深深的脚印，别的就没有什么了。"⑤

在她那臃肿不堪，被外界沉渣所塞满的躯体内，精神完好无损地潜伏着。这久经磨炼的老怪物，灵魂里涌动着无限的柔情。年轻稚气、行为没有定准的K便是她眷恋的对象。她几乎要喊出来："您知道我是谁吗？我是……"她是完全懂得理想与现实交融的秘密的。她知道克拉姆精神通过她体现，她又通过弗丽达体现自己，而弗丽达，只有通过与K的关系才能将克拉姆这个理想在村庄里的现实生活中实现。在城堡那苍白的光芒的照耀中，对于村子里的一切，K的眼睛是看不准的；而一贯用肚皮思索的他（注：卡夫卡在《致某科学院的报告》中，那只猿是用肚皮思索的)，终于不太情愿地遵循本能向前迈进了，当然步子是小心谨慎、犹豫不决的。

文章的最后是一场关于另一位老板娘穿着的讨论（我们也许可以将她看作前一位的延续）。K注意到这位老板娘的衣服过时了，装饰过于繁缛，因而这种衣服不合老板娘的身份。可是深谙事情底细的老板娘，正因为K这种敏锐的眼光而认为自己再也不能缺少他了；她还有数不清的过时的衣服要在K面前展示，楼下一柜子，楼上满满两柜子。K用孩童的眼光看出了老板娘的衣服与她的身份不相符，也看出了她绝不仅仅是老板娘，她"还另有目标"。不听话、不成器的K将追随老板娘进入昏暗的精神通道；在那通道的尽头，有城堡的微光在外面的冷风中闪烁。最后，当弗丽达被一种"梦幻样的东西"所迷惑，一心注视着那种半明半暗、模糊不清的处所，而将K的模样忘记了的时候，这位老板娘越过弗丽达，直接向K发出了模棱两可的邀请。K将如何？K最终将接受邀请，因为那邀请充满了诱惑，连环套似的侦探故事正等待着他去充当角色。我们也可以说，在老板娘的导演下，K和弗丽达演出了一幕又一幕向城堡靠拢的正剧；城堡是不可企及的，表演却是自由的。

读完这里，我们的内心变得通明透亮，几经抽象，我们终于将K与城堡的关系凸现出来。一切都是虚无，障碍无法逾越，只有光芒永不消失。

三、信使

信使巴纳巴斯灵动而又坦诚，潇洒而又不随俗。他为城堡工作，因而长着一双特殊的眼睛。当K将农民们和两个助手指给巴纳巴斯看,希望他将自己(K)和这些人区分开来时,巴纳巴斯却"根本没有注意这个问题","把它忽略过去了"。巴纳巴斯的目光来自他工作的性质。K在初见之下便为他所吸引,兴奋地追随他。他不甘于被动地等待巴纳巴斯偶尔到他身边来,于是提出陪巴纳巴斯到外面去走。在雪地里,他怎么也跟不上巴纳巴斯的步子,还弄得巴纳巴斯的身体不能随意活动。就是在这里,我们读到了那段最美丽的描述:

> 他们走着,但K不知道是往哪儿去;他什么也辨认不出来,甚至连他们是否过了教堂,他也不知道。由于一个劲地走路使他十分费力,所以他就无法控制自己的思想了。他们不是朝着目的地去,而是在瞎走。他的脑海里不断浮现出故乡的情景……⑥

巴纳巴斯,你这精神故乡的使者,创作的灵感,你把我们带到哪里去呢?我们也和K一样兴奋而紧张,跃跃欲试呢。然而这时我们到家了。我们确实到家了。这就是巴纳巴斯的家。黑暗,颓败,乏味。原来巴纳巴斯根本不是领K去城堡,只是回村里的家。K被欺骗了,或者说这一趟旅行使他悟出了个中的机密。哺育了巴纳巴斯的家为虔诚的信念所支撑,而他的根基,他的力量的源泉都在这个家里。

K与城堡的直接交流是不可能的,只能通过信使这个中介;而所谓的交流也只是通过信使实施的一种自欺,一种满怀希望的遐想,直到好久以后K才明白这一点。然而在黑夜的雪地里,挽着巴纳巴斯的胳膊，被他拖着默默地前行，一路上幻想着故乡美丽的风景，这是何等奇异的体验啊。

巴纳巴斯的身份也是很可疑的，他没有城堡办事人员的公服，也许还处在试用期间，连低级的跟班也不是；他自己也不能肯定他所去的地方真是城堡的办事处，所干的工作真是城堡信使的工作。他只是站在某个办事处的挡板后面，一站一整天，等待文书从一大堆信函中随便抽出一封旧信交给他。关于他的一切都无法确定、无法令人满意，这是他和姐姐奥尔伽长期痛苦的隐秘原因。这位姐姐一直不断地给予巴纳巴斯力量和勇气。她说：

"你到底想干什么？巴纳巴斯？你梦想什么前程，什么目的？也许你想爬得高高的，把我们，把我全都抛弃吗？（注：着重点为作者所加）难道这就是你的目的？要是我不相信，那么为什么你对已经办成的事情那么不满意……疑虑、失望，这些是障碍，但是这只意味着，你所取得的一切都不是什么恩赐，每一件小事你都得经过奋斗……"①

当灵感高高飞翔时，诗人怀疑地注视着，低声地道出了以上这样的内心独白。对现实的彻底唾弃永远只能实现于与现实达成的妥协之中；破碎的灵魂在丝丝缕缕的有机牵连中抽搐。谁能说得出巴纳巴斯心中的梦想？那种境界无法言说；然而可以肯定，它正是存在于村庄之中，在农民们饱经风霜的脸上，在他们那被现实打平的头颅中，在笨拙的K、灵敏的弗丽达、高超的老板娘、忧郁的阿玛丽亚等人的心中。由于每个人身上都洋溢着城堡的风范,我们才认出了每一个人。

巴纳巴斯为城堡传递信件。在某个办事处里,年轻的他无依无靠,形单影只,支撑他的唯有某种模糊的信念。而这信念也不是一成不变的,必须由他的姐姐奥尔伽不断从旁提醒、鼓励,并实行"把蒙着他眼睛的布拿掉"这一行动上的帮助。

奥尔伽以她清晰的思路描绘了他们一家的生存状况。我们遵循她的思路而去,终于恍然大悟,看到了巴纳巴斯行为的必然性。原来"冰冻三日,非一日之寒",这种必然性是从妹妹阿玛丽亚造成的局面里产生的。

四、眼神忧郁的姑娘

>"你总是这么忧伤,阿玛丽亚,"K说,"有什么心事吗?能不能告诉我?像你这样的乡下姑娘我还没有见过。"⑧

阿玛丽亚的忧郁和沉默是永恒不破的,这位受难者看到了自己的命运,这命运就是终生忍受内心的折磨。

生性高傲、情感深沉的阿玛丽亚在索蒂尼面前的碰壁,精彩地展示了诗人内心理想与现实那不可调和的矛盾,以及矛盾的双方是如何在痛苦、难堪的境地中达成妥协的。索蒂尼(属于城堡的偶像)在偶然的机会下遇见了眼神忧郁的姑娘,姑娘爱上了他,他也爱上了姑娘;这样也就将他从高高在上的位置拉下来,拖进了村子里的现实中。接下去便是下流的情书和粗野的关于性交的建议。这一陡然的进展震动了阿玛丽亚的心,她立刻就将情书撕碎扔在了送信人的脸上。那件事之后，留给阿玛丽亚的便只剩下了忍受，只剩下了护理父母受到重创的身体。索蒂尼毒化了阿玛丽亚的全部生活；我们从阿玛丽亚并未改变的有毒的爱情里窥见了诗人内心的处境——他不能爱。奥尔伽说：

> "阿玛丽亚非但承受了痛苦，而且还具有看透这些痛苦的理解力，我们只看到事情的后果，她能了解事情的原委，我们希望能想出些小办法来，她知道这一切都是已经决定了的，我们非得悄悄商量不可，她却只是沉默不语，她那时同现在一样，面对现实挺立着，活着，承受着这种生活。"①

唉，阿玛丽亚，阿玛丽亚，你忘不了索蒂尼。可是你们之间的爱也许只能属于天堂，而天堂是不可进入的，所以你们的爱只能降落到村庄。一旦这爱情降落在村庄，它便化为了下流的情书；而你，属于村里的乡下姑娘，只好在沉默中终其一生。现在我们明白了你的眼神为什么会那样忧郁了，是城堡那惨淡的光在你瞳仁深处看不见的地方闪烁啊。

经历了情感浩劫的阿玛丽亚，终日在家一心一意照看有病的父母，愤怒一天天淡漠，一切都遥远了，昨天的怨恨积淀成今天的忧郁眼神，她的魅力却始终不减。谁能说在她今后漫长而凄凉的日子里，她那与众不同的眼神不会使她再一次掉进情感的深渊？生命是顽强的，也是卑贱的，正如委弃于地上的泥……看透了生命本质的阿玛丽亚即使到了老年，内心也不会平静。这是她的障碍所在，也是她的魅力所在。

五、描叙者

当描叙者伸出一只手,挡住自己的视线的时候,有来自上方的怪异的光在他头顶照耀;于是视觉开始变幻,视线转换了方向,如炬的目光直逼自己的灵魂。除了创作这一纯粹自发的行为,描叙者否定了一切,而就是这种行为本身,他也是半信半疑的。只有在过程中,才体现出信念的坚定,一旦过程完毕,信念又趋于瓦解。

他不可能存在,然而他存在了;他不可能生活,然而他生活过了。一切不可能的,都在这自由的演出中成了现实。这是诗人的现实,也是我们读者要追求的现实,破除了一切陈腐常规外衣的、赤裸裸的现实。诗人于激情中营造的这个现实向我们展示了它的辉煌与魅力。

他不属于天堂,也不属于地狱;他是一只停留在通往天堂的大阶梯上的蝴蝶,"在那广阔无垠的露天台阶上游荡,时上时下,时左时右,从不停息"[⑩]。在这一头连着大地的悬空的阶梯上,他同时洞悉了上下两界的秘密。生命在他体内涌动,他无法停息。他咬啮着自己的肉,咀嚼着自己的骨,因为无法描叙的极乐而尖叫。他躺下了,遍体鳞伤,灵光照着他失血的唇。

肮脏的生命之河里沉渣泛滥,毒汁漫溢,瑰丽的奇花开得耀眼夺目;这千年不败的花,描叙者笔下的奇迹,始终在漫漫长夜里,在人生昏暗而孤寂的独木桥上,晃动在我们眼前,给我们以无穷的慰藉。

描叙者在通往城堡的雪地里留下了清晰的脚印。这脚印在暗夜里反射出天堂的幽光；这脚印印在了每一位心中有天堂的读者的心里，使得我们产生了看清自身处境的可能性。我们仍然在黑暗中辗转，像狗一样浮躁地刨着脚下那块荒芜的土地。可那世纪的钟声，不是又一次在那遥远的、不可知的处所低沉地响起来了吗？只要我们凝神细听，一定可以听得到。我们仰面睁开盲目的双眼，我们的面颊一定感受得到来自精神故乡的光在我们皮肤上缓缓移动，那是明与暗的交媾正在完成。

1996年12月28日，又一村

注释：

① 《城堡·变形记》，浙江文艺出版社1995年版，第3页。
② 同上，第41页。
③ 同上，第35页。
④ 同上，第45页。
⑤ 同上，第105—106页。
⑥ 同上，第28页。
⑦ 同上，第168—169页。
⑧ 同上，第157页。
⑨ 同上，第195页。
⑩ 《猎人库拉斯》（《卡夫卡随笔集》海天出版社1995年版），第189页。

梦里难忘

城堡还像往常那样静静地屹立着，它的轮廓已经开始消失了；K还从未见到那儿有一丝生命的迹象，也许从那么远的地方根本就不可能看出什么东西来，可是眼睛总希望看到点什么，它受不了这种寂静。当K凝视城堡的时候，有时他觉得仿佛在观察一个人，此人静静地坐着，眼睛愣愣地出神，但并不是因为陷入沉思而对一切不闻不问，而是自由自在，无忧无虑，仿佛他是独自一人，并没有人在观察他，可是他肯定知道，有人在观察他，但是他依然安静如故，纹丝不动……[1]

精力充沛的外乡人K闯入了城堡外围的村庄，接连不断地陷入与村庄里的人们的纠缠里，始终暗藏着不屈不挠的证实与寻求的野心。村庄就像一个冗长而又缠人的梦，老是困扰着K，消磨着K的意志。在一次又一次的交锋中，K内心那深藏的野心逐渐展开，他周围那些人们也一个又一个地依次袒露了各自的野心。表现形式和事件的诱因是各不相同的，内核却很一致。每一个人都在这种野心的驱使下将自己的生活变成了一个个侦探故事，一环扣着一环；每个人的侦探故事又与别人的相互交错，衍生出更为复杂的新的故事来。这就是生命的原形。这种状态本来我们的肉眼是看不见的，只有当我们掉转目光凝视了城堡之后，一切才魔术般地显露出来。

在这个非同寻常的村子里，这些外表潦倒、懒散、幼稚、庸俗的人们轮流向K展示了自己那深邃的灵魂。他们时而说教，时而指责；时而现身说法以身作则，时而寻根探源反思诱导；永远的执着到底，永远的不屈不挠。透过那些纷繁复杂的讲述，那些滔滔奔流的激情，我们无一例外地在最后看见一种无比纯净的意境，那意境便是梦中的城堡，一切激情的发源地。无论表达是多么曲里拐弯、节外生枝，"条条道路通罗马"。通过这些老师们的开导（从小男孩汉斯、小女孩佩瑟到弗丽达、奥尔伽，再到阿玛丽亚、老板和老板娘无一不担当了这种职责），K渐渐从无知的迷茫走向了迷茫中的清晰，而他的初衷并没有被消磨掉；因为这种开导具有二重性，既是消磨又是鼓励，K同时领略了二者。

K永远是那个迟钝的外乡人，永远需要谆谆的教导和不厌其烦的指点，他的本性总是有点愚顽的；可是他有良好的愿望，那梦里难忘的永恒的情人伴随着他，使他闯过了一关又一关，在通往城堡的小路上不断跋涉。但是K不再是纯粹的外乡人了；在经历了这样多的失望和沮丧之后，他显然成不了正式村民了，他仍然要再一次地犯错误，再一次地陷入泥淖；但每一次的错误,每一次的沦落,都会有种"似曾相识"的放心的感觉。这便是进村后的K与进村之前的K的不同之处。这种区分当然也是可以忽略的,因为并不能真正减轻痛苦,只不过是多了一种似乎毫无用处的预见力。我们仍然要说,K在进村前并不是一个简单的外乡人,那时一切必要的条件都已在他的灵魂里具备。在村庄里,他一次又一次地认出自己灵魂里已有的那些东西,将它们化为自身的"现实"。

寻求与证实的行动要么导致可笑的闹剧,要么导致无限的迷惘,每一次这样的结局对于K来说都是一次大开眼界,一次新的认识上的提高。但也可以说他在原地未动,因为城堡依然屹立在远方,所有的通道全是前途莫测。然而村庄里的生活也不是不能忍受的;细心地体会,即使是那只可恶的猫也是K的老师,更不用说酒吧间那些饱经风霜的农民了;村庄里有学不完的知识。K在这个知识的迷宫里努力学习,力求利用一切可能的机会来缩短与城堡的距离,他那愚顽的本性却使得他的一切努力变成白费。令人惊讶不已的是K身上那种充沛的精力,尽管一次又一次地遭到失败,所有的企图无一不被动摇、打消,我们最后看到他还在等待时机要做新的崛起。只有中了邪的人才会有这样的精力,这种异质的弹性足以使人目瞪口呆。

充满活力的幼稚的小人物佩碧

尽管她幼稚无知,可是她也许同城堡有着联系;如果她没有撒谎，她曾经是客房女仆；她一直睡在这里，但并不明白自己所拥有的资本，即使把这胖胖的、背上圆鼓鼓的娇体搂在怀里也不可能抢走她所拥有的资本，但可以碰到它，可以激励他在这条艰难的道路上继续走下去。那么她的情况不是同弗丽达一样吗？不一样，和弗丽达是不同的，只要想一想弗丽达的眼神，这就可以理解了。②

如果将村庄里的人物划分一下层次，佩碧也许可算是属于最表面，或者说，最底层的那一类。她离城堡最远，想要与城堡官员取得直接关系的希望最小（她曾多次躲在走廊上的一个壁龛里等克拉姆，后来证明是白忙一场）。正因为这一点，她那胖胖的小身体里才洋溢着无穷无尽的生命力，烫了许多幼稚卷发的脑袋里才储藏了数不清的小小诡计，浅陋的热情才终日在她体内沸腾。终于有一天，她脱颖而出了——虽然只有四天时间，虽然结果流产了。这个脸盘红红朝气蓬勃的小侍女，为着眼前的点滴小利纠缠不休，斗智逞强，性格倔强而单纯；她与苍白而单薄、目光冷静的弗丽达，与臃肿而沉重、性格阴险的老板娘相互陪衬，形成了一道多层次的风景。听听她的那番谈话吧，她的异想天开，她的耗尽心力的算计，她的充满激情的努力，她的周密的分析，她的最后的失望，以及对这失望的承受力和东山再起的隐秘筹划，几乎是在一口气之内跃然纸上。我们同她一道走进人生的迷宫，领略了生命的大悲大喜。然而就是在这最原始的、低级的愿望里，我们也可以听到遥远的、来自上方的呼唤。是的，佩碧就是为它而活的。现在她是属于旅店的姑娘，接近克拉姆的可能性仍未丧失；她虽然失去了一次机会，却没有完全失去她所拥有的资本。她目前还未见到克拉姆，更没有像弗丽达那样成为克拉姆的情妇；这都不要紧，来日方长，她意志坚强，像猎狗一样嗅觉灵敏，像地底的蚯蚓一样为接近目标而辛勤钻探，我们也许可以说她前程远大。

她是在 K 将弗丽达拖下水之后敏捷地登场的。她要击败对手，突出自己，为达到最后的目的扫清道路。在这一过程中，她的手腕和心计令人眼花缭乱；她使出了浑身的解数，充分展示了她的魅力（化幼稚庸俗为神奇）。可是她注定还是要失败的。为什么呢？只因为她缺乏弗丽达眼里那种冷静和镇定的目光；她过于浮躁，热情也过分了点。我们看到，越是与生命本质接近，富有色彩又使人心醉的东西，越是幼稚而表面，同时又令人无法忍受；而越是与城堡（精神）接近的东西则越苍白、乏味、冷酷，同时却令人向往不已。

佩碧最后将 K 这个绝望中的希望抓到了手里。她要把他留在地下室的小房间里，和另外两个最低级的女仆四个人挤在一起，挨过又长又单调的冬天。当然不是消极地等待，而是积极地寻找机会，在适当的时候利用 K 再一次向弗丽达发起进攻，将她再一次拖下水，她自己好去占据酒吧间的宝座。她的这个幼稚的愿望会得到实现吗？也许只不过是画饼充饥吧？但无论如何，她是不会放弃的。她就是她，她永远不会具有弗丽达和老板娘的那种有威力的目光，正是这样她才别有一番风情呢。所以 K 在第一次见到她时，就贪婪地盯视着她那年轻的娇体，对她既鄙视又垂涎三尺。

阴沉沉的村庄的梦想里孕育出一道幻影，这幻影向上升华，形成了耀眼的城堡风景。"活，还是不活，这是个问题。"作者藏在某处对我们说。

头脑清醒的大姐姐

> 因为K觉得，奥尔伽这个人，她的勇敢、谨慎、智慧，她为全家的牺牲精神比那些信息更为重要。③

在巴纳巴斯颓败的家中，K再次遇到了他那聪明过人的姐姐奥尔伽。她把他拉到炉子边的长凳上，亲切地、耐心耐烦地对他分析了她家里的苦难的来龙去脉。她的分析老到而不乏激情，既深入了事物的核心又不偏不倚，使一贯摇摆不定的K大受教益。

造成这个家庭苦难的根源是阿玛丽亚的狂妄和目空一切。当然阿玛丽亚从来就是高傲的，对众人不屑一顾的。可是只有在她与城堡官员恋爱失败之后，苦难才正式降临到这个家庭。奥尔伽一家人（除了阿玛丽亚）在那之后一直处在要采取某种行动赎罪的诚惶诚恐之中，精神上完全垮掉了。由于这种无法解脱的痛苦，奥尔伽开始为全家奋斗。她制订了完整而周密的计划，通过她的锲而不舍的努力、迂回的战术，最后，通过她的异想天开的大胆行为，居然使稚气未脱的巴纳巴斯成了城堡的信使。这真是一桩不可思议的事，只有奥尔伽那杰出的头脑，才能使这发了疯的怪念头变得合情合理。灵感往往是在绝望的驱动下产生的,类似于"狗急跳墙"。

苦难当然并没有结束,只是改头换面重新登场了。重新又是漫长的等待和无穷无尽的屈辱,还有对于自己身份的致命的怀疑,这种怀疑经常使得巴纳巴斯的精神濒临崩溃。而最后,经过奥尔伽不厌其烦的开导,经过短时的休息后重又振作起来,巴纳巴斯这个自封的信使重又孤零零地上路了。村庄里的一切事情都似乎是把人推到无依无傍、走投无路的境地。人处在这种境地中如果不愿颓废,除了异想天开还能干什么呢?于是奥尔伽这个平凡的、脚踏实地的村姑就开始发挥她那神奇的想象力了。没有她,巴纳巴斯是绝对成不了信使的,最多只是一个恍恍惚惚的游魂。她是巴纳巴斯力量的源泉,如此地勇敢,如此地百折不挠,在绝境中一个又一个的设想和方案层出不穷,简直就像魔鬼附体似的。从奥尔伽的滔滔讲述中,我们看到了一条朦胧中的出路:痛苦无法消除,但可以用转移注意力的办法来暂时抛开。

面对奥尔伽在这个家庭里的奋斗挣扎,阿玛丽亚似乎只是一个冷眼的旁观者,她除了照顾病倒的父母以外什么也不干。实际上阿玛丽亚更为深刻,奥尔伽很快就意识到了这一点,并与她有着很深的默契。阿玛丽亚身上的一切都从未改变过,她从事情的初始就看到了事情的结局,所以她才会固守着沉默,因为一切积极的行动都属徒劳。不过她也不是一个消极混世的人,不然怎么会发生她与索蒂尼的事件呢?她是一位清醒的受难者,懂得人活着就得欺骗自己,采取某种行动;这便是她与奥尔伽之间的理解和默契的根本。她是高傲的,不屑于卷入家中的幼稚行动;另一方面,她对于这些行为又是非常理解的。她目光明澈，看得清复杂多变的世事，而且意志坚强，从不惊慌失措；所以只有她是这个家里的主心骨、关键时刻的依靠，而她又是通过固守自身的沉默和寂寞来做到这一点的。奥尔伽说："没有阿玛丽亚的参加，什么办法都行不通，所有的办法都只是试验性的；试验的结果不告诉阿玛丽亚，因此毫无意义；但是即使把这些办法告诉了阿玛丽亚，遇到的也只是沉默。"④ 只有像奥尔伽这样头脑清醒的人，才会与阿玛丽亚达成这种古怪的默契，从而相互支持，挑起家庭苦难的重担。可以说阿玛丽亚是这道由家庭构成的风景里不变的背景，而在最初，她又是这道风景产生的原因。她的目光穿过苦难，汇入来自上方的奇异的光芒。奥尔伽博大的胸怀理解了这一切，所以她才会那么爱她的妹妹，敬佩她，服从她那沉默的领导。

奥尔伽是这个家庭里最有生气、积极向上的姑娘，她的韧性也是惊人的。她不仅什么都能理解，而且永远在策划，在忙碌，要与命运搏斗到底，即使全盘失败也不气馁，反而生出更多的奇思异想，再一次振作，重新与命运较量。当她向我们走来时，一股熟悉和亲切的气息扑面而来。

最卑贱的与最崇高的

"您说得对，"老板娘说着，垂下了头，"您体谅我吧。我并不比别人敏感，相反，每个人都有他敏感的地方，我敏感的地方只有一处。"⑤

桥头客店老板娘的生活经历十分简单。当她是个年轻的村姑时，官员克拉姆曾经叫她到他的房间里去过三次，后来就再也没来叫她去。在那三次里，老板娘向克拉姆要了三样东西做纪念：一张信使的照片，一床毯和一顶睡帽。就是这三样东西，帮助老板娘度过了昏天黑地的二十多年。老板娘并没有交代清楚克拉姆让她去干什么。也许他是叫她去整理房间；也许不是克拉姆叫她去的，只是旅店老板叫她去帮忙；还可能更糟，那三样东西不是克拉姆给的，是她自己从房间里偷的（她当时因为热血沸腾，不知不觉地下了手）。这都是些微不足道的枝节问题，重要的是她占有了这三样东西，而且这三样东西来自克拉姆住过的房间！这三样东西在她漫长而惨淡的生涯中，像黑暗中的明灯一样照亮她那简陋狭小的天地，时间根本不能遮蔽它的光辉。有了这三样东西，她就具有了孙悟空的眼睛，一切事物都要在她眼里现出原形，露出本质。

老板娘并没有因为自身的不幸就变态，而是保持着健康的判断能力和深藏不露的同情心。也许由于她的洞察力和预见力，K一直对她不习惯并且反感，总是忍不住用自己那些不堪一击的理由来反驳她，故意与她作对，并且一意孤行，好像要抛开她似的。就连这些，老板娘也是见怪不怪，全部预见到了。她懂得K的心理，知道他所干的一切都是蠢事，这些蠢事构成了追求的过程，因而也是必要的。而她的职责就是"用恳求和威胁来设法动摇"K的信心，使他无所适从，使他感到深深的恐惧。为达到这一点，老板娘在K面前将克拉姆比作一只鹰，用这个比喻希望K在某个瞬间能联想到克拉姆那居高临下、咄咄逼人的眼神，那永远无法证实也无法否定的眼神，以及那些 K 在下面无法加以摧毁，而他在上面却根据无法理喻的法律牢牢攥在手中的圈子。果然，K 在一瞬间看到了那只鹰，体会到了它那令人无比畏惧的威力；然而过后，他仍然一意孤行。这便是老板娘期望的效果，她不是要阻止 K，只是要指引、开导他。

> "这事干吗不让我们自己来解决？""那是因为爱，出于担心。"老板娘说，并把弗丽达的头拉过来靠在自己身上……⑥

老板娘的这句话说在弗丽达刚刚天女下凡似的降落到 K 身上的时候。后来发生的一切证实了老板娘心底深藏的柔情。这柔情，K 是看不到的，弗丽达却深深体会到了，所以她才情不自禁地称老板娘为"妈妈"，事事对她百依百顺。弗丽达与 K 这段短暂的关系就是她在人间的游历；一切都在事前由她和老板娘计划好了，预见到了，只有 K 蒙在鼓里。老板娘自始至终用悲哀而忧虑的眼光看待 K 的一举一动，为他操心，并在适当的时刻警告下凡的弗丽达。为了什么？这一切全是为了克拉姆，那抽象的、在心底永不改变的情人，哪怕稍微从侧面涉及也会使她热血沸腾的雄鹰。为了克拉姆，她（包括弗丽达）才容忍了 K 的一切弱点，用一种几乎觉察不到的幽默感来对待 K。在弗丽达下凡的整个事件中，最后的结局也是早就规定好了的。所以老板娘虽然担忧，虽然悲哀，从总体上说还是胸有成竹的；一切都在按既定的轨道运行，她只要坐在家中不动就可以达到目的。

从这些描述中我们仿佛看到了老板娘脸上那神秘的微笑，

既悲凉又带讽刺意味的天堂里的微笑；这副笑脸通常是很模糊的，如果我们长久面对，它会像三维画一样在一瞬间变得十分亮丽而深远，照亮我们的灵魂。

创造

K睡着了，但并不是真正的睡，毕格尔的话他也许比原先醒着但困得要死的时候听得更清楚，每个字都传进他的耳朵里；但是他那累赘的意识消失了，他感到自由自在，现在毕格尔已经抓不住他了，只有他有时还摸索到毕格尔那里；他还睡得不熟，但是已经沉入睡乡。谁也不该再把他的睡眠夺走了。他觉得，他似乎是取得了一个大胜利，那已经有许多人在欢庆胜利了……①

这是灵魂出窍的瞬间，无羁无绊的瞬间。K与秘书毕格尔的搏斗就是夜间询查的过程，也就是意识与潜意识在无边的黑暗中的一场壮观的较量。在这场搏斗中，沉睡的潜意识浮出底层，战胜希腊大力神毕格尔，取得了暂时的胜利。由热情所激发的创造就从这里开始了。于是"从未见过，一直在等待，望眼欲穿而且凭理智一直认为不可能来的申诉人正坐在这里"了。无法设想的闯入成了现实，主客开始易位，激情扫荡了一切官方的限制，强盗般的申诉人竟然使秘书于半睡半醒中获得了自杀性的快乐。

夜间询查总是在一切其他调查完成，精疲力竭的时刻进行的；因此记录上往往免不了"漏洞""缺点""不严密"。(灵感往往无限膨胀，自负地冲破逻辑的藩篱。)这种记录在询查过后使秘书们看了沮丧已极，使得他们想要来反对这种询查。可是到了下一次，一旦询查真的在夜半发生，种种的怀疑和不满就被抛到了九霄云外，秘书们忘记了自己的身份，不自觉地对神秘的申诉者产生出极大的兴趣，与他一道陶醉在自由的境界里。

这种创造是最诱惑人的，也是最痛苦的；每一次的成功都将被埋在无穷无尽的怀疑之下。可是在穷途末路的情形中，夜间询查又非做不可；并且这种无法证实的询查只有不断地做下去，不可能的事情才得以存在。当然仍然无法证实。创造力就是从这个致命的矛盾中释放出来的。K用强大的武器——睡眼来对付毕格尔那几乎是百战百胜的逻辑性；虽然精疲力竭、濒临崩溃，毕竟在睡乡中庆祝了胜利，还使得自以为是的秘书发出了"活像被人搔痒的姑娘"的尖叫。在这个节骨眼上他醒了，又听到了毕格尔那异常清晰的逻辑分析，这分析既使他昏昏欲睡又吸引着他的注意力，具有征服一切的诱惑力。过程就是如此循环往复。那么理性在搏斗中真的失败了吗？不，这种失败也是另一种意义上的胜利，在搏斗中留在对方身上的伤痕就是这种胜利的印记。毕格尔的分析既冗长单调，又具有令人神往的魅力，充满了因询查本身而产生的激情。因为询查的对象是那不可能到来的闯入者，所以这种分析便成了从未有过的第一次。既然结果成了这样，我们不可以将这种搏斗称为一次绝妙的合作吗？现在申诉人与停止了公务员身份的官员不仅交换了位置，而且你中有我，我中有你，在巨大的激情的包围里变得无法区分了。于是奇迹出现在我们眼前。当然奇迹不是随意可以"看见"的,必须加入到那种询查中去,也就是说,拼死闯入迷宫。

每个人心中都有无数需要申诉的问题,我们不肯承认,并在长年的沉默中将其遗忘。只有具有最强健的记忆力,被那些从远古时代以来遗留下来的越来越多的问题挤得脑袋快要爆炸、因而发了疯的申诉人,才会如强盗船闯入官方的机构,来进行史无前例的夜间询查。这种询查一旦开始,就如毒品般上瘾;它由本身的性质所决定,必须一次又一次继续下去,只有体力的限制才会使其中断,因为摆脱怀疑是申诉人的天性。

滔滔的诉说源于创造的痛苦,以及由这痛苦导致的极乐。毕格尔和 K 在夜间询查中向我们展示的欲死欲仙的创造画面,就是这过程的真实写照。

1997 年 1 月 20 日,又一村

注释:
① 《城堡·变形记》,浙江文艺出版社 1995 年,第 93 页。
② 同上,第 95 页。
③ 同上,第 215 页。
④ 同上,第 195 页。
⑤ 同上,第 76 页。
⑥ 同上,第 46 页。
⑦ 同上,第 244 页。

记忆的重负

（一）

（K对弗丽达说）"有过那么一些时候，就是你扭头不看我而沉湎在幻想中，憧憬着一些半明半暗、隐隐约约的前景，多么可怜的姑娘呵，只要在你目力所及之处站上一些合适的人，你就会立刻成为他们的俘虏，你就会误认为那些转瞬即逝的东西，那些幽灵、陈年的记忆，那些实际上已经逝去、在记忆中越来越模糊的往昔生活，——误认为这一切都是你现在的、真实的生活。"①

身上洋溢着纯洁的童年记忆的助手们从城堡里走下来，走进K和弗丽达的生活，伴随他们俩度过了一段难忘的日子。K为什么一定要摆脱这两个人？为什么自始至终抑制不住对他们的厌恶？因为鄙视，也因为内心不可告人的惭愧和自卑。在村庄的这些日子里，K竭尽全力玩了一场甩掉自己的影子的游戏。在这场游戏中，明白底细的弗丽达一直在劝导他，安慰他，并且在最后，当K终于大功告成时，告诉了他事情的真相。K摆脱了助手，这种摆脱的结果却是他最没有料到的：弗丽达离开了他，其中一位助手占据了他的位置。

从一开始，K就注定要在游戏中失败。这两个其貌不扬、碍手碍脚的家伙竟然是由克拉姆派来监视K的表现的，虽然这一点无法证实，只是由弗丽达凭直觉感到。K必须用超级的忍耐力来容忍他们，才有可能同城堡保持联系。在K幻想的他与克拉姆对弗丽达的争夺中，克拉姆之所以胜券在握，助手们也起了决定性的作用。因为K的体力和精力都是有限的，而这两个助手，不分日夜，不知疲倦地骚扰着K，比臭虫还难以忍受。当然如果K不是这样敏感，受到骚扰的程度就要小得多。他无法坦然面对助手们的窥视，尤其是在与弗丽达亲热的时候。为什么不能坦然面对，难道他心里有鬼吗？是啊，K心里的鬼太多了，内心的惭愧无时无刻不在影响着他的行动，使他寸步难行，与这两个助手的关系就是个很好的例子。心里想的是圈住弗丽达，好与克拉姆讨价还价，在进行房事的时刻还有什么坦然可言呢？当然最好是关起门熄了灯来进行，就像他和弗丽达的第一夜那样。可是只要这两个助手在眼前，就会唤起K的记忆，那记忆像照妖镜一样直逼着K，让他显出原形，使他发疯。K为了保护自己，只得一次又一次地赶走助手。

弗丽达的内心也是矛盾的，她一直深受着另一种记忆的折磨。她从酒吧间那高高的位置走下来，下到底层，与K一道来在人间体验普通人的生活，这可是件两难的事。她的初衷并不是全心全意地体验，而是因为她在那个位置上已待得太久了，必须有点什么新鲜事发生作为契机来巩固她的地位。可她又想全心来体验。她曾告诉K说，她想与他一起到外国去（当然是一时冲动之下的夸大）；她担心的不是她会失去克拉姆，而是失去K，因为克拉姆太多了，她满脑子全是克拉姆；她想要与K去过一种普通的生活，整个地得到K，平静地生活在K身边，而不是失去他。当她告诉K这些时，K却别有用心地问她克拉姆是否与她还一直有联系，这一问又把她拉回了她当下的处境，使她记起自己是属于克拉姆的，因为这，她永远不可能完全得到K，同时她也确实盼望，"永永远远，永不中断，永无尽头地"同K厮守在一起。可是当"克拉姆的特派员"寸步不离地跟在身边，提醒她关于城堡山坡上那令人神往的童年生活，不断哀求她不要在底层陷得太深时，她又怎能尽兴地享受人间的快乐？所以她对K的爱总是显得那样神经质，那样心不在焉，敷衍了事。关于克拉姆的记忆压迫着她，挣脱是完全没有希望的，也不是她所愿意的，唯一的出路是使自身的实体消失，在半明半暗的模糊里融解。最后她就这样做了，带着爱恋和惋惜的心情向K告别了，助手们不过是她的一个借口而已。当K去了巴纳巴斯家的姑娘们那里时，弗丽达利用助手向K发起进攻，使她和K最后还体验了一次人间最普遍的情感——嫉妒。我们看到，在弗丽达与K的关系中，两人都是心怀鬼胎，要通过对方来寻求某种东西，来达到某种目的；他们的真情实意正是在这种寻求、这种图谋中得到实现的。为了达到目的，不得不采取卑鄙的手段，我们却不能因为他们采用了某种手段就说他们没有真情实意。这世界早已成为巨大的垃圾场，真情实意只能在卑鄙中实现，而一个来自底层的"人"，要与城堡靠近，必须利用一切可能的机会和手段。他们之间这段短暂的关系，的确是像 K 实事求是地描述的那样，是"你迎着我，我迎着你，我们两心相合，两人都忘掉了自己"。而与此同时，他们又确实是各自心怀鬼胎的。一切做过了的全是卑劣的，似乎不堪回首，只有远方的目标令人肃然起敬。为了这想象中的目标，K 与弗丽达必须原谅过程中的所有卑鄙之处。至于老板娘，她只是要让她的两个学生看清过程中的卑鄙，给他们设置一些障碍，在她内心，这一切早就得到了原谅。这又使我们联想到另一个例子，即小男孩汉斯的例子。汉斯的母亲苍白、虚弱，是"从城堡里来的女人"。汉斯将自己看作母亲的保护人，母亲是他的偶像，决不能让任何人玷污。他不仅要保护她使她不受粗俗的父亲的伤害——他就是为这个来找 K 的——而且决不容许 K 去骚扰她。在他看来，任何人对于母亲都是一种骚扰。K 在与汉斯交谈中弄清了他家的情况，于是利用汉斯对母亲的爱，竭力挑拨，以达到自己与她接近，从而探听关于城堡的事的目的。在这个例子中，K 同样可以说是具备了与那位苍白的夫人"你迎着我，我迎着你"的可能性，他就是为了这个追求来欺骗小男孩的。我们应该如何来理解 K 与女人们的这种关系呢？只要长久凝视、面对它们就可以了。

　　K 一直到最后都没有认出两名助手的真实面貌，这种辨认是最难最难的。他们两人与他离得那么近，深深地介入了他的日常生活，处处用可厌的行动来骚扰他、戏弄他，使得他火冒三丈。这样的两个人，叫他如何认得出？就是认出了，他也无法心平气和地容忍他们的折磨，他毕竟不是弗丽达，只是暂居村庄的外乡人，他生来缺乏弗丽达那种宽广的胸怀，也缺乏她的冷静的判断力。而弗丽达，一开始就从这两个神秘人物身上注意到了不同的东西，他们单纯、炯炯有神的眼睛使她想起克拉姆的眼睛，她感到克拉姆通过他们的眼睛在凝视她。所以她才怀着尊敬和钦佩的心情注视他们所干的那些蠢事，认为这两个人是她与K的共同生活中不可缺少的。同时她也知道K与这两个人势不两立，K这种感觉是无法用道理去说服的，只能靠她的周旋来维系这种四个人的大家庭。这种周旋把她弄得心力交瘁。最后，她和K的同居生活完结，这种生活在半明半暗的模糊中化为了新的记忆；而K，又从另外的地方重新开始。那地方又会有新的助手，也许以另外的面貌出现。K也许仍会感到惊异？也许多了一份从容？

弗丽达始终用依恋、怜悯的态度对待两个助手，这两个装扮成土地测量员的助手的幼稚的"孩子"，实际上也是弗丽达的助手。他们与K十分隔膜，却与弗丽达心心相印。他们是弗丽达本人孩童时代与城堡有关的记忆。这种记忆是K所无法斩断的，它笼罩了他与弗丽达的整个关系，他们一直在这种记忆的阴影里生活。K最后的成功摆脱不过是终极意义上的失败。弗丽达因此说：

> "这世界上没有一块净土让我们在那里不受干扰地相爱，村里没有，别的任何地方都没有，所以我向往着一座坟墓，一座又深又窄的坟墓；在那里我们俩像被钳子夹住

一样紧紧拥抱在一起,我把脸紧贴着你,你也把脸紧贴着我,谁也再看不到我们。"②

可是她一睁眼就看见了孩子气的助手,他们正合着双手向她哀求。在K的眼里,这两个家伙时刻提醒着他反思自己行为的见不得人之处。一切在他身上发生的事,全都被这两个幼稚得无法忍受的家伙看在眼里。这些过去了的事变成记忆的沉渣,留在K身上,使K不停地产生要摆脱这些沉渣的冲动。这一冲动就是K与弗丽达关系中的弱点,高居城堡的克拉姆深知K的这个弱点,特地派了两个助手来离间他们,最后终于成功。弗丽达与K同居期间等于是她同K加上助手四个人同居,她一点也不觉得别扭,把这当成事实接受下来,任凭他们入侵她的生活,这是因为她心底很快就将这两个人看作了自己的一部分。K显然不明白这一点,他的一意孤行到后来终于变成胆大妄为,粗暴地践踏了两个助手,并且自己摆脱了他们。这一来,他也失去了与克拉姆讨价还价的资本弗丽达。他没有估计到当初克拉姆将弗丽达给了他是有条件的,这条件就是一定要搭上两个助手。他粗心莽撞,忽视了关键所在。摆脱了助手便是摆脱了克拉姆的钳制,记忆的魔圈不再起作用,好戏唱完了。

(二)

K从来还没有在别处见过公务和生活像此地这样完全

交织在一起，它们是如此纵横交错密不可分，以致他有时会觉得公务和生活似乎互换了位置。例如，克拉姆对于K的公职所拥有的到目前仅仅有名无实的权力，同克拉姆在K的卧室中拥有的实实在在的权力相比，究竟有多大分量？③

在村长家中，K又一次领教了城堡的真正权力。这种权力并没有明文规定，只有一系列曲里拐弯的复杂行使过程，这过程被记录在堆积如山的文件堆里，翻也翻不出来，谁也不会去过问。然而过程本身却是不可逆转的，正是这种昔日的权力行使过程导致了K今日身份的无法确定。K竭力抗争，想要扭转现状的发展方向，村长却用他那冗长、烦琐而又清晰的叙述，将真实情况的来龙去脉告诉了他，为的是打消他脑子里一切可能有的幻想，指出他的唯一出路就是过一种异乡陌路的忧郁生活，永远不可能出人头地，现状也不会有任何改善，而且还得小心翼翼，避开危险。在这里权力是通过记忆积累的形式来巩固的，K处在它的淫威之下，他完全不知道前因后果，他唯一可行的事就是屈服。在气愤之下他也说到他是被"诱骗"到此地来的，他这话并不是出自真心，村长也完全不赞成他的过激言论。

困难之处还在于这种权力是无形的，有关它的文件记录找不到，就连克拉姆的信也是以私人身份写给K的。但如果K以为可以不去管它，可就寸步难行了；它每时每刻干预着K的私人生活，K对它不能有一丝一毫的疏忽。克拉姆这只高处的鹰，单凭它那锐利凶狠的眼光牢牢地将K控制在它的权力范围之内。在这种控制之下，K是否就可以无所事事、消极怠工了呢？不但不行，相反，他还得自力更生，朝目标做坚持不懈的努力，这才是克拉姆所要求的。他在那封私人信件中曾暗示道他所关心的，只是对K的工作能够满意。他既没有对K的身份加以肯定也没有否定，工作究竟是什么工作也是含糊不清的，然而还要K在工作上使他满意。他将一切答案全留给了K自己。K必须自己去证实自己的身份，自己去弄清自己的工作是什么。根据这封信，K唯一可找的人是上司村长。这封信曾激起过K无限的希望和遐想，他以为只要找到村长，他受聘的事就有眉目了。他被障碍蒙住眼睛，完全没有读懂克拉姆的信。虽然村长再明白不过地向他做了解释，他仍然不服气。

人所做过的一切事情都将在记忆中储存下来，这种记忆永远不会消失，只是我们不知道罢了。K也不知道，只有村长知道，但他却没法（或懒得尝试）将这种东西从那一大堆杂乱无章的文件中翻出来；他向K口头说明了这种记忆，K不得不信。村长和他那影子一般飘来飘去的细小的夫人所担任的是记忆守护神的工作；在他那阴暗的小房间里，储存了数不清的信息，因为年深月久，根本无法将它们清理分类了。平时，村长和他的夫人只是默默地守护着这些东西，因为除了K，并没有人要来查询或穷根究底；愚昧无知的K是唯一要来查询的，他是外乡人，又有一股倔劲。于是村长只好苦口婆心地启发他，告诉他"差错"产生的原委和其不可避免也不可改变性；他要K听从城堡的安排，安于现状，认清前途。村长的潜台词是：在村子这个范围内，他可以到处转来转去，爱上哪儿就上哪儿，甚至可以说是受到某种优待，当然他得始终保持警惕，不然危险就潜伏在这种表面的优待之下。

他必须检点自己的一举一动,"每走一步都要环顾四方"。

　　K一直想过"惯常"的生活,可是村子里没有"惯常"的生活,所有的生活都与职务紧紧缠在一起,相互渗透,这种现象是一种结果,是那不可抗拒的历史与记忆的进程造成的结果。这种现状对于村民们是不言而喻的,因而每个人都遵纪守法,只有K总是莽撞行事,破坏纪律。显然,要让K明白个中的内情,一次两次的启蒙是绝对不够的。实际上,K永远无法启蒙。只要他在村庄里生活一天,就要犯错误;于是这些错误又变成城堡记录下来的新的文件,文件又被陆续送往村长那不见天日的保管室里,永久地保存下来;而K自己并不知道,也就无法根据文件精神来调整自己的思想和行动,何况文件也并没具体告诉K应当如何正确地做某件事,表面上似乎任其自然,一旦K做了某件事却又被记录在案。

1997年2月7日,又一村

注释:
① 《城堡》(《卡夫卡全集·第四卷》河北教育出版社1996年),第280页。
② 同上,第152页。
③ 同上,第65页。

城堡的形象

我们心中都有一座城堡，它们的形态各异。诗人心中的城堡是什么模样呢？

在那个冬日的晨曦之中，K与城堡初遇，细细地打量了城堡的外观。原来矗立在那山上的，既不是古老的骑士城堡，也不是新式的豪华建筑，只不过是一个具有平民特色的建筑群落，甚至相当寒酸，缺少变化，像一色普通村舍的小城镇。就是这个一点也不起眼的城堡使K想起了家乡的小镇——他从前心中的城堡。细细一比较，家乡教堂塔楼耸立于大片的矮屋之上，有着崇高的目标和明朗的意向；而此处的这座塔呢，残破，畏缩，毫无自信，甚至使人产生荒唐的印象，觉得它完全没有必要存在于这世界上。这就是K对于城堡的第一印象，这印象饱含了他多年生活经验的积累，毫无疑问是十分准确的。可以说，经历了长途跋涉来到此地的K，在这一瞬间的确实实在在地看见了真理,接近了真理,体验了真理。这是平民的真理,有着最为朴素的外形,最为敏锐、最为直接的穿透力;它因为单纯而显得单调,因为赤裸而显得害羞、犹疑,那单纯和犹疑中却混合了最为咄咄逼人的气势;它是 K 从前的理想的再现,K 觉得它陌生而又似曾相识。近距离观察城堡往往使得 K 心情阴暗、压抑、沮丧;只是在远方,当他与城堡隔着距离时,城堡才体现出那种自由的风度,唤起他追寻的渴望。于是 K 的情绪就总在振奋与沮丧的交替之中。这,也是由城堡本身的性质所决定的,因为无论怎样高超的城堡,也不可能建立在半空,它们都是我们凡人的产物,具有凡人的种种俗气与缺陷,这缺陷使我们忧心忡忡,羞愧难当;与此同时,城堡又的确体现了我们的自由意志,我们克服了千辛万苦才来到它面前,却没法进入它,只能抬头仰望它。城堡是不动声色的,只有当你蓦然回首时,才会看见它那塔楼在阳光下发出刺目的反光;你会惊异于它的简陋和幼稚,怀疑起一切来;但这不要紧,当自由的风吹来时,从远方望去,那些建筑是多么的轻松愉快啊。有时候,在天将黑时,K 因为看不见城堡而痛苦。他睁大着眼凝视,想从白天城堡所在之处看出生命的迹象。他的努力落空了。那地方一片死寂,他凝视得越久,可以辨出的东西就越少,终于一切都融入单纯的混沌之中。像这种凝视是不可能坚持很久的,与虚无的对峙只能发生在很短的时间里,然后目光就转开了。它是什么?也许它真是一个幻影?如果它真是一个幻影,它又怎能统治我们的日常生活?在 K 繁忙的生活的间歇里,他总在朝那个方向看,有时看见普通的村舍,有时只看见一片混沌。到底哪一个是它的真实面貌呢？没人能向他证实，没人能消除他的痛苦与迷惑。

从城堡里来的官员克拉姆的形象同城堡的形象是一致的：不动声色、沉默寡言，具有难以想象的威慑力与控制力；他像鹰一样高踞于人群之上，又像供呼吸的空气一样渗透每个人的体内。这只是村民们心目中的克拉姆。K从门上小孔里看到的克拉姆却是一位很普通的、上了年纪的老绅士，不但没有什么高超之处，从老板娘和弗丽达的叙述中K还得出结论，认为他是俗不可耐的，与旁人没什么不同。克拉姆与城堡一样，所拥有的是精神上的主宰的力量，这种无形的力量对于每个村民都是不言而喻的。在这种力量面前，人要想自己不毁灭就只有服从。K的学习过程就是不断地与这种看不见的力量遭遇，以不断的失败来体验它的无往而不胜。可以肯定，即使通过了如此漫长的学习过程，K也还是永远成不了正式的村民。正式的村民是什么？他们全是些口吐寓言的真理的化身，一些模型，而不是人。K只能是K，哪怕整日面对城堡的权威，也只好一个接一个地犯错误，无可奈何地敷衍下去。身负克拉姆委派的重任的弗丽达和助手们，在同K一道演完了这出好戏之后，便回到了她（他）们原来的位置上，重新成为冷冰冰的、拒人于千里之外的人形木偶。而K，与他们分道扬镳之后，仍然是那个有血有肉的K；他又要产生新的幻觉，又要重新规划自己的生活，重新犯错误。在这过程中，他还会不时地凝视城堡的所在，那地方似乎近在眼前，又似乎越来越遥远了。而下一回，克拉姆会派谁来与K接头呢？下一场戏又会有什么样的新内容呢？这一切全在克拉姆的脑子里，他把什么都预料到了，绝不会有任何疏忽与错误。

当然他对K设下的包围圈是有缺口的，而就连这缺口，也是根据K的本性设计好了的，所以K总是能够突围。要将这样一个毫无特点的小老头，一个总在同佣人调情的俗不可耐的家伙同城堡意志等同起来，委实是一件令人难堪的事。K长久不能习惯这种观念，这也是他长期犯错误的根源。只不过村庄是一个同化力非常强的地方，此处人人都把职务与生活混为一谈；在这种风俗的长期熏陶之下，谁能说K不会继续变化？他不是一直在变吗？这样发展下去，总有那么一天，他也会同村民一样，将浑身流氓习气的官员索蒂尼与理想的爱情对象画等号的吧。区分只在于K这种认识只能是理性上的，在本能和情绪方面他是冥顽不化的。这个精力过剩的外乡人一方面使村民们头疼，一方面又给他们那死板的生活注入活力。

城堡的形象体现着要使两极相通的艰苦卓绝的努力。一切全是无法习惯的，令人憎恶的；就在这种憎恶中，人不知不觉在与现实妥协。K只要待在村里一天，憎恶的情绪就不会消失，只会愈演愈烈。城堡甚至也在不断助长这种情绪，为的是加强K的信念，同时又使他真切地感到自己在活着。鄙俗与崇高在此处紧紧结合在一起。在K的眼里看来如此突兀、不可理解的事，在村民们眼里则是理所当然。K的情感永远执着于表面，村民们则执着于本质。什么时候K才能从情感上转过来，把天堂看作地狱，把高不可攀的大人物克拉姆看作那个与女佣人调情的俗不可耐的家伙，把破败的村舍群落看作心中神圣的城堡？什么时候他才能感到，这一切都是一件事的两个方面？也许他已接受了这种观念，只不过他永远无法控制自己的世俗情感。从K这方面来说，村民们意味着他的内在的本质部分，这个部分是坚不可摧的；K不断地试图忘掉它们，其结果是它们愈加显露，导致K一步步加深了对自己的本质的认识。认识不等于彻底妥协或不再生活，村民们想看到的也不是这个。他们想看到的是K继续挣扎，反抗，从而使认识更加深化。这个过程是无穷无尽的，雪地里会不断留下新的脚印，像老板娘从心里期待的那样。在这个意义上，正是K与村民们共同构造了城堡的形象，他们双方也是事物的两极。没有K这个外乡人的闯入，城堡的寓言就无法启动。这里所有的事物都是矛盾，而城堡，是最大的矛盾，最大的谜中之谜；它的存在的根源就是一种矛盾，一种永恒的痛苦；它是陷入泥沼的芸芸众生运用特异功能造出的楼阁，既像日常居家之地又像一个白日梦。K永远走不到城堡里面去，只能怀着强烈的渴望心情在外围长久地跋涉，设定一些虚幻的目标和计划，每一天都朝那目标努力。莫非那半空中的楼阁正是一种渴望的象征？造出城堡的灵魂是罕见的博大的灵魂，由于洞悉了两极的秘密，他终于天衣无缝地将两个世界连接起来，变成了一个。这真是天才的奇迹，需要什么样的力量和意志，才能达到这样的纯美的意境啊。一切都从世俗而来，那平凡的楼阁不过是高出周围矮屋的普通建筑，所用的材料与一般建筑没什么两样。是不是正是由于这个，它才具有比任何楼阁都纯粹、都更加超凡脱俗的性质呢？是不是正是由于普遍的认同，而最后导致了彻底的空灵？

我们眼前的这个奇迹就仿佛是由地狱里的呻吟汇集成的幻影；那看不见的辛酸的眼泪，那无数交织的悲痛的故事就是它的发源地。还有什么比阿玛丽亚无言的、永恒的悲痛更能打动我们的呢？阿玛丽亚的悲痛就是城堡的悲痛。这个城堡的女儿，她脸上那种宿命的表情就是城堡的表情。在城堡精神里沐浴长大的她，当然早就料到了自己将遭受的挫折。即便这样，青春焕发的她还是忍不住要尝试禁果，于是由城堡官员索蒂尼给她上了很好的一课。从那以后她脸上的表情就再也不变了。对于K来说，她是圣女，K理解了她也就是理解了城堡的意志。用城堡村民们的眼光来看，索蒂尼不可能有另外的表现，只要他的双脚跨出城堡，他的行为就一定会变成卑贱行为（难道世俗还能不是卑贱的吗？）。人们认为他对阿玛丽亚的举动很正常，丝毫不损害他那庄重、高贵的形象；即使那种高贵根本看不见，它也根深蒂固地存在于村民们的头脑中。在K发现观念缺口的地方，村民们浑然不觉。K感到憎恶，是对世俗污浊的憎恶，他将一直保持他的感觉。而阿玛丽亚，她那冷静而超越的目光看到的只是永恒的东西，她仍然爱作为高贵的官员的索蒂尼，不过她无法再爱了，她的爱同她的悲哀一道凝固成了化石。成不了化石的K当然也达不到她那种深邃。唉，城堡啊，你这地狱里的天堂，天堂里的地狱，你究竟身处何处？为什么你那高贵、自由的身影总是看不见？为什么看得见的总是这颓败、卑贱、令人恶心的形象？哪一副面孔才是你的真实面孔？从前处在最为尖锐的矛盾冲突中的阿玛丽亚一家的痛苦，如今已凝固下来，他们一家人的行动也形成了固定的模式，纳入了城堡的秩序。由一次奇迹（阿玛丽亚的爱情）开始的这场冲突激起过村民们的指责，因为阿玛丽亚在奇迹的过程中违抗了城堡的意志。可是谁又搞得清这种违抗是不是正好是城堡本身的设计和意向之体现呢？或许正是在城堡那严厉、冷酷的表情后面藏着深深的矛盾？或许阿玛丽亚的奇迹就正是这矛盾之突破？或许这出戏正是城堡为灾难深重的人们导演的？不是为了解脱他们，只是为了让他们体验更深的罪孽感？城堡的表情是说不清的。当你认为它冷酷严厉时，它却又犹疑不定，甚至露出怜悯；它有时愣愣地瞪着前面的虚空，有时又似笑非笑地凝视着下面的众生；当你看见它已在单纯里消失时，蓦然回首，却又分明见它沉痛地瞪着你的背影；时常，它显得那样的冷漠、疏远、拒绝，但这并不等于它不在倾听。

使K感到终日无法忍受的、郁闷的确实是村庄里消磨人的意志的氛围。处处渗透的原则使得人要发疯。在这里，女人们大都成了一些终日飘来飘去的苍白的影子（例如村长夫人，汉斯的母亲，后阶段的弗丽达），或在阴暗处动作迟缓的怪物（老板娘，阿玛丽亚），男人们则都是死气沉沉的活尸。K见不到一个活人。他对人的判断总为错觉所支配。每当他想入非非地燃起一点希望，觉得对方会有点生命的内容，对方那维护原则的表白马上把他这点希望击得粉碎。原则是窒息人的，但原则又不让K真正走上绝路，投入死亡的怀抱，而是让他从缺口里闯出去苟延残喘，落入另一个包围圈。城堡就像骗局的总设计师，无动于衷地看着K受苦。然而，自愿受骗是K的本性，彻底的清醒意味着他所不愿的死。因此城堡最常有的一种表情就是没有表情，"愣愣地"。也许城堡在K没有注意的瞬间，脸上会闪过一丝惊讶？这个外乡人体内原始的蛮力，他那种不顾一切、追根究底、决不放弃的派头，有时是否也会使城堡感到怪异？为什么村里的人谁也不赶K离开，而是将他作为一个异己容纳下来，开导他，指点他？或许庞大的城堡正是为这个外乡人而存在的？是有了K的荒唐举动，城堡才凸现出它的形象来的吧？可不可以说，城堡与K互为镜子，照出了自己的本质呢？一直到最后，K的意志都没有被消磨掉，他还在津津有味地搞那种突围的伎俩，这是值得欣慰的。这也向我们暗示了：城堡原来正是属于K的，经过长途跋涉来到此地的K，不过是走进了自己多年于不知不觉中营造的、独独为他而存在的世界。只不过一切是在私下里，在无意识中完成的，他一见之下没有认出自己的营造物罢了。我们不禁要感叹了：造出这样庞大复杂体系的人，该具有什么样的强有力的理性；而同时对于这浮浅的人生，他又该具有什么样的古怪的迷醉啊！只有二者兼而有之，奇特的营造才成为可能。二者兼而有之的灵魂必定是时刻处于撕裂中的。于是城堡与K共同构成了被撕裂中的两方，谁也离不了谁。K又怎么料得到，那高高在上的、永远也无法进入的圣地竟是只为他一个人而存在的呢？村民们究竟是要引导他明白这一点，还是要阻碍他达到这个认识呢？

在村庄里，所有的人的故事都属于过去，铁的秩序早就建立了，只有外乡人K的故事属于现在，属于此刻，这样的故事必定是一种奇迹。村民们将自己过去的故事讲给他听，为的是用他将要面临的困难来恐吓他，告诉他莽撞行事必定死路一条。与此同时，他们又对他的行为感到振奋，有某种死去的激情在他们心中暗暗复燃（例如老板娘、弗丽达、奥尔伽，甚至助手们对K的关注，皆是由于内心复苏的欲望在跃跃欲试），他们私下里希望他一意孤行下去，以便他们通过他间接地再经历一次从前的那种激情，旧梦重温。这个K，是如此的愚蠢无知、缺乏常识，却又是如此的妙不可言，他使得他们的注意力总跟着他转，倒看他要搞出个什么名堂来。K的一举一动都牵动着村民们的神经，或者说城堡的神经。从那高处，迷雾中的那张脸有时显出嘲弄：这处心积虑、自作聪明的家伙会搞出什么名堂来呢？有时又显出惊诧：他居然搞出了这种事！有时则显出疑虑：他还会搞出什么名堂来呢？但总的来说，城堡不会大惊小怪，于是所有这些表情K都看不见；因为它们全都归于了一种呆板的冷静，一种高高在上的漠然，K看见的就是这个。虽然什么都不能让城堡大惊小怪，城堡的好奇心却又是无止境的。它立在那里，它总在观看，从不有一丝一毫的厌倦。也许K是微不足道的，但对于他，仅仅只是对于他，城堡才有这样无比的耐心啊。因了这种耐心，它才不时从那山上的迷雾中显现出来，带给K一种既逼真又虚幻的希望，促使K将他自身的好戏演到底。在昏暗中盲目行动的K，他的心田总是为那道怪异的光芒所照耀着的，因此不论他的处境是如何荒唐，我们总是看见他似乎有某种主见，我们从未曾见过他有放弃、颓废的时候。如果有那种时候，那必定是城堡从山坡上彻底消失的时候吧。事实是，它一直理所当然地矗立在那半空，那里的空气无比清新，周围梦一般的环境赋予那些不起眼的建筑一种永恒的气派。

　　K在雪地里的每一个脚印都在塑造着城堡的形象，塑造着这无望中的希望。在村民们的引导与阻碍并存的启发下，K由内心蛮力的喷发驱使而迈步。那脚印似乎看上去杂乱无章而没有意义，他是在前进或是后退，他究竟走向何方也是完全看不出的。只有一点是确定的，那就是城堡的形象也是有变化的，它将越来越清晰，越来越没有表情，一种混合了所有表情的无表情；而同时也可以说，它的形象完全模糊了，与背景浑然一体，再也无法区分。这两个过程从相反的方向同时演进，天才的奇迹就在这过程中产生。谁又能完全弄得清那隐藏在后面的诗人脸上的深奥的微笑？那由几千年的修炼而凝成的、不可思议的微笑？那无法捕捉、转瞬即逝，却又铭刻心底的古怪的微笑？

1998年9月17日，英才园

黑暗的爱

一见钟情的奇遇

K的爱情充满了浓郁的理想色彩，这种理想色彩并没有给他的爱情生活带来光，反而使它呈现出一派阴暗、沮丧和绝望的景象。无论何时，他在爱情中看待对方和自己的目光总是为一样东西所左右，理想与欲望缠得那么紧，二者轮流占上风，每一次突破的胜利都是一次放弃的溃败。毫无疑问，K情欲强烈，只不过他的情欲无论何时何地都渗透了城堡的气味，甚至发展到把理想当生活。这一前提使得他与弗丽达的爱情一开始就显出了不祥之兆。

在贵宾酒店，走投无路的K与少女弗丽达邂逅，一见之下便为她深深地吸引。她身上吸引K的到底是什么呢？用世俗的眼光来看，她长相平凡，缺乏魅力。但K的眼光是介于世俗与城堡之间的；用这种眼光来看弗丽达，她与众不同，优越而高傲，正是K心底梦寐以求的情侣。她那自信的目光一落到K身上，便将饥渴的K完全征服了。接下去他们迅速地进入了正题的确认。正题是什么？正题就是克拉姆，克拉姆就是他们两人共同的理想，就是他们情欲产生的前提。弗丽达，这个不起眼的、瘦小的女招待，变戏法似的将K拽到了窥视她梦中情人的门上的小孔旁，这个小孔是她的特权。于是K通过小孔看到了他朝思暮想的人物。在这场奇遇中，弗丽达从不废话，她与K的相通就好像是前世决定的；她的目光落到K身上时，K觉得这目光"似乎已经把所有与他有关的事统统解决了"。可见这种默契该有多么深。就双方来说，弗丽达当然比K更为自觉，更为深谋远虑，而K的敏感的本能也成了他们之间爱火的助燃剂。从门上的小孔里，K企图弄清里面的真相，他仔细打量，一切还是使他迷惑；接着他向弗丽达探问详情，弗丽达再次提醒他她是克拉姆的情妇，她的提醒在K的眼中更加提高了她自身的价值。于是情欲开始在K体内高涨，他变得急不可耐，一个争夺的计划也在他脑子里产生。对于K这样的人来说，爱情必定是双刃剑。他和弗丽达因为共同的追求双双坠入爱河，他却又要利用这爱情去实现他的目标，这就不免显得卑鄙。从弗丽达这方面来说情况也很相似，只是她在追求上比K先走一步；她早就爱着克拉姆，那是种抽象的、忠贞不贰的天堂之爱；她在那个爱的位置上已待了很久，现在来到了一个转折点，在这个转折点上，她要用同K的人间的爱情来证实对克拉姆的抽象之爱，即在肉欲的燃烧之际体验天堂，体验城堡的意志。而这一切，又正是克拉姆的安排，即看你能跳多高，能跳多高就尽力去跳！她体验到了吗？她的确体验到了，她的肉体烧得发昏，她变成了一团火，真是人不可貌相啊。被情欲弄得完全迷失了自己的 K 也同她一样，滚在肮脏的小水洼上，进入了极乐销魂的境界；这是爱情的最高境界，在那种境界里，人摆脱了一切累赘，在短时间里成为自由的神，相互间的灵与肉合二而一，当然那只是极短的瞬间。紧接着自身的灵与肉就开始分离了。弗丽达的快感还在持续，她以背叛克拉姆（得到克拉姆默许的背叛）为兴奋剂，仍在沉迷之中。而 K，高潮一过立刻被令他沮丧的反省弄得索然寡味了。他记起了他的事业，他刚刚萌生的计划；而他刚才的行为，显然是与事业和计划背道而驰的。他眼前一片昏暗，他觉得两人全完了，因为他们背叛了克拉姆，离城堡更远了。弗丽达不这么看，她目光清澈，她说："只有我一个人完了。"她更了解爱情的奥秘，凭着克拉姆授予她的天才直觉，她知道这奥秘就是：她必须"完了"，才能体会到天堂；必须在对克拉姆的违抗中体会克拉姆的意志。所以她用力搏门，高声叫喊："我在土地测量员这儿呢！我在土地测量员这儿呢！"这就像是与克拉姆联络的暗号，克拉姆随之用沉默回答了她。

发生了什么事呢？希望破灭了吗？ K 通往城堡的路被堵死了吗？没有，一切都很正常，一切都在预料之中。弗丽达启动了寓言现实化的过程，她从爱情中获得了力量，空前强大起来，所以她一瞪眼就把农民吓跑了。K，尽管有过短暂的后悔，忧心忡忡，毕竟觉得松了一口气。他呼吸着户外新鲜的空气，心情舒畅了起来，似乎路途的艰难变得比较可以忍受了，因为从孤

233

零零的一个人变为有了一个同盟军！这是他作为外乡人进入生活的第一站，也是他的现实寓言化的第一步。

曲里拐弯的内心

K与弗丽达开始了他们渴望的爱情生活。情欲是如此炽热，K就是在两个摆不脱的助手的纠缠中也能见缝插针地与弗丽达又一次沉入爱河。同时，爱情本身正在悄悄地起变化，某种目的性慢慢明确地介入了。他们各自都在对方体内寻找一样东西，情欲越高涨，寻找的渴望越强烈。他们找的是克拉姆，寻找的结果是找不到，他们相互都把对方当作了替身。K想直接从弗丽达身上找出通往城堡的希望与证实自己（克拉姆的情妇的情夫）的证据；弗丽达想通过K的身体来抓住对克拉姆的爱。但爱的虚幻本质使他们的渴望得不到满足。高潮过去之后，K陷入了无限的迷惘之中，就在这时他不自觉地接受了老板娘对他的心理分析，这种分析阴郁而充满了智慧的娱悦。

老板娘一直在叙说真情，K却误认为她趾高气扬（天生的不服气）。首先她与他谈到了弗丽达今后的处境问题，K提出要与弗丽达结婚（真正确定身份的第一步）。弗丽达立刻就哭起来了，与K从此厮守一处使她万分幸福，她要充分体验世俗肉欲的快乐；与此同时，不能再保留克拉姆情妇的身份又让她万分痛苦，相比之下世俗的快乐黯然失色。对于她来说，哭是因为灵魂被撕裂的疼痛。她的痛苦影响了老板娘，老板娘也变得无比伤感。

老板娘的分析更多的是从克拉姆这方面出发的，这使她的分析冷酷而客观。当然她也不是不理解弗丽达的情欲，她把她的情欲当成小孩子的任性而采取宽容态度，这正是克拉姆似的宽容。老板娘用对于村里一般人来说最为明白易懂的话来解释K自己在村里的真实处境，提醒他不要狂妄自大，每走一步都要小心谨慎，并告诉他想见克拉姆是绝对不可能的；她倒不是要打消K的希望，她只是要说出可怕的实情，揭去蒙在K眼前的布。但她将实情介绍得那样详细，以至于人免不了要怀疑：她是不是为了弗丽达的利益（让弗得到成功的体验）在暗暗地挑逗K？她不是一开始就对K说了"你太特别了"这样的话吗？既然一开始就看出了K反正是要一意孤行的，还把那告诫一遍又一遍地说下去，莫非在她骨子里头竟是生怕K不反抗，不遵照克拉姆的安排去突破？克拉姆是鹰，K是地下乱爬的蛇，但这并不等于这条蛇就要乖乖地等那只威风凛凛的雄鹰来吃掉他呀。她是在搞激将法吧？老板娘的分析曲里拐弯，同样曲里拐弯的K领会（貌似反对）了她的好意，提出还是将布蒙住双眼去追求更好。所有的人当中最最搞不清的就是老板娘，她既挑逗K又挑逗弗丽达，她说的每一句话都是迂回的、似是而非的；分析她的话就是分析K内心最深奥的那个部分。

弗丽达心中的阴影是抹不去的，她越幸福就越痛苦，理想与现实平行发展。相比之下她要比K沉着。她从奥尔伽手中将K争夺过来，当然是为了尽情领略人间的情感，她要将她对K的爱发挥到极致，并要将这爱转化为对克拉姆的爱。失望、疼痛、沮丧，都是她要体验的；她果然真切地体验到了。这不幸的爱情很快就使她失去了往日的光彩。至于K，这个将理想当生活的人，最初的冲动过去之后就沉溺于他的追求，而且将爱情本身也合并到那种追求中去了，这就为爱情的继续发展埋下了危险的种子。

冲突

最初的热恋过去之后，K与弗丽达之间的爱情出现了深深的裂痕。裂痕源于两人对于理想之爱的不同追求方式：K要勇往直前地追求，要确定身份，要会见克拉姆。他要求弗丽达协助他，属于他，同时又自相矛盾地希望她与克拉姆保持关系。而弗丽达要在原地体验世俗之爱，要维护克拉姆的绝对权威，反对K确定身份的妄举，希望K把心思只放在她身上。同时她心里也是矛盾的：盼望完全做K的妻子，又不能完全做他的妻子。简言之，一个要将爱情与理想追求合二而一(K)，一个则要一分为二(弗)。冲突是极其痛苦的，谁也说服不了谁，因为两人的立足点不同，主张也就处处相反。又因为两人都忠于同一个原则，这种痛苦就更不能解脱了。

K与弗丽达的冲突体现在他们同居生活的每一件小事上，对所有的事情的看法和想法两人都是南辕北辙。首先K就出于要痛快要超脱的冲动想赶走助手，脚踏实地的弗丽达则与助手相处得极好；接着K又出于妄想要拒绝小学勤杂工的工作，在弗丽达的苦苦哀求下才勉强接受；到了学校后，K又总是不甘屈辱的生活，把事情弄糟，以至于迁怒于助手，解雇了助手，大大地伤了弗丽达的心。每一次冲突时，两人都很清楚对方对自己的爱，但他们就是没法达成真正的妥协，两个人对同一件事的理解总是错位。在这种相互的折磨中，弗丽达的活力，她特有的那种决断果敢的气概，她的令人销魂的魅力，全都消失得无影无踪。当初就是由于她的这种魅力，K才被她征服的。看着憔悴的弗丽达，K的内心充满了忏悔。他回忆起她与克拉姆在一起时的样子，那时她是多么的美啊！他使她离开了克拉姆，他给了她什么呢？只有无穷无尽的折磨。但是她所要求于K的，K能给她吗？K能够停止追求，停止确定身份的努力，与她逃走吗？就是这样做了，难道就符合了弗丽达的心愿了吗？显然是不可能的。弗丽达的心底也并不是真正要K停止确定身份的追求；假如真是那样，K在她眼里也就失去了往日的魅力。那么弗丽达究竟要K怎样呢？说实话，她真的不知道。这就是内心的矛盾给她带来的致命的痛苦。与K比较，她的爱更为狂热和深沉，她在情欲冲昏头脑时甚至向K提议过一起出走，甚至希望过与K一道躺进一个狭窄的深深的坟墓，像被钳子夹紧一样紧贴着，脱离一切干扰。当然，一旦清醒过来面对现实，这些想法又打消了。不但K不能抛开一切，带上弗丽达去追求；就连弗丽达自己，也不能全心全意体验爱情——克拉姆的眼睛通过助手们的眼睛在瞪着她。她迷恋这两名助手，而这种迷恋又是K不能容忍的，而K不能容忍助手们的举动又与他追求的目标相矛盾。跟着这两人的爱情轨迹向前追踪，就会发现，没有任何一件事、一个念头、一个决定体现了明确的意志；一切全在矛盾分裂之中，只有生命的本能将这矛盾推动向前发展。在那些冲突暂缓的间歇里，双方都对对方充满了感激和柔情，而同时，又酝酿着更大的冲突。这样一幅画面是奇怪的，两人分别被两种相反的力牵制而寸步难行又偏偏要行，其结果是他们缠在一起，听凭本能冲动胡乱地、磕磕绊绊地在雪地里走出些"之"字形的脚印。这就是克拉姆所期望的效果！克拉姆坐在高高的城堡里，观看着木偶般的人类在泥沼中的拙劣表演。

我们已经说过弗丽达心底并不反对K对理想的追求，她最初就是因为K的追求爱上他的。不过这追求一旦超出了一定的限度，比如说，超出了她的控制，她的爱就转化成了恨。她看到K利用小男孩为工具去追求，便想到K对她自己的利用，于是气得要命。她的态度前后不一。难道一开始她就不知道K对自己的利用吗？当时她为了促使K来利用她不是还有意抬高过自己的身价吗？而她自己，不也是看见了K的利用价值才坠入情网的吗？她不也是要利用K来实现对克拉姆的爱吗？我们看见她那铁一般的原则里有很多缺口，她和K就是从这些缺口所在之处来享受人生短暂的幸福的。原则的墙阻碍着爱的发展，把人弄得神经兮兮；但又正因为有了这些墙，才有了这阴郁动人的爱情绝唱。还会有谁像艺术家这样来爱呢？墙是爱的坟墓，又是将爱提高到天堂品位的唯一尺度。所以K就对她解释了"利用"之不可避免性与合理性。只要两人有共同的理想，手段的恶劣与方法上的不同又有什么要紧？（潜台词：离开了恶劣的手段又怎样去实现纯洁的理想？）

从K这方面来说又有了意想不到的发展。K当初爱上弗丽达与他的追求是一致的，后来追求变得肆无忌惮，利用的对象也就很快超出了未婚妻，甚至情欲也有可能转向，背叛将不可避免。弗丽达对此当然早有预料，老板娘也早就告诉过她。她还知道 K 不会听她的劝阻，因为谁也阻止不了他。他们之间关系的结局只能是破裂。在任何事情上都比 K 领先一步的弗丽达随之采取了主动。然后就轮到 K 来愤怒了，有点迟钝的 K 就这样糊里糊涂地失去了弗丽达的爱。也可以说，这一场昏天黑地的爱终于告一段落了，我们的乡巴佬又要去寻找新的下凡的仙女了。

破裂的原因

表面的印象似乎是，两人的关系从一开始就埋下了危机的种子，破裂是迟早的事。而一进入两人的那种氛围又觉得，弗丽达大可不必马上与 K 分道扬镳。不是这么久都磕磕绊绊地过来了吗？应该在斗争中求同一嘛。是什么原因促使弗丽达下决心的呢？原来是因为 K 的注意力转向巴纳巴斯家，因为爱情上出现了新的对手。由此推测，弗丽达的隐退是得到了克拉姆的暗示的。也许她和 K 的这场爱情马拉松已经拖得太久了，情欲也不再像往日那样炽热。克拉姆希望看到的一定是火一般的肉欲，充满了挑战的猎奇，从未有过的新鲜感，就像弗丽达与 K 一见钟情的那个夜晚。这爱情对于精力旺盛的双方来说都有点儿老了，更新的时候到来了。所以在分手前夕，弗丽达恶毒地攻击巴纳巴斯家的两姐妹，甚至夸大她们在K心目中的地位，表面上是责怪K，谁又知道她的真实用意呢？看来她是借指桑骂槐来突出奥尔伽与阿玛丽亚，让充满了反叛心理的K果真将注意力完全转移到她们身上，来完成克拉姆交给她的任务。至于她扑向助手的怀抱，那也是为了煽起K的嫉妒情绪，使K已经有点冷下去的爱最后一次变得浓烈。弗丽达说K"不知道什么叫忠贞不贰"。她说出了K的本性，这本性经她一强调就更突出。她派出两个助手去巴纳巴斯家监视K，只是为了确定K的犯罪事实。而她自己，在经历了这样多的苦恼之后，也需要休息了；她要回到"自己人"当中去，她要在现实中消融，回到从前的位置，在那里将幻想当生活，因为克拉姆交给她的任务已经完成了。

K将对理想的追求当作生活，但他不是村里人，他不能像弗丽达那样在抽象的爱当中度日；对于他来说，爱一定要有肉欲做基础，也就是说，要追求就要有现实中的对象，这个对象可以是弗丽达，也可以是奥尔伽。他自己在村里没有身份，因此只能依附于一个有身份（哪怕这身份多么微不足道）的人，他的追求才能进行。不过就是在追求中，他的身份也总是在真实与虚幻之间，他似乎不是一个实在的人，只是一股冲力。又恰好是这种虚幻感在促使他不断向前冲，不在任何一点上停下。他那非同一般的爱情生活就是他体内冲动的形式。因此可以肯定，他很快又会找到新的对手，重新振奋，将他自己与城堡那种真实又虚幻的关系再次建立，全心全意投入新的追求。

在弗丽达与K的爱情生活中，克拉姆模糊的面貌一直到最后才露了出来。在这之前，弗丽达之所以一直心事重重，被矛盾所折磨，就是由于克拉姆那暧昧的意志（要她爱的同时又不要她爱，两种理由相等）。当我们上升到克拉姆的高度时，才发现 K 和弗丽达的结局并不是可悲的结局。无论什么样的痛苦都会过去，生命将继续延续，旧的模式的破裂意味着新的模式的产生。当然只要城堡存在，痛苦依旧。

结束语

诗人对爱情的描述，由于其抽象、含蓄，也由于其深奥的内涵，很难为人所理解。只有弄清了人物内心的底蕴，才会知道这种爱情形式产生的根源，也才会为这样一种古怪的爱情的深度与复杂性感叹不已。这就是理想中的爱情，一切全是合理的。与 K 和弗丽达的追求同时发展着的这场爱情高潮迭起，激励、引导着他们勇往直前，大大丰富了他们在追求的路上的风景。

这样一场生死搏斗般的恋爱，也使我们领略到，自从有了城堡的存在，现实中的爱已变得何等的艰难，甚至不可能；而在这样的处境中仍然要爱的人，该具有什么样的强大的冲动。克拉姆在那高高的城堡上导演的这出令人叫绝的爱情戏，以其黑暗的力量，长久萦绕于我们的脑际不散。

1997 年 12 月 15 日，英才园

城堡的意志

肚皮战胜大脑——K所体会到的城堡意志

城堡的意志是从不直接说出来的，无论何时，它都只是体现在村庄的氛围里。不能因此而说它没有明白表露出它的意志；相反，它处处表露，只是眼前蒙着一块布的K不太懂得这种表露罢了。

K刚到村里的那天晚上就开始了试探城堡意志的历程。村里人打电话去城堡询问关于K是否由城堡派来这件事，回答是不爽快的。城堡先是说没有这么件事，把K吓坏了；接下去又说有这件事，使K燃起了希望，从而进一步地误认为自己已被任命为土地测量员了。后来K又自己亲自与城堡通电话了。他想得到许可去城堡。他拿起话筒，里面传来一大片嗡嗡声，像是远方传来的歌唱；其间又幻化出一个单一的很高的强音，这个强音要钻入K的体内；这就是城堡的真正回答，但K没有听懂，他的大脑在和他的肚皮作对。K虽然没有领悟，他却出于本能决不放弃自己的意愿；他采取迂回的方式，通过欺骗城堡，使城堡与他接上了头，于是得到了一个表面看来是明确拒绝的回答。这两次电话中城堡已经泄露了很多东西：首先它不会承认K的身份，让K心安理得地当土地测量员；接着它马上又给予K某种希望，使K感觉到那就和承认了他的身份差不多；最后它又拒绝了K去城堡，但那并不等于不要K为城堡工作。这些回答与话筒里的那些神奇的嗡嗡声是一致的。那永远不会真正拒绝也不会确证的美妙的音乐，一定是强烈地感染了K，所以K才会灵机一动，马上想出了骗人的高招，意外地与城堡取得了联系。也许城堡是对他的这种主动性感到满意，才派出信使送给他一封信，从而更加强了他与城堡的联系的吧。这封信的内容当然在本质上与那两个电话也是一致的，只是从字面上乍一看显得更明朗，更有希望。K的"误解"又进一步发展了。

然而K得到这封信之后，又对信中的说法进行了一番仔细的推敲。这封信实际上是含糊不清、自相矛盾的。写信人似乎将K看作平等的自由人，又似乎将他贬低为渺小的奴隶，就看K怎么理解了。关于他的身份，写信人显然也不想确定，而是将确定身份的工作推给了K自己。信上透出对K的胆量的欣赏，同时又隐晦地暗示了他将受到的严格限制，他必须遵守的义务，而从这义务来看他的地位无比低下。分析了这封信之后，K看到了自己面前的困难，也做出了唯一可能的选择。作为外乡人的K，竟能适应城堡那种含糊不清的表达，而且每次行动都抓住了那种意志的核心,这真是太奇怪了,既然K对这种陌生的形式不习惯,这种一致是如何达成的呢?答案很简单:K的行动并不是通过大脑的指挥,而是通过本能的冲动来实施的。城堡不断地给他出难题,使他动不了,可他就是要乱冲乱撞,永不停息;这种本能正好是符合城堡的真正意志的。克拉姆的信可以理解成:你没有希望,你绝对动不了,但你必须动,否则将为城堡所摒弃。K是用肚皮来理解克拉姆的信的,肚皮与大脑是两码事。K的肚皮里有什么?只有一个冲动:要进城堡。

K开始行动,一行动起来就马上发现,处处遇到城堡意志的抵制。起先他以为信使可以带他去城堡,后来才知道这只不过是他自己给自己设下的骗局,当局根本用不着下达命令就可以扼制他的行动。接下去他又从弗丽达身上看出了更大的希望;他在与她的共同生活中费尽了心机寻找途径,到头来证明还是一场空。城堡的意志既独断专行,又给K真正的自由,促使他不断"上当"。那是一种弥漫开来的氛围,不论K走到何处,这氛围总是凶险地说"不"。如果是一个普通人,早就被这一声"不"吓退了,K却是一个特别的家伙。话说回来,城堡说"不"时的态度又是十分暧昧的,那不是普通的"不",而是在说"不"的同时又反问他:"真的不可能吗?为什么不试一试?除了试一试犯规你还有什么路可走?"表面的严厉后面是骨子里的纵容。这一声"不"差不多可以等于"竭尽你的全力去跳吧!"。当然一切都是有限度的,城堡那张门是无论如何进不去的。不过现在离那张门还远得很呢。时间还很充裕,他尽可以从门上的小孔去窥视克拉姆,爱看多久就看多久;他也可以从克拉姆手里去争夺弗丽达，以便与他讨价还价。只是K在奋斗中，在取得小小胜利时总忘记那一声"不"；于是就有人来提醒他，各式各样的人轮流来向他说出这个"不"，不断给他那种盲目的庆幸心理以打击，免得他头脑发热，因为在终极目标所在之处有真正的陷阱。城堡将这样一种可怕的自由给予了K，K将如何来行使这种自由呢？只有傻瓜才会在这种自由里陶醉呢，工于心计的K看出了危险。一切全没有章法可循，眼前的情况看不清摸不透，到处隐藏着杀机，官方名义上的权力等于零，实际上的权力则是一切。如果K不小心谨慎，瞻前顾后，完全有可能遭到灭顶之灾。关于他的这种处境，村长又做了进一步的证实。

村长通过他的冗长的对官方机关事务的介绍让K明白了，想证实自己的身份是绝对不可能的。这并不是说K的任命是一件无关紧要的小事；相反，这件事的牵动大得不得了，差不多人人都要来关心。它受到两股势力的牵制，关于它的文件一直保留在村长家中。K不甘心，举出克拉姆的信来作证，说城堡方面早已默认了他的身份。村长向K指出他理解方面的种种矛盾，并告诉他这只是一封私人信件，丝毫无助于证实。村长要K端正态度来理解克拉姆的信，而不是专门从对自己有利的方面去理解。最后村长指出他的处境是可以待在村里，爱上哪儿就上哪儿，但不能确定身份，所以必须小心谨慎。K顽固不化，坚持自己的初衷，他的冥顽不化使得村长对他彻底厌倦了（很可能是假装的）。接下去K就冲破了村长对他的限制，也冲破了老板娘现身说法的阻挠，不顾一切地来到贵宾酒店，决心在那里等待克拉姆，他要面对面地向克拉姆问个清楚。

他在那大雪铺地的院子里等到了什么呢？焦急、紧张、沮丧、失望，当然还有自由，这就是他等到的。原来这就是他经过奋斗而获得的自由，即等的自由，爱等多久就可以等多久，只是面前那张通往城堡的小门刀枪不入。只有等他离开了，克拉姆才会到来，他们的相遇注定是要错过的。但是K怎能不等呢？他活着的目的实际上不就是等吗？不断地改换地点，一次次满怀希望地等，将一生分成一段一段地来等。此时的K，比《审判》中的乡下人要幸运多了。这种激动人心、令人眼花缭乱的等待方式，完全不同于乡下人那种寂寞、冗长与单调，更不用说那些幸福的瞬间了；在那种瞬间里，人往往会产生幻觉，认为自己是一个真正的赢家！此时的K，已变得老练了许多，灵活了许多，可说是有些不择手段了。然而，他从院子里回到酒吧，还是遭到了老板娘一顿讥笑和教训。城堡的意志再一次在这里得到暗示。那种矛盾的表达，那种叫人不知如何是好，说了也等于没说的表达，将城堡的意志弯弯绕似的由老板娘说了出来。老板娘为什么总忘不了不失时机地教训他？是为了激励他不要停止自己的奋斗吧。这恐怕是她唯一关心的。当K一败涂地时，她就出现了，表面上是来帮K总结教训，暗示今后的奋斗方向和可能遇到的阻力，再有就是打消他的幻想。而她的话究竟是不是这些意思也是可疑的。K认为她诡计多端，像风一样漫无目的，实际上又受到远方那莫测的力量的主使，那里头的奥秘讳莫如深，从未有人窥见过。最为精通城堡事务的她，每一次的说教都是在行使传声筒的义务。

K在遭到彻底挫败之后，城堡总忘不了给他某种补偿，或许是为了防止他消沉吧。比如让他在寒冷的院子里空等了一场之后，又派巴纳巴斯给他带来一封信，在信上克拉姆对他的工作加以表扬。这件事说明城堡并不是拒绝与他联系的；城堡只是目前拒绝直接与他打交道，一切都要通过媒介，他的愿望只能附着于中间人身上。这封信也显示出，城堡不仅不远离他，反而对他逼得很紧。但是K从信中看出的是危险，是那种拒人于千里之外的面孔；他已经有了看信的经验了。他回信抱怨城堡，继续提出那个不可能达到的要求——要进城堡。这时他也得到了信使的保证，答应一定将他的要求传达给城堡当局。K总算又燃起了新的希望。

巴纳巴斯拿了K的信一去不复返，K为了从他那里打探回音吃尽了苦头，连弗丽达都得罪了，弄得孤苦伶仃的。正当他在绝望中瞎摸时，巴纳巴斯又从地下钻出来了，还带来好消息：城堡的下级官员要亲自见他。接着就发生了那次伟大的会见，于半梦半醒中的会见。那是城堡意志的真正实现，也是肚皮战胜大脑，新生的幻想战胜古老沉重的记忆，从未有过的生战胜层层堆积的死的奇观。K不是被接见，而是闯入。在那夜半时分，整个酒店已变成了梦幻的堡垒，生与死就在梦中，也只有在梦中晤面了。当然这一切都是城堡的安排。在这个中间地带，一切界限全模糊起来，只有挣扎的欲望形成波涛，一波一波滚滚向前。滤去了世俗的杂质，这里的一切全是透明的，人在这种透明中只是感到昏昏欲睡，感到无法思想，因为他用不着思想了。只有在这种自觉的梦中，K才能暂时地与城堡短兵相接；接下去就遵循原则踏上了归途。这样一次探险般的经历并没有给 K 带来实在感，反而更向他展示了城堡机构的庞杂与不可捉摸，展示了那种他所不知道的铁一般的规律，以及人对这规律的无能为力。那就好像是针对 K 内心的一次示威。但 K 毕竟见过城堡官员了，从未有过的夜间询查都发生过了，还有什么事情不会发生呢？既然"无"没有将他吓退，"有"也压不垮他，他的戏还要演下去。怀着小小的、可怜兮兮的世俗愿望的 K，所遭遇到的是整个人类的意志之谜；这种谜是只能用身体来解答的，任何高深的思想全无能为力。而作为 K 本人，旅途中永远没有答案只有体验，包括他对官员毕格尔的那种最纯粹的体验，那种让生死两界汇合的体验。城堡让 K 历尽千辛万苦到达这个边界地区，当然不会让他空手而归；该发生的都发生了，梦幻的堡垒中风景瑰丽奇诡，人生所求的不就是这个吗？问题是看你敢不敢闯进去体验，看你敢不敢做那从未有过的第一人。

历史性的会见结束之后，K 马上又从半空落到了底层，落到了比弗丽达地位还低的佩碧的身边，这就是城堡要他待的地方。他将在他已经熟悉的人当中，已经熟悉的氛围里恢复元气，东山再起，继续向那陌生的、虚幻的目标突进。

幻想中求生——巴纳巴斯体会到的城堡意志

从奥尔伽的口中，K 得知了信使巴纳巴斯原来过着一种非人的痛苦生活。这种痛苦也是来自城堡那不可捉摸的意志。用一句话来概括就是城堡在所有的事情上都要将他悬在半空，既不能腾飞而去，又不能双脚触地。巴纳巴斯的处境比 K 更惨一些。K 还可以在限制内有所行动，而巴纳巴斯的命运则似乎是纯粹的被悬置。只有一点是相同的：他们的工作都受到城堡表面的认可。

城堡从不赋予巴纳巴斯真实的身份，却让他送信；答应给他一套制服，却又不发下来。这里我们又遇到了那个怪圈，想要突破是不可能的，推理也是没有最后结果的，所有的问题都只能自问自答。谁让他自封为信使呢？是环境的逼迫。为什么不结束这悲惨的局面呢？因为他选择了城堡，城堡也选择了他。巴纳巴斯的窝囊处境使 K 很是愤愤不平，他觉得巴纳巴斯应该反抗命运，就如他自己那样。但是巴纳巴斯怎能像 K 那样行事呢？城堡对信使工作的要求与对 K 的工作的要求是不同的。巴纳巴斯作为在城堡与 K 之间传递信息的信使，城堡要求他牺牲一切，他只能永远在对自己的怀疑中战战兢兢度日，每次取得一点微小的成绩，就要陷入更大的怀疑的痛苦之中。他的生活中也不允许诱惑存在；从城堡办事处到家里，又从家里到办事处，这就是他的工作。当然他可以幻想，在这方面他有种对事物追究到底的倔劲，他的耐力与 K 不相上下。为了将克拉姆的面貌搞清，他令人难以想象地折磨自己，用一个假设来证实另一个假设，如同发了狂！为了等一封注定要让他失望的旧信，他就得警觉，就得绷紧神经，就得拿着那封信跑得上气不接下气！

巴纳巴斯的灵魂洁净而透明。他正是为信使这个工作而生，精明的奥尔伽灵机一动就看出了这一点。在他的信使生涯中，信件的内容从来与他关系不大；他关心的只是城堡与他打交道的形式的纯粹性，因为那是确立他身份的东西。遗憾的是城堡从来不在这方面让他抱有点滴希望，使他下一次去的时候稍微轻松一点，自信一点。城堡官员总是那同一副冷淡又不耐烦的样子，那种样子好像在说：信使可有可无。这当然伤了他的自尊心，但他不甘心，他要追求工作的效果，可效果又无一例外地令他绝望，令他自暴自弃。城堡是吝啬的，除了烦恼和痛苦什么都不给他。但是当奥尔伽理智地一分析，又觉得实情并不是那么回事。的确，巴纳巴斯该得的都得到了。整个村里不是只有他在送信吗？克拉姆给K的信不正是从他手上送给K的吗？难道不是因为他送信，全家人才有了希望吗？人不应该有非分之想，只应该老老实实地工作。巴纳巴斯想证实自己信使身份的想法正是一种最要不得的非分之想。奥尔伽的分析正是对城堡意志的分析。但是城堡真的禁止非分之想吗？为什么巴纳巴斯只要工作起来就会进入非分之想的怪圈呢？原来城堡只是要折磨他。而按城堡的预先设定，信使这项工作本身就是一项想入非非的工作。这项工作与城堡的接触太直接了。那办公室里庄严神秘的氛围，那新鲜的、不可思议的信息传递方式，怎能不让他自惭形秽，转而企图以他的身份来作为精神的支撑呢？而身份，除了他与官员打交道的形式，他手上信件的重要性，又还能从哪里体现呢？这也是城堡给予巴纳巴斯的唯一的权利，即幻想的权利。而折磨他最厉害的又是虚幻感；为了战胜虚幻感，他唯一的武器又只能是加倍的幻想。然而人的幻想的力量是多么的了不起啊！它不仅支撑了巴纳巴斯的精神，使他没有消沉，也支撑了他一家人。正是有了这种权利，巴纳巴斯才没有变成影子，才实实在在地奔忙在求生的道路上的吧。

绝境求生———一家人体验到的城堡意志

奥尔伽一家人落入绝境求生的处境是一个漫长的过程。城堡在这个过程中让这个倔强的家庭展示了灵魂的最深的苦难可以达到何种程度，而人在这种触目惊心的苦难中又能干些什么。我们跟随奥尔伽的叙述往前，处处感到城堡那凌厉的、紧逼不放的作风，那看似冷漠、实则将激情发挥到了极致的、差不多是有点虐待狂的感知方式。城堡要对奥尔伽一家人干什么？它要他们死，但又不是真的死，而是在死的氛围中生，在漆黑一团中自己造出光。

首先死去的是阿玛丽亚。索蒂尼在那封信的末尾逼问了她那个人类的永恒的问题之后，姑娘便以她勇敢的气魄和深沉的情感选择了一条比弗丽达等人更为艰难得多的道路——用拒绝爱来爱。这样的爱是永远的沉默，差不多等于无。她为什么做这样的选择？因为心气高，因为意志强。这一来的后果不光是她本人世俗情感的死亡，还造成了整个家庭的巨大灾难。城堡开始了对这一家人的剥夺，或者说这一家人在城堡的威慑之下开始自己剥夺自己。那位老父亲，将自己家里的财产全部花光了用来贿赂城堡，最后连健康也失去了。于是他成了自由人。自由人能干什么？自由人可以自己设定目标来生活。老人做出了示范，不断地无中生有，不断地造出光来照亮他们阴暗的小屋。若不是落到这种地步，又怎能体会到绝境逢生的喜悦？由于缺少上帝，老人自己就成了上帝。理解了老人，也就理解了他为什么会有这样三个倔强的儿女。这位老人本就知道背弃了城堡就要遭天罚，并且坦然地承受了命运。他采用的方式是最黑暗的忏悔——既无对象，也不知具体罪行的忏悔。这种忏悔深如无底洞。但是还不行，他还得自觉地去找对象，找罪行，一刻都不停止！他找了又找，直到他和母亲两人瘫倒在城堡大门口的石头上，再也不能动弹。奥尔伽也是死而复活的典型例子，是黑暗中的造光能手。在她这里，永远是天无绝人之路，永远有不抱希望的希望。她不但自己承担苦难，还将弟弟造就成一个信使。她的能量大得惊人，她的创造令人目不暇接。是城堡用它的意志，那种强横的意志激发了她体内的创造性吧。现在我们看到了，对于这不平凡的一家人，城堡所说的是要么去死，要么创造，此外没有第二条路。我们还看到，穿过城堡原则的缺口，有无限的生的希望在活跃着。人必须拼尽全力，从缺口挤出去求生。

城堡的意志在任何地方都没有像在对奥尔伽一家人身上这样表现得如此强横。在此处我们真切地感到了造光的冲动——那种伟大的瞬间的再现。每一个进入这种诗的意境的读者，都将体验到跃动的、痛苦的愉悦，和在诗人的引导下一道来创造的愉悦的痛苦。谜底终于展现出来：城堡的意志原来是人类自身那永生的意志，那扑不灭、斩不断的意志。这种意志突破思维的权限，将天堂与地狱合二而一，将透明的寓言的宫殿建造在巨大的废墟之上。而当我们定睛凝视这种意志时，它又重新化为更深奥的、永恒的谜语。

1997 年 12 月 20 日，英才园

官员与百姓

　　庞大的、隐没在云雾当中的城堡里面，住着一大批各式各样的官员，这些官员按照人所不能理解的城堡指令行使着人所不能理解的职务，他们从外表到内心都是不可捉摸的。一个人，哪怕耗尽了自己的精力去追寻这些高深莫测的官员的意图，最后得到的也仍然是一些皮毛。将村民们对官员们的外貌的描述总结起来，我们似乎得到这样一个印象：官员们大都脑袋硕大（被里面的思想压迫而垂到了胸前），动作迟缓，目光呆板，语言直率而充满了威严。这些印象并不十分可靠，因为官员们的样子是看不清的，只能靠意会，而每个人意会到的又不一样，所以也没有统一的答案。如果这些官员仅仅只是高高在上，不与村民们接触，他们也就不会被内心的矛盾和痛苦所折磨，他们的职务（如果除了与村民发生关系外还有什么职务的话）履行起来也就容易多了。问题的关键就在这里：官员们必须不断地下到基层来与村民们发生关系，因为那半空中的城堡的存在依据正是在村庄里。可以说如果官员们脱离了村庄，城堡就会渐渐消失。于是分期分批地，官员们下基层了。对于这些高尚的老爷，这是一桩何等痛苦的、几乎不可能的事情啊。可是为了维系城堡的存在，这些事又不得不做，于是他们只好做了。克拉姆与弗丽达、老板娘的关系，索蒂尼与阿玛丽亚的关系，毕格尔与K的关系，都是这种官员下基层的例子；他们的工作使城堡与百姓建立起了真实的关系。老爷们在工作的过程当中痛苦不堪，忧心忡忡，绝望得只能以睡眠来对付面临的困难；他们在冲突中（每一次接触都是一次冲突）变得极其粗野、下流、直截了当，因为这是与基层打交道的唯一方式，也因为采取这种方式使他们内心有种无法言喻的快感——他们终于逾越了两界的鸿沟，与百姓达成了同一。理解了城堡存在的依据，也就理解了官员们矛盾的职务了；这个职务既要求他们铁面无私，拒绝一切来自下面的欲望，又要求他们克制厌恶亲自到下面去，挑起下面人们的欲望，并将这种欲望转化为城堡与村庄之间的纽带。作为一个官员，肩负着如此奇特的任务，怎不叫他心事重重、昏昏欲睡、急躁而粗暴呢？所以他们每次到村里来都是急匆匆地办完要办的事就赶回去，即使不得不留在村里过夜也只能在睡眠中度过，因为世俗是不可能长久忍受的，忍久了就要大发雷霆，比村民们还要粗鄙地破口大骂（正如索蒂尼对阿玛丽亚发脾气）。城堡命令官员们与村民（尤其是妇女）发生粗鄙的或欺骗的关系，之后又将这种令人瞠目结舌的关系转化为一种透明的理念。为完成这样的任务，官员们必须集最粗鄙与最崇高于一身；他们所面临的困难有多么大，令人简直想一想都要头昏，而官员们居然化腐朽为神奇地完成了这种转化！只有一次有点例外，那就是毕格尔与K的会面，那次会见因为是发生在半睡半醒、似梦非梦中，大大地滤去了世俗的粗鄙，其表现形式也就大为不同了。

首先看弗丽达与克拉姆老爷的关系。据说这位老爷是一位五十多岁的，脾气乖张、性格粗野的人。他来村里之后大部分时间是在贵宾酒店的客房里睡觉；女招待弗丽达虽是他的情妇，但他从未正眼看过她一次，因为这是不能忍受的。（以城堡老爷的洁癖，怎能容忍肮脏的村姑的气味？）那么是不是弗丽达在一厢情愿呢？却又不是。当弗丽达背叛他，与K滚在地上的关键时刻，克拉姆就在房里用低沉严厉的声音叫起了弗丽达的名字，清楚地表明了对她的控制，表明了弗丽达从精神到肉体都属于他。而他虽然叫了弗丽达的名字，对顶着这个名字的活生生的人又是毫不关心、坚决拒绝去了解的。只有熟悉克拉姆思维方式的弗丽达，才懂得如何正确对待这位老爷；那种思维方式对于K这样的人来说是无法理喻的。那么弗丽达与克拉姆之间究竟有没有肉体关系呢？文中没有交代，根据种种的谈论，我们的印象是那种关系处在有与无之间。这正是他们之间关系的妙处，即：无论怎样追求，也敌不过那种由城堡吹来的虚无的风；什么样的关系在这股强风中都要自行溃散，最后只留下透明的理念。事情的发生过程当然不是透明的理念，而据说是骇人听闻、不堪回首的粗野下流。克拉姆老爷一定是被这种两极的转换弄得疲惫不堪，才成天昏昏欲睡的吧。

再看看巴纳巴斯与克拉姆的关系。巴纳巴斯为克拉姆老爷送了信，这是件千真万确的事。由于有了这件事，巴纳巴斯就产生了决心，一定要弄清同他谈话的人是不是克拉姆。作为一名城堡的信使，这当然是痴心妄想。像克拉姆这样的官员，怎么能让一名卑贱的信使认出自己呢？而且他也不能忍受直接与信使打交道的厌恶感啊。只有不让他认出自己，那厌恶感才会减轻。在克拉姆与巴纳巴斯的关系中，不让巴纳巴斯认出自己是克拉姆的原则。这种原则又不是那种死板的原则，让人觉得漆黑一团的原则；而是相反，它要激起巴纳巴斯幻想的欲望，这也是城堡老爷下基层与百姓联系的任务。所以克拉姆的每次出现对巴纳巴斯来说都是可疑的，他似乎处于在与不在、是与不是之间；又由于这种可疑性，才激起了巴纳巴斯无限的遐想，才使巴纳巴斯将认清克拉姆当作性命攸关的头等大事。试想如果克拉姆有一天向巴纳巴斯走来，说："我就是克拉姆。"那巴纳巴斯的痛苦的追求不就消失了吗？理想抓到了手中，也就不是理想了。为了弄清克拉姆，巴纳巴斯经受了多大的折磨啊！他把人类的幻想力几乎发挥到了极限；他成天疲于奔命，像狗一样嗅着克拉姆的点点气息，像强迫症患者一样一轮又一轮地推理。巴纳巴斯不能证实与他见面的是克拉姆，这种不能证实就是他们之间关系的实质。克拉姆利用这种虚幻性来保护自己，也用它来控制、激励巴纳巴斯。从克拉姆，我们能想象出那半空中的城堡，一定有许多秘密通道伸展到村庄；派出的官员就是经过那些通道进入世俗，活跃在每一个角落，为那苍白的建筑提供新鲜的血液与营养。

至于索蒂尼与阿玛丽亚的关系，则是暴烈的情感冲动的典型。作为一名老成持重的官员，索蒂尼居然在特殊的场合下失态，打量了阿玛丽亚几眼；还居然为了看清她，纵身跳过了灭火机的辕杆！这就可见他体内跃动的情欲有多么的凶猛了。当然这也和阿玛丽亚与旁人相比要较少惹他厌恶一点有关。所以当全家人在父亲带领下走近他时，他马上命令他们走开；他已经看了阿玛丽亚几眼，这就够了，再看就受不住了。第二天早上，索蒂尼就带着厌恶与渴望交杂的心情给阿玛丽亚写了那封粗鄙的信。也许是他敌不过体内的冲动，或者说这是城堡分配的工作，让他以特殊的方式来肇事。这一回他算是棋逢对手了，多血质的、狂风暴雨似的情感即使是以令人呕吐的形式也只好爆发了。同样激烈的阿玛丽亚做出了与他相匹配的回应，她向他表明了她同样憎恨这种求爱形式。可是离开了形式的爱还剩下什么呢？什么也没有了。阿玛丽亚就选择了这种什么也没有了的、不可能的爱，并为这不可能的爱承担了可怕的精神重压。这里两人的关系绝不是遗弃与被遗弃，或追求与拒绝的关系，而是城堡特有的、很难理解的恋爱关系。作为最深刻的女性阿玛丽亚接受了城堡的方式，也就是以她特有的承担能力接受了索蒂尼。如果她不具备这种能力，索蒂尼又怎么会在那么多人当中认出了她，独独认出了她？后来的发展证明了索蒂尼真是独具慧眼，也证明了城堡的选择永远正确，因为没人逃得脱这种选择。这样的爱情空前绝后，不仅改变了一个人的命运，也促使了一家人的新生。官员与百姓的联系就用这种怪诞的形式建立起来。

K为了询查自己的身份，到村长家去了解情况。村长家是城堡当局的直接下级机构，村里的一应事务都要在这里记录在案，整理成文件，然后送进城堡，城堡给村庄的指示也是首先发到这里。城堡当局与村长家这个下级机构究竟是如何联系的呢？我们通过聘任土地测量员这个例子窥见了一斑。多年前村长得到城堡的一份公函，说要聘任一名土地测量员，请村长为他的到来做准备。村长他们接到公函后回复说，他们不需要土地测量员；但村长他们的回信被送错了地方，送到城堡的另一个部门去了，而且仅送去一个空信封。这另一个部门的官员接到空信封之后，十分重视，展开了一系列追查，追查的结论是城堡从未发出过这样一份公函。这个找不出原因的错误震惊了直接负责的官员索蒂尼，他因此向村里派出了一批又一批的检察官员，搜集村民们对是否需要聘任土地测量员这一问题的意见。这种检察工作只有不停地持续下去，索蒂尼才会稍稍安心。而又因为检察官的到来，村里起了轩然大波，所有的村民分为势不两立的两大派，一派赞成，一派反对，他们之间的斗争没完没了⋯⋯这就是城堡官员的工作作风，联系群众的方式。蓄谋已久的阴谋往往在最初用一种微不足道的小事的形式来伪装，然后肇事的动机就越来越明显，弦也绷得越来越紧，直到每一个人都加入进去，将自己的私生活变成城堡式生活。而在事态的发展中，官员们念念不忘的就是每一步都要抽去他的下级们赖以思索的依据，将他们弄得无所适从，从而激发他们的主观能动性，使他们不是根据上面的文件，而是根据莫须有中造出的有，来斗争，来发挥能力和想象。仅仅这样一件小事就牵出了与城堡之间如此复杂得令人发昏的关系，在别的方面就可以想象得出村长的困难会有多么大了；那简直是一团让人眼花的麻，但又不是一团乱麻，而是一个密密麻麻的立体网络，看得见和看不见的因果关系相互交叉。身负着如此沉重的担子，村长早被压垮了，只能终日躺在床上呻吟。村长的分析全面而又明白，他等于已经告诉K：他的聘任的事是城堡的一个阴谋，绝不可掉以轻心；在城堡管辖内，没有任何一件事会是小事，事情来了，你不能躲避，只能面对；你也不能到上面去找根据，一切只能靠你自己。村长的这些经验之谈不就是老狐狸索蒂尼于无言中教给他的吗？可惜K没有完全听懂。

还有一种更为虚幻的关系。小人物因为得不到官员的垂青，就只能自力更生，想出种种奇招，将全部精力花费在获得某种可能性上面。女招待佩碧就是这样一个例子。她住在暗无天日的地下室里，终年只能与酒店的伙计打交道，绝对见不到城堡老爷。像她这样的一个下人，难道就应该听天由命，随随便便混日子吗？不，城堡不允许它的臣民有这样的生活态度。于是我们看到，在官员们的手伸不到的地方，他们的影响仍然不可抵挡。佩碧的机会就这样来了（在城堡人人机会平等）。这位自强不息的女孩，虽然暂时与克拉姆没有直接的关系，但她很快就全身心地投入到白手起家，凭设想建立关系的努力中。而城堡似乎也以一种氛围支持着这个精于盘算的孩子，使她感到局面无比紧迫，感到她的命运就抓在她自己的手中，只要使出浑身解数，与大人物谋面的前景就在眼前。这种控制是无形的，克拉姆根本不必出面就可以达到目的，只要有某种特殊的气味，某种迹象，条件就全部具备，甚至连挑逗也用不着。人的狂想直接就可以与那云雾中发过来的暗号汇合，变成音乐中的旋律。佩碧的希望后来化为了泡影，这没有什么可遗憾，她已经有过了辉煌的四天。在那四天里，她从早到晚在渗透了克拉姆的空气中呼吸；她的盘算，她的焦虑，她的决心，无一不体现了她与克拉姆老爷之间的那种神交；谁能说这一切不正是城堡赋予她的？城堡与村庄交流的渠道千差万别，佩碧的渠道当然是其中的一条。因为机会少，时间紧，情感才以分外灼热的方式涌现；表面听去就像发高烧说胡话一般，然而里头包含了多少精明的算计啊！佩碧还这么年轻，她绝不会从此就待在下人的黑屋里，"英雄无用武之地"的；也许很快，新的机会又会到来，只是每一次都得抓紧时间。她与克拉姆老爷的关系兼有最虚幻与最实在两种特点。

小男孩汉斯的母亲与城堡关系密切，他自己也许小小年纪就随母亲一道见过了城堡官员，这种经历在他的性格中打下了深深的烙印。从他的谈话中我们甚至可以猜想他也许是城堡派来与K接头的小密探。如果他没有受过专门的训练，是不可能如此熟练地将与城堡打交道的方法运用到周围人的身上来的。这个小大人一开始吞吞吐吐，说要帮助K干活，K回答说不用他帮，他又进一步问K在其他方面要不要他帮忙，还拐弯抹角地说到他母亲，说也许可以去求母亲帮忙。他的暗示正中K的下怀，因为那位母亲与城堡关系密切，可以利用。K掩饰着心里的企图，假装要去帮他母亲看病。没想到汉斯立刻推翻了先前的建议，说同母亲见面是不可能的，母亲的身心受不了见面的负担，而且父亲也会坚决反对。被汉斯起初的建议挑起了欲望的K费了一大通口舌，向孩子说明见面的好处，汉斯似乎又动摇了（肯定是装假），但还是决定不下，又找出更多的反对的理由，直到K耐着性子一一将这些理由化解，男孩才一边抗拒一边犹犹豫豫地同K达成一致。

听汉斯讲话简直要累死，这个小家伙总是处在苦思冥想的重压之下，满肚子诡计，很难让人看透。他那前后矛盾的话意味着什么呢？目的无非是要引诱K克服重重困难，与他那位高贵的、有病的母亲接上头，开始一种新体验。他当然是受母亲指使的，这种指使倒不一定是口头的指使，也许只是一种氛围的暗示（"妈妈最高兴的就是不等她开口就主动照她的意思去办"）；而那位母亲背后，肯定有一位城堡的官员。这位官员不出场，通过小密探来肇事了。汉斯对那位官员的意旨理解得多么正确啊。他不但看出了K的潜力，心里还暗暗羡慕K，决心长大了要做K这样的人。只因妈妈是他最崇拜的人，妈妈又属于那位没出场的官员，现在官员通过他自己在与K联系了，这怎么不让他从心里羡慕呢？所有出场和没出场的官员，都在通过种种稀奇古怪的渠道在与下面的百姓联系，激起他们的幻想和活力，主动来演出体现城堡精神的戏。小密探汉斯与K的关系中，正是隐藏了这样一场尚未展开的好戏，一切都在他们的谈话中初现端倪。

　　官员与百姓的关系，发展到今日，是如何被弄得这样不可理喻，这样曲折隐晦、稀奇古怪的？二者又是如何在漫长的岁月中变得势不两立的？昏暗的村庄与那半空里的城堡，从前是否有过和睦相处的好日子呢？深奥的故事其实已经告诉了我们：城堡建立的初衷，正好是因为它与现实（村庄）的对立，因为它已忍无可忍，要从现实中超拔，到一个干净的处所去栖身。它这样做了之后，立刻发现了自身致命的缺陷，那就是它绝对离不了下面那个世界。消亡的危机时时困扰着它。为了存在，为了机构的运转能源，秘密的渠道一条又一条地修成了。官员们或亲自下基层，或坐在城堡里不动，通过那些渠道直接或间接地操纵着下面的芸芸众生，以启动庞大的机构的运作，保持城堡的活力。我们终于理解了官员们那种特殊的痛苦：那是思想者不能思想的痛苦，是内部那昏睡的精神要挣扎着寻求突破的痛苦。他们那硕大的头颅因为废弃不用而垂到了胸前，他们在昏昏欲睡中做成了通过思想不能做成的壮举；然而这一切都不能给他们带来慰藉，因为一切成果脱离了思想的证实都是不可靠的。虚无感将他们弄得成日里心不在焉、目光呆板、沉默寡言；如果硬要逼他们讲话，他们就满口粗鄙话，只因为不想掩饰。在与村民接触时，他们只能速战速决，并马上忘记，就是这样也还是会因恶心而病倒。反之，百姓从官员们身上寻求什么呢？被现实打平了颅骨的、受苦受难的农民们，游魂一般的信使，因为情感的空虚而苍白的妇女们，还有那被错综复杂的关系的负担压垮了的村长等人，他们全都想从官员身上寻求什么呢？他们寻找的是生的依据，创造的启示，肇事的动力。他们找到了这些之后，便脱离僵化，全力以赴地投入角色的创造中去了。当然他们在做这一切时，内心是无比自卑，任何时刻都牢记着自己与官员之间那天壤之别般的地位区别的。

　　官员与百姓、城堡与村庄之间的这种联系，就是我们人类的精神与现实之间的联系；它们之间的拒绝与依存是相等的，而且这种关系永远存在于有与无、真实与虚幻之间。只有那透视了一切的真正的诗人，才敢于如此走极端，拒绝一切和解，将内在情感矛盾中对立的双方都发挥到极致。

1997年12月30日，英才园

命运与反叛

同《审判》中的K相比，《城堡》中的K已不再是那个在命运面前单纯挣扎的K了，这个K的挣扎已经具有了很大的反叛的性质，而且他也不是单纯的被骗者了，他从自己的强大对手那里学会了骗人的伎俩，而且还加以创造性的发挥。《审判》中的K几乎是一条直线通到终极目标，而《城堡》中的K的轨迹，有了很大的随意性，像印在雪地上的很多"之"字形的线条，最后通到哪里也没有明确交代。早先以为自己会死的那个K并没有死，劫后余生的他抱着背水一战的决心走进了自己于无意识中建造的迷宫，在这个新天地里重新开始了他的追求。此时的K，已在很大程度上改掉了自己身上的那些浅薄、虚荣、不切实际的习气，老老实实地将自己看作一个小人物，老老实实地为渺小的目标而奋斗了。当他这样做的时候，那目标就隐到了云雾后面，几乎看不见了。于是K的追求，也就少了几分焦急感、恐惧感，多了几分盘算和对自身的及时调整，并时常透出一种"先斩后奏"的气魄（无知胆更大），面对残局时也不再惊慌了。对于前方等待他的局面，K的意识仍是模糊的，也许还更模糊了，这种事即使是以他超人的精明也是算不准的。他仍然像从前一样时时看到凶兆，感到氛围的紧逼，这些都提醒他要小心翼翼，不要莽撞行事，要及时绕开陷阱。不过所有的提醒都没起作用，反而诱发了他的破坏欲，结果总是他不顾一切地做下了不可挽回的事。曾经最后明白了自己的结局是"死"，而终究难逃一死的K，如今是老谋深算得多了，他不再时刻为单纯的"死"焦虑不安，他打起了活一天算一天的小算盘，有时还沾沾自喜起来。这种绞刑架前取乐的本事使得他的命运发生了某种程度的转变，于绝望中变出了很多新的希望，让人觉得一切都还远远没有完。从这个意义上说，K是把命运抓在自己手里的人，他说要活，他就活了，正如《审判》最后所预言的：逻辑不可动摇，但它无法抗拒一个想活下去的人。《城堡》里的K所做的，就是反抗命运、面对绞架而活的示范；这种新型的活法，以其无限的丰富性与深刻性，将我们带往精神的大千世界，在那里久久地流连。我们眼前这个看似呆头呆脑、拙头拙脑，有时却又滑头滑脑的乡巴佬，比起那位才华横溢、善于思索而又自以为是的银行襄理来，层次上是高得多了。这个K不再那样迷信思想（推理）的力量，还时常横蛮行事，顺水推舟，捞一瓢算一瓢，有时又反过来，见异思迁，灵活机动。总之他很有点混世的派头了。只不过他的这种混世是有一定自我意识的，因而也是有理想的混世。和从前的自以为是相对照，现在他总在怀疑自己，时时陷入困惑之中，每一次突破困惑都是体内原始之力的一次冲击。他不再认为自己的常识是资本，而更多的是"走着瞧"。或许就因为挣脱了常识的束缚，他现在更有活力了，施展的冲力也更大了。可以说，《审判》强调的是命运对人的钳制，《城堡》突出的则是人对命运的反叛，这种反叛不断导致了人性的解放。让我们来看看在城堡制度的严格限制下人究竟能干些什么吧。

从 K 闯入村庄的那一刻起，他就透露出了自己的愿望：他是到此地来接受一种自由更多一点的工作的。他也知道自由不会自己到来，要通过斗争来获取。他明确地将城堡看作自己的对手，在对方估计自己的同时自己也反复掂量对方。他向老板表白：他不是个胆小怕事的人，也不老实。这种表白预示着他今后要不择手段地来获取自己想要的东西了。当然即使是 K 的思想已解放到了如此地步，他面对的敌人仍然是强大无比的，还有一点最致命的就是：K 所到手的东西，必须要得到城堡的证实，否则只是一个毫无意义的"无"。而城堡偏偏在这一点上吝啬得要命，决不给予他任何证实。首先 K 就不顾村民们的反对，近似无赖地在旅店待了下来。这一举动被禀报城堡，城堡虽犹豫了一下，最后还是认可了他的举动。这是 K 取得的第一个胜利，只是这个胜利又因为他的身份被悬置而失去了意义，他必须继续斗争。于是 K 企图只身闯进城堡，找到城堡老爷们来证实自己的身份。他瞎闯的结果是被送回了旅店。历险虽全盘失败，新的希望又在向他诱惑地招手了：城堡给他派来了助手，信使也仿佛从天而降，给他带来老爷的信。K 是否满足了呢？K 更加不满了，他要的是证实，不是这种欺骗似的安慰，他被这种欺骗激怒了。

他追上信使巴纳巴斯，死乞白赖地紧紧吊在他的膀子上，让他拖着他在雪地里行走，心里打着主意要跟随他去城堡问个水落石出。一路上他做着关于城堡的好梦。梦还没做完，巴纳巴斯就把他带到了他那破败的家，希望又一次破灭。这次破灭使他更加被激怒了，他赌气不住巴纳巴斯家，又因为这一赌气，意外地得到一个大收获——遇到了城堡官员克拉姆的情妇弗丽达，并与她一见钟情，打得火热。由于他的胆大包天，敢于突破禁忌，现在他手里是有了与城堡讨价还价的资本了，他要充分利用弗丽达这个筹码，逼迫当局承认自己的身份，以换取更多的自由。他既然可以将克拉姆的情妇勾引到手，与克拉姆接头的目的总不会达不到吧。他的目的达到了吗？事实是高潮还没过去，他俩的关系已显出了虚幻的性质：他并不拥有弗丽达，弗丽达仍属于克拉姆，她也根本不能使K与克拉姆接上头，他俩唯一可做的事就是安于现状。现状是什么？现状是仍然被悬在半空，提心吊胆。K的战果完全不具有他想象的意义。K真是不甘心啊，这样的环境不是要把人逼疯吗？周围的一切难道不都在向他示威，说他只能做一个无所事事、庸庸碌碌的人吗？他又一次奋起了。他找到了村长家里，又被村长的一席话弄得垂头丧气：原来他不但证实不了自己的身份，他的身份问题还是城堡当局策划的，一桩近似阴谋的事件的核心。要想证实就要卷入那个事件，永世不得出来。他就是不想卷入那个事件，也得受到调查。这种铜墙铁壁般的拒绝使得K只好绕道走了。他把他的突破点转到了贵宾酒店，他要在那个寒冷的院子里等克拉姆出来。他等了又等，白白地紧张、焦虑。克拉姆可是严格执行规则的，规则就是他一定要待K走了之后才出来。K怎么就不明白这一点呢？当然他不是个傻瓜，他终于明白了城堡无言的暗示，那雪地里几个小时的暗示已够他受的了。后来老板娘又替他好好地总结了一通经验教训，到他终于听见克拉姆的马车启动时，他差不多是心中通明透亮了。可惜这种事后的明白只是给他带来了绝望。绝望就绝望，那又怎么样，他还是要去寻希望。为了不放过每一点希望，他现在是连弗丽达都要欺骗了，他昧着良心待在巴纳巴斯家，向奥尔伽打探城堡的情况，想看看自己是否有机可乘，有利可图。他明知弗丽达禁止他这样做，竟然在那个家与奥尔伽一块儿坐在炉灶边，整整密谈了大半夜，并且在谈话中深深地为奥尔伽的女性魅力所打动。通过密谈，K弄清了奥尔伽一家人与城堡关系的历史，也弄清了信使巴纳巴斯其实不会给他带来任何实质性的好处，总之他得到的全是令他沮丧的信息。当然他也确实得到了另外一些东西，那就是奥尔伽一家人那种不甘沉沦的奋斗精神对他本人的鼓舞。千盼万盼不出来的巴纳巴斯在这个节骨眼上又出来了，给他带来个大喜讯：城堡官员要亲自接见他。K得了这个喜讯之后却并没有任何人对接见做出具体安排。已经有了很多经验的K对城堡的这种方式一点都不大惊小怪。他下意识地往官员们所住的地方闯入，下意识地选择、判断，终于在那梦一般的地方与一名下级官员见面，进行了那场关于城堡精神的精彩讨论。表面看那场讨论与他的初衷（证实身份）无关，实际上那正是一场关于人性出路的探讨，关于精神现状的整体描述，关于艺术最高宗旨的阐释，关于人类自由的启示，因而也就是关于K自身身份的说明。这种说明一点都不能给K带来生活的依据，城堡的吝啬一如既往，它又一次将K抛到无依无傍的境地，因为城堡的原则是自力更生，让K自己以自己的力做依据。被孤零零地抛在走廊里的K最后终于与召见他的那名官员见面了，他从官员那里得到的信息却是要他与弗丽达分手，城堡要求弗丽达返回原来的工作岗位。K迄今为止的全部努力都化为了泡影！多少个日日夜夜的不安，多少次兴奋与沮丧的交替，多少次陷入包围与突围，现在都没有任何意义了，他已经到手的那一点点成果又从他手里滑掉了，他心里空落落的，什么都没有了！如果他不是个魔鬼，在这样的处境中还不应该放弃心中原有的追求吗？可他就没放弃，他还站在那块禁地上舍不得离开，城堡那神秘兮兮的事务是那样吸引着他，他忘记了自己眼下的绝境，只顾观察起城堡的内部机制来。这可是千载难逢、大饱眼福的好机会啊，他置身于那忙忙碌碌的旋涡中甚至相当惬意！看来"得过且过"已经成了K身上钢板似的保护层！现在谁也别想再打倒他、战胜他了。他站在那走廊里看了又看，完全被眼前那神奇的景象所迷住了，哪里还记得什么禁令！他心醉神迷地感受着、感受着，直到老板和老板娘狂奔过来，气急败坏地大骂他一通（那种骂里头包含着对他的欣赏），他才被赶走。他闯入了禁地，见过了官员，现在他又落到了最底层，一无所有了。真的一无所有了吗？听听佩碧的谈话吧，不论道路多么曲折，希望仍然在前方招手呢！春天、夏天虽然短促，但总是要来的，那时希望就来了，还有贵宾酒店老板娘的衣服，又是一个新的谜中之谜。他的活动领域到底是越来越窄了，还是相反，越来越宽了？

以上就是被审判判处了死刑之后又复活过来的K所做下的事情。这个K营造了城堡作为自己的命运，只是为了反抗它、背叛它，反抗与背叛的目的又只是为了获取更多的自由。被动地等，已不再是K的生存模式，这个模式已起了些变化。他在院子里的雪地里等过，那一次的等就表明了这种变化。他不是规规矩矩地等（像《审判》中的乡下人），而是时刻伺机而动，甚至爬进老爷的雪橇里去偷酒喝这样的事都干了出来。作为命运的城堡到底是什么呢？它不是单纯的拒绝，也不是允诺，它的塑造权就在无依无傍的K手中；只有当K真正做到无依无傍时，命运才显出"要它是什么就是什么"的本质来。在那种情况下，K可以骗（就如他在电话里欺骗城堡、欺骗弗丽达等），可以长篇大论地说谎（对小男孩汉斯），也可以随便违禁（闯入老爷们的住处），违了禁之后又说谎，还可以死乞白赖、唯利是图。总之，这个属于城堡的K简直是下流无耻，没有任何生活的准则了。他怎么会变成这样一个人的呢？是由于城堡的逼迫。城堡为什么要逼迫他呢？因为他追求自由，又不习惯于真正的自由，永远也习惯不了，所以就要时时逼他，一点也不能松懈。城堡将结局抓在手中，将过程完全交给了K自己。过程是什么？就是悬空、无依无傍，也就是自由；是他进入城堡的初衷，也是他一直要摆脱的状况。原来他所要摆脱的，就是他朝思暮想寻求的东西。他不断地用新的追求来摆脱已到手的、无法容忍的东西，寻求—摆脱—再寻求—再摆脱，永不停息，这条歪歪扭扭的轨迹通向城堡，通向他不停地用眼下的斗争营造着的命运。K用自己的反叛塑造了城堡，他的所有活动似乎都可以理解了，只除了一样东西，就是他塑造出来的这个庞然大物，他的永远的对手。神秘不但没消除，还更不可理解了。前方等待他的是什么？他将怎样继续行动？一切都没有底。只有一点是肯定的，城堡对他的制约丝毫不会放松，还会越来越紧，一切已经做过了的事，都不可挽回地被铸成了命运的铁钳，K 只能用更大的活力，更激烈的挣扎来与之较量。奇怪的是 K 与命运之间这样一种紧张的关系又正是他下意识里渴望的，永远也不想放弃的，这一点他从来就没有动摇过。他拒绝了弗丽达的出逃的建议；他处处钻山打洞，挑起新的乱子，把原本就紧张的弦绷得更紧。他为什么要这样走极端，这样不肯回头呢？这一切只能归结到他那异常的个性和生命力，归结到他体内超出常人的冲动。自由只能存在于对城堡的反叛之中，而这个 K，真是一刻也离不开对自由的体验。同时自由又是一个抓不住的东西，一旦获得了它，它就不是自由了，又得重新追求。于是我们看到的 K，是一个疲于奔命的家伙，一个前方有无穷无尽的沮丧等待着他的家伙，他的命真苦啊。但是果真如此吗？他要得到的，我们大家做梦都得不到的那种东西，他不是一一都到手了吗？世界上真找不出比他更贪得无厌的人了。现在他不光是要"用二十只手抓住生命"（见《审判》），他简直是丧心病狂，有点像个土匪了。而且他还诡计多端，到处滋事，一发现哪里也许有利可图就如同苍蝇见了血似的往那里扑，将原本就纠缠不清的个人生活弄得更为复杂。再来看看他到手的究竟是些什么吧，原来无一例外的都是"无"，是新一轮的逼迫。命运的怪圈就是这样一轮又一轮地嘲弄人的。仔细掂量一番，我们只能说造物主是十分公平的。

城堡与 K 之间的关系也就是命运与个体生命之间的关系。K 用多年的生命铸成了自己的命运，命运限制着他，逼迫着他，其目的是让他释放出更大的能量，冲破限制，以丰富和发展现存的命运。命运绝不是一个被动的、一成不变的东西，它有时变成挡在 K 面前的铁壁逼他绕道而行，有时又化为 K 脚下的路，要由 K 借助体内的冲力自己走出来。一切都似乎遵循铁的规律，又似乎没有任何规律，没有比它更令人捉摸不透的东西了。城堡强制着 K 随心所欲（想想 K 进村后的一系列倒行逆施吧），强制着他反叛，永远不告诉他要把他引到哪里去。对于 K 来说，一切反叛的意义，只在于过程中体验到的那种解放感。这便是城堡赋予他的唯一的无价的馈赠。初衷已经于不知不觉中达到了。

1998 年元月 4 日，英才园

沉沦与超脱

　　城堡机制的特殊还在于它在将人逼到地狱的最底层的同时，又促使人通过弯弯曲曲的渠道从地狱里超脱、升华，达到那种最高的境界。两种力总是同等的，又是同一个时候起作用的，就像一个想象出来的离心运动的装置，而力本身则来自于生命的运动。或者说，城堡机制启动的动力就是K体内冲动之作用；这种力永远只能在离心装置内起作用，冲动越大，张力也越大，画出的圆周也越大。但无论何时，城堡的引力总是与人的冲力相等，因为死是生的前提。作为外乡人的K一旦走进了城堡，立刻就明白了自己绝对不能从根本上摆脱城堡的控制，他唯一能做的就是在被控制的前提下尽力反抗，去争取他自己想要的东西。城堡呢，与其说是阻止他还不如说是诱导他下意识地达到目的。从K及其他角色身上体现的城堡机制的运动中，我们看到了人性惊人的深度，也看到了人性怎样在层层废墟之下自行发光，从而达到超脱的生动奇观。城堡机制的秘密就在于，沉沦与超脱总是连在一起的；没有向着最黑暗的深处的无限深入，真正的超脱也谈不上；人只能在沉沦的过程中超脱，一旦有意识或无意识的沉沦停止了，超脱也就成为失去了依据的痴人说梦。

　　脑子里装着城堡的模糊启示（关于土地测量员的），又分析了自己的当下处境之后，K开始行动了。行动就是进入前面所说的装置，就是沉沦，这种沉沦是向着无底的境界的运动。首先他从一个土地测量员（至少自己坚信不疑）被贬为学校勤杂工，后来又连这勤杂工的位置都没保住，落到了最底层的用人堆里，而自己连用人都不是。与此相伴的爱情方面的情况也相似，好不容易吊上了弗丽达，以为和城堡讨价还价有希望了，没想到克拉姆让他步步受挫，最后还从他手中夺走了弗丽达，让他落得一场空。每一步的放弃都有过一番激烈的抗争（自欺），一番冲破限制的自我发挥，同时也是对城堡强大引力的真实体验。不反抗，不下沉，又怎么体会得到城堡的引力到底有多大？当城堡与K共同设定的土地测量员这个位置离他越来越遥远，K在现实中越来越不可挽救地下沉时，K还能做什么？很明显，摆在面前的唯一出路就是进一步下沉，越努力，越下沉；越发挥，摆脱困境的希望越小。不论他如何欺骗自己，经验和理性也总在提醒他：只有一种运动，一条不是出路的路。不信邪的K并不因为没有出路就放弃行动，体内的魔鬼不会让他这样做，他只能向上挣扎，他在挣扎时满脑子的克拉姆，而身体，在反作用中不由自主地在做逆向的运动。在城堡这样的地方，一个人要想活得真实、纯粹，要想追求理想，他就会不断地沉沦。沉沦激发了生命的活力，使得人的能动性大放异彩，将精神世界不断向前发展。每当K在向下的黑暗的生命隧道里到达一个驿站，对于城堡的渴望就会进一步压榨他，迫使他做出创造奇迹的大胆行为。他昏头昏脑，到处乱闯，无意中成就了人类最辉煌的业绩，自己却并不完全理解。这个一半自觉、一半糊涂的天才，看到的总是自身被排斥被唾弃的现实，这现实体现在弗丽达不可改变的忧心忡忡之中，体现在巴纳巴斯暧昧的态度、村长的全盘拒绝式的陈述里，也体现在农民们的嘲弄和吉莎小姐冷冷的圆眼睛的严厉中。人人都负着城堡的使命，要将城堡那曲折的意图付诸实施，那意图便是将K的一切剥夺，打入冰冷的地狱，倒看他在地狱里如何与城堡交流。被城堡选中来做这个实验的K，实在不能不说是幸运的。在与绝望的挣扎同时产生的强烈的渴望里，他和城堡的无声交流是那么的频繁，就好像他本人也变成了音乐，汇入了那天堂的庄严的音乐声中。实际上，以代号"克拉姆"来称呼的天堂之音，任何时候都不曾离开过K的脑际；它敦促他，唤醒他，驱赶着他体内的惰性，诱导他以决一死战的意志将被禁锢的精神释放。在这样做时，被动的肉体注入了活力，竟也变得花样很多，不乏灵活了。

K的一切斗争，一切乌七八糟的活动，都是人在现实（沉沦）中追求理想（超脱）的体现，理想永远是一种缺乏，一种由于缺乏而产生的渴望，它从来不现身。城堡这种永不现身的高超机制在长期的作用中将K造就成一个高尚的、以理想当生活的人，一个终生奋斗、永不停息的圣徒，只是这个圣徒同时又具有人的七情六欲，具有人皆有之的一切卑琐品质，即具有人性。人性是使他达到彼岸的小船，是理想的载体，他可以意识到它，痛恨它，却不能摆脱它。意识到了人性丑恶的K并没有随波逐流，而是竭尽全力艰难地驾驭它，坚定不移地朝那云雾中的目标行进。城堡往往在现实生活中表现为一种类似"气味"的东西，每次K嗅到这种气味之际，便是他不由自主地做下了一件卑劣的事之时。例如一开头他出于冲动在电话里向城堡当局撒谎，城堡就立刻从口头上认可了他；他在热情驱使下不顾一切地与克拉姆的情妇鬼混，克拉姆就用威严的声音证实了三角关系并非是K单方面的幻想；他在绝望的等待期间闯进官员的雪橇里偷酒喝，就体会到了城堡似的自由；他背叛弗丽达留在巴纳巴斯家，就在他家里获悉了城堡统治村庄的秘密；他出于嫉妒赶走了助手，自己又被弗丽达抛弃，落入了更底层，就在那地方重又发现了新的奋斗方向。总之，不动，不冲撞，不做坏事，"气味"就不出现。每往下沉沦一次，对城堡的新的理解和渴望就随这沉沦产生，在渴望中出现的城堡意象又刷新一次。而促成他行动、冲撞的又正是城堡本身。那种意志一会儿化身为弗丽达，一会儿化身为助手、小男孩、农民们、奥尔伽、巴纳巴斯，一会儿又化身为老板娘和佩碧之流，唤醒着他，牵引着他，诱导着他，让他在一次又一次的爆发中与城堡神交。逐渐成熟的K终于在某种程度上熟悉了这种无止境的沉沦，也渐渐地在下意识中有所感悟：那捉摸不定的天堂的音乐，也许正是发自人心最黑暗的深处。在文章那不是结尾的结尾中，他无怨无悔地待在用人的地下室里，满怀希望地瞪大眼睛等待"好运"的来临。

在他身上，看不到一丝伤感和怀旧的迹象。

巴纳巴斯一家人沉沦的悲惨过程，正是一首人类自强不息地奋斗、创造奇迹、追求最高境界的诗。沦落起源于追求，如果阿玛丽亚不产生那次爱情，全家人不怂恿她，城堡的机制也就不会启动。对理想的渴望启动了寓言，于是没有尽头的沉沦开始了它的进程。城堡的第一步行动便是恶毒地嘲弄了世俗之爱，让阿玛丽亚，也让这一家人看见可怕的真相。领略了城堡意志的这一家人既没有大惊小怪也没有消极厌世，而是每一个人都积极地行动着，做了自己所能做的一切。又由于阿玛丽亚的性格格外深沉，由于这一家人的承受能力超出常人，城堡的制裁也就特别严厉和彻底。城堡于不言之中告诉他们：对于最高境界的追求便是在最严酷的条件下将人自身的创造力发挥到极限。城堡当局就是这样一步步地给他们"提供"越来越可怕的条件，看他们主观能动性可以做出些什么奇迹来。在人类的情感中，爱情总是与理想最为接近，爱情的强烈程度使得人必须沉沦到最黑暗的底层去体验。巴纳巴斯家就是在这种被剥夺了一切的处境中体验到由一次爱情引发的，本身也近似恋爱的那种渴望的。在城堡机制中，"爱"是一件可怕的致命的事，一旦"爱"这种最高的渴望萌生，就意味着现有的一切都将丧失，精神在超拔中，肉体则在无止境的沉沦中。巴纳巴斯一家人的精神追求呈现为最为悲惨的尘世的画面，但是如果我们撇开表面的现实，进入他们那深邃的灵魂，那时我们将会看到，这些挣扎着的灵魂是多么自满自足，多么专注于本身的事业，多么纯粹；他们在远离中心的绝望的运动中多么真切地感到了中心的强大引力；他们与城堡之间的无声交流多么像艺术家与虚无的理想之间的交流！而这一切，不是幸福又是什么呢？也许我们可以将它们称之为"自虐的快感"吧。奥尔伽的叙述生动而明快，她不需要任何人的指引，因为她是遵循本能，遵循"神"的旨意在思考和行动。她向K详尽地谈到一家人的苦难，这苦难并非像一般人理解的那样仅仅是苦难，而是他们一家人的精神财富；可以说，她在向K展示他们一家人精神上的富有，K也许没有完全听懂，但肯定受到了很深的感染。

从他们一家人的经历中我们还可以看到，沉沦绝不是被动的，也不是无可奈何的放弃。沉沦是凭借体内的冲力所致，即每个人都在有意识的运动中往下沉。只是在不了解内情的外人看起来，他们才像是被强大的命运控制的、被动而不情愿的木偶。其实又有谁逼迫了他们呢？他们是自愿地自己逼迫自己，城堡当局的逼迫不过是人心深处的逼迫之体现罢了。只要他们放弃挣扎，城堡的机制对他们就不会再起作用，当然那蠢立在山上的理想之地也就消失了。对于他们每个人来说这都是不可能的。就像阿玛丽亚当初不可能压制内心汹涌的爱情一样，奥尔伽也不能压制随之而来的幻想力的喷发，老父亲也不能压制多年积累的忏悔意识像决堤的洪水般外流，巴纳巴斯则不能压制对于摆脱虚无折磨的无穷的渴望。每个人内心的追求都是以那山坡上的圣地的存在为前提的；山上的寓言早就存在于他们内心的深处，只是遇到一个特殊的契机（阿玛丽亚的爱情）才开始全盘发生作用，促使他们战胜惰性动作起来，将其化为他们自身的现实。一切苦难的根源都在于那种冲动，以及随冲动而产生的自觉意识。人意识到了，苦难也就开始了，以后发生的事也就不再可能是完全出于被动了。从这个意义上也可以说，这一家人简直就是在自己策划、安排自己的命运，在为了贴近那种体验走火入魔般地折磨自己——巴纳巴斯像狗追踪不现身的主人一样追踪克拉姆，内心苦不堪言；父亲弄得倾家荡产，神经兮兮地作践自己的身体，最后成了残废；阿玛丽亚拒绝一切生活，把自己变成了一堵沉默的墙；奥尔伽则变成了妄想狂人，成日里醉心于那种疯狂的发明，那种一厢情愿的灵机一动。每个人的心中都有一团火，从这团火被点燃（由阿玛丽亚事件）的那一刻起，人的活动就被纳入了寓言；日常生活完全改变了，一举一动都是朝着纯粹的努力，这种努力又没有任何模式可循，除了自力更生还是自力更生；目标是那捉摸不定又永远无法真正接近的"气味"或影子，也可以说是心造的幻影，他们要它有，它就有了，他们用自己终生的努力，证实着它的存在。虽然城堡给他们"提供"的环境让他们每一个人都处于完全被剥夺的状况，但是我们从他们每一个人的心路历程中，不是处处可以感到，他们都是清醒的城堡机制的自愿参与者吗？他们心里必定早就意识到了：理想就是对粪堆里的那块宝石的渴望。宝石是否真有倒不要紧。沉沦与被剥夺，只有在沉沦与被剥夺中，才能看见宝石的光辉，自愿受难成了超脱的唯一途径。在城堡大门边的大石头上，在快要冻僵的两位老人的心中，精神的火焰那耀眼的光芒，于一刹那间照亮过人类灵魂的全部黑暗。在全家人的追求中，阿玛丽亚是精神上的承担者，这种承担是默默无言的支持，虽然她从未说过支持的话（那是违反她的本性的）。还有什么比她无怨无悔、身体力行地担负起照顾父母的繁重工作更能说明她的态度呢？所以阿玛丽亚的"不动"，她的以不变应万变，也是一种主动，一种沉默的坚定不移，一种向现实挑战的姿态，全家人都从她身上获得鼓励，获得信心。全家人在挣扎中沉得越深，她的负担就越重，这正是她所愿意的。如果不是这样，她的爱情就不会在根本不可能的条件下爆发了。巴纳巴斯在奥尔伽的怂恿下选择信使的工作就是清醒地选择受难，即明知虚无不可摆脱，偏要竭尽全力去摆脱，把这当作生存的意义，那感人的场面类似于人对宗教的狂热。巴纳巴斯一家人共同选择了沉沦，也就是选择了自由，沉沦使每个人的精神得到了无比的净化，城堡山上的光芒透进灵魂，每个人都进入了大彻大悟的境界。

弗丽达在与K相遇之前一直沉浸在对克拉姆的抽象之爱当中，这种爱因为其高高在上，有一个最大的缺陷，这个缺陷就是深深地折磨着她的虚幻感，因为爱的对象是一种缺乏。长久的饥渴终于使她明白了：要达到实实在在的爱情就必须沉沦，必须抛弃现有的一切，到地狱里去滚一遭。于是在城堡的安排下，K以猎物的形式出现了。在她俘虏K，并与K一道下沉的过程中，在那些邪恶的追逐与被追逐的游戏中，克拉姆的声音，他的强大的威慑力，他的严密的控制癖，没有一瞬间不被她刻骨铭心地感到。而在这同时，她也感到了那种亵渎神灵的、自暴自弃的幸福，每获取一点这样的世俗的幸福，就离克拉姆更远一些，痛苦更深一些，对克拉姆的渴望也更强烈一些。她只有在灵肉分家的状况中，才能发展真实的爱情。灵肉分家又不是那种简单机械的分家，而是撕裂中的整合，永不停息的搏斗中的同一。

这种撕裂到了后阶段差不多要使她的神经发生崩溃了，她既痛苦得要发狂，又渴望得要发狂。在这场沉沦的狂热的爱情中，K与克拉姆是她情感本质的两个部分，缺了哪一个都不行；这两个部分又是势不两立的，就像前面提到的那个离心装置；K不断将弗丽达拉下去，远离中心，弗丽达在这个远离中心的运动中不断地体验克拉姆的控制力，两种力总是相等的。弗丽达在维持这两个部分的对立，使他们在统一中，在运动的操劳中耗尽了心血，变得憔悴不堪。这正是弗丽达所追求的、城堡式的幸福。爱的降临势不可挡，其本质从一开始就蒙着死的阴影。死是什么？死是那追求不到的克拉姆——属于城堡的，最纯粹、最虚幻的爱的对象，邪恶的、黑暗的地狱之爱摆不脱的前提。K则是真实的生命运动的载体，加入这种运动的弗丽达以向下沉沦的形式，不断沐浴着来自上方的理想之光。谁能平息弗丽达内心的风暴呢？谁又能比她更懂得爱情的奥秘呢？在爱情方面，她是一个天生的艺术家；她不是去平息冲突，消除紧张，而是有意挑起冲突，制造紧张，一次又一次自觉地与K一道朝那更黑的深渊一头往下扎，那种不顾一切的气魄正好类似于艺术的追求，也使我们领略了诗人在幻想力方面的伟大天才。从事情的初始克拉姆在酒吧客房里对她的呼唤，到事情的结束克拉姆明确地命令她回到酒吧去伺候他，这之间发生的事相当于一场自觉的革命。她为现实的火热的爱所驱使，义无反顾地抛开原来的身份和职位，同K一道落入底层，成为一个不三不四的人，但不论在何等恶劣的条件下，她始终坚持初衷，要爱他个死去活来，要将这一场不平凡的爱情最后完成。越卑微，越沦落，越体现出饥渴的强烈，以至于要用狭窄的棺材里被钳子夹在一起的两个人这样近于自杀性的比喻来形容爱的渴望，生的渴望。又因为不论沉得多么深，两人贴得多么紧，克拉姆的阴影也是摆不脱的；因为现实之爱包含了对死的渴望，爱情和对爱的唾弃同时到来，弗丽达就处处显得寸步难行而又不得不行。她追求的是一种达到了死的境界的生，那种境界只能存在于她和K的饥渴的想象中。整个这场动人的爱情戏里，最令人难忘的便是弗丽达那种非凡的勇气，那种非要成就不可能的事情的决心，还有那种视一切规范为无，在亵渎中超脱的气魄。

1998年2月1日，英才园

城堡的起源

当所有的"生"的理由全都被否定，人自己给自己判了死刑（如《审判》中的 K）时，人所面对的最大问题就是体内那种不灭的冲动了。一个人在那样的情形之下如果还不甘心死，还要冲动，对于他，城堡的轮廓也就在那山上初现了。由于没有理由，人就给自己制造了一个理由，那理由以自身的纯净与虚无对抗着现实的肮脏与壅塞。实际上，在先前的否定中城堡就同时在建立，只是 K 不知道而已。这样看来，城堡起源于人对自身现实的否定，也就是起源于自审。整部《审判》都在描绘着 K 如何徒劳地为自己那阴暗卑琐的"生"找理由，就是他的艰苦的寻找在证实着那种强大的法的存在，证实法也就是建立城堡。当法战胜了人的那一天，城堡的基本工程也就完成了，只是城堡还隐藏在云雾之中，要等待一个契机让 K 去发现而已。于是在一个大雪天的晚上，K 就稀里糊涂地闯进了他自己用无数痛苦、绝望和恐怖建立起来的庞然大物。他没有完全认出它，却又隐隐感到似曾相识；他自始至终将它看作自己的对手，却又到它那里去寻找继续生活的理由；（从前他否定了生，现在他又在用行动否定死。）他欺骗它，违犯它，目的是为了获得它的认可，以加强同它的联系。我们可以说，法是生的否定，城堡则是生的依据。否定了生的K还在继续活，他当然需要一个依据，有了依据的K的活法，已经大大不同于从前的那种活法了。从K的身上，从城堡的其他人物身上，我们都可以看到那种相似的认知风度。那是一种毫不留情的，甚至是残酷的自我批判的风度，一种严厉地将自己限制在狭窄范围内生活的决心，从那当中城堡的气味弥漫出来，使人回忆起关于起源的那个机密。城堡开拓了人生，又限制了人生。在它属下的人都只能够为它而生，任何别样的生都是遭到它的否定的，只因为它就是你自己。与城堡相遇的K只剩下两种选择：要么死，要么留在城堡把戏演到底。已经觉醒的K是不可能再回到从前的无知状态中去的，从前的一切挣扎和斗争，不就是为了今天的清醒吗？很明显，从银行襄理到土地测量员的精神飞跃完成后，现实就显出了一种混沌中的澄明，人的行动较之从前更为艰难，人可以获取的东西在不断减少，欲望则在成反比地增加着。正是"缺乏"在激发着人的冲动。从另一方面来看，被激发出来的K的旺盛的精力又有了更广阔得多的用武之地。由于破除了内心的限制，现在他不论在何种难以想象的情况下，不论碰上谁，都可以即兴发挥，将其纳入自身城堡式的现实，进行一场生的表演。从前的无可奈何渐渐转化成了主动出击。

我们从K所遭受的每一次碰壁事件中，仍然可以隐隐约约地感受到当初城堡的起源，那就像在更高的层次上再现当时的情景。取代了法的城堡机制同法一样坚不可摧，但是到了这个时候，它变得更灵活了（或者说K变灵活了），表达更曲折和晦涩了。表面的拒绝总是隐含着内在的引诱，自审不再像从前那样致命，那样令人绝望得马上要窒息过去，而是总给人留下活的余地。熟悉了这一套的K，在行动中便透出"反正死不了"的派头，再也没有从前的拘谨。他这种玩世不恭是一种非常严肃的玩世不恭，其本质仍然是自审，一种高级阶段的自审，一种战胜了庸俗的自审，也是城堡起源时那种氛围的延续和发展。只要重温老板娘教训K的那些话，就能清楚地领略到自审的历程，领略到在法面前的自审与在城堡面前的自审的不同之处。老板娘的暧昧源于城堡方式的曲里拐弯，即一方面，无论怎么不可能，人总是要活下去的；另一方面，无论人怎样活，总是不可能达到纯粹的"活"。那么K，为达到纯粹的活，唯一的办法也只能是活下去。总之前提是否定了死。城堡已经产生了，城堡产生于生的终点，现在成了死而复生的K继续活的前提，K只能以生命来丰富它。它的机制呈现出现在的K的意志，这个意志是排除一切放弃的。生是什么？生是同死的搏斗，城堡的起源也是新的生命的起源。老板娘用城堡的激将法循序渐进地激发着K体内生命的运动，使之发展，使之在难以想象的情况之下不断冲撞，以这冲撞来开拓空间。在这方面老板娘真是个了不起的高手，城堡事务方面的万事通。K的理性认识永远落后于她，K的自发的行动却正好与她的预期合拍，城堡起源的秘密就装在她的心中，无论 K 怎样做都是在促成她的事业——将城堡的意志化为城堡式的现实生活。也可以说她是 K 行动的意义的解说者。老板娘身体臃肿，早就过了有魅力的年龄，从前有过的那些冲突已变成了回忆，或者说肉体变成了纯精神。现在她能够做的，只能通过她的学生弗丽达和 K（一个不情愿的学生）来做，她从他们的内心冲突里吸取养料，使自己的理想之树长青。超过了死亡阶段的、城堡的活法是多么的丰富多彩，又是何等的难以理解啊。然而无论多么难以理解的活法，不都是从那个细胞发展的原则演变而来的吗？

于是，城堡的机制不管发展得多么高级复杂，其表现形式不管多么令人眼花缭乱，总给我们一种"万变不离其宗"的印象。所有的事件，都离不开那种彻底否定的阴郁的内省。那种彻底否定后仍不罢休而达到的奇迹，则是原则的进一步延伸。K 与城堡官员的那次奇怪的会面，应该说是一次 K 运用外乡人的蛮力直逼中心的冲击，然而毕格尔的一番说明就足以将他的初衷完全打消了。毕格尔要向 K 说明的只有一个道理：城堡绝对容忍不了现实的人生，人身上的臭气会将官员们熏得晕倒过去，城堡与村庄永远势不两立，人的努力还未开始，就已经注定要失败，一丝一毫的希望都没有。这个道理与《审判》中的那种自省没有什么区别，区别只在于毕格尔表达它的形式。毕格尔说这些话时，并没有赶走 K，而是让 K 留在客房里，自己一边阐述一边让 K 在睡眠中与他的逻辑搏斗，让 K 在搏斗中体验推翻逻辑、战胜死亡、创造奇迹的快感。道理仍然没变：K 绝对不能与城堡直接晤面，一切努力都等于零。可是与城堡下级官员的这次接触，以及 K 在整个过程中的行为，不是自始至终在以他的对抗展示着"生"的不可战胜吗？像死神一样的官员不是也只好发出了那种奇异的怪叫吗？当然，没有当初全盘否定的死，也不会有今天奇迹般的生。毕格尔将 K 带进一个生死搏斗，在濒死中体验生的奇境，将他体内的力榨出来，直至极限。经历了这一切的 K，应该说离大彻大悟不远了，他后来的冷静和随遇而安也证实了这一点。那种大彻大悟又不是出世的，而是继续对抗，抓住每一个机会主动出击，在泥潭中打滚，自己和自己纠缠不清，自己把自己弄得无路可走。像 K 这样的人，既然已经死过了一次，以后的一切发展都只能是奇迹了，他将永远生活在自己的异想天开之中，而从每一次异想天开的创造中，都可以看到那个内核，那个生命之源。

阿玛丽亚事件也说明着同一件事，既是再现起源时的矛盾，又是矛盾发展的展示。按通常的眼光来看，阿玛丽亚似乎是一个已看破红尘、洞悉人生秘密的人，这样的人不应当再有幻想。但一切稀奇古怪的事都发生在城堡，城堡的魔术就是将最不可能的变为现实。所以这个城堡的姑娘不但有与她的性格完全不相称的梦想，还身体力行地实现了她的梦想，并在由梦想转化成的可怕现实中骄傲地挺立着，沉默着，继续她那不可能的梦想。梦想，只有无言的透明的梦想，才是她与被她唾弃的现实对抗的唯一武器。我们可以说她心如死灰（不再对现实抱希望），不过这种心如死灰与通常的放弃完全不同，它是一种极其顽固的坚持，一种冷静清醒的首尾一致，她通过受难而活，而体验理想之梦。这样的心永远是年轻的。城堡的人物里头最最让人惊奇的就是这个阿玛丽亚，人竟可以像她这样生活，这样一种分裂近似于将人劈成两半，而两个部分又毫不相干，她本身的出现就是天才的产物。通过她那激动人心的恋爱事件，我们看到了诗人与现实达成的所谓"和解"是怎样的一种和解。那是一种决不和解的"和解"，一种永不改变的斗士的姿态，尽管这个斗士已不再主动地向外扩张，她的姿态却已经凝固成了一座雕像，她的热情转化成了可以爆出火花来的坚冰。从灵魂真正开始分裂的那一刻起，承担就落到了人身上，分裂越彻底，担子就越重。阿玛丽亚的形象体现出人类承担的极限，即无论什么都可以承担，亦即无论怎样的分裂都是整体中的分裂。由此可以推测，分裂的两个部分之间的联系哪怕到了看不见的地步也是客观存在的。在城堡的领地里，一旦有了起源，发展的趋势就不可阻挡。阿玛丽亚将目光投向索蒂尼的那一瞬间，内心的分裂就开始了；后来的一系列演变和高潮都在她的自觉意识之内，她所做的一切，就是忍受分裂的痛苦。她和她家人的这段历程，浓缩了城堡从起源到发展壮大的历程，说明了城堡诞生于人类灵魂分裂的需要。只有分裂的灵魂才是活的灵魂，可以发展的灵魂。浑身沸腾着青春激情的阿玛丽亚与城堡（索蒂尼）碰撞过后，其表现在本质上同深夜闯进村庄的K是一样的，两人都是从此在心中确立了城堡为生活的目标，此后的一切行动都是为了体验它，追求它，同它连为一体，表面的距离与疏远不过是意味着更为密切频繁的联系。真相是骇人的，看见真相的眼睛则是城堡赋予的，诞生于碰撞与分裂中的城堡将特殊的眼睛赋予它的臣民之后，自身就隐退到朦胧之中，让臣民们用绝望的冲撞来给它提供活力，以便它在下一轮现身时更加强大，更加清晰，即使它不现身，这种强大也一定可以让人感到。索蒂尼离开了阿玛丽亚之后就再也没有出现过，他的方式同阿玛丽亚是一致的，即一个是用拒绝生活来活下去，一个则是用不现身来全盘控制。高居于山坡上城堡内的他，和龟缩在阴暗小屋内的她，永远结下了不解之缘，构成矛盾冲突的双方。我们恍然大悟：这两个人原来是一个人的两个部分！阿玛丽亚是苍白早衰的索蒂尼的活力提供者，索蒂尼则是阿玛丽亚那阴暗大脑中的光辉之源。在此原则再次重复自己：谁选择了城堡，城堡将永远选择他！

为什么城堡里的所有的居民都是一天不自寻烦恼、不自找痛苦就活不下去似的呢？其原因仍然包含在那个起源的机密当中。自审，只有自审，才是他们活的动力，这个动力又与外界无关，要靠自己生出来。为此老板娘每时每刻都在用自虐的方式检验自身对克拉姆的忠诚；村长陷在让自己发疯的纠缠中，弄得病倒在床上，仍然念念不忘；早熟的汉斯患得患失，被悖论的思维方式折磨得不可理喻，完全失去了儿童的天真；弗丽达以放弃为获取，以痛不欲生为生；K东奔西突，将个人生活弄成一团理不清的乱麻；巴纳巴斯一家人就更不用说了，个个都像自虐狂。试想这些人要是平息了内在的冲突，放弃了自审，会变成什么样子呢？一旦活力和营养的来源断绝，山上的城堡还会存在吗？正是由于那份不可思议的虔诚，人们才会时刻自己同自己过不去，天天用灵魂内部的战争来获取存在的感觉吧。深入他们当中任何一个人的灵魂，也就是进入一种纠缠不清的矛盾，一种解不开的连环套，其形状千姿百态，但都有相同的开端。当K在刚进城堡之际天真地说："我可不能适应上面城堡里的生活，我想永远自由自在的。"老板就提醒他说："你不了解城堡。"无知的K所想象的那种自由自在同城堡的自由正好相反，城堡的自由是对永远追求不到的东西的追求的自由，是自我折磨的自由，正像K在雪夜里等克拉姆和巴纳巴斯寻找克拉姆所经历的那样。老板的话还有一层意思，即人一旦被纳入城堡精神生活的轨道，就永远失去了世俗意义上的"自由自在"，从此就要开始一种严厉的、缺乏人情味的新生活，人在这种生活里再也不会有真正的内心的平静，弦只会绷得越来越紧，暂时的平静后面往往隐藏着更大的阴谋，人所能做的只能是与阴谋搏斗。而这一切正是K在下意识里追求的！从天性上说，任何一个人都不会愿意长期痛苦，自找痛苦，摆脱"痛"应该是人的本能。城堡的魔力就在于，它使K自觉自愿地留在它的领地里受苦。只要K一天不离开，痛苦就总是接踵而来，摆脱了旧的，还有新的、更厉害的痛苦等待着他，就仿佛先前的摆脱倒是为了迎接更大的打击似的。这种绝望的生活到底对于K有种什么样的吸引力呢？这又要追溯K的内心历程了。K以前的历史决定了他今天的追求，他再也改变不了自己，因为蜕变已经完成了。一个人，性格敏感，热情洋溢，从小就力求做一个高尚的人。当他发现自己无论怎样做也成不了高尚的人，并且只能做"小人"，而要做高尚的人的理想又总不消失，逼得他羞愧难当，狠狠地谴责自己，以至于最后在精神上自己给自己判了死刑时，这种时候，如果那关于高尚的理想还停留在他的灵魂中，理想便只有与现实分家了。分离了的理想上升到半空，化为虚幻的城堡，追求从此拉开了距离。人终于在这时知道了，活就是来自分裂的痛，于是人一边每天做着"坏事"，感受着由这"坏事"引起的痛，一边仍在不断地梦想着城堡，梦想着完美。城堡起源于人内在的分裂，并物化了那种分裂，然而K在城堡里所进行的斗争还是从前那种斗争的继续。在城堡里做"坏事"的K已经比在《审判》中做"坏事"的K要冷静多了，他已经习惯于认为：既然人活着就要做"坏事"，既然他做的每一件"坏事"都同城堡相连，那么除了将这些"坏事"做下去，也没有什么别的选择了。当然每做一件"坏事"仍旧会痛苦，只是那些痛苦都不会真正致命了，他已经能够承担任何痛苦。只要想一想那山坡上的圣地仍然属于他，还有什么痛苦是不能战胜的呢？这就是城堡的魔力，K实在是一刻也离不了它，只有此地是他真正的故乡、归宿。他长途跋涉走进了自己长久以来营造的、幻影般的寓言，不断地用自己的热血来丰富这个寓言，这个他追求了一生的、他最爱的、近乎神的东西。

再回到城堡起源的那个时候，就会发现，那时候的K与现在的K其实是做着同一件事，这件事就是用残缺的肢体的运动向那完美的梦想进发。破除了虚荣心的蒙蔽的K现在对自身的残缺和无能是越来越看得清了，他不再为这残缺羞愧，因为一味羞愧毫无用处，他的当务之急是做自己力所能及的事。既然从一开始他就在将自己一分为二，既然他从来就不安心于对自己的灵魂的世俗解释，既然他对一切有关灵魂的事都要弄清、追究，那么到了今天，他也只有将与城堡的斗争进行下去了，这是人所以为人的根本。城堡的复杂机构不是一两天形成的，它就是

K的历史产物，现在它既是K的桎梏，又是K的舞台，就看K如何演出了。当K面对这庞然大物发起绝望的冲击时，我们或许会诧异：人的精神一旦从体内释放出来，竟会发展成为如此复杂得不可思议的独立世界！这个世界又是多么有力量，它生长的声音又是多么精确地应和着K的脉搏！它表面上翻脸不认人，暗地里藏着笼络K的欲望，K只好"死心塌地"地来反抗它，以博取它的信任。而城堡对它的信任又只能以翻脸不认人的形式表现出来，为的是维持K的反抗。反抗城堡就是否定自身的那种运动的形式，这种来自核心的运动没有穷尽，它演变出繁多的花样，城堡就在这些花样当中悄悄地生长。K所反抗的，正是自己最爱的，所欲的；那种绝对的爱一天不消失，搏斗就将继续下去。他与城堡之间的恩恩怨怨，他与弗丽达之间的恩恩怨怨，他与村庄里每一个人之间的恩恩怨怨，无不是那种绝对的、圣洁的爱之体现。他在自虐的撕裂中体验着完美的梦，那梦就是他本身的一部分。

城堡起源于人，当然是最符合人的本性的；它是人性的寓言，通过它，最不幸的迷途者最为幸运地看到了一条精神的出路。

1998年2月9日，英才园

城堡的思维模式

人一旦为法所雇用,立刻会显出自己的原形来。城堡的每一个人都在某种程度上是法的雇员,只有K是初次同法打交道的外来人。由于K的心里怀着不切实际的幻想,也由于他不能习惯法的铁面无私,所以当村人们将真相告诉他的时候,他心里总是疙疙瘩瘩地想不通。官员怎么会都是无耻的好色之徒呢?为什么对城堡无比忠诚的村民,毫无例外的都是一些蝇营狗苟的家伙?甚至心气极高的阿玛丽亚,也要默认那种恶俗得令人作呕的求爱方式?如果承认了这一切,岂不是要承认城堡是最为黑暗的、最没有希望的地方?是的,城堡要求于K的,就是要他承认这一点,当然城堡还不仅仅要求他承认这一点。每当K遇见一个人,他就按自己的思维模式从他们身上寻找对自己有利的东西,他就想入非非地要把他们拉到自己的阵营来,其结果总是令他彻底绝望。这是因为K的思维模式是从世俗而来，这种模式的特点是将矛盾的两方面割裂开来看待，即一种机械的方式。城堡的村民的高超之处就在于，他们的思维是辩证的思维，是一种具有无限张力的思维，人性的两极在他们每一个人身上都得到完整的统一。在K以为怪的东西，在他们理所当然；K只有不断地操练，才能向他们靠拢，然而即使是不断地靠拢，K也永远达不到村民的水准，只因为他来自世俗，而城堡与世俗是对立的。自从与城堡的思维模式遭遇之后，K的生活就成了没有尽头的认识过程，他通过周围人的启发不断发现自己身上的幼稚毛病，这些幼稚毛病又不断反衬出城堡的不可进入。他在这个过程里慢慢变得既谦虚又灵活，他不再像《审判》中的K那样浮躁，而是越来越沉着，越来越随遇而安了。这是无比漫长的认识历程，每当K的认识提高一步，又会有新的、没有料到的疑难问题横在前面，引诱他做那致命的一跳。

K到城堡的第一夜就显出他的思维方式的狭窄和不合时宜。

"一定要得到许可才能在这儿过夜吗？"K问道。……

"难道竟有什么人可以不必得到许可吗？"那话音和神态里，包含着对K的强烈嘲笑。

"那么我只好现在去讨要许可了。"……

"向谁去讨要？"……

"向伯爵大人，"K答道，"恐怕没有什么别的法子了吧。"

"现在，半夜三更去向伯爵大人讨要许可？"年轻人叫道，后退了一步。

"这不行吗?"K神色泰然地说,"那么您为什么叫醒我?"

这时年轻人憋不住火了。"真是死皮赖脸的流浪汉作风!"①

从K这方面来说,任何问题都是可以一劳永逸地"解决"的。如果说他的身份不能在城堡过夜,那就是要经过有关部门的批准,只要批准了,就可以过夜了。而用城堡的村民的观点来看,任何问题都不可能一劳永逸地解决。不错,K必须得到许可,但这种许可永远不会批下来,K只有不断斗争。他们并没有真正实施赶他走的行动,他们默认了他留下来的事实,这种默认绝不是承认他待下的权利,只是承认他挣扎的权利。所以城堡要求于K的,不仅仅是要他承认这里是最黑暗、最没有希望的地方,还要求他即使在这样一个地方,也要不停地斗,自己给自己造出希望来。这样一种可怕的思维方式,K又怎能从情感上习惯它呢?从前在世俗生活里,K对于自己品性的那些看法在这里全都不合时宜,这里要求他将自己看作一个无可救药、没有身份的无赖,而同时,又强制他自己救自己,用那至高无上的城堡的标准来观照自己。要不那年轻人干吗要发那么大的火呢?他就是要用谩骂来刺激K。

（老板娘）"可是您究竟是什么人呢？我们居然还在这里低三下四地求您同意同弗丽达结婚！您一不是城堡的人,二不是村里的人,您什么也不是。……您要求一位像克拉姆那样的老爷跟您谈谈！我听说弗丽达让您从门上小孔里往里看感到很痛心，她这样做本身就说明已经上了您的钩了。您倒是说说，您看到克拉姆以后有什么感觉，您经受得住吗？您不必回答，我知道您会说您看了以后完全经受得住，没事一样。其实您根本就没有能耐真正看见克拉姆老爷……因为我自己也是没有这个能耐的。"②

老板娘在此将城堡的逻辑传达给K。首先她教导他如何激发内心的矛盾，尽一切力量统一起这个发展到极致的矛盾，然后暗示他依仗什么来将这矛盾向前发展。她的意思是说，像K这样一个不三不四的人，是永远看不见克拉姆的。她这话没有丝毫的贬义，只不过是将客观现实对他挑明，因为她自己也看不见克拉姆。她并不狂妄，而是承认现实。她的话也不是暗示K放弃努力，她只是要他加强认识，不如说她的话还有种潜在的意思，那就是默许、激将。当然每努力一次，K又必须更加切肤地感受到自身的卑琐和城堡的高尚。听了老板娘的个人经历，就知道她本人是做到了这一点的，更不用说那些执行城堡法令的官员了，包括克拉姆。他们都是这方面的典范。如同K看不见克拉姆一样，克拉姆也必定看不见真正的城堡之光。K可以认识老板娘的逻辑，只是他同这些人有个根本的区别，那就是这些人已经认识过了，K却只能处在认识的过程中。一切都是新鲜的，一切都是不解之谜，谜底在第一轮认识中显现的同时，化身为第二轮认识中更不可解的谜。K在激发矛盾时唯一可依仗的东西要到自身内部去找。

再看看阿玛丽亚是如何做的——

索蒂尼对阿玛丽亚写道:"你面前只有两条路:是马上来,还是——!"③

如果阿玛丽亚要"活",她只有把自己变成妓女,在污秽的泥潭里打滚,否则只有不"活"。阿玛丽亚选择的是活与不活之间的状态,即在痛苦中沉默,亦即认识而不行动。城堡所有的臣民选择的都是这种中间状态,所以他们看上去如同形态各异的僵尸;他们也有他们的"行动",但那些行动不像K一样包含着对城堡的冒犯,因而只是理念支配下的模式,算不上真正的行动。这些人对K的态度是矛盾的:既欣赏他那盲目的冲力,又鄙视他的愚昧。但冲力永远只能是自发的和盲目的,认识到了的东西就无法再产生冲动。又由于对于这个外乡人,城堡里的知识是无穷无尽的,每一种认识又都在悖论之中,K的认识就成了清晰中的盲目。清晰不断地干扰他的冲动,冲动又不断超越已有的清晰,将他引向新的盲目,这就是造成雪地上那些"之"字形脚印的原因。和阿玛丽亚不同,外乡人K身上充满了鄙俗,这样他才有可能否定自己的鄙俗,认识才有可能发展,对理想的向往才不会像周围人那样凝固下来,而是成了一个努力的过程。这里的启示是人不可能像城堡臣民那样生活,但人有可能像K这样生活。像K这样生活就是将生命耗费在寻找脚下那粪堆里的宝石当中,寻找的动力只在于人的幻想力,没有人会帮你,宝石也是永远找不到的;只有想象的权利不可剥夺,它是城堡之源,它产生于最肮脏的生命内部,它于不自觉之间发出宝石的光芒。

（奥尔伽）"你对信使工作自有你一套从外面带来的看法，又拿这套看法作标准去衡量你对他提出的要求。但城堡对信使工作却有另一套标准，这同你的标准没法一致。"④

巴纳巴斯时刻处在对自己身份的致命怀疑之中，这是出乎K的意料的。按照K原先的看法，巴纳巴斯理所当然的是一名信使，这种看法就是奥尔伽所说的"从外面带来的看法"。通过奥尔伽的解释，K终于懂得了城堡的标准到底是什么，它需要什么样的信使。城堡需要的是自己通过送信这一行动来给自己确定身份的信使，这样一种信使在K眼里当然是种荒谬的职业。由于在制服问题上遇到的挫折，巴纳巴斯转向另一种无望的追求，这就是要证实不可证实的、处在"是"与"不是"之间的克拉姆。追索的结果是更大的迷惑，更积极的凭空臆想，而不是证实。虽然奥尔伽发表议论说："这到底算个什么信使工作啊，有他和没他不是完全一样吗？每当巴纳巴斯一大早说他要去城堡时，我心里真是好难受。大概又是白跑一趟，大概又是白白浪费一天，大概又是一次希望落空，这究竟算个什么事儿？"⑤但是请注意这些话是对K说的，因此话里的弦外之音有种炫耀的味道。她在曲折地告诉K：这就是城堡对信使工作的标准，她和巴纳巴斯都对这一点有深切的体会。K听了她的抱怨后，就遵循旧的惯性反驳道：巴纳巴斯总归还是给他送了两封信啊。奥尔伽马上说，那两封信也是完全没有意义的，因为不是从克拉姆手里得到的，而且是过时了的旧信，所以一点也不能证实他是个信使。奥尔伽这样说时又是一种炫耀，因为她紧接着又说

了这些话:

> "巴纳巴斯,你到底想要什么呀?……难处是有的,不顺心的事是有的,失望的时候也是有的,可是这些难道不是仅仅说明一个道理,就是什么东西都不会白送给你,正相反,每件小东西都得靠自己努力争取才能获得吗?这样做了,应该使人更有理由感到自豪,而不是沮丧!"⑥

由此推论,城堡对巴纳巴斯定下的标准也和对 K 的标准是一样的。奥尔伽向 K 揭开了信使工作的秘密,同时也是在揭示 K 自己的奥秘。也许 K 还没有意识到自身的处境,他的认识已有所提高。认识提高后的 K 当然还是不可能变成巴纳巴斯似的土地测量员,他仍然摆不脱自己身上的盲目性,因此他的行动较之巴纳巴斯少了几分清晰的受难感,多了几分懵里懵懂的冲劲。这份盲目的冲劲正是奥尔伽所期待于 K 的。她说了那么一大篇目的就是要用城堡的方式来教育他,激发他身上那股外乡人的蛮劲。K 的认识就是对城堡思维模式的领悟,这种领悟从表面看是对内在冲动的制约,深入进去才知道是一种激发。冲动是根本,领悟是必要条件;没有领悟,冲动就失去了参照,成为无意义的盲目;没有冲动,人就为铁的逻辑所制服,变成僵尸。所以一方面,奥尔伽炫耀自己所受的苦难,以此来现身说法;另一方面,奥尔伽又在暗暗欣赏 K 的邪恶的活力。所谓"从外面带来的看法"就是人身上去不掉的惰性,人总是喜欢轻松、明确、充满虚假的希望,城堡的思维却要把人弄得沉重,弄得不三不四，失去一切希望和依据，只有这样，反叛才具有自由的意义。

（老板娘）"……克拉姆决不会跟他谈话、决不会主动让他来到自己面前，这个事实本身就足够了，为什么定要说他事实上一看见谁就受不了呢。至少这一点没法证明，因为这种例子是永远不会有的。"那位先生不住点头。"当然，我的想法基本上也是这样，……不过克拉姆刚才出来时确实向左右两边来回看了好几次。"——"也许他是在找我吧，"K说。"有可能，"那位先生说，"我还真没有想到这一层呢！"这句话引起全场哄笑。⑦

这种高高在上的幽默，由K所没能理解的思维方式产生，道出了每个人的生存处境。K认为，既然克拉姆在等人，那就一定有可能是在等他；村民们认为，正因为克拉姆在等人，那就绝不是在等K，也不是等他们当中的任何人。但与此同时，所有的人都要全身心做好准备，因为克拉姆在等人！村民们梦寐以求的，就是这种事发前的兴奋，这种跃跃欲试的紧张。（难道能不紧张？）只有K一个人稀里糊涂，将感受的良机错过了。不过不要紧，在先前，在无意识的状态中，他已在雪地的院子里经历了这一切。K的经历和村民们的经历出于同一模式，区别只在于一个是有意识的，一个是无意识的。K的无意识或下意识使他注定了永远是"事后聪明"。然而那是多么生动的一种体验啊！无知给了他超出在场的所有人的力量，他胆大妄为，对危险浑然不觉，像蛇一样灵活，并且比任何人都贪婪。依仗这种力，他不但在"等"的期间花样百出，也经历了向内探险的奇遇。在村民们看来，他做的一切都是令人既惊讶又欣赏的。然而 K 还得回过头来对自己的行为做出认识，否则他就会失去敏感的嗅觉和灵活性。他现在是越来越老练了，他到处侦察，随时主动出击，就像他本人成了游戏的制造者似的。或许这正是一个他本人不曾意识到的事实？到底谁在肇事？还有这些奇怪的村民，他们那冷漠的外表下，掩藏着不可捉摸的心思，那种似乎是模棱两可，实际上充满了诱惑的诡计，即使像 K 这样诡计多端的家伙，也不能领悟他们的真实意图，他们太深奥了，他们的思想方式在现实中运用自如，永远能切中核心，K 就是再老练，在思想上也不能与他们同步。他们要干什么？他们要让 K 在城堡的领地里渐渐成熟起来。

村民们思维方式的根本就是排除逻辑的推理，让生命自己说话。也可以说是排除（设置就等于排除）障碍，激发人无法无天的本性。例如秘书莫姆斯提出要记录 K 的情况，K 马上推断记录谈话后可能的结果会是允许他去见克拉姆。莫姆斯却向他指出这种逻辑关系是完全不存在的，记录就是记录，只不过是为了交给村档案室存档，此外再不会有别的意义。莫姆斯和老板娘将自己的观点说了又说，一边驳斥 K 的错误思想一边往他头上泼冷水，恐吓他，终于把他彻底激怒，这样他们的目的也就达到了。被激怒的 K 离开他们后肯定又要去肇事了。

"那么说我刚才不该不接受审问了，"K 说。"是呵，"

老板说,"您不该这样做。"因为K不说话,老板又补充一句,或者为了安慰K或者为了快点脱身,说道:"咳,咳,不过事情总还没有严重到引起天上下雹子吧。"⑧

老板的这些话当然是在泄露天机,无知的K随后将用行动来回答他和所有村人的意愿。这样,他是被操纵的,又是自愿的(因为不可能完全意识到那种无形的操纵)。

再看着克拉姆那封举世无双的、K读了又读的信:

"非常尊敬的先生!如您所知,您已被聘任为大人供职。您的直接上司是村长,他还将告知您有关您的工作及薪俸的一切细节,而您也将负责向他汇报工作,尽管如此,我本人还是要在百忙中兼顾您一下。递送此信的巴纳巴斯将不时向您询问以了解您的愿望,然后及时告我。您将发现,我会尽一切可能为您提供方便。使我的部下心满意足,实为我所期盼。"⑨

克拉姆的这封信,K就是无论怎样钻研也不可能弄明白他的意思。他唯一可做的就是用自己的行动来实现克拉姆寓言似的言论。K没有辜负克拉姆的期望。首先,K在信中受到尊敬,因为他以顽强的毅力闯进了城堡。然后克拉姆告诉他,他已被聘为土地测量员。不过这件事只有他自己能体会到,与别人无关,他也别想从别人口中得到证实,他只能不断地努力去体会自己的"被聘",有时甚至需要豁出性命的胆量。然后克拉姆又告诉他,他的上司是村长。这个村长当然不是吃闲饭的,K一去找他他就会向他透露许多的秘密,这些秘密将极大地挫伤K的反抗热情。村长挫伤了K之后还要命令K定期向他汇报,其隐秘目的却是要K不向他汇报,自行其是。当K自行其是做出了成绩时,克拉姆就会偶尔"兼顾"他一下,不过这种兼顾不会让K意识到,只能于糊里糊涂中不期而遇。这期间,信使巴纳巴斯将不断来刺探K的追求的进展,不断地给他曲折的暗示与帮助,他的到来将成为K的节日,因为他为克拉姆工作,而克拉姆,的确要以他独特的方式使K的追求得以实现,他的目标就是让K的潜能得到最大的发挥。

信中这些潜台词,K就是到最后都没有完全体会到,这也是克拉姆的设计。假如K提前认识到了,后来的事件也就完全变了味,那种生机勃勃的追求也就不可能了。对K来说,克拉姆是永恒不破的谜,他那悖论的思维模式具有无限的张力,不论K突围到哪里,也在他的模式之内;而克拉姆的本意,确确实实是要K"心满意足"。作为一名城堡的官员,克拉姆当然既不会说假话,也不会随便许愿,信里的每一句话都是经过了深思熟虑的、典型的城堡语言,他从事情的初始就将K后来所有的活动全部概括在这精炼的几句话里面了。

从此信中还可以体会出,克拉姆对于K的潜力的期望值是多么的大,这种期望差不多类似于无限的期望,它与K体内的欲望正好相匹配。克拉姆说要尽一切可能为K提供方便,潜台词是无论K要做什么,或做出了什么,他都要为他提供"方便",

然后看他还可以做出什么来。K要在雪地里等他，他就造出一些希望的迹象，让这种等待持续下去；K要通过弗丽达同他保持联系，以便讨价还价，他就让K轻易地将弗丽达钓到手，并让他与她长时间纠缠在一块儿；K要通过巴纳巴斯获得信息，他就让巴纳巴斯在雪地里挽着他前行，让他体验城堡境界的纯净，随后又让巴纳巴斯向他揭示了存在的秘密；K不满足于弗丽达，想从另外的途径刺探城堡方面的态度，他就让奥尔伽对他发表长篇大论，描绘出城堡机制的蓝图，还有那种催人泪下的精神受难者的感受；K还不死心，要闯入禁地，弄清原委，他就让他在禁地里看到了他想看到的一切，做了他想做的一切。总之，不出面的克拉姆的宗旨就是提供"方便"，"方便"得使K不得不为所欲为。K觉得"世界上再没有比这种自由、这种等待、这种刀枪不入的状态更荒谬、更让人绝望的事了"[10]。那么克拉姆究竟是谁呢？我们只知道他是城堡的官员，他的权力大得无边。这样一个人给K提供没有限度而又逼人的方便，K不创造奇迹才怪呢！

城堡的思维模式终于使K有了似曾相识的熟悉感，K同城堡打起交道来显出了自己的某种风度，一种混杂了乡下人的狡诈与灵活的顺从的风度。也许最后他终于会明白，他不能用城堡的模式来思考（甚至克拉姆也不能！），但他可以用城堡的模式来行动，通过行动来实现城堡的思想，那秘密武器一贯在，将来也永远在他自己身上。精于计算的他，总是会找到于自己最有利的方法，不断获得那种心满意足的效果，虽然这种心满意足又是他最不满意的、要压制得他发疯的东西。这也是城堡对他的要求。他的行动将越来越出人意料,他将把最荒谬的变为最现实的,而在他所看不见的上方,神的光辉始终照耀他那黑暗幽深的灵魂。那种时候,城堡会有什么样的表情呢?

1998 年 4 月 15 日,英才园

注释:

① 《城堡》(《卡夫卡全集·第四卷》河北教育出版社 1996 年),第 4 页。

② 同上,第 54—55 页。

③ 同上,第 211 页。

④ 同上,第 192 页。

⑤ 同上,第 195 页。

⑥ 同上,第 197—198 页。

⑦ 同上,第 119—120 页。

⑧ 同上,第 127 页。

⑨ 同上,第 26 页。

⑩ 同上,第 116 页。

生命力爆发时的风景

K到达村庄后,一心想和城堡方面接头,所有的人都对他的这个想法持否定态度,农民们骚扰他,两个助手激怒他,他得到的答复是:"明天不行,什么时候都不行。"K气急败坏地抢过话筒,在众人的包围中亲自与城堡方面通话,于是这样的情况发生了:

> 听筒里传来一片K以往打电话时从未听到过的嗡嗡声。听来就像从一大片乱哄哄的孩子吵嚷声中——可这嗡嗡声又不是真正的嗡嗡声,而是从远方,从很远很远的地方传来的歌唱声——就像是从这一片嗡嗡声中神奇而不可思议地逐渐幻化出一个单一的、很高的强音,这声音猛烈撞击着他的耳鼓,仿佛它强烈要求深深钻入人体内部而不只是接触一下那可怜的听觉器官似的。[①]

这是怎样一种强烈的暗示啊，这种暗示不是通过语言，而是通过引起生理反应来起作用。在这种无法抗拒的作用力之下，K的体内沸腾起来了，他觉得围着他的人令他无法忍受，他憋不住大叫了一声"走开！"这一声生命的强音立刻传到了城堡，那边马上有人接电话了。说话的人严厉、高傲，用更加咄咄逼人的凌厉气势来激发K。于是K转动他那乡下人的脑筋，想出了撒谎的高招，冒充是土地测量员的助手。他的反抗奏效了，对方口头上承认了他的身份。但当他还想要谋取更多的东西时，对方又一次拒绝了他的要求。同样是一个拒绝，前一个同后一个大不相同。城堡方面不仅是要试探他，还要用强力压榨他——"深深钻入人体内部"，而他的表现没有使城堡方面失望，他不愧为无比顽强、足智多谋的外乡人，他不可战胜。于是经历了这一场，农民们对谈话的结果感到满意而逐渐从他身边后退了。K的探索向前挺进，城堡方面派来了信使巴纳巴斯同他联系。

　　巴纳巴斯浑身都是城堡的气息，K体内的血流得更快了，似乎城堡的大门就在眼前。同这位年轻人在一起经历了如诗如画的一段路程之后，K却痛悔自己受了骗。K到底受了骗没有呢？应该说，K一直在骗自己，而巴纳巴斯的诱惑对于K是一种很好的启蒙，他让K体验了那种无目的的自由之后，又将K带到家中，带到人的生命的根源之处，让他看真相。他是一个风度优美的启蒙者。当然在这样做的同时，他也在激怒K，这种激怒也是他工作的一部分。K在勃然大怒之后，义无反顾地背叛了他，投入了弗丽达的怀抱，至此巴纳巴斯的任务也暂时完成了。后来 K 身上发生的一切，他同弗丽达之间那热烈动人的爱情，也同巴纳巴斯不无关系。看看这压抑后的爆发造成的爱情壮观吧：

> 她那瘦小的身子在 K 两手抚摸下热烘烘的好似一团火，他们沉醉在爱的狂欢中，浑然无所觉地在地上翻滚，K 不断挣扎着，想从这种痴醉迷乱的状态下解脱出来，然而完全徒然……在这段时间里 K 一直有种奇异的感觉，觉得自己迷了路四处游荡，或者是来到了一个在他之前人迹未至的天涯海角，这块异土上甚至空气也与家乡迥然不同，待在这里定会因人地生疏而窒息，在它那形形色色的荒诞无稽的诱惑面前，除了不停地走呀走，不断地继续迷途踯躅之外别无选择。②

K 的爱情所达到的，是那种最高级的纯净的体验，它走到了生的尽头，而同死直接相连；这样的诗的极致，是从两人体内火山的热力中升华出来的，它的光芒造成了人的盲目，人除了顺从之外别无选择。当然，人只能短暂地体验这种意境，谁也做不了天堂的常客，因为人身居尘世。是那"深深钻入人体内部"的强音的启示，还是巴纳巴斯的诱导启蒙，抑或是农民们被现实打扁后的颅骨的刺激，将 K 带到（逼到）了这种意境？应该说是所有这一切的综合作用吧。外部的影响导致 K 体内不息的冲动，爆发出这样的风景。就连不动声色的城堡，也会有一丝惊讶的表情吧，当然那种表情也是 K 看不见的，它被重重的云雾遮蔽了。可以说，克拉姆在信中对 K 的许诺很快就得到了实现，经历了这样的几乎是仙境般的爱情，K还有什么不满足的呢？所以克拉姆说："使我的部下心满意足，实为我所期盼。"③不过不要以为爱情是城堡的目的，一点都不是，爱情不过是用来带K上路的手段。K爱上弗丽达之后，本来以为离城堡近了一步，没想到还更远了。他什么都没得到，一切都得从头来，甚至比从头来还要困难，这就是他那无望的爱情所收获的果子。不过这种看法只是从K这方面出发的世俗观点。在城堡这个地方，没有什么绝对的判断标准，好事就是坏事，坏事也是好事。城堡方面唯一关心的就是K是否走在"正道"上，那种关心体贴渗透在K所呼吸的空气中，强烈的暗示无处不在，K完全用不着思考也能领悟。

弗丽达和两个助手马上成了K的生活里新的压迫者，他们处处同他过不去。弗丽达还联合老板娘来嘲笑K的计划，老板娘则将K比作地下乱爬的草蛇，将克拉姆比作鹰，还说K要见克拉姆简直是白日做梦。K在气急败坏之下说出了"初生牛犊不怕虎""无知的人似乎什么事都干得出来"这样的话之后，跑到了村长家里，村长又给了他一通狠狠的刺激，不仅要他打消一切计划，而且将他看作一名监外执行的囚犯。他回到老板娘那里，老板娘又以自己的经历向他进行了一番生存处境的教育。K终于有所领悟，他不再蛮干，在不情愿的情绪里由弗丽达怂恿接受了学校勤杂工的工作。这绝不是说，他改变初衷了，他只是灵活些了，暂时的委曲求全是为了更好地向目标挺进。一旦找到空子，这件事就发生了：

"你知道我现在要到哪儿去吗?"K问。"知道,"弗丽达说。"那么你不再阻拦我了?"K问。"你会遇上许许多多障碍的,我说句话管什么用?"④

K独自踏上了征途。

那是多么辉煌的几个小时啊!K这只"初生牛犊"甚至跳进了城堡老爷那暖烘烘的雪橇,还偷了老爷的白兰地喝!还有什么事是他做不出来的啊。他的造反行动(老爷到来时,白兰地还滴滴答答落在踏板上呢)使得他更加不可能见到克拉姆了,老爷斩钉截铁地对他说:"您反正是要错过他的,等和走都一样。"⑤K还是不走,他又硬顶了一阵,让自己的自由体验更上了一层楼。年轻的老爷走了,马被下套牵回马槽,最后车夫自己把自己锁在马厩里,关掉所有的灯,现在没有任何人会知道在漆黑的院子的雪地里还站着一个发呆的K了,K就尽量去体验吧,想多自由就可以多自由。但这种自由没人能长久忍受,所以不久他又挪动了步子。他离开岗位不久,克拉姆也启程离开了,正好应了老爷的那句话。看来K这段时间的表现很令克拉姆满意,一切都在按城堡正常轨道运行,所以他给K写了第二封信。

"对您迄今为止进行的土地测量工作我深感满意。……请先生切勿懈怠!并请善始善终做好各项工作,如工作中辍我将十分不快。此外请放宽心,酬金问题指日可获解决。我将继续关注您的情况。"⑥

思想深邃的大哲学家克拉姆，对于K的个性的一次又一次的展示抱着由衷的赞赏态度，因为K的行动在活生生地证实着他的哲学，K所做的一切都令他感到真是太过瘾了！不过他是一位冷酷的老爷，决不会因此放松压力，他要将手中的铁圈攥得更紧，折磨K是他的快乐，不断的压榨会使K爆发得更好。迄今为止他同K之间的这种关系，不就是人类最伟大的事业的两个方面吗？是他的思想和K的行动共同构成了这个事业，二者缺一不可，所以他们之间必须息息相关，让事业朝着辉煌发展。这第二封信既是对K的鼓励也是对K的鞭策，他也预料到了K将以他自己独特的方式来接受他的督促，从而同他一道去创造从未有过的前景。K对这封信是如何做出反应的呢？K说："这是个误会。"他心情阴暗。K只能做出这样的反应，因为他不是哲学家，只能看到局部。这个反应就是克拉姆需要的那种反应，K必须在"误会"中与环境冲突下去，"误会"将不断地向这个外乡人输送冲突的契机。信中还提到酬金问题，说是"指日可获解决"。什么是K的酬金，不就是每一次冲突后他自力更生产生的、新的希望吗？不用为K担心，自己照亮自己道路的K虽然盲目，他身后却站着伟大的克拉姆。

克拉姆的信果然成了K下一轮冲突的契机。K向巴纳巴斯口授了一封长信，谈到自己处境的"真相"，谈到要会见克拉姆之紧迫性，因为致命的误会必须加以消除。"眼下他正诚惶诚恐、万分焦急地期待着长官大人的定夺。"[⑦]信使巴纳巴斯答应给他带这个口信，K对他不放心，就要巴纳巴斯对他提个要求，以牵制这个心不在焉的家伙。巴纳巴斯没提要求，却提到他的两位姐妹，暗示她们同城堡的关系，K立刻被吸引过去，心里打着如何利用他们三个的主意。这时，他要尽快去巴纳巴斯家等消息，但他自己家里的情况却不容乐观。首先是他被学校解雇，接着他一怒之下自作主张解雇了两个助手，彻底得罪了弗丽达。整个事件看上去如同一个集体的阴谋，只有K本人才是大家的猎物。我们看见K乖乖地钻进网里去了，他自己还认为是在突围呢（也许真是在突围？）。后面出现的那个小男孩汉斯更是心怀鬼胎的阴谋参与者，就是他使得弗丽达找到了同K彻底决裂的借口。尽管家里情况一团糟，K的手脚当然还是捆不住的，他被憋得要发狂了，即使背叛弗丽达也在所不惜，谁也挡不住他。终于，他瞅住一个空子拔腿就往巴纳巴斯家跑，跑到他家猛力推开门大喊大叫。他决心在这里等到克拉姆的口信。他等到的是什么呢？他等到的是奥尔伽关于"真相"的长篇大论的、精辟而动人的分析，这才是他所真正需要掌握的知识，当然这些知识K又只能于被动中不知不觉地接受。不管怎样，如同K刚进城堡时从电话里听到的那种嗡嗡声和最强音，奥尔伽催人泪下的启发报告也必将"深深地钻进"K的体内。如果K认为奥尔伽的启发报告是要他放弃挣扎，那他就大错特错了，K当然不会犯这样幼稚的错误，他的本能永远不会欺骗他。奥尔伽的报告的核心正是不要放弃，即不论在如何险恶的情况下都不要放弃，哪怕去蒙、去诳、去骗，哪怕坏事干尽，哪怕将周围的人都得罪光也不要放弃。呆头呆脑的K就这样凭本能理解了奥尔伽教给他的知识，他表态说，虽然巴纳巴斯带来的信件并不是他唯一的希望……但他决不想放弃这一点点希望，他要根据这些信息行事，同时又不忘记奥尔伽，因为简直可以说奥尔伽本人，她的勇气、她的周到、她的聪明，她为全家人牺牲的精神，比那些信对他更重要。⑧这些出自私心又有一点点夸张的话，仍然是K的真心话，他对奥尔伽的描述其实也是对他自己的描述，只不过他不自觉罢了。他能够说出这些话，还是表明他的潜意识里已经感应到了这一切。从今以后，他就要像奥尔伽那样百折不挠，"去蒙、去诳、去骗"，去"坏事干尽"了，他所面对的事业需要勇敢无畏的精神。果然，很快地，巴纳巴斯就要给他带来那个伟大的信息——同城堡官员直接见面了。那时将发生什么？经历了如此多的考验的K会不会惊慌失措？

直觉和本能总是高于一切的。在那迷宫似的酒店客房里，一切理性的判断和分析都失去了参照，人要是不想绝望而归，就只能凭借本能往前冲了。已经多次有出色表现的K这一次当然也不会例外，何况还有秘书莫姆斯那暗示性的催促："您往前走啊！往前走啊！"他就这样最后在所有的参照全失去了的情况下，困顿不堪地闯进了官员毕格尔的房间。这个时候已是半夜，K的精力差不多全用完了，他快要困死了，然而最后考验他的时机也到了。他不是一直要见官员吗？现在短兵相接了！这一次奇怪的接见既是意志的较量也是用行动来证实逻辑的合作，城堡选中的这个外乡人实现了所有的期望值，人的生命力创造出瑰丽的风景，一切不可能的全在那风景中成了不可否认的存在，拯救灵魂的事业获得了伟大的成功。更重要的是，K并没有死，一切都发生在他活着的经历中。克拉姆，克拉姆，你这活了几千年的老狐狸，你是怎样事先料到这一切的啊！是什么样的自信使得你将这名外乡人引诱到城堡村庄中来,让他在你严密的网络中奋力舞蹈的啊!你的思想包罗万象,你的躯体却失去了活力,僵硬无比,但你的残疾没能阻碍你的计划。是不是凡是你能想到的,外乡人都能代替你去实现?

K赢得了辉煌的胜利,胜利是如何取得的呢?请听毕格尔的话:

> "您大可不必为您犯困向我道歉,为什么要道歉?人的体力是有一定限度的;可恰恰是这个限度在任何时候都能发挥很重要的作用,这一点谁能左右得了?不能,谁都没有办法。世界就是这样不断调整、纠正自己而保持平衡的。这的确是一种非常巧妙的、巧妙得一再令人难以想象的安排,尽管从另一方面看又有点令人伤心。"⑨

的确,造物主的安排是多么奇妙啊。人无法摆脱理性,但人可以战胜它,超越它,尤其是在理性无能为力的"犯困"的夜半时分,在人的体力的极限之时。那个时候人的爆发是最高的爆发,人不断摆脱地心的引力,在空中作自由的飞翔,谁也没有办法阻止这种荒谬的飞翔,这种云端里的炫耀。魔鬼附体的K的惊人之举将精神的探险推到了悬崖边上,从未有过的风景呈现于我们眼前。然而为什么这一切又有点令人伤心呢?令人伤心的是生命本身的缺陷。无论K进行什么样的飞翔,也不能最后摆脱地心的引力;无论怎样挣扎,K的处境的本质还是照旧;无论怎样冲撞,城堡的大门仍然对K紧闭。令人伤心的事还有:

在清醒的理性控制下的人永远不能自由发挥，人只有进入那种半睡半醒的痴迷状态，才有可能开始那致命的飞翔；所以当人刻意去体验时，所体验到的只能是苦难，是沉沦。所有的关于自由的体验都是陈旧的回忆，人在当时是不知道，至少是不完全自觉的，这是艺术家永恒的悲哀。K 是胜利了吗？K 是胜利了。他闯入了禁地，同城堡方面的使者接上了头。同时他又彻底失败了。他错过了同弗丽达在一起继续生活，并通过她与城堡加强联系的机会；他从目前这种模糊的地位继续往下落，成了令人厌恶的孤家寡人。这一次的历险没有给他带来任何收获，城堡的拒绝更冷酷、更决绝了。临时家庭已不复存在，他只能到女用人的地下室里暂时栖身，而且还不能被人发现。这就是奋斗者的下场。不过谁又能肯定这究竟是好事还是坏事呢？在莫测的命运面前，K 早就学会不急于下结论了，一切都要走着瞧。

接纳 K 的年轻女用人佩碧，以自身比 K 更为不幸的经历，道出了发生在 K 身上的事情的真相，那就是想登天的人们的双脚永远是陷在泥淖之中的。她和 K 同病相怜，这并不妨碍她那明智的乐观，她是一只敏捷的猫，可以在一片黑暗里看见她要看见的东西。她用极具诱惑力的声音不断地怂恿走投无路的 K："走吧，哎，走呵，到我们那儿去吧！"[⑩]K 自己同刚进城堡时相比，是更绝望了还是同原来一样呢？他从他的对手那里学到的东西，是否使他具有了城堡臣民似的世故呢？我们当然已经看出来了，他还是原来那个 K，他怎么也学不会城堡臣民的世故；自愿受难不符合他的本性，他太爱享受生活了，这从他和弗丽达的爱情，从他去雪橇里偷酒喝，从他对女人的低级趣味已充分反映出来。

但是他毕竟还是有了某些变化，请看他是多么快地忘记了自身遭受的挫折，多么随机应变地立刻又对女人产生了新的兴趣！胖胖的、长着鬈发的佩碧和另外一位衣着特殊的老板娘都对他有吸引力，何况她们身上还洋溢着城堡之谜呢。为什么要沮丧？完全没有道理，应该说人生苦短才对！当然这样想的时候人也不要抱不切实际的希望，而应该总是想一想佩碧的话：

"我们这儿冬天很长，老长老长的，而且很单调很无聊。但我们待在下面从不叫苦，那儿很安全，冬天也不能把我们怎么样。再说春天、夏天总是要来的，而且它们也许不会很快就过去的；可是在我们的记忆里，现在回想一下，春天和夏天好像非常短，好像两个季节加起来也不过两天多一点似的，而且，就是这两三天时间，甚至就连最晴朗的一天也包括在内，有时也还是会下起雪来呢。"⑪

这正是每一个奋斗者内心的感受，这也是K在城堡村庄的经历的最好总结。没有满足，只有渴望，这是艺术家必经的历程。

艺术家的历程由一连串的爆发组成。爆发当然不是无缘无故的，而是由强力的压抑作为导火线，细细一想，那压抑不就是根据他自身做出的、城堡的设定吗？诗人注定了要在压抑中求生，求生的方式就是一次次爆发。那城堡山上的阴云，永远遏制不了人的冲动，因为那只是一种虚张声势，城堡的本意同K从来就是一致的。是K自身的欲望要如此曲折地显现，才有了城堡，有了它那种复杂的设计。这是人类的缺陷，人应该为此伤心，也应该为此惊叹：那不曾显露的精神大厦是多么的透明而灵动啊！它像出自非人之手，却又明明以尘世的砖块垒成；它所经历的每一次洗礼，就是诗人所经历的内在火山的爆发。

1998年4月23日，英才园

注释：

① 《城堡》（《卡夫卡全集·第四卷》河北教育出版社1996年），第23页。

② 同上，第46—47页。

③ 同上，第26页。

④ 同上，第106页。

⑤ 同上，第114页。

⑥ 同上，第129页。

⑦ 同上，第133页。

⑧ 同上，第256页。

⑨ 同上，第300页。

⑩ 同上，第345页。

⑪ 同上，第346页。

老狐狸克拉姆的痛苦

老狐狸克拉姆的痛苦是看不见的,它是几千年的历史长河中人类身上的老问题。人之所以为人,就是因为他具有克拉姆的痛苦。这种痛苦成了人不变的表情,人要体验它就要用行动来打破平衡。

> 这是一位中等身材、颇为富态、看来一定行动不便的老爷。①

K一见之下就知道了克拉姆老爷的根本症结:他行动不便。多么奇怪啊,他是怎样看出来的呢?老爷坐在桌旁根本没动!也许可以将这两人之间的关系叫作"心心相印"吧。在后来K同他打交道的经历中,我们又知道了他的另一症结:他无法思想。为了思想,他必须时时依仗K,离了K,思维就挤压在他的大脑之中无法运作。一个行动不便,只能思考而又无法思考的人,当然是极其怪僻的,不可理解的。K从来没有理解过克拉姆,他们之间的关系是通过心的感应建立的。不要以为城堡老爷克拉姆因此就无所事事,成天睡大觉,追女人去了。如果那样的话,大脑中膨胀的思想就会弄得他发狂,从而很快将他毁灭。为了给痛苦找出路,克拉姆必须不断地为自己的思想找出路。历尽沧桑,经验丰富的他布下了罗网。于是在一个特殊的日子里,外乡人K走进了他的网络之中,在完全不知情的前提下同这位傲慢的老爷连成了一体。从那一天起,借助于K热血的躯体,克拉姆的思维开始向外蔓延。他坐在城堡中,凝视着这个乡下人;他的呆滞的目光实际上充满了期待,思维变得畅通,但是他的痛苦并没有减轻,只是改变了形式,变成了他喜欢的一种形式。相互的神经牵连着,两个人共同玩着一个永久的游戏。

　　克拉姆深知,在城堡的村庄里,唯有外乡人K的冲撞,才能为他本人大脑里的思维逻辑找到出路。那逻辑是多么严密而有力啊,它的张力没有限制!但为什么不能减轻痛苦呢?原来是内在的悖论的折磨,无法真正突围的悲哀,这是克拉姆天生的致命缺陷。因此人们看见他的时候,他总是坐在那里,既不能睡也不能醒,任何一种表情都于他不相宜,不管看见谁他都受不了。不过这件麻烦的事毕竟开端了,老狐狸的思维展开了。K感到了这件事,他是通过不断地触网来感到的,所有的人也都感到了这件事,城堡老爷的阴谋,就是他们每个人的阴谋,他们急于让好戏上演。也许这位老爷在长期的压抑中,养成了嗜虐的脾味，也许是他过于追求最高的精神享受，我们看到 K 在他手下受尽了磨难，好在 K 早就学会了用麻木来自我保护。克拉姆同 K 之间的默契是这样的：克拉姆用他的思想来规划 K 的行动，K 用行动来实现克拉姆的思想。这种关系看似简单，实际上不是 K 所能想象的，它超出了世俗的想象力。因为克拉姆所要求于 K 的，是那种不可能有的行动，而他自己的思想，是建立在这行动之上的妄想。他要求 K 做出一个不可能的行动后，他的思想就得到实现，实现了的思想马上又变成不可能证实的思想，又需要 K 做出新的不可能的行为来证实……从这方面来看，克拉姆同 K 又有点像一对相濡以沫的难兄难弟，谁离了谁都没法活。表面傲慢的克拉姆也是十分可怜的，他紧张、忧虑、无法动挪，他的全部希望系于 K 一身，K 的崩溃或放弃就是他的末日。这样的游戏也是可怕的，克拉姆选择它是迫不得已；这没有出路的出路，是他的思想唯一的出路。

请看 K 在爱情的高潮中是怎样同克拉姆联系的：

"处在这样心境中的 K，当听到克拉姆房间里传出一个低沉的冷冰冰的带着命令语气的声音呼唤弗丽达时，至少开始时并不觉惊吓，而是感到一种给人以慰藉的清醒。"②

可见在潜意识里头，K 和克拉姆是相通的。首先 K 用恶俗的爱亵渎了克拉姆，接着 K 又从克拉姆对他所爱对象的呼唤中得到信息：他同克拉姆之间的关系正在加强。他的亵渎确实是一种背叛，这种背叛（不可能的行动）正好实现了克拉姆的思想。

那被紧紧关住的房门后面的克拉姆，倾听了外面污秽不堪的一幕之后，会是什么样的复杂的心情？K所做的，就是他所想的；但他决不能看见这丑恶的表演，那是他的神经受不了的。他总得有所表示，他就呼唤了，不是呼唤K（他决不能呼唤这个肮脏的名字），而是呼唤他的情人弗丽达，用权威的声音唤她。但谁又能肯定克拉姆不是一箭双雕呢？这一声呼唤在K听来是威胁又是肯定，他的头脑立刻清醒了。这时他发现，用身体做爱的他，在推理游戏中永远是失败的，刚刚还拥在怀里的弗丽达，却原来仍然是克拉姆的，是克拉姆为使自己的思想发挥放下的诱饵。K不甘心，他要突破逻辑的桎梏，他要发起新一轮的攻势，这时候克拉姆就在门背后暗笑，一种痛到极点的笑。当K胡作非为时，克拉姆的思想就如同蚕茧上的丝一样被抽了出来，织成逻辑的网。只有他自己心里最明白，外乡人对于他是多么重要。由于有了外乡人，他的思想才得以生存，外乡人如同甘霖，挽救了他头脑里即将枯萎的植物；他只有同外乡人合二而一，才能成为真正的人，思想才有出路。在同弗丽达的关系上，他无法用行动去爱，K就代替他去爱了，于是他立刻活跃起来，用铁的逻辑否定了K那些肮脏举动的意义；他知道K又要进一步用肮脏举动来践踏他的爱的理念，以给他造成进一步否定的理由，所以他像魔鬼一样暗笑。在这种思维运动中，痛苦实际上是克拉姆所寻求的，因为思维的每一阶段的发展都加剧了悖论对他的折磨，而他还要发展，要承受这一切。他就是要隔着门体会K同弗丽达做爱给予他的强烈刺激，这是他生存的方式，一种痛苦的方式。

"可惜这正好也是我的敏感部位，"K说，"但我一定能做到自我克制；不过老板娘太太，请您倒是给我讲讲，如果弗丽达在这方面也跟您差不多，那么我婚后究竟应该怎样忍受这种对克拉姆的可怕的一往情深呢？"③

克拉姆的悖论将爱情变成了双刃剑。老板娘情感经历的例子令K不寒而栗。K希望弗丽达一直保持与克拉姆的关系，但不希望有老板娘讲的那种"可怕的一往情深"的情况出现，即克拉姆再也不来找弗丽达，但弗丽达仍然忠贞不渝。而老板娘的叙述就是为了告诉K：弗丽达的情况同她的情况没有本质上的不同。如果真是像老板娘说的那样，K所面临的处境就是克拉姆已忘记了弗丽达（K想通过她与克拉姆讨价的希望也成了泡影），弗丽达仍然对克拉姆一往情深，永远忠于他（K将永远得不到弗丽达真正的爱）。这就是老板娘要K忍受的处境。那么K到底是希望弗丽达爱克拉姆还是希望她不爱呢？如果弗丽达不再爱克拉姆，K同城堡联系的通道就堵死了（当初他却是因为这一点爱上弗丽达的）；如果弗丽达对克拉姆忠贞不渝，K就得不到她的爱，讨价也不能实现。K陷在可怕的矛盾中，老板娘冷酷的一席话又让他感到人生毫无意义。从克拉姆这方面来说痛苦也是同样的：如果弗丽达不爱上K，克拉姆的理念之爱就无法发展，只能停留于空洞阶段；如果弗丽达爱上K，这种邪恶的爱又是对克拉姆理念的践踏，以至于他宁愿瞎了眼也不愿看见。在克拉姆的模式里，K从头至尾都是忧心忡忡的，既担心克拉姆从此不再来找弗丽达，又担心弗丽达一心只在克拉姆身上，根本不把他放在眼里。在这种两难中，突围仍然是必要的，后来K终于突围了，他跑到了巴纳巴斯家里，把矛盾弄得激化。于是一台好戏刚唱完，另一台又开始了。台上的人物一定是旧人换新装吧。

在尴尬处境中的人也不可能连续突围，人的体力是有限度的，所以在大部分时间里，K总是处在"自我克制"的阶段。克制不等于他不敏感，他同老板娘一样，最敏感的事物便是从城堡吹来的那种虚无之风的风向；他在敏感中警惕着，聚集着自身的力量，随时准备在爆发和突围中同虚无对抗。所以无数次地，他同弗丽达和助手们发生痛苦的冲突，冲突过后他又忍辱负重地维持这个临时家庭，只要这个模式还有希望，他就要维持。克拉姆的心思也同K一样，他总留心着在适当的时候给予K一点小小的希望，以牵制他的行动。时常，我们会分不清楚：究竟是K在痛苦还是克拉姆在痛苦？谁的伤口在流血？住在看不见的城堡里的这个看不见的克拉姆，已经沉睡了几千年的老狐狸，为什么一定要以这种令人厌恶的方式现身？他找不到更好的方式了吗？抱怨尽管抱怨，人仍然不得不为克拉姆的精明和透彻所折服，从而不由自主地加入他的游戏，因为谁也抗拒不了这种游戏的魅力。对以上K向老板娘提出的问题的答复应该是一直忍下去，在忍受中爆发，在爆发中忍受；越是可怕的，越是他所欲的；不要期望真正的解脱，每一次暂时的解脱就等于桎梏又紧了一圈，身体也随之缩小，直至最后肉体完全消失，灵魂出窍；不过这个过程还很长，大可不必现在就去悲观，只要顺其自然去做就可以了。K用行动说出了答复,克拉姆一定对他非常感激,他使克拉姆的痛苦改变了形式,由虚无感的折磨转向现实,让他在这种对比关系中重新体验城堡之美,那是令人激动的冲突之美,它的静穆恰恰在于它的冲突。就这样,K的突围成了克拉姆的突围,老爷那硕大的脑袋里的思想得到了释放。

"这是怎么回事,老板娘,"K说,"为什么您原先起劲地阻拦我,叫我别费力气去找克拉姆,现在却这样重视我的请求,好像以为要是我这事办不成就一切都完了?如果说您原来是真心诚意劝我干脆放弃找克拉姆的打算,那么怎么可能现在又似乎是同样真心诚意简直是催着逼着我走这条路?甚至明明知道这条路根本通不到目的地也还是要劝我去走?"④

先前的阻拦与现在的催逼的目的都是一个,两种手段都是老板娘的惯技,后面隐藏的是她急切的心情。她为什么这么急?那是因为克拉姆在焦急,他已经等了几千年了,如果再不能释放,他的思想就要全盘废弃了。所以他贪婪地紧盯这个外乡人的一举一动,内心因为紧张而颤抖。他通过老板娘催着逼着K,要他朝那达不到的目标飞奔;因为时间已经很紧了,所有的希望全在这坚持不懈的运动之中,决不能够停下来。他仍然昏昏欲睡,脑袋垂在胸前,他的紧张的思维是看不见的。他坐在那里一动不动,看见活力是如何源源不断注入他衰老的体内。也许有那么一天他会打着哈欠，做出不耐烦的样子问身边的随从："外乡人还在闹吗？"随从毕恭毕敬地回答："还在闹腾呢，老爷。"于是他放心了，重又垂下头，在昏沉的困倦里看见自己的思想流出。世界上找不出比这位老爷更不自由的人了，就连一件很小的事，他都得由别人代劳，不然就会出事；他除了坐着发呆之外什么都不能做，他的行动受到牵制，如同残疾人；他虽具有深邃的思想，这些思想又一丝一毫不能发挥。现在来了外乡人，他身上的一切都要通过这个人发生彻底改变，叫他如何不焦急？

K没有理解他的心情，这种"不理解"正好是克拉姆期盼的特殊的理解。K当然逃不脱这老狐狸的算计，他已经算了几千年，难道还会算错？随着K的惊险杂技继续下去，每一个空心筋斗都翻到克拉姆为他规定的位置上，到后来就连老板娘都只有张开口看的份了吧。这个天生的杂技演员，没有什么动作可以难得倒他，就是这一点被克拉姆看中，他才进入克拉姆的圈子的。但是痛苦呢？痛苦到哪里去了？痛苦到表演本身的设计中去了，设计就是以克拉姆的痛苦为前提的。克拉姆在观看时痛中思痛，将他的思想发挥得淋漓尽致。有时候，当他心情阴暗时，他便为K设计一些陷阱，让K一次次掉下去，又拼着性命爬上来，而他自己，则在痛感的持续中不断地做荒唐的白日梦。他也会在那些短暂的梦里挣扎着醒过来，用低沉的声音问女佣："那家伙掉下去了吗？""掉下去了，他正往上爬呢。"女佣回答。"用竹竿再将他戳下去！"他威严地命令，很快又进入那种梦乡。克拉姆从来不呻吟，他的性格是十分矜持的，他也从不皱眉或将自己的脸扭歪之类，这样，外人永远不知道他的痛苦。但是时候已经到了，克拉姆如果不将自己的痛苦表现出来，他就会发疯了。表现？一位矜持的老爷如何表现自己的痛苦？这不是太荒谬了吗？急不可耐的老狐狸终于策划了 K 的事件，这使他既保持了体面又达到了目的。他的生理上的痛苦通过这种巧妙的方式传达给了城堡的每个臣民，这种无法言喻的痛苦也转化成了他们每个人心上永远的痛，从此以后他们便与这个外乡人息息相关了；因为他，只有他，是克拉姆内心痛苦的表演者。他们既关心他的体能，也关心他的方式，因为他的表演决定着城堡的存亡。

> （弗丽达）"……瞧他们那眼睛，那两双直愣愣的但同时又是熠熠闪光的眼睛，总使我不知怎的联想到克拉姆的眼睛，对了，是这话：从他们眼里发出的那种有时叫我不寒而栗的眼神，就是克拉姆的目光！所以，我刚才说我为他们感到害臊是不对的，我其实只是希望我能做到这样。我知道，如果是别人在别处做出同样的举动，那么我一定觉得是愚蠢的、讨厌的，可是他们这样做就不一样了。我是怀着尊敬、赞赏的心情看着他们做那些蠢事的。"⑤

以上是弗丽达对 K 谈到助手们时所说的。克拉姆为什么要派助手来监视 K 和弗丽达呢？看来是关于羞耻的那些思想在他脑子里折磨得他不得安宁，他需要 K 为他表演羞耻。助手的主要任务就在这里。同样一件事，有意识地去做和无意识地去做产生的感觉大相径庭。所以弗丽达一旦从助手眼中看到克拉姆的眼睛，为他们感到的害臊（带有向克拉姆挑战的意味）就转化成了对他们的尊敬和赞赏；而作为世俗的人，K 无法像弗丽达那样处事，所有的认识都只能事后产生，作为当事人他无法克服自己的害臊。从本性上他必须排斥助手，又因为克拉姆的安排他排斥不了他们，所以就一直处在害臊的烦恼之中。到后来这种烦恼变得如此不能忍受，他不得不走极端突破矛盾，但那也只不过是将现有的烦恼与痛苦改变一下形式罢了。克拉姆因为羞耻而不能思想，他的思想又必须在羞耻中发展，于两难之际他派出了助手，助手不断挑起 K 的羞耻感，表面看似乎是阻碍 K 达到目的，实际上是牵引他不偏离正道，让他将人类精神的这一大"缺陷"充分展示。通过他的痛苦，我们看见羞耻心构成了精神生活的基本调子；人如果不想死，除了像 K 那样勇敢地在羞耻的痛苦中挣扎还能怎样？于是在 K 的挣扎中，克拉姆的痛苦得到延续而不至于麻木，不能思想的思想者活跃起来，锦囊妙计源源不断。

作为 K 来说，要活，要爱，就要避开助手的盯视。但这种盯视的本质是克拉姆的理性，克拉姆比 K 自己更了解 K，他深知 K 的世俗生活是离不开这种盯视的。处于两难之中的 K 只好在冲突中去活、去爱、去消耗自己。当他这样做的时候，同克拉姆站在同一立场的弗丽达的心愿也在通过 K 得以实现。做过克拉姆情妇的弗丽达，当然知道克拉姆思维的奥秘，所以一见到助手们的那几双眼睛她就心领神会，于一瞬间她就感到了克拉姆心口上说不出的痛，她只能肃然起敬。弗丽达的表演是充满了理性精神的、自觉的表演，这表演同K相比总显得有几分古怪、僵化，但她的确也在引导K。她的表演也是由导演克拉姆设计的，在她同K的关系中，她因为知情的缘故总是透露出那种高高在上的幽默，这不是因为她不痛苦，而是因为她同克拉姆一样，一直在拿痛苦做嘲笑对象。对于她来说，助手的盯视是维持她和K之间的爱情必不可少的；她虽同样也有摆脱助手的冲动，总的来说是离不开他们的。离了克拉姆的监视，她同K的爱情就要下降为纯粹的肉欲，那正是她最不喜欢的。事实上，她愿意让羞耻伴随她，她也愿意和K一道在脏水洼里滚，以便在随后产生的羞耻感中更好地感应克拉姆的痛苦。只要助手们一天不离开她，她同K的爱就会闪烁出那种理念之光，他俩就不会在黑暗里迷失，虽然她又是那样渴望完全的迷失。她的两难在于既想回到克拉姆身边，又想同K远走高飞。她的结局同所有的村民一样，最后回到了理念，老狐狸交给她的任务本来就只是协助K。

最令人感叹的是处在这样大的困难中的克拉姆，居然还会有如此从容不迫的风度。人很难设想出，他是如何将思维发展得这样复杂而又精致的。这样看来他的残疾反而是他的优势了；他行动不便，因此才待在房间里从早到晚想个不停，连觉都不睡。他的思想的起因是痛，不能思考的痛，后来他开始了思考，思考又加剧了痛苦。他这样一个残疾人，只能用痛的方式来活，也只有痛可以激活他僵死的思维。是选中了K之后，痛苦才成为现实的，不然就只是壅塞在他脑袋里的一些理念。渠道畅通后，痛感就源源不断地输出；外乡人的身体成了他的实验品，幕后的残疾人调动了一切可以调动的因素，从外乡人身上榨出痛感，作为他继续思考的依据。他的思想似乎战无不胜，又似乎处处受挫。从K的体验来看，每次他行动之后，都发现自己仍在克拉姆思维的网络中；克拉姆的体验则应该是，每次他要推理，就必须借助于K的行动，不然寸步难行。雪地上古怪的脚印其实是两个人共同的作用力造成的。那些理念在老狐狸的脑子里已储存了那么久，现在才发挥出来，在世俗的人们看来，当然是要多怪有多怪，要多晦涩有多晦涩了，可以说没有什么是他还没想到的。从另一方面又可以说，克拉姆思想单纯，他的思维方式就是"不思考"，一切听凭K生命本能的发挥。既然脑子里什么都有了，还去想它干什么？只要顺从那个人肉体的动作就可以了，肉体每动一下，都会带出一个复杂的模式；一切刻意的推理全是无益的，人只要静待就行。所以谁也看不见老爷脸上的表情，因为他没有表情，他在静待，等K做出那些动作来，他知道K一定会有所动作的，他像熟悉自己一样熟悉K的身体。克拉姆的复杂和单纯都是历史的产物，时间冲掉了掩盖在上面的所有泥沙，将本质的东西赫然显现，那种尖锐的对立确实令人的目光难以长久注视。人不明白本质何以会是这个样子，也不能预测它还要发展成什么凄惨的样子。人唯一可以感到欣慰的是，它还在发展，发展本身证实了它是不会消亡的。

克拉姆为什么要让K蒙在鼓里呢？这一点首先是根据K的本性决定的。K并非缺乏推理的能力，相反他这种能力非常杰出，但他注定了是一个行动者。在他身上，直觉和本能以明显的压倒优势占上风，其他的一切都要借助于直觉的力量。凭本能活就意味着蒙在鼓里活,但又不是完全不知情,因为有克拉姆在旁边不时做出暗示。这种半自觉半迷糊的方式,是最适合于K的方式,由此产生的痛也是真痛。假如K同其他村民一样,把什么都弄得清清楚楚了,他的追求也就失去了那股冲劲,那种蛮力,他的丰富的感情色彩也会变得苍白。他天生不是个教徒,对世俗之谜的兴趣太大,什么都想过一过瘾;他有哲学玄想的能力,但无意去发挥,另外一些东西对他的吸引力远远超出了逻辑的魅力;他在克拉姆的帮助下找到了舞台,这舞台是他一个人的,克拉姆因为行动不便永远在幕后。啊,那混合了盲目和自觉的表演令他畅快淋漓,没有比这更能展示他的灵魂的了。从克拉姆这方面来说,他对K的这种安排是蓄意的又是顺其自然的。克拉姆已经什么都看透了,他那衰老的思想再也不能给他带来激情,如果再不发生奇迹,他就要死了,硕大的脑袋里装满了废弃的思想漠然死去。很久以来,他就已经厌倦了自己那种过于清晰的推理,他需要生命的体验,而生命已从他体内退去了。在这个关键的时刻,远道而来的K风尘仆仆地闯进了他所在的城堡领地。老狐狸立刻眼睛一亮,他看透了这名外乡人身上的一切。K的生命活力正是他所需要的,老狐狸要通过吸血来激活自己那些僵死的思想。为什么他不能向K说清他的意图呢?因为"活"的前提是蒙在鼓里(有意的或无意的),他深知不让K明白底细的好处,他是一只专为自己打算的老狐狸。是看见了K,克拉姆的痛苦才从麻木中苏醒过来的;由痛苦萌生的激情改变了克拉姆的全部生活,他焕发出从未有过的活力,思想不再是一些空洞的形式,外乡人的表演给它们充实了丰富多彩的内容。

克拉姆的痛苦是永恒的，这永恒的痛是人类无限的希望。生的处境已不堪入目，但生的权利谁也不能剥夺，正如痛的权利不能被剥夺一样。被思维之父选中来做实验的艺术家K，他所做出的精彩表演，将生命痛感的悲壮展示到了极致；他的表演将永远留在人的记忆的最深处，重新化为人生存下去的动力。

1998年4月27日，英才园

注释：
① 《城堡》(《卡夫卡全集·第四卷》河北教育出版社1996年)，第41页。
② 同上，第47页。
③ 同上，第88页。
④ 同上，第123页。
⑤ 同上，第153页。

无穷的拷问

城堡的机制就是拷问的机制,它毫不留情地对每一个人进行着无穷无尽的拷问,一点都不放松,追着逼着将人弄得病倒。它拷问些什么呢?无一例外都是一个问题:你是存在,还是不存在?所有的人都无法回答这个问题,因为问题本身就是人的尴尬处境。但城堡提出的问题不回答也是不行的,走投无路的人们只能用行动来回答,朝着那种不是最后回答的回答的方向努力。这个巨大的问题悬在人的头顶,没人逃得脱它的折磨,被它折磨的人由此也具有了城堡精神,即使肉体生病,落下残疾,精神上也不可战胜了。回想村庄里每一个人的历程,又有谁不是这样呢?他们遍体鳞伤,患着各式各样的身体上的病,但从他们的眉宇之间,从他们那些饶舌似的谈话里,无不透出一种知情者的自信与优越来。他们是有信仰的人,那信仰在他们自己的探索过程中越来越坚定,而探索又是对拷问的回答。

以 K 的身份为例。首先 K 雪夜赶赴城堡的动因就是含糊的。

似乎谈到了他是应召而来，可又没有任何迹象证明这一点，外面没有，他内心也没有，因为就连他自己也记不清、说不清吧。一切起源于混沌之中，这正是妙处。这也意味着，他将一直受到拷问。后来的过程才慢慢显出他的身份问题是城堡方面的圈套和阴谋。城堡方面诱敌深入的目的是为了展开它那张网，K走多远那网就伸展多远。多年以前，村长收到过一份公函，上面写着要聘任一名土地测量员，但没有指名，或者说指了名也绝不会是K；那份公函遗失了，事情本身被忘掉，但又并没真的被忘掉，而是成了个阴谋，一个用不确定感来折磨村民的阴谋；接着又演化成本地是否需要土地测量员的生死攸关的大问题，将全村人都牵连进去，调动起每个人来检验自己的信仰。所有的人在精神上反复受到拷问之后，事态才终于暂时平息。而在这个关口上身份不明的土地测量员忽然出现了，对村人们的新一轮折磨重又开始。这样一种聘用从一开端就是一个圈套，即K被录用为土地测量员，但此地并不需要土地测量员。前面那个是否被录用的问题还没解决，又演化成是否被需要的问题了，村民们必须为此相互斗。K自己为证实身份能做的也只有斗争，就是斗争也不会解决问题，只会让问题深入地演化下去。似乎是，城堡的拷问越严厉，每个人就越活跃，对城堡的信念也越坚定，包括不知情的K也是如此。当然对城堡的信念里包含着对自身真实处境的审视，这一点请看索蒂尼对村长的拷问：

"索蒂尼问我为什么突然想起说不要聘用土地测量员；我仗着米齐的好记性回信说，这事最初是上头提出来的呀

（至于事实上是另一个部发来的文件，这一点我们早忘记了）；索蒂尼对此的说法是：为什么我到现在才提起上级的这封公函；我又回复他说：因为我现在才想起这封公函来嘛；索蒂尼呢：这真是太奇怪了；我：对于拖了那么长时间的一件事，这是一点也不奇怪的；索蒂尼：这事确实很奇怪，因为我想起来的那封公函并不存在；我：当然不存在啦，因为关于这事的全部文件都丢失了；索蒂尼：如果确有那第一封函件，就必定会有一条有关的记录在，然而这样一条记录并不存在。"①

索蒂尼的话到底是什么意思呢？莫非他想说的是，城堡是一个虚无？他仅仅只是要说这一点吗？当然不是。他的拷问是要检验村长对城堡的忠诚，即，知道城堡的存在证实不了还要尽一切努力去证实的这种忠诚。忠实于城堡就要敢于正视自己"在"与"不在"之间的尴尬处境。一个从虚无中构想出来的东西，竟然调动了全村人去投入，改变了每个人的生活，这种努力本身，难道还不能证明它的存在？村长的处境的确因此而变得悲惨了，数不清的拷问、数不清的问题将他的身体完全弄垮了，就是成日里躺在床上也躲不开心里头的拷问。但他情愿牺牲健康去追求精神上的痛快，拷问可以使他不断感到自己的存在。所以当K到来时，他假装对K给他工作上造成的新麻烦表示厌恶，其实心底里巴不得；不然以他的病体，他哪有那么大的精神来讲述盘根错节的"事件"的来龙去脉？讲述给了他很大的愉悦，他不仅乐于讲，他还要盯住K，控制K，使他挣不脱"事件"的牵制。

城堡方面的出尔反尔、不可捉摸吓不倒他，自虐的快感维持着他的兴奋，体力的损耗不过是为了达到精神上的目的。村长对K讲述着索蒂尼的观点，自己就变成了索蒂尼，城堡的文件精神就是这样层层下达基层的。拷问最后落到K的头上，问的是他同城堡的关系到底存不存在？如果存在，那是怎样一种关系？要是K同城堡不相干，他又怎样闯到这里来的呢？他来了，这是个事实，可惜并不是城堡召他来的，他自己就是绞尽脑汁也想不出一点证据。退一步就假定他是被召来的，召他来干什么？这里根本不需要他，连索蒂尼也说了，招聘的文件根本不存在。村长的逻辑步步紧逼，像兔子一样乱窜的K只能盲目突围，否则他就什么也不是。村长就是要他乱窜，而不是要他离开，在城堡领域里他是自由的，除了他自己内心逻辑的逼迫，任何其他的逼迫都是虚张声势。村长这些潜台词当然没有完全说出来。K内心的逻辑是什么呢？就是关于土地测量员"在"的推理，这推理总是被城堡粉碎，而后又重整旗鼓，以更顽固的偏执继续下去。他坚信自己是城堡召来的，从未怀疑这一点，他也坚信城堡是需要他的，他现在还未能证实，但他总有一天会证实这一点，他会不惜一切代价去努力做。

又追索到那个问题：K的信念到底是从哪里来的呢？他原来是干什么的，怎么会突然闯进了城堡，而后来又一直对城堡坚信不疑呢？总有一个原因吧，总不会无缘无故地说自己是土地测量员，心里也这样认为吧？文中还由K自己提到受聘和助手的事，总不会是他在凭空捏造吧？看他的神情也完全不像。可是在后面，K又提到，如果一开始施瓦尔策不逼他同城堡直接联系，他就用不着声称自己是伯爵招聘来的土地测量员,而只要声称自己是一名漫游工匠就可以在村里混下去,处境也会比现在好得多。如果以 K 的这个说法推理,那么他来城堡前并无关于他的任命,不过是他灵机一动想出来的谎言,想出来了就相信了,所谓"信则有,不信则无"吧。他的目的无非是要在村里混,捞到更多的自由。如果土地测量员是他想出来的谎言,城堡本身大概也是吧,他怎么会知道这里有个城堡呢?当我们这样分析 K 时,我们忘了一条:推理在这个外乡人身上是不起作用的,凡是不可能的,在他身上都有可能发生。K 的奇怪信念正好是从不确定当中产生的,在此之前他既没听说过城堡也没收到过什么任命,但也不能说完全没有,总之不能确定。于是当他像是有意又像是无意地开口说出"城堡"这个词,城堡就真的存在了;然后他又说"土地测量员",城堡方面也默认了。从不确定之中产生出"有",这是城堡世界的核心起源。只是这个被产生出来的"有",怎么也摆脱不了虚无的烙印,所以 K 才永远处于被拷问的痛苦之中。他于混沌中创造了城堡,他的一生便受到这个带有尖锐矛盾的怪物的折磨。这样看来,他一进城堡就声称自己是伯爵大人招聘来的土地测量员,而不是声称自己是漫游工匠,正是他潜意识里盼望直接地、面对面地同城堡打交道;所有随后产生的麻烦都是他不自觉地渴望着的那种拷问,只因为他的信念里包含着致命的矛盾,自我折磨才伴随着追求。

即使 K 已经表现出对信念的忠诚,城堡也不会相信他,它的怀疑是绝对的,更严厉的拷问等待着他。城堡里不存在自怜自叹的空间,人只能绷紧自己的神经来接受上级的考验。K 就这样落到了勤杂工的位置上,但又不是那种正式的勤杂工,而是不伦不类、不被需要的那种。女教师吉莎就是体现城堡精神的强硬者,她的职责就是对 K 说"不";她代表着城堡不断地否认 K 存在的意义,不断地将"废物"这个称呼加到他头上。可以说,她本人就是城堡那种虚无之风的化身,她的这种禀性令她的男朋友也总处在诚惶诚恐之中。这样一个人,可以想见她对自作聪明的 K 从心眼里的憎恶。吉莎小姐对 K 的折磨就是城堡对他的新的拷问。K 要证实自己是合格的勤杂工,不是废物,就得忍受没完没了的刁难、轻蔑和肉体的苦役,成为奴仆和任人打骂的小厮;就是这些全做到了,他也什么都得不到。吉莎小姐那双圆眼睛里射出的冷光决不会变得柔和一些。她的男朋友受了她的压迫,更加要把所有的气都出到 K 身上。请看他怎样骂 K:

"您,勤杂工,由于犯下了这个可耻的职务过失,当然是立即被解雇了;同时我还保留进一步对您进行惩处的权利;现在您马上卷起您的铺盖从学校滚出去!这样我们就甩掉了一个大包袱,总算可以开始上课了。快滚!"②

城堡对 K 不止一次地进行这种粗暴的拷问,如果不是像 K 这样中了邪的家伙,谁又能受得了!奇怪的是男教师骂 K 的目的并不是马上要赶他走(城堡的原则是走或不走要由 K 自己决定),只是要强调他是个"废物",完全没有待在学校的必要,待在哪里都是个包袱。(哪怕他有了"工作",有了"家庭",事情的本质还是照旧。)这无异于对他说:"你死吧,死是你唯一的出路！"K不想死，他还要完成进入城堡的大业呢！他千里迢迢跑到这里来，又已经进行了这样多的奋斗，怎么能死！他又一次面对阴森的城堡没有低头，又一次对自己说："我是存在的，城堡也是存在的！我身份下贱，不三不四，但我的确感到了城堡，并在为进入它奋斗。"城堡为什么要通过一个又一个的中介来拷问K呢？如果真想否定他的存在，赶走他不就完了吗？这又要归结到城堡的意志，那种古怪的意志上头去了。村长也好，吉莎小姐也好，小姐的男朋友也好，都是在虚张声势，谁也不是真的要赶K走，只是要他遭遇更严酷的拷问，要他越来越真切地、刻骨铭心地感到城堡，感到他自己。是为了这一点，那只肥猫的利爪才在K的手背上抓出道道血痕的，还有什么比这种钻心的疼痛更真切的啊，吉莎小姐真不愧是一位严厉公正的教师。丢掉了学校的工作，拷问并不因此有丝毫放松，环境更加恶化了。弗丽达心肠狠毒地同他分手了，然而还假心假意地对他说：

"哎，要是我们就在那天夜里出走该有多好啊，那样我们这会儿就可以待在一个安全的地方了，永远在一起，你的手总在我身旁，我一伸手就能抓到；我是多么需要你待在我身边呵；自打认识你以后，你不在时我觉得多么孤单呵；相信我吧，希望你总待在我身旁，这就是我整天做着的唯一的梦。"③

不管说什么都没有用，他甚至没有时间为自己感到悲哀。瞧，脚下的根基完全抽空了，所有那些哪怕靠不住的依据都失去了，现在他真的什么也不是了。他是什么？他能找得出一星半点的证据吗？也许是由于致命的拷问的逼近，也许正是由于什么都不是了，反倒一身轻，这个孑然一身的外乡人一头扑进了绞刑架上的圈套，面对代表死神的官员，模拟了一回最后的审判。真正的判决永远是延期的，只要还在城堡的范围里，就只能有这种模拟的考验。可以看出，城堡的拷问机制是为求生存者而设立的，它将死亡摒除在外，进入这个机制的求生者将同 K 一样层层闯关，不断地经历灾难性的严峻拷问，经历绞刑架前的恐怖。

（毕格尔）"想想看吧，那从来没有见过，天天盼时时盼、真正是如饥似渴地望眼欲穿然而又被不无道理地认为是可望不可及的老百姓，现在活生生地坐在你眼前了……严格说来，人那时是处于绝境之中；再严格一点说，他又是很幸运的。"④

毕格尔说的是自己，暗示的也是 K 的处境。面对人的盲目冲力，制度的执行者一筹莫展（或展示一筹莫展）；他只能与人相持不下，这相持的过程本身又是一种幸运，不光对他，对闯入的人也是一样。如果没有城堡的机制，人又怎能获得临刑前的快感？这种阴森恐怖的感觉本质上仍是快感，因为经验会暗示人，这一切只是模拟。囚犯在将脖子伸进圈套的瞬间，他的心立刻同城堡贴紧了，他不仅仅为城堡的强大折服，也为自己居然敢与城堡抗衡而感动。他，这个渺小的外乡人，这个人人唾弃的废物，同他上方那隐藏在迷雾中的，谁也不能进去的庞然大物抗衡！谁能对这样一个人判处死刑？城堡是真的要判处他的死刑，还是要让他体验这恶作剧中的极乐？随着K越来越不信邪，城堡也越来越幽默，这两方面平行发展着。不论K做出什么，城堡总有怪招来对付他；不论城堡如何对付他，K还是一如既往地不退缩。读者透过事物表面的混乱，总是可以听见遥远处所传来诗人那隐隐约约的恶毒的笑声，一种特殊的天堂笑声。

在那无处不在的、绝对否定的、严厉甚至残忍的机制面前，人的存在似乎不堪一击，但只是表面上不堪一击罢了。生命以它的卑贱、猥亵、耐受力，以它在毒汁中存活的可怕的本领，仍然在进行那种抵抗。也许是每一个障碍都粉碎了K，然而要K灭亡或放弃却不是那么容易的；表面的弱小只是一种假象，如同那些迅速繁衍的海藻一样，无论怎样无情的清剿都消灭不了它们，这些邪恶的植物，上天在赋予它们存在的权利的同时，让它们遭遇一次又一次的灭顶之灾。

1998年4月29日，英才园

注释：

① 《城堡》(《卡夫卡全集·第四卷》河北教育出版社，1996年)，第71页。

② 同上，第146页。

③ 同上，第280—281页。

④ 同上，第297页。

来自空洞的恐怖

理想之营造

——解读《地洞》

一、矛盾的产物

一只奇异的小动物造了一个奇异的地洞，地洞由一个大的城郭储藏室和许多地道组成。小动物造地洞是为了躲避外界的敌人，为了有一个藏身之地，逻辑上它这样认为。可是一旦造洞的行动开始，逻辑就被推翻了，以后又不断地建立，不断地再推翻，每一项行动都处在矛盾中；它像摆钟一样来回地奔忙，时刻在恐怖中度日，似乎成就了巨大的工程，实际上到了老年还在原地未动。仔细地体会，就会发现小动物的不幸与外界的威胁无关；一切矛盾和冲突都来自内心，由它天生不幸的性格所决定。这样一种性格就造出了这样一个地洞，洞内一切设施的功能全是模棱两可、难以理解的。

首先，它就声称建洞绝不是因为害怕。在离真正的地洞入口约一千步的地方，它还留下了一个假洞，它出于某种周密的计策故意不把那个很浅的洞堵塞。它的此举使我们怀疑它正是为了引起外界注意才来造地洞的。这是一种荒唐的结论！它不是声称造洞是为了安全和彻底的寂静吗？我们不要轻易相信它的表白，而要看它的行动，因为这头古怪的小动物，有魔鬼在它的内心作祟。接下去它在真正的洞口搞了个苔藓装置。这装置万无一失，伪装得无人能识破，是世界上最安全的措施；与此同时，它又是最容易被破坏的，只要来犯者具有一种不寻常的本领，一脚就可以将这伪装踩塌。这个装置正是它内心矛盾的产物：一方面，它需要隐蔽，需要躲过外界的注意；另一方面，洞内还有敌人，一旦遇见，它就得立即逃遁，并从随时可以敞开的洞口跳到外面，彻底暴露在光天化日之下。这种心理造成了洞口掩护装置的致命弱点，使它并不具备真正的保护作用，而只是一种象征性的安慰。奇怪的是它离了这个精神上的安慰就活不成。以苔藓装置类推，地洞内的每一项工程都具有这种特点——脆弱和不堪一击。然而，尽管在造洞的初期就带着深深的疑虑，工作起来却几乎到了忘我的境地：没日没夜，仅凭自己的额头去磕土，直磕得流出鲜血，终于在洞内造出了当时自认为完美无缺的城郭储藏室；为食物的储藏计划的实现不停地搬运，又因计划的一次次改变而更为紧张地工作；为搜索想象的敌人而不停地挖沟；等等。这一切的结果是什么呢？结果是更大的疑虑袭来。疑虑导致对先前的劳动的否定，新的、纠正的计划也由此产生。那新的计划往往并不新，只不过是更前面的计划的恢复，就这样一轮又一轮，付出了巨大的体力和精力。如此造出的地洞堪称世界一绝：既是无限隐蔽的，与外界隔离的，不可穷尽的；又是无比脆弱的，易受损伤的，差不多是向外敞开的。

为什么这头小动物总是想到向外逃遁，即使在营造与世隔绝的地洞时也以这一点为先决条件呢？是不是地洞里面有远比外界大得多的危险呢？经过多次的实践之后它的确发现，表面寂静的地洞实际上并不安静，而是总有某种噪音在捣乱；这噪音在周围安静的衬托下反而更突出，暗示着比外界更大的危险，使它感到毁灭的可能性终日悬在头顶。可就是这样一个地洞，初衷（一直未变）却是为了躲避，为了安全而造；为达到这个目的，它一直在不断地对内部的设施加以变更和改善，尽管完全没有收效也只能一直做下去。它的紧张连续的工作给了我们这样的提示：只有在地洞的内部和外部达到彻底的虚空，真正的宁静和安全感才会到来。为此它还设想过在储藏室周围挖出一个环形真空地带的计划，当然那种计划只能存在于幻想之中。然而彻底的虚空不正是最大的危险所在吗？所以才需要随时可敞开的、供紧急逃离用的出口呀。

只要地洞建造在泥土中，周围又有小动物，彻底的宁静就永远不可能达到。由此可见，它所真正追求的理想居住之处并不是这种用世俗材料建成的地洞，而是一个空洞。联想到造洞的初衷有故意要引人注意的因素，这种追求又显得不可思议了。没有边缘和形状的空洞是谁也看不见的，更不能用来做藏身之地了。我们只能说在小动物的精神世界里有这样一个空洞，那是它永久的恐怖的源泉，地洞里的一切奔忙与操劳既是为了填补精神上的空洞，又是一种企图将只存在于精神领域的东西现实化的徒劳。现实中的地洞里的骚扰可以通过劳动来做消除的努力；灵魂里的恐惧则是永存的，这永恒的恐惧的境界不正是它的操劳努力所追求的目标吗？是填补又是掏空。只有这样来理解，我们才会知道小动物的行为为什么会如此自相矛盾，没有效果，似乎脑子里有着宏伟的构思，实际上却又一切行动均出自忽发奇想，没有一项计划是贯彻到底的（如何可能到底？）。所有的工作——苔藓装置、迷宫、城郭储藏室、壕沟的挖掘等等，全都是半途而废，不了了之。一方面是由于体力的限制所致，另一方面更为根本的原因则是内心的矛盾。这样的工作是不可能完成的，也是没有尽头的；或者说，在壕沟的尽头是真正的虚空——那头从未见过面的怪兽。由此决定了它的命运只能是表面上漫无目的的永久性的挖掘和修建。

难道所有的工作都是种应付，是一时的权宜之计吗？是，又不是。每一项工作的初始，它都力求完美无缺，从不马虎了事；只不过它的初衷无法坚持到底，总是半路动摇。不可思议的是这一次次失败的打击并没有摧毁它的根本信念，它总寄希望于新的工作，盼望"这一次"的努力会有根本不同的效果。无穷无尽的自我怀疑的确破坏了它的一部分工作，但决不能改变它对地洞的态度。它有时离开地洞，也只是为了从外部对它进行更冷静的观察，以增强信心；不过它从不在外久留，因为只有地洞才是它魂牵梦萦的地方，才是它存在的意义。这早已与它结为一体的理想的乐园，可以随地打滚和酣睡的仙境，谁能和它比？除了它还有什么地方可去？地洞又确实是不完美的，致命的缺点处处可见，时常使它羞于审视自己的劳动成果；而彻底的改进又只能在想象中和梦中来进行，接触到现实，马上显出自己体力上和思维方式上的无能。如果它不想放弃，唯一的出路就是苟且。它苟且过来了，这并不是说，它那种追求完美的认真的工作态度有所改变；它改变的只是一个又一个的具体想法，放弃的只是一个又一个的具体目标；它的目光投向未来的希望，而未来总是没有尽头的。就这样期望着，期望着，在身后留下一件又一件残缺的工作，而每一件有缺点的作品上无不体现了对于完美和永恒的向往。用残缺来体现完美，用权宜之计来体现永恒，这是它无意中的创举。地洞本身就是一个最大的残缺的建筑，它无法将它建成一个空洞，便只好以现实的材料来苟且。从这个意义上说，活着、挖掘，都是权宜之计。它只能用这权宜之计来向那未知的永恒挺进；从这个意义上说，它也是摒弃死亡的，因为死亡是过程的终止，是通向完美之路的努力的放弃。它所关心的，全是生命本身；它对彼岸的事不感兴趣，只愿在生的挣扎中体验死亡，而不是被动地实现死亡。

二、曲折的交流

我们也许要问，让那空洞留在精神的领域里不是更好吗？既然无论造出什么样的洞都不能满意，既然总在绝望中鄙弃自己，为什么还要动手来进行这庞大、复杂而又没有任何益处的工作呢？虽说挖地洞是为了消除来自内心的恐怖，可是还有比这更好的办法去做到这一点啊。在挖洞造洞的行为里面，一定有种隐秘的兴趣，这种兴趣就是它力量的源泉，致使它能够将这又痛苦又诱惑的工作持续下去。从一开始它就告诉我们，它并不是出于害怕才造洞。我们看过它的洞内设备和它的劳动之后，可以推测出它造洞是为了表达内心的理想，而交流的对象只能是外部世界——它的兴趣的对象。所以不管自己是否承认，从一开始造洞的行为就有与外界交流的企图包含在内。它竭力使自己相信，地洞是藏身之处，绝对容不了任何人进入；而我们则看到在它那些自相矛盾的行为中，在它的潜意识里，它实际上是盼望着某个具有非同寻常的本领的家伙闯入的。不然为什么要留下那个假洞呢？不然为什么会有造洞一举呢？造洞就意味着在身后留下它，肉体总有一天会消失，地洞却不会那么快地消失。留给谁看？当然是留给外界来发现。然而外界是不会懂得洞的奥妙的；这奥妙来自它那深邃的、无法言说的内心；双手表达出来的还不及内心的十分之一，所有的销毁、再造、修改等全是出自内部的那个模式的要求。尽管这一切，我们仍然要说，它对外界肯定不是完全不抱希望的，它对外界是一种十分矛盾的心情。这一丝现实中的希望维系了它终生的兴趣和努力。

真是奇怪的小动物啊！它那曲折阴暗的内心蕴藏了如此大的热力，将一个不可实现的妄想用了一生的时间来追求，来表达，而表达的形式竟然是通过封闭与隔离来体现。确实，任何外界都不可能完全重温它当初的梦，因为他者的梦是无法重温的，因为所有的幻想都是一次性的。但是领略了它修建地洞的激情以及支配这激情的精神之后，我们难道不会产生一些另外的幻想，另外的梦境吗？我们的梦境难道不会在某个特定的点上与它的梦境接壤吗?

　　与外界的隔绝是源于对外界的过分兴趣，是为了把整个世界，归根结底是为了把自身的存在弄个水落石出；不仅要弄个水落石出，还想把这一切告诉外界，心里又最怕外界误解。将这样一种看法安到这头羞怯的小动物身上似乎有点牵强，然而却是事实，被它的表白所遮蔽了的事实。不然也就不会有这一大篇表白了。我们从它啰啰唆唆的表白中可以看出，这是一头很爱表现自己的小动物。那种对拥有的欲望，那种独占的冲动，都是先前在外界时爱表现性格的延续。如果有一天表现欲消失了，地洞也就不会再营造下去。不可否认，在营造中那种根深蒂固的怀疑时常导致它产生毁灭自己的创造物的冲动，又由于对创造物极端的不满意，就更害怕外界看见它，只愿独自一个来欣赏。而创造物一旦存在就成了对象，而它自己就变成了外界，所以这种欣赏仍然是一种与外界交流行为的折射。地洞，不论它多么隐蔽和巧妙，终究是会被外界发现的，这一定曾是它隐秘的希望。这种希望不断活跃在黑暗深处的它的脑海中，使思想不至于僵死，使肢体不至于颓废，也使暗无天日的封闭处所可以在想象中与广大的外面世界相连。

　　我们还从它对自己的工作的那种苛刻的眼光，时不时感到外界对它的影响的痕迹。也许它的衡量标准是先验的，然而不知不觉地总是有交流对象的隐形存在，躲也躲不开。例如它对于早期建造的那座迷宫的评价说到，它认为迷宫有它的妙不可言之处，但从今天的眼光来看却十分幼稚，所以也无法按原来思路加以改建；因为自我意识日益加强的它，在今天的情况下去重建迷宫就等于将整个世界的注意力都引到它身上来，这是它所承受不了的。可见在它的一切工作中，总是有一个抽象的旁观者存在；这个旁观者严格地审查它的工作，敦促它，有时肯定有时否定它；它就在旁观者的监督之下渐渐地成熟起来。与此同时，它又强调说，外界绝对不能懂得地洞的奥妙。那么那个旁观者，那个高高在上的上帝似的人物究竟是谁呢？只能说这样一种古怪的交流仍然与现实有关。而它在这种矛盾的交流关系中是非常积极的——不断地表白，不断地敞开，不隐瞒任何东西，将一切都说得既浅显又明白。当然理解这一切的前提是要具有那种不凡的本领冲破封闭，进入它苦心经营的地洞参观。

三、消极还是积极

建造地洞的目的似乎是消极的——为了躲避和防御从未谋面的敌人。它在地洞里的那些工作也似乎是被动的——总是由于某种威胁而采取行动，或在危险的逼迫下草草应付；从来也不曾从容不迫地按自己的意愿完成过一项工程；敌人的威胁一刻都不曾放过它。究竟谁在威胁它呢？这神秘的敌人为什么一次都没有见过面呢？一次都没有见过面的敌人到底算不算敌人呢？为了并不确定的敌人建造防御的地洞究竟是一种消极还是积极的行动呢？

如果我们进入这头小动物的思维轨道，我们就会领略到它的思维是多么活跃和积极，想象是如何层出不穷。它那种无止境的对于危险的想象时常使得我们要停下来质疑：它是不是在进行一种推理的自娱？那翻过来覆过去的劳动难道不是它头脑里推理的表现吗？那无处不在的"曲曲"噪音，那几乎使它丧失理智的不和谐音，总使我们联想到理性那无法征服的对立面，那种时刻要置它于死地同时又赋予它无穷活力的深刻疑虑。地洞装置实际上就是实现精神装置的一次努力的体现，它的一切完美与缺陷便是精神本身的完美与缺陷。无论操作者付出什么样的努力，也不能解决那些永恒的矛盾。敌人是什么？危险是什么？它们就是它头脑里的蛀虫，那种先验的对于虚空的恐惧，只要思维不停止，精神不枯竭，敌人就总在那里聚集力量，发动新一轮的攻击。而它，诡计多端、精于营造的家伙，总想得出新的办法来对付即将降临的灾难；五花八门的计划从它那小脑袋里源源不断地流出；在这方面它是一个无可比拟的杰出天才。精神世界确实无法搬到地上来，只能在营造中一次又一次地感到；而我们，也可以从它的表白中不断地接近那个世界。怀疑、痛苦、不断地改变计划与方针，没完没了的苦役般的劳动，这一切看似出于被动的努力，实际上还是由它自己主动给自己规定的，这规定又是由头脑里那个先验的矛盾体而来的。因而在实行计划的过程中，到底是主动还是被动，是积极还是消极已无法区分了。尽管如此，我们还是可以从它那种总是趋于极端的推理，从它那颗永不安宁的心的跃动，从它孤注一掷的决绝里，体验到事物的另外一面。

　　防御正是源于内心不停地自我挑战、不停地制造危机，于是就有了摆钟方式般的劳动。我们面对的是一个充满了危机感的个性，防御就是这种危机的一种体现。危机没有通过防御得到消除，而是更加深刻了。然而退守是不是另一种意义上的进取呢？向内的收缩终将导致内核变得无比坚硬——这是地洞的方式。

表白中的几处地方透出它那曲折隐晦的暗示。如前面所提到的它不是因为害怕才造地洞，只是需要躲避世俗的危险和喧嚣。由此可看出此举完全是主动的，是它专为自己打算想出的妙计。外界对于它曾是最大的危险，外界吞噬个性，使得它对宁静的追求成为不可能；建地洞就是与外界隔离、对抗，求得安全和宁静。不料地洞造起来之后却有了外界的一切特点，这些特点又开始压迫它。地洞内部的斗争正是由它与外界的抗争演化而来的，地洞建造在大地上，入口居然还处在交通繁忙的处所，与外界的关系当然是割不断的。而又由于地洞的单纯化，这种威胁和反威胁的抗争愈发触目惊心。当地洞被威胁充满，差不多要使它窒息发疯时，它也不时地走出地洞到地面上去，调整自己的心态，更加理性地思考某些问题，以便做出一些新的决策。这可以看作是一种拉开距离的疗法。除了短时的厌倦，无论什么时候它都没有想过要抛弃地洞。随着时间的推移它自己就与地洞连为一体了；它内心的一切欢乐与痛苦都由地洞来体现，地洞的痛苦和需要也成了它的痛苦和需要。

超乎寻常的积极还表现在建造的热情上。这种由幻想激发的魔鬼似的热情来自对天堂宁静的向往。为体验那高不可攀的理想，它日日沉沦在地狱般的苦役中，它认定这是它唯一的生活方式。

四、无穷无尽的疑虑

当它将精神世界里的空洞与地洞相对照时，现实中的地洞带给它的疑虑是无法消除的。每逢它专注于某项工作，按计划操作时，疑虑就随之而来，破坏它的劳动成果，消除它的工作的意义。疑虑就好像是一种致命的灾害，在它建设的过程当中不断从背后袭来；于是边建设，边破坏，边遗弃，差不多成了一条规律。来自空穴的风不断地吹过来，那尖锐的呼啸声传到地洞深处，化为顽强的"曲曲"作响的声音，使它不安。踌躇、沮丧，直至意志力丧失，然后新一轮建造的欲望又重新抬头。这是一场长久的拉锯战，最后的赢家似乎会是敌人，可是谁又搞得清这种事？也许它自己会赢也说不定。啊，它就是因为有这个希望才坚持的吧。日复一日的恐怖越积越大，犹如雷阵雨前聚积在头上的黑云。看得见闪电，听得见雷声，却谁也不可能预见恶性的灾难是什么样子。但是还有时间啊，还可以较量！即使对手头的工作半信半疑，即使对工作的结果没有信心，它还是在不停地工作；毕竟地洞已经造出来了，它的命运与它紧紧连在一起了。在疑虑中建造——这也是地洞的方式。就用这种方式，它把自己囚禁了，这是一种自由的囚禁，一种随心所欲的囚禁；而伴随着囚禁的疑虑，源源不断地从遥远的空穴涌进洞内，既是动力又是障碍，时常呈现出毁灭的倾向，却又在调整中纳入了轨道。我们在分析它内心激烈斗争的同时，体验到了它那无法摆脱的生存的痛苦。

双重折磨夹击下的创造活动
——再读《地洞》

  外界——世俗领域或肉体

  地洞——纯艺术领域或精神

  外面的敌人——未经抽象的世俗体验

  内部的敌人——虚无、死

  猎获物——从世俗体验中升华出来的精神体验

  同盟者——理性判断

  世俗的体验是艺术产生的基础，失去这种体验的人也就失去了创作激情的源泉，灵感会渐渐干涸。但是对于纯艺术的领域来说，世俗体验恰好是它要排除的东西，艺术品以它的抽象和晶莹为自身特点，过滤掉了一切世俗的杂质。艺术家在从事创造之际，高度警觉的理性思维严密地监控着整个过程，绝对不敢有半点放松，让未经提纯的形象直接进入成品构造。但这种纯净的产品又给艺术家自身带来消除不了的疑虑，使他感到一切都毫无意义、多余，不应该存在。对于世俗的这种拒绝又依存的状态，是艺术家内心的最大矛盾，也是他那无穷的痛苦、烦恼和自我折磨产生的根本原因。什么是纯而又纯的艺术呢？纯的顶点只能是虚无，但艺术又并不是虚无，它是实实在在的生命的体验，只不过这种体验透出强烈的虚无感罢了。因为生的本质是死。

从地洞建造的第一天起，"我"就在进行着向着自身本质复归的不懈的努力。我不停地抽空自己，调动起非理性的狂想，在地洞内造出那些最不可思议的建筑，以此来同外界也就是同我的肉体对抗。当然在这种黑暗的无尽头的劳动中，我仍然呼吸着通过曲折的地道涌来的外面的新鲜空气，否则我将窒息而死。我对于我的所有作品一律持有无比挑剔的眼光，我要求它们全都要抹去世俗的痕迹，全都要透出"见不得人"的虚无倾向。为此我不断地修改我的营造计划，使本来就十分脆弱的建筑变得更脆弱，更难以理解。我设想出各式各样的敌人，设身处地地想象它们的活动，然后在建造中努力使自己的作品能与它们抗衡。我一直致力于让地洞达到彻底的宁静，任何外界的噪音均是我的死敌。为了清醒地衡量我的劳动的价值，我甚至走出地洞，站在世俗的嘈杂声中用理性来分析它。但理性也不完全可靠，身处外界的分析并不能让我完全放心；有些东西是理性无能为力的，一味依赖理性的后果是可怕的，何况理性分析最终给我带来的也只是绝望。所以我在绝望中又重新进入了地洞，暂时将外界的那些危险的噪音摆脱在身后。然而在盲目中进入地洞，靠自己的本能来工作，这本身就是一种多么可怕的举动啊！失去了身处外界的那种清醒，我又怎能判断自己是否在做着有益的工作呢？即使我不管不顾地确信自己在做着有益的工作，将每一点破坏宁静的威胁全消除了，我自己也仍然得不到宁静。为什么呢？只因为在这样的时候，一种新的骚扰又开始了，它来自地洞的内部，地底下的深处，也许它是虚无本身的威胁，它要毁掉我的所有作品的意义。是啊，如果最后的灭亡防范不了，为什么还要煞费苦心努力呢？有好多次，我控制不了要毁掉我的创造物的冲动——它们在防范的用途上太脆弱、太见不得人了！我对它们大加修改，企图在理性指导下赋予它们意义，对原先那种不着边际的努力来一次彻底的反动。现在我要朝这个明确的目的努力，我要用我的完美的防范措施来抵御地底那头怪兽的进攻，我要使我的作品无懈可击！我将从前的作品重建，将已挖出的洞沟填上，修修补补，按脑子里的狂想加固工程，又反复无常地半途而废。这样做后的结果不是威胁消失了，而是威胁更近、更可怕了，简直就像立刻要短兵相接似的。但是怎能不工作呢？难道束手就擒吗？难道花费了终生紧张劳动建立起来的地洞，只是一件毫无意义的劳什子吗？我决不能让这样的悲剧发生！我只要避开那头怪兽，从此再听不到它弄出的响声，地洞就依然对我具有无穷的意义。当然为达到这个目的，我就得竭尽全力继续工作……

营造的过程给人的强烈印象是有—无—有—无。"我"在两极之间发疯地赶来赶去。这种状况是由艺术的本质造成的，即作品是对纯净（死）的渴望，作品的立足点却是生命；作品是非理性的狂想，这种想象却是在理性的钳制下进行；作品排斥一切世俗的眼光，却又始终向世俗敞开；创作的过程充满了永生的企图，却终究只能半途而废；每一种努力均是向着完美，结果却是残缺。我自愿地、鬼迷心窍地选择了这样一种生存方式，为抵御世俗的入侵和虚无的威胁把自己搞得精疲力竭，到底我是为了什么呢？如果真是为了内心的宁静，地洞给我带来的根本不是宁静，而是无穷无尽的躁动和烦恼啊。当然我不是为了自己的安宁来造地洞的。想当初我造地洞只是为了有一个藏身之地，为了证实我存在的理由，因为生死两界都不收留我，我都没有充分的理由在那里面停留。可地洞一造起来就不再仅仅是藏身之地了，它自给自足，给我提供了无限追求的可能性。我那无法遏制的异想天开膨胀起来，使我在被迫的同时主动地发挥出自己的能量。我要在有与无、生与死的边界上造出最为奇异的建筑物，它同时具有两界的特点，能够将两个领域沟通，而这种沟通，是我终生的追求。我也知道这种沟通最终是不可能实现的，但我可以通过我的努力去接近那种意境，况且，这种自己充当造物主的特殊工作具有多么大的诱惑性和挑战性啊！这种高级的精神生活，给我带来常人所难以想象的幸福感。在我身后留下的那些残缺建筑，无一不是终极之美的浓缩，无一不向观看者倾诉着人类永生的渴望，它们也许会唤起观看者同样的渴望吧。

1999 年 1 月 7 日，英才园

阴郁的生存处境之歌

——解读《乡村医生》

医生的职责是为病人看病，即一种延缓死亡的工作。而医生本人，也清醒地处在面对死亡拖延生命的处境之中，在这种处境里他几乎寸步难行。一方面，周围的一切（尤其是他的内心）是那么的阴郁、绝望，他快被彻底压垮了；另一方面，他既然是一个医生，必然会有所行动。他不知道行动的动力是从何而来的（"人从来不知道会在自己家里发现些什么"）。但他清楚地感到，那动力总是与恶相连，即，只要行动就会有恶来相伴。意识到了恶，医生还是不得不行动——只因为他是一名医生。于是被神奇的力驱动着，医生一次又一次驾车上路，像是被迫，却又明明是自愿。

这一次也不例外，由于响起了急诊的铃声（尘世生活邪恶的召唤），医生就开始了行动。他的行动在家中引发了一桩罪恶。

目睹了恶而无可奈何的医生，被那两匹强壮的、象征原始之力的大马带到了病人家。病人家里有病孩、病孩的父母和姐姐。由他们双方构成的矛盾正是医生本人灵魂的镜子：病孩要死，父母和姐姐要他活。当医生站在病孩的立场时，他深感父母和姐姐是多么的愚顽、偏狭和浅薄，他们要他做那不可能做到的事——战胜死亡，他们的恳求和决心令人厌恶。然而马的焦虑的嘶叫促使他进入纵深的反省，他接下去又为父母与姐姐的世俗之情所动，走过去为病孩装模作样地检查，打算欺骗敷衍他们。马又一次嘶叫起来，灵魂的探索更加深入。终于，他发现了致命的伤口，也发现病孩原来在用生命滋养一种有着白色小头的虫子。是的，他用自己的肉喂养着这些丑恶的小虫，并且不想改变，他必死无疑。医生对于家人们的恳求更加厌恶了，然而还是不得不行动。作为一名医生，只要活着，就要去做那不可能有结果的事，虽然他"只不过是一名医生"。于是，被家人们和村里人脱掉了衣服、按倒在病床上的医生，终于达到了灵魂探索的最后阶段——体验死亡。脱掉衣服意味着豁出去活一回。他在这种最真实的活的体验之际向病孩道出了真情，这就是病孩的一生是有价值的，他身上那美丽的伤口正是他尽情活过的标志，他令人羡慕。在这死亡的灵床上，医生与病人就这样交流过了；然后一个在安息中去了彼岸，另一个还得在人生的荒野中继续挣扎，坐着尘世的马车，驾着神秘的、不知从何而来的马四处流浪。医生发出被骗的抱怨。但现在谁都知道了，这一职业完全是他的自愿选择。

从医生在病孩家几次大起大落的矛盾情绪的发展来看，病孩是医生本质中最核心的部分——生命的归宿之体现。他已经活过了，看透了一切，决不会再上当，他想要彻底解脱。而父母和姐姐，则体现出医生自己那顽强的生存意志，这种意志只有随着死亡的到来才会消失。所以他们明知病孩已无可救药，还横蛮地脱光医生的衣服，逼着医生再一次创造奇迹——灵床上的奇迹。奇迹随后真的发生了，临终的病孩在他的启发下悟出了生存的意义。再看看医生自己那阴暗的生活，不是也很像孩子身上那溃烂的伤口吗？愤怒、后悔、自省、自责，这些生命的虫子，也在他心灵的伤口蠕动，弄得他头晕目眩。这些虫子吸走了他的全部精力。表面上，他为无意义的职务而活；而实质上，他和病孩一样也是为虫子，为心灵上美丽如花的伤口而活。在夜间的这次奇遇中，寄生于他心灵里的虫子的每一下有力的蠕动，都使得他如此心动神摇。

医生唉声叹气地数说，似乎一心想死，似乎再也不愿被骗，似乎一切都走到头了，其实那只是一种夸大。我们可以肯定，只要夜间急诊那骗人的铃声再次响起，又会有神秘的马匹从天而降（因为人是永远不可能搞清自己家里有些什么的），协助他再一次进行灵魂的深入探索。这是他无法逃避的命运。

他已病入膏肓，虫子在他的要害部位——心灵里面咬啮。也许是由于自己生来患着绝症，他才选择了医生的职业。这职业当然治不好病，只是一种拖延的技巧。然而那邪恶的铃声是多么诱人啊！快做准备吧，马车会有的，马匹也会到来；一切你想要的，都会出现在眼前，即使你想要的，又是你最不想要的！

1997 年 11 月 25 日，英才园

永恒的漂泊

——读《猎人格拉库斯》

无忧无虑的猎人在群山中猎取着生活的意义，过着一种受人尊敬的生活。一个倒霉的日子到来了，他在黑森林的山上追逐一只美丽的羚羊，坠下悬崖，流尽鲜血死去了。这似乎是一个很平常的故事。不平常的事发生在后面：猎人并没有真正死掉，应当在冥河行驶的帆船却逗留在尘世的河流中。日复一日，月复一月，年复一年，猎人格拉库斯在寂寞的小船里挨着日子；他裹着尸布，躺在地铺上，心里仔细回想着自己生前遭遇的那桩不幸——绝了去彼岸的路，错上了这样一只小船。对尘世生活的这种反省困扰着他。在漫长的岁月中，周围的一切使他逐渐明白了，不会有任何人来帮助他，他只能独自一人挺下去。处在他的情况中，也就是处在了人类生活圈子之外；圈子内的人看不到他，找不到他，更无法理解他——因为谁也没有死过一次，因而对一个死人的事不感兴趣。在这条漫无目的，只凭冥府深处之风的推动而漂泊的小船里，生命失去了它的日常意义，只剩下孤立的模糊的欲望。猎人除了一遍又一遍地想"那件事"之外，余下的就是不断地感觉到"我在这里"。是的，"我在这里"，其他的一切，"我"都不知道；"我"也不知道应该留在里瓦市还是去彼岸，那不是"我"所能知道的。从那洞口吹进来的南方的风是多么熟悉又多么陌生啊！

猎人格拉库斯所面临的是人类最难的处境——欲生不可，欲死不能。那通往天堂的悬空的大阶梯葬送了他心中的一切尘世欲望，天堂却是遥不可及，他所能做的只能是在巨大的梯子上爬来爬去，处在不停的运动中。也许他那一次死亡真是个错误，使他从此再也没有解脱的可能。但是一个猎人怎么能抵挡得了羚羊的诱惑呢？追求生命的意义的人必然会落得这种下场。世界广大辽阔，人民众多，他却从人群中消失了。他所关心的事不再是人民关心的事，他被永久隔开了。漂泊，除了漂泊还是漂泊，独自一人。与死神结盟的船长不能一直陪伴他，终于先他而去；里瓦这个死亡之乡也不是久留之地，因为对于这里来说他还活着；人间的生活他又无法再加入过去，他的身体已无法动弹；而天堂，绝对没有他的份。于是死掉了一次的猎人躺在简陋的小船里周游世界。他在小船里干什么？他在想"那件事"。"那件事"就是关于死亡的事，人们是不去想它的，只有猎人在想。猎人分明看见这世界充满了它，从教科书到摩天大楼；从给怀中婴儿喂奶的母亲到拥抱的情人；从火车车窗旁的乘客到原始人再到星星、湖泊、山顶上融化的积雪和山上流下的小溪，无不是"那件事"的体现。可是"那件事"又无法用语言说出来。躺在小船里的猎人便用自己对自己提问的方式来接近"那件事"。这自问自答的自娱的游戏一直在进行着,帮助他度过那单调漫长的时光。

猎人的生活历程就是一切追求最高精神,但又无法割断与尘世的姻缘的人的历程。这种人注定要处于两难的境地。他们那苦难的小船注定只能永久漂泊在不知名的河流上。

1997 年 5 月 20 日,英才园

蜕变的历程

——读《致某科学院的报告》及后面未完成的片断

在漫长的人类历史中,人性中的兽性与自我意识之间的斗争从未停息过;在斗争中人对自我的认识得以发展,人性也得以改善与丰富。在艺术家身上,这两个方面都极其强大,互不相让,因而冲突分外激烈。

猿性是基本的,自我意识是学会的(如同写报告的猿人)。人在学会这个之前,不过是一只自由自在的猿,而学会了自我意识的猿也不可能完全脱离猿性;从这个意义上说,彻底的自我意识难于上青天,除非人不再是人。所以人总在学,在学当中战胜猿性,使猿性就范(变成人性)。在艺术家的眼中,这既是一个令人神往的辉煌的过程(文明的旗帜在野蛮的领地上飘扬),又是一个令人沮丧的乏味过程(不断摒弃野性的人并没有变成高尚的人,而是变得虚伪矫饰)。

这篇报告以挽歌的口气记下了猿人艺术家战胜猿性，达到自我意识的历程。在报告里我们看到，这个由于内心的激烈冲突而显得举止奇特的半人半猿的怪物，在文明世界的杂技舞台上给我们展示过无数成功表演的伟大人物，原来有着如此惨痛的蜕变经历，原来竟是如此的孤独、忧愤、阴沉。

报告人

他原是一只猿，偶然的命运使他落入人的手中，继而被关在笼子里，经历了不堪回首的痛苦。这痛苦便是初级的启蒙，暗示他要出去就必须经历这样的过程。在绝望中他还悟（用肚皮）出了另外的东西，这就是必须学习那些违反自己本性的人的行为（即达到自我意识），必须一次又一次地模仿、练习。有意地与自己作对，这样才会找到一条出路，脱离牢笼。这些都是周围环境通过潜移默化所教给他的。从那以来他就一直将彻底脱离牢笼的希望放在一个狭窄的范围内，进行着既令他恶心痛苦，又对他具有无穷的吸引力的自我改造的努力。这种努力一旦开始，他便像中了魔一样无法停止下来了。他疯狂地学习自己所不习惯、不愿意的行为，针对自己的本性发起进攻，将其打得落花流水。在取得了一次又一次的胜利之后，终于成功地登上了文明的舞台。成功除了给他带来了喜悦之外，最主要的却是带来了无穷无尽的忧郁和厌恶。而忧郁和厌恶都来自他的思想——将他与猿区分开来的主要活动。他仍然去舞台上表演（那是他的生存方式），可是一旦表演结束，他便躲开人们，在郁闷中消磨时光，他的日子变得一天比一天难过。这样的结局可是他始料未及的。他的道路是所有想达到自我意识、成为文明人的猿的道路，也是所有想以艺术作为生活方式的人的道路。猿成了人，自我意识产生了，可在自我意识的作用下，往日的自由自在、无忧无虑一去不复返了，生活变成了真正的苦刑，虽然偶尔也有极度兴奋的时光。

蜕变后的他开始对猿性产生鄙视，自认为已远离了故乡的影响，成了文明人；与此同时，骨子里那种猿的感觉又使他洞悉了人性的虚伪、苍白、无力和不自然；于是对人——他曾经向往的典范也产生了深深的敌意。退回去已是不可能——他也从未想过——向前走前途茫茫，道路日益狭窄。只能将那已经进行了这么久的自我认识的事业进行下去，在漫长的、忧郁的夜晚过去之后撑起疲惫的躯体，到舞台上去再来一次精彩的演出。当然演出之后又是忧郁、绝望和悲愤，又是体内人性与猿性的交战，轮番的胜利与失败……

船上工作的人们

从被俘的最初那一天开始，船上的人们就不断地向他输入理性的信号。他们沉重的脚步、缓慢的动作、走来走去不受阻碍的风度、友善粗鲁的性格、吐唾沫不分场所也不感觉到脏的习惯，最后，他们喝酒的方式，无不具有象征意义地构成了一系列没有语言的启蒙，暗示他出路在哪里。当时他并不懂得这一切的真正意义，但却不知不觉地在受到感染，受到强烈的诱惑，从而产生了要模仿的冲动。他是一头特殊的猿，具备了驯化成人的所有条件，要做的只是迈出那可怕的第一步。

在吐唾沫的时候，船上的人们相互吐，但决不抹去脸上的污秽；而他，在学会了吐的基本功之后，仍然出于猿性自发地要将脸上抹一抹干净。"吐"使我们联想到对自我的认识，被认识过的东西便不再是脏的东西；所以人不觉得脏，也不选择吐的场所，只是不停地吐；那种无比超脱的风格令他羡慕。到了喝酒的阶段，就是最严峻的、几乎是致命的考验了。他必须追随启蒙者，将最厌恶的东西吞下肚子，并在之后感到满意。从他的本性出发，这一点是永远不可能完全做到的，但是可以不断学习，不断改善自己的态度和方法。而即便如此，认识也永远只能跟在本能的后面；在认识尚未产生时要克服本能的障碍是痛苦不堪的。"自我"这碗酒对于猿来说是最令他恐惧和恶心的东西。最初他无法面对，更无法喝下去；只是船上的人们耐心地用理性的力量打动了他之后，他才开始了历史性的模仿尝试。尝试的过程充满了剧烈的内心冲突，这冲突正是船上的人们要看到的效果，他受到了鼓励。船上的人们从来不怜悯他，因为怜悯是没有用的，走出牢笼的路与怜悯无关；他们也不设法减轻他的痛苦，因为痛苦便是启蒙，使他觉悟到找出路的必要。船上的人们只是以自身恒久不变的存在，以他们内心的镇定，以他们善意的指导和暗示，在不知不觉中帮助他度过最艰难的时光。

从以上可以看出，船上的人们正是理性的化身。进化的第一步便是理性在睡梦中进入蒙昧的大脑，带给他镇静（沉重的脚步声），使他很快抑制了自己的浮躁，开始了冷静的观察。而后又是理性使他在混沌中产生了思想的萌芽；思想使他隐隐约约地认识了自己的处境，又在人们的反复引导下懂得了怎样走出牢笼。总之，理性使性情暴烈的他避免了灭顶之灾，走上了一条曲折而特殊的发展之路。

文明的大舞台

当他的驯化完成时，面前摆着两条出路：动物园和杂技舞台。天性酷爱表演的他毫不犹豫地选择了杂技舞台。因为这种表演虽然是受到控制的，不自由的，但和动物园相比较，他却可以在很大程度上发挥主动性，就是说，可以在表演时体验到自由。他在报告里多次说过，自由不是他追求的目标，他要的只是一条出路，而表演杂技，就是一条对他来说最合适的出路。作为一个人，他与猿性永远告别了，也与猿时代的自由散漫永远告别了；他深深地懂得人是最不自由的，他只能表演，从表演中去体会他想要体会的东西，因为他对自己，对周围的一切仍然没有丧失兴趣。

在文明的大舞台上，最不自由的人类却是第一个懂得自由的奥秘的；他们在认识中不断地将自由神圣化，以惊险的动作将自由的快感展示给众人；这种自相矛盾的表演魅力无穷，因而一代代人将表演事业继承了下来。报告人由笼子里出来之后立刻选中了这个职业；初衷不是出于迷恋，而是为了找到出路。这条路是只能进不能退的，他成为杂技演员后就再也没有别的出路了；不论多么悲观厌世，不论对先前的猿的生活多么缅怀（例如与母猩猩的关系），第二天他仍然得抖擞起精神演出，将一切伤感踩在脚下，将那日趋完美的表演再来一次，就仿佛冥冥之中有一只手在牵引着他。可以想象，当他进入角色时，他忘记了伤感和自怜，忘记了生活中的一切不愉快，最后也忘记了自己。舞台是多么宽广！观众是多么热情！表演是多么美妙！

某些进一步的思考

按照写报告的猿人的思路，他是由于被人类捕获，走投无路，然后在某种神秘的力量的帮助下，用肚皮想出这条出路来的。我们不禁要问：撇开周围环境的影响，还有没有什么其他的因素起了作用呢？众所周知，一只野性十足的猿是很难改造成功的，除非他具备了某些先天的条件，而光靠吃苦头也是成不了人类的。这大地上的猿人杂技大师少而又少，当然不是猿类吃不了苦头的缘故。我们从报告中得知，笼子里的他看到人们在他周围走来走去，行动不受阻挠，于是一个崇高的愿望朦朦胧胧地在他心中升起。也许这里描写的正是他成功的关键。他不是一般的猿；在他的本质里潜伏着对人类崇高的向往，一旦遇到合适的条件，向往就变成了模仿的行动与不懈的追求。不论外部条件是如何压迫他（这些压迫也起了决定性的作用），必须肚皮里先"有"那种朦胧的理想模式，然后才会有自我改造的行动；恶劣的条件只是促使他痛下决心的动力之一。在被捕获时，他性格中还潜伏着理性的种子，所以当他惊奇地观察到船上人们的理性行为时，他才有可能为人们所启发，才没有咬断门闩，失去生命；而一般的猿选择的总是后者。

成功后的他满怀沮丧，却没有放弃他的表演生涯，也是他头脑里的先验模式在支撑着他。尽管睁眼看到的现实都不尽如人意，尽管人性如此丑恶，他仍然可以在表演中沉醉于那种崇高的向往和追求，演出成了他唯一的真实生活。他无法说出人究竟应该是怎样的；可是他用敏锐的猿的直觉体验到，人不应该是现在这个样子。他通过表演将这一点告诉大家，激起大家对崇高的无限遐想。

1997 年 5 月 13 日，英才园

先知的眼睛

——读《夫妇》及《小妇人》

敏捷、灵动、对于描述者具有绝对权威的小妇人和阴沉、厌倦、动作迟缓、对于推销员同样具有绝对权威的老商人，处在灵魂的同一个位置，他们都是住在诗人灵魂最深处的先知。他们将一切全看在眼里，什么都瞒不过他们。他们对于描述者或推销员的轻视与厌恶是永恒的，无论什么方法也不能使其改变。当轻浮的描述者或推销员的存在为她或他感觉到时，他们往往为想象不到的痛苦所折磨；而两人的体质，又是同样的无比脆弱、神经质。这种折磨几乎要了他们的命。实际上那种脆弱只是一方面的！在人们所看不到的他们的内心，有种无比坚强的东西在支撑他们。所以每一次，当他们感觉到描述者或推销员那难以容忍的存在，而经历了情感上的狂风暴雨之后，甚至死去一次之后，总能迅速地复活。这种发作只是使他们脸色更难看，外表更虚弱，从而激起了描述者或推销员心里更深的同情与愧疚。因为终究，描述者或推销员对他们是有种天生的依恋之情的。那么描述者和推销员是谁？他们为什么自找苦吃？为什么不逃避或摆脱这两个煞星？原来描述者和推销员扮演着诗人生命本质的角色。他们淡薄、虚荣、做事不考虑后果，犹犹豫豫、对自己的行动没有把握，他们甚至对自己的主人很怨恨。不过他们同小妇人和老商人同样敏感，有着同样的深度和感受力。他们的性格是矛盾的组合。时常，那两个人的痛苦就是他们自己的痛苦、迷惑与悔恨。他们决心要改变自己，但他们从根本上改变不了什么，只好任其自然发展下去。时光流逝，他们终于明白一切全是命中注定，于是也就习惯下来了。习惯不等于消除了痛苦。只要他们活一天，先知的目光就总是粘在他们身上，推销员就总要对自己那卑鄙的私欲、那无理的要求羞愧难当，上楼将变得更为艰难，向一个病人推销商品将变得更加难以启齿；而描述者，也会在那位超凡脱俗的妇人面前自惭形秽，他的存在的理由也会更加荒谬和站不住脚。与此同时，这酷刑般的生活将一直进行下去，不会中止。不要寄希望于先知的目光会有任何改变，但可以寄希望于人会渐渐适应这种蔑视的目光，适应自己接连不断的失败，适应自己背上那沉重的包袱。人，同那两位先知一样，也是具有承受的天赋的。可以说，人天生就是先知的搭档，要同他们一道，将这出受苦的戏演到底。推销员和描述者，以他们上天赋予的天才的敏锐，感到了先知所有的内心磨难，从而某种程度上单方面不断企图与先知沟通，这无止境的沟通又使生活变得更加难以想象。可是难道他们本身的存在不就是难以想象的吗？谁又能保证从未发生过的事永远不会发生呢？它偏偏就在这里，在我们当中发生了！

推销员找老商人推销货物的事件，是一次灵魂沟通的冒险。敏感而自卑的推销员与那同样敏感却外表迟钝的老人在老人的住宅里见面了。对于犹豫不决的推销员来说，发生的一切就如一场噩梦。首先是他的要求由于老人身处困境，由于他的痛苦和不耐烦而难以启齿。后来，推销员终于不顾一切地说出了自己的要求（即推销某种商品）；而老人，就由于他这无耻的举动带给他的折磨而昏死了过去，使推销员完全陷入绝望慌乱之中。一切都显得那样古怪和不合常理。可是这个推销员，是多么善于体会老商人的情感和心理变化啊！他为老人的痛苦而痛苦，为自己在这种情况下向老人提要求而羞愧，甚至为旁边那位同行（他的镜子）的荒唐举动怒不可遏。然而他还是卑鄙地提要求了——像内心受到了魔鬼的驱动似的。从老人这方面来说，他只是忍受推销员的存在，就像忍受那烦人的命运；他神情淡漠、轻蔑，心里有难以言说的苦处。这一切都为情感细腻的推销员看在眼里。这两个人的情绪常常重叠。实际上，老商人就是推销员的灵魂。而推销员，反复地踏上这艰难的沟通之路，反复表演他那浅薄的游戏，这也是老人的需要。老商人虽然体弱又老，还有过敏症，生命力却是顽强的，只要稍稍受到自然和风的吹拂便会重新活过来，重又恢复他的傲慢与冷淡。推销员明明知道沟通不可能最后达成（即老商人永远不会接受他的商品），他还是要自讨苦吃。推销是他的终身职业，除此之外他不知道自己还能干什么。老商人住宅里的氛围是多么可怕啊！一切都充满了敌意，一切都在谴责他的不合理的行为；这氛围折磨着他，而他的存在又折磨着老人；而老人，是他既畏惧又敬仰又同情的人。这种微妙的关系网使我们看见了诗人灵魂的层次，他们是这样结构的：推销员——儿子、妻子、同行商人——老商人。老商人是核心部分，深不可测；推销员属于表面的部分，直接表现为生命的活动，异常的丰富和敏感，集浮浅与深沉于一体；儿子、妻子和同行商人扮演着自我意识的角色，他们是推销员的良心，推销员通过他们不断谴责自己，指出自身行为之荒谬，不断地在自己通向目的地的道路上设置障碍。推销员在这次愚蠢的沟通行动中显然吃了败仗，在绝望中逃离了现场。不过在明天，在一个适当的时候，他又会收拾好他的手提箱，忧心忡忡，抱着渺茫的希望再次艰难地爬上那楼梯，战战兢兢地出现在这位坚不可摧的老人面前。他的前景是越来越惨淡了，生活变成了两点之间的一条直线。而老人是决不开恩的。他和推销员同样倔强，他的内心十分冷酷，他的一丝微笑就能把推销员心里残存的一点点希望击得粉碎。这真是一种奇特的沟通尝试！当事人一次又一次地努力，回答永远是"不"。这种单方面的努力的唯一成效只是与老人建立了特殊的关系；或者说，老人于无言中含糊地承认了推销员的身份。而就连这点都值得怀疑。不然老人为什么表现出那么厉害的轻蔑呢？

与老商人的迟缓形成对照，小妇人的主要特点是敏捷快速；对任何将要发生和已发生的事，她都毫无例外地先于描述者感到。描述者对她的感情是非常矛盾的。描述者佩服她的持久不衰的活力、迅速果断的判断力，以及她那超人的灵敏，这种佩服到了崇拜的地步（也许还有爱）。不幸的是，小妇人又正因为具有这些本领而对描述者感到无比厌恶，不能容忍。其表现厌恶的方式又与众不同。不是当面指出，也不是背后议论，却是做出一副因描述者而受苦的样子来引起众人的注意，从而反过来使描述者感到剧烈的不安。这种阴险的做法果然使得描述者不安了（尽管他总想否认这一点），又由这不安产生了怨恨；于是在心里嘀嘀咕咕，想出种种理由来贬低小妇人对他产生的影响，做出可以不把她放在眼里的样子。实际上描述者对小妇人的关注时常到了忘我的地步，没有谁能够像他那样理解她。她因为他的存在而受苦（描述者又因她的受苦而不安）；她因为对他的绝对的反感而态度傲慢；她因为洞悉了他的本性而不期望他有任何改善；她只是冷酷地观察他，永远兴趣不减，以此作为他加给她的痛苦的报复；她利用众人的怀疑，处处使描述者难堪，所有这一切都为描述者感觉到了，却一点办法也没有。唯一的办法似乎只在于改变自身，去适应小妇人。他就这样做了，可惜又完全没有成效。小妇人对他的拒绝是一种不可改变的原则，不论他如何改造自己，其结果还是只能引起她的厌恶。而她，天生是个好斗者，从不会装假掩饰，也不会控制自己的感情；所以她总是对他大发脾气，这样做的结果仍然是她睡不着觉，脸色苍白。既然不管描述者改变或不改变自己，他们之间关系的实质总是一样，这种关系就成了固定的模式，不会再有什么发展了，唯一的发展是描述者对事件态度的变化。描述者由先前的不习惯发展成了今天的镇静的态度。他变得更果断，更能切中事情的核心，与此同时内心也更烦躁了。这是一种镇静中的烦躁。从前，当小妇人在绝望中发作，泪流满面，甚至晕过去时，他总认为关键时刻已经到来，他要为自己的行为承担责任了。经过多年来的观察他终于明白了：没有什么最后的关键时刻；小妇人的发作是种周期病，将持续下去；而且也用不着过分为她担心，她体质强健，承受得了。还有一种变化是描述者对旁观者态度的变化。多事的旁观者曾使他不安，以为他们会要从外部渗入这件事，引起危机。后来他才明白旁观者只能永远是旁观者，他们绝不会有所行动（那超出了他们的权限）。既然一切全在描述者的把握之中了，他为什么还要烦恼不安呢？原来烦恼注定了就是他与小妇人关系的基调。一个人是永远不能做到被别人的眼睛盯着不放而无动于衷的；他一定会不安，期待最后的决定，明知那决定永远不来也要期待。并且这种状况在由青年走向老年时变得完全清晰了，不再有任何疑问了。这就是描述者的生活，他还会这样过下去。

《小妇人》里面，诗人灵魂的结构与上一个故事是同样的：描述者——旁观者或众人——小妇人。

与自己的灵魂的直接沟通只不过是一种单向、无望、永远自发地持续的运动。

1997年9月28日，英才园

良心的判决

——读《判决》

同《变形记》一样,这篇作品涉及了良心的问题。但这里采取的形式比那一篇更为高级,界限被突破,冷酷而严厉的真理直接显现。

被现实折磨得老朽、颓败、摇摇欲坠的父亲,正是艺术家内在的良心的化身。人们平常都被日常现实所淹没,他们那伤痕累累的灵魂从垃圾堆里沉到了看不见的深处。艺术家在这一点上也不例外,只是灵魂的形象更为可怕,不但千疮百孔,而且散发出棺木里的尸水的怪味。还有一点与常人不同的是,艺术家的灵魂会时常于冥府之中浮出表面,来检阅遍地狼藉、不堪入目的现实,击垮生存的支撑,并发出那种阴险恶意的怪笑。作为良心化身的父亲,是那样的强大、有力,每一击都打在格奥尔格(日常自我)的要害之处,毫不费力地就抽去了他赖以生存的、由谎言所编织起来的、经不起分析的那些根据。这样一场闻所未闻的、从根源之处直接发难的战争，对于格奥尔格这样一个敏感的、沉溺于自我分析的人来说的确是致命的。当分析的结果证明了自己不是别的，只是一名彻头彻尾的卑鄙小人时，除了去死，他还会有什么出路呢？父亲暴躁而又冷静，神经质而又出奇地理性。他在这场较量中反复提醒格奥尔格，不要将他盖上，"他还没有被完全盖上"。他的话是令人战栗的。这个从冥府里浮出来的魔鬼，是来向格奥尔格讨还血债的。格奥尔格于心安理得或惶惶不安中做过的所有卑鄙事情，他都一笔一笔记下来了，毫无遗漏。他一直在等待时机来清算，所有做过的都要得到清算，以前只是时机未到而已。在父亲面前，世俗的辩护是没有用的，绕弯子也是绕不过去的，谎言会被他直截了当地戳破，生活的理由会被他粗暴地击得粉碎。单单一句"难道你在彼得堡真有这样一个朋友？"就唤起了格奥尔格的全部负罪感。他向格奥尔格证明了，无论被埋得多深、多久，他还是随时可以浮出表面，来进行这场战斗的。然而这一切是多么的恐怖、残忍啊！我们不是听到了咀嚼骨头的声音吗？当然，正是艺术的魔咒将这个幽灵从冥府里唤出来，来进行这场自相残杀的战事的。

文章一开头，是格奥尔格怀着深深的同情因而进退两难地、绞尽脑汁地给他远在俄国的一位朋友写一封充满谎言的敷衍的信。他越写下去，越觉得除了谎言，再也没什么别的可写，因为真话会伤害这位朋友，而格奥尔格又是一位十分善于体会别人心思的人（用他未来新娘的话来说则是一个根本不该结婚的人）。但是他终于还是遵循常规将这封信写完了，并带着这封信走进了好几个月不曾去过的父亲的房里。父亲的房间异常阴暗，疲惫的老人镇定地坐在那里，双眼射出明察秋毫的光。刚刚因为写完了信而有点放松的格奥尔格在他面前立刻显出了踌躇和紧张，因为父亲的思想和意图是无法预料的。这位劫后余生的老人不喜欢废话。他咄咄逼人，只谈真实。他的话就像警钟一样震得格奥尔格头脑发昏。格奥尔格开始为自己辩护(实际上是为他的生存辩护)。他的理由是那样琐屑、轻飘，并且同样充满了谎言。而父亲，这个已接近坟墓边缘的老人，突然变得无比的强大有力，无比的雄辩，而且用一种奇怪的方式向格奥尔格透出了不祥的征兆——玩弄胸前的表链。情感层次十分丰富的格奥尔格立刻就感到了凶兆的来临。他站在那里感受着老人所说的一切，任凭他肆无忌惮地揭露自己在生活中的罪行，任凭他的手术刀将自己解剖得体无完肤。但这个时候，他还没有打算放弃生命，即使这生命已让他感到如此的荒谬。于是他可以做的唯一的事便是反击。他就反击了。那反击是多么卑鄙啊，他恨不得咬断自己的舌头。他的反击不但卑劣，而且无力；垂危的老人更加斗志昂扬了，抱着必胜的信心，他更加严厉地数落他的罪行，并告诉了他真情——他所犯下的每一桩罪恶，他都完全知情，并且决不会忘记。老人已深入到了他那卑劣的灵魂的核心，他无处可逃，无法可想，只能以死来解脱。到这个时候，格奥尔格的生存意志完全崩溃了，他再也没有任何东西可以用来与父亲的意志抗衡。被他埋葬在深渊里的罪恶感，在一瞬间如滔滔巨浪般翻滚起来，很快将他淹没。临死前喊出的那句绝望的辩白是多么软弱无力啊。

格奥尔格已经是个成年人，一直与父亲住在一块儿。实际上，在他日常的、繁忙的生活间隙里，他从不曾有一刻真正忘记大房子一角里那个阴暗的存在。只不过他总是用世俗的、浮浅的快乐来麻醉自己，企图将那个古怪的老人忽略罢了。他的努力终究失败了，这位父亲在他的忽略中不断以他的罪恶为养料，发展出自己复杂精深的世界，变成了地狱里的阎王，掌握了惩罚格奥尔格的大权。当格奥尔格意识到灵魂最深处的这个魔鬼的意图时，一切都已经晚了。格奥尔格的思维与感受跟父亲处在同样的层次上。我们很容易看出，他们都同样严谨、敏锐、有深入分析的习惯。他们之间的区分只在于，其中一个生活在五彩斑斓的谎言中，处处敷衍过关；而另一个生活在阴暗的真实里，被折磨得奄奄一息，难以动弹。日常生活又不断地加剧着二者之间的紧张矛盾，导出了出乎意料的结局：用血来偿还宿债。

艺术家内心的这场斗争之所以比常人更为惊心动魄，那主要的原因既是因为格奥尔格的敏感，也是因为父亲的顽强。回过头来看，人除了像格奥尔格这样生活，从而得到像他一样的下场，还能有什么别的出路呢？人是如此软弱，精力是如此有限，要活下去就无法顾忌那么多。可是艺术家并不是要指出出路，甚至毋宁说他只是指出了绝路，将可怕的真实揭示出来了。在这里，真理不是通过变成甲虫的人来观察到，真理直接就由模样可怕的父亲的口里说了出来。或许人们乍一听到会觉得毛骨悚然吧。真理、自由、良心，这些被人们用伪装弄得面目全非的东西，在艺术家的作品中又还原到它们原来的样子了。

1998 年 11 月 18 日，英才园

拒绝生活的生活以及由拒绝所证实的生活
——读《拒绝》

我们读到的实际上是一种艺术产生的过程，以及那个永恒的二元对立的矛盾双方之间的关系。

在离我们小城远得不可思议的地方，便是帝国的首都所在。这个首都对于我们小城的人来说是不可理解的，单是设想我们与它之间相隔的距离都会令人头晕。事实却是，法令在那个遥远的处所制定，然后通过它所指定的执行人上校来施加于我们。我们的小城井井有条，居民们默默地服从着来自首都的命令，谁也不去关心自己分外的事。上校到底是怎样的人呢？表面上，他是税务官，即拿走一切的人；但他又并不是暴君，只不过是由一种神秘的传统决定的最高官员，而我们服从他也是顺从那种传统。他是执法的权威，却又最懂得我们市民的生活。似乎是，帝国的高官们将对于我们市民来说不可思议的东西具体化了，他们将法变成了一个人，一个令人肃然起敬的上校。由于这名上校的绝对忠诚，帝国对他是十分放心的。由于上校"人神合一"的双重身份，所以当他生活在我们当中时并不觉得有必要过分强调自己的身份——他太了解我们的需求了。就这样，上校在我们这个小城里过着一种拒绝生活的生活。一方面，他拿走人们的一切，拒绝人们的一切请愿；另一方面，他本人就以这种严肃而刻板的工作来度过漫长的时光。这种以拒绝生活为生活的方式长期以来消耗着上校大量的精力。每当请愿发生，仪式到来，他就像青蛙一样呼吸；他对于人的劣根性是那样难以忍受，还是不得不坚持站在阳台上演完这丑恶的一幕，直到精疲力竭地倒在扶手椅上。多年来这种折磨周而复始。如果说上校只是为请愿所累，或者说他讨厌请愿，希望请愿不要发生，那也不对，事情还有另一面。无论何时，上校在仪式上总是笔挺地站着，手中握着两根并列的竹竿，身后是完全的虚空，那情形是十分庄严的。他是这个世界不可逾越的墙，而他生活的意义，必定就在这请愿的仪式里。只有人们不自量力的请愿，那结结巴巴的演讲，那战战兢兢的谦卑，才充分体现出他的权威，体现出他作为墙的功能。于是他在受折磨的同时又有种魔鬼样的快感，这也许是他感觉的真正实质。所以市民们卑微的小小的欲望，又是上校活下去以重返那种快感的动力。

那么上校到底是什么呢？他是艺术家的艺术自我，他体现着艺术的最高原则，他的生命由庸俗的市民们的生存请愿所滋养。他为了避免坠入身后的虚空，就一定要融入在身旁拥挤着他的市民；而要统治他的市民们，他又必须站在虚空的最后界限上。这就是他手里握住的两根竹竿的意义——法支撑着他，他也支撑着法；他在这里既代表市民又代表法。两根竹竿只能同时竖立和倒下。

市民们体现着艺术家那顽强的生命力。虽然卑微而庸俗，虽然只能以屈辱和失败为他们的生活，这些奇怪的人们从未想到过要放弃这种生活去过另外一种生活。相反，如果没有上校的拒绝，市民们反而活不下去。他们生活的目的，就是为了一次又一次地参加这种拒绝的仪式；他们精神焕发而又严肃认真，从来不对这种千篇一律的仪式感到失望或厌倦，而是从中得到鼓舞，得到继续生活下去的支撑。所以上校的一次次拒绝就是法对于生活的一次次检验。这种检验当然不是形式，而是生命发展的一个个阶段的总结，哪怕是否定的总结。在拒绝中，法和生命都被赋予了一种永恒的性质。当然，遭到拒绝必然也会滋生不满，不满和反抗是一个人活着的标志；但不满只限于私下里或日常生活中，一旦走上那个阳台去请愿，这种不满就会在超脱中消失，然后请愿被拒绝，新的不满再度滋生。这样看来，最不可理解的就是这些市民们了。为什么会一旦将生活附着于这种仪式，就像吸毒品上了瘾一样呢？这种枯燥的仪式对于他们来说，究竟有着怎样无穷的、外人无法领悟而只有他们自己如痴如醉的妙处呢？他们的热情似乎从来也没有枯竭的一天，永远在暗地里策划、忙碌，选出自己的代表团。阳台似乎就是他们登上天堂去聆听圣旨的阶梯，只是他们对天堂里的事并无很大兴趣，他们的兴趣集中在阳台上发生的这一切里。这一切使他们热血沸腾，过后又使他们从那强大的惯性中获得力量，酝酿新一轮的请愿。通过仪式，他们看到了自身的渺小；通过仪式，他们的灵魂与上校结合，因而领略了上校身后那无比纯净的虚空。我们可以说，是因为有了他们，这些日夜躁动的人们，世界才成为世界，虚空才得以成立。而上校本人，不就是从他们当中选派出来的吗？否则还能从哪里来呢？上校从首都而来只是一个不能证明的神话（因为谁也不能证明首都在何方），或者也可以说是那种神秘的传统信念。奇思异想的小城的人们，在世界的末端看到了上校这堵墙之后，一切世俗的努力都中止在这堵墙的面前；但又不是真的中止，只是表演了一场中止的戏。

那实行拒绝仪式的阳台，是怎样一个所在呢？阳台位于集市广场之上，似乎与下面的广场有着绝对的界限，似乎高高在上。但时常于不经意中，界限就被打破了。因为对广场来说，阳台太有吸引力了；而对阳台来说，广场又太有吸引力了。所以，阳台上的小孩将脑袋从栏杆之间钻出，与下面的小孩吵架；而市民们，一旦好奇心高涨就挤进阳台，占据了四分之三的地方。这种描述又使我们回到前面那个相互支撑的比喻，并得出阳台与集市广场是一个整体，上校与市民不可分的结论。阳台实在是太有意思了；尤其是那些神秘的士兵，他们与众不同的、吓人的外貌，他们沉默寡言、固执呆板、难以接近的性格，既使人惊恐，又使人厌恶。这些怪人，他们虽然矮小、并不强壮，实际上对我们这些浅薄活跃的市民具有强大的威慑力。这当然与他们从不知处所的地方远道而来，如今又属于阳台上的上校有关。他们是谁呢？他们是保卫上校的人，一种我们俗人不能与之长久对视的人，否则我们就要中邪。从他们的眼睛和牙齿的模样，人们一定是有几分"似曾见过"的感觉吧。这些平时见不到的异类，只在请愿的时分来到阳台上，成为阳台上庄严的一景。很显然，他们虽然不开口，对于请愿也是否定的，所以大家才会如此害怕他们的盯视。阳台便是演出的舞台；在它上面，市民们请求生活的愿望，通过上校、士兵们、官员们主持的仪式，一次又一次地被拒绝。而双方都明白，这场戏是对他们生活过了的证实。

1997年11月20日，英才园

无法实现的证实：创造中的永恒痛苦之源
——读《一条狗的研究》

文中的"我"——具有怀疑精神而又躁动不安的特殊个体

空中之狗和音乐之狗——非理性和诗情之体现

一般的狗——理性或科学原则之体现

狗类——精神之体现

一般动物——社会行为

土地——现实

美丽的猎狗——死神或天堂的使者

刨地——日常体验

咒语和歌——艺术的升华

在荒芜广阔的世界里，居住着大量特殊的动物——狗类。狗类由于自身独特的存在而制定了数不清的规则，规则中最主要的一条便是对它们内心那个最大的问题的答案，以及关于这个问题的知识保持庄严的沉默，这种沉默代代遗传下来，成了它们的天性。于是我们看到这样一些狗，它们外表的尊严遮不住内心致命矛盾的折磨，它们表情悲哀，每条狗都由天性所决定无法说它们最想说的事，因而整个一生只能在永恒不破的沉默中度过。

任何事物都有例外，在狗类中就有一些极不安分的家伙，它们性情忧郁、敏感、多虑，自我意识太强；它们由于这种性情所致对任何有疑问的事物都要追根究底，不惜花费一生的时间和精力搞它个水落石出；它们即使一次次遭到可耻的失败，一次次在铜墙铁壁面前碰得头破血流，仍然不肯放弃；它们的自我恢复的能力也是惊人的。文中的"我"便是这类狗中间的一条。"我"是狗群中的一员，身上具有狗类的所有特点，但却不愿像一般狗那样认命，不愿在沉默中守着规则终其一生。"我"天性异常，精力充沛，早年就如中了魔一样四处乱跑，逢人就提问；于是便发现了奇迹——七条在古怪吓人的音乐声中表演的狗。那些狗的表演完全违反科学的规则以及狗类的那些符合规则的天性，因此在狗类看来是不可思议的。它们的音乐也违反常识和习惯，却具有压倒一切的、致命的威力。这种违反科学的表演并不是浅薄的、乱七八糟的，而是具有铁一般的内在规律，以令人信服的整体一致性深深地打动了"我"。"我"在痛苦之余认识到：奇迹，只有奇迹，才与"我"内心的疑团的答案有直接的关系。"我"从此改变了自己一生的生活，埋头于对奇迹的研究中。

"我"是怎样的一条狗呢？"我"是怀疑的化身，对其他动物不感兴趣，一味执着于狗的世界；"我"所关心的一切，都与狗的命运有关，而奇迹又是决定狗的命运的关键；"我"为了解开狗的命运之谜，形成了一种为奇迹而活、自己制造奇迹的生活方式。

狗类的最高幸福原则是统一；奇迹是破坏统一的，往往达到要摧毁原则的程度。"我"进一步发现了原则里面的缺口或裂缝，决心从这缺口突围出去，研究规律或原则之外的东西，另辟蹊径接近终极之谜。"我"的研究并没有给"我"带来幸福与安宁；相反，一连串的毁灭性灾难降临到"我"的头上，内心的矛盾日益深化，虚无感如同死亡的谷底升起的音乐；绝望逼得"我"别无他路可走，只有将那模拟死亡的实验一次又一次地进行下去，直到生命结束。这就是"我"的命运，也是狗类的命运。作为个体，"我"的遭遇是特殊的；但"我"身上除了叛逆性以外，还有那种令"我"尴尬的狗的共性。"我"致力于美的证实，经历了无法忍受的痛苦，却从不屈服和就范。就这样，"我"一步步加深了对死亡的认识，一步步丰富了科学的原则，伟大的目标似乎就在眼前，生命丰盈而充满了意义。然而，"我"性格中的另一面总在用怀疑毁掉我的成果；"我"无法证实"我"所做的一切；"我"两手空空，抓不到任何意义，即使是已经获得的也不复存在。最痛苦的是"我"必须求得证实，这个"必须"是无法违抗的。

通过"我"的生活轨迹的叙述—发现奇迹（与演奏音乐的七条狗的邂逅）—说出奇迹（四处奔走向同胞描绘当时的情景）—研究奇迹（对音乐之狗和空中之狗的研究）—证实奇迹（做实验

企图证实食物的起源）—创造奇迹（绝食以及绝食最后阶段与美丽的猎狗相遇），读者一步一步被带进"我"那充满激情的世界。"我"以令人信服的感受向读者表明了从逻辑上看来根本不可能的事物的真实存在；从这感受里，读者可以看到非理性创造那种无中生有的强大力量，以及这种创造由于被理性钳制而又无法摆脱的永恒的痛苦。"我"桀骜不驯，死死执着于自己的异想天开，只要还有一口气就要将那凭空设想的实验付诸行动。

理性也是"我"所具有的天赋，是个性中的一个部分，所以"我"并不蔑视科学，而是对科学充满了敬意，一举一动都用科学来衡量。"我"凭直觉感到，科学越发展，死亡之谜便越清晰地凸现出来，越显得恐怖；还有那无处不在、要摧垮一切的虚空，以及被历史的重负所压在底下无法说出的真理，永久消失了的自由；这一切，都不能用已有的科学的解释来使自己安心。"我"必须用个体的创造、重新的证实，来为科学增加内容；这种创造将带来新的科学理性的诞生——一种更自由的科学。审视"我"的追求过程，读者既可以看到"狗急跳墙"的本能所显示的威力，也可以看到理性的决定作用。"我"是在与其他狗的对照中，在整个狗世界的沉默中，意识到自己本性中的这个部分的；于是所有的痛苦都出自内心的根本矛盾，即使在成功的幸福中也无法将它们消除。

对终极真理（美、死亡）的认识是由那种陌生有力的、充满了虚无感的音乐开始的。小狗时代的"我"第一次从儿童般的大自然里发现这种排斥的、不和谐的强音时，它是多么恐慌啊！这种异端的音乐和七条演奏音乐的狗的异端的表演，促使"我"

很快结束了自己的儿童时代，从此落入单枪匹马地与那个致命的问题对峙的命运。这个问题便是"死是什么？"或"精神是什么？"这样巨大而沉重的问题，当然不是一个弱小的个体回答得了的；它必须借助于全体狗类的力量；但就是借助于全体，也没有最后的答案，而只有过程；而这过程又是毒药（虚无感对神经的毒害），是通过每一个个体的创造来独自与死亡对抗而实现（即做实验）。这似乎是令人沮丧的，是一场自欺，但自欺却也是狗的本性。"我"对那一次实验的感受是怀疑、孤独、绝望、恐惧，当然也有那不知不觉降临的幸福的幻觉。这就是对抗过程中的一切，似乎很不值得，可是"我"选择了它。沉默在过程里起着什么样的作用呢？沉默是对虚无的踌躇，在这踌躇中暗含了对生命的理解和不情愿的肯定。只要狗类存在一天，沉默也就继续下去，个体对于生命的执着也就永不停止。谁能抓住真理呢？狗类的祖先没能做到这一点，今天的狗类同样不能做到，而且比从前更困难了。它们似乎在用提问来拖延时间，得过且过；可是只要深入它们的问题，就可以感到它们的内心在怎样为渴望真理而颤抖，为无法企及真理而疼痛。早年真理唾手可得，祖先们过于幼稚失去了机会；今天的狗类似乎已洞悉了一切，但却又由于这洞悉丧失了获得真理的能力。剩下的便只有沉默。沉默是狗类由遗传而获得的最高贵的品质，它显示出狗类广阔的胸怀和勇敢无畏的气魄。狗类是在沉默中体验到那种先验的理想之存在，以及自欺的不可避免的。不论"我"如何呐喊，"我"对于心中那个问题的答案永远是沉默的。而理性的大厦就建立在沉默的基础之上。

狗类以什么为生的问题

对于这个全体狗类才能承担的问题，答案只能从狗类自身寻找。狗所做的是用不能证实的行为过程来回答：尽你所能用自己的尿浇灌，土地上便出现食物，这食物维持了你的生存。一切科学都只能为它增添细节，除此以外便只有不确定感和虚无感。不但答案不能证实，粮食也无法与别的个体分享，因为它是创造力（浇灌能力）的赋予，是由饥饿的程度来决定的。

土地从哪里弄来食物的问题

这个起源的问题同样无法证实，只能以沉默来面对。科学的原则对此无能为力，而想象中的答案于冥冥之中威胁着要摧毁迄今为止所建立起来的理性的大厦。"我"放弃了正面回答的徒然努力，以一种迂回的形式开始了向核心接近的追求——通过实验排除一切干扰，达到自己所渴望的清晰。

实验首先从最基本的区分开始——刨地和咒语。前者类似于日常体验，后者象征了幻想的升华。"我"做了一系列的努力，企图分别证实二者的效果，可区分微乎其微，差不多可以忽略不计，因为二者本来就是我中有你、你中有我的。而对于"我"的隐秘兴趣（想证实食物是无中生有产生的），大地却不给予任何暗示。"我"并不气馁，实验本身刺激了"我"的幻想力；"我"锲而不舍地坚持下去，终于创造了食物斜线降落的例子，也就是食物追随饥饿的例子。这个例子仅仅部分表明了饥饿是食物产生的根源。可是又由于实验条件的限制（在充分证实之前"我"总是迫不及待地吞下食物，这种物质对饥饿的满足使体验中止了），由于科学理性的规范（斜线降落仍然属于土地吸引食物的一种方式），胜利的成果很快被消解了。"我"现在走投无路了；凭着一腔热血，"我"仍然不肯认输，而是变得更加肆无忌惮、为所欲为，竟然要去从事骇人听闻的事业：以彻底的饥饿来证实创造的自由（即证实食物是从虚无中产生），在远离干扰的荒野独自接近终极的目标。最后，"我"虚弱不堪，体力耗尽，内心却因为与伟大真理的接近而颤抖，因而肌体也获得了新生的力量。我的实验并没有达到预期的目标（即证实）；但是"我"以"我"的行动，"我"的身体和热血，"我"的真实的遭遇，表明了奇迹是存在过的——它存在于那高不可攀的、激情的幻想力之中，而通往奇迹的狭窄的、唯一的道路便是绝食。在这次重大的实验之后，虽然食物到底是从哪里来的依然是个谜，读者却可以从"我"获得了能量、恢复了精力这一神秘事实里悟出某些东西。实验是什么？实验便是调动起非理性的蛮力，与无处不在、压倒一切的沉默，与铁一般的规则做一次殊死的搏斗。实验快结束时从美丽的猎狗胸腔里响起的动人的歌声，就是这样一首非理性的创造之歌。

理性对于非理性的监督，非理性对于理性的超越

理性认识无时无刻不伴随着"我"的实验过程，它使"我"惭愧、难堪、沮丧、绝望，它用数不清的规则和展示来使"我"寸步难行。然而，它却是"我"不能、也不愿抛弃的；没有它，"我"无法进行实验。即使隐隐地意识到一切努力纯属徒劳，即使最后的成果仍然被纳入理性枯燥的范畴，通向死亡（最纯粹的美）之路的实验的欲望还是不可遏制；智者的禁止也丝毫动摇不了"我"的意志，只因为绝食的痛苦中包含了无穷的诱惑，只因为对终极美的追求正是狗的天性。于是新一轮的崛起重又开始。

理性存在于每一条狗身上。在一般的狗身上它体现为沉默（对终极真理和自身处境的理解）、守规则（按逻辑行事）；在音乐之狗和空中之狗身上则体现为隐藏的犹疑、惭愧和对自己生存方式的忏悔。"我"是理性和非理性的结合。"我"在实验中是忘我的，但从未达到彻底忘我的程度，"我"的天性中总是有一部分在警戒着、判断着，将一切干扰排除在外，以保实验的纯粹性。"我"甚至放弃"我"所喜爱的睡眠，选择幼嫩的树枝作为眠床，在树枝的断裂声中时刻保持高度的警惕。"我"天性中的这一部分并不妨碍"我"那离经叛道的幻想，反而促成了这种幻想在最透明的环境里的实现，虽然随后即被规范。这种规范—超越—再规范—再超越的过程，很像"道高一尺，魔高一丈"。小狗时代，"我"在同胞（理性）的呵护中长大，那是

一种不声不响的、貌似粗鲁的呵护。与此同时,"我"那叛逆的性格也发展起来。叛逆导致了与奇迹相遇,也导致了对同胞的反感;尽管如此,"我"在任何时刻也不能脱离同胞,而是相反,"我"的想法必须得到它们的认可、证实。"我"一次又一次地询问,一次又一次地征求意见,"我"焦躁不安、气急败坏,同胞们仍然高深莫测、无动于衷,甚至还唱歌。"我"对同胞的幻想由此破灭,离开群体去过孤独的生活,去进行孤注一掷的事业,实验的结果却是"我"重又回到同胞中间。寻找同志(与我同样想法的狗)的过程就是寻找理性证实的过程,永远找不到(找到了也认不出),永远在找。

饥饿

饥饿是对虚空、完美和纯粹的渴望,饥饿的载体是身体。在绝食中饥饿与身体合二而一。最后身体消失,只剩下饥饿,美的意境便降临了。

由于饥饿,食物才有诱惑力。可是满足也是狗的天性,满足妨碍了体验的纯粹性;一旦满足,食物便不再具有魅力。要想体验食物的终极魅力就只有绝食。绝食到了最后阶段,在大地上就找不到可以吃的东西了;这个阶段是一个唯美的阶段,地上的一切食物都会令"我"恶心;"我"在为饥饿而饥饿的冲动下企图达到最后的抽象美。

狗类对于生命的态度

它们对于生命的态度永远是矛盾的，既深感有罪，认为它是通向真理不可逾越的障碍，是垃圾；同时又迷恋不已，通过演奏音乐和做实验，甚至沉默不语来执着于它的美丽。谁能摆脱自己的本性呢？历史上从未有过这样的例子。生命发展，狗性也随之发展；狗性既是对美的认识、追求，也是放荡的、浅陋的和排斥美的。那么回到祖先，回到生命发源之地和真理发生之地吧。可是远古时的起点只是一种虚构。谁都知道，真理是由于狗性的发展而日益形成的，没有发展就没有今天的真理。远古时代的真理并不存在，它与大自然融为一体，还没有独立成形；狗性的发展一方面使真理得以剥离，一方面又使得狗类为自己的本性所累，再也无法企及它。今天的真理已被埋在深而又深的垃圾下面，徒劳的挖掘只不过是使它陷得更深，只有日益灵敏的嗅觉一次又一次地嗅到它的存在。

音乐之狗是矛盾的，它们在表演时被负罪感（由于裸露身体？）折磨得近乎绝望，它们每一步都不住地颤抖；那凭空产生的内在旋律，那主宰一切的清晰、严厉、均匀的声音，却将它们的幼稚和犹疑化为了一丝不苟的节奏。它们原是普通的狗，时刻为自己的劣根性感到害羞，是来自天堂的音乐将它们变成了魔术大师。

空中之狗比音乐之狗离生命更远。它们四肢萎缩，根本无法用身体的动作来表演；它们唯一可做的事就是躺在高空的垫子上唠唠叨叨说废话；它们的高谈阔论就是它们的忏悔——为自己的生活方式，这种废物的方式，也为自身存在的无意义。既然如此，按照逻辑，空中之狗便没有存在的必要了，它最好自行消失。事实却是空中之狗不但没消失，还由于神秘的原因在增加、发展。空中之狗真的毫无意义吗？它们已经远离了生命吗？如果你凑近它们去倾听，就会发现它们所唠叨的，全是关于地面上的狗类的事；它们所念念不忘的只有地面上的狗类，以及它们现在与地面狗类的关系，而它们存在和发展的意义，就在这种关系中。

做实验的例子就更鲜明了。"我"出于对生命的唾弃将外壳一层层剥去，在荒郊野岭之间完成了彻底的蜕化，这种蜕化既是摒弃也是新生，生命由此获得了新的能源。如此循环往复，永不停息。

虚无感

从对死亡的认识产生的第一天起，狗类便受到虚无感的折磨和引诱。一般狗群对付这个问题的办法是沉默，音乐之狗的办法是演奏，空中之狗的办法是唠叨，"我"的办法则是做实验。虚无感既是毒药，毒害着每条狗的神经，同时又具有无穷的魅力，引诱着每条狗去追踪它，获取它。它是骨头里高贵的骨髓；它是音乐演奏中庄严的旋律；它是空中之狗那云霄般的高度；它也是绝食最后阶段那纯美的意境。虚无感用涵盖一切的威力压迫着狗类；狗类则执着于生命，用一千次的遗忘和一千次的表演来和它达成妥协。遗忘和表演正是基于对它的深刻认识。狗类的沉默因而具有了悲壮的性质，狗群成为天生的受难者。谁能彻底战胜虚无感呢？任何胜利都是暂时的，是包容中的排斥，铭记中的遗忘。只有狗类才有如此强大的力量来承担这一切。

当那条美丽的猎狗要将"我"从虚无的边境上赶走时，那段戏剧性的对话便是关于这个问题的讨论。猎狗告诉"我"："我"必须做的事也是"我"一直在做的事，就是在"我"的有生之年体验虚无，但"我"永远无法实现虚无。注满了这种体验的最后的歌声从无意识的状态中发出，独立于意志的天堂之音飘向了绝食者，作为对"我"的劳动的报酬。似乎是一种虚假的安慰，却给"我"的身体注入了真实的活力。"我"和猎狗相互间关于对死亡认识问题的探讨中止在那个美妙的时分。"我"飞跑着离开了边境。

对付虚无的武器：遗忘和提问

狗类自出现以来便与遗忘相伴。遗忘使得它们面对终极问题视而不见，在世俗生活里迷醉，顺着祖先的迷途走下去。遗忘似乎消解了科学进步的意义，妨碍了真理的实现，因而科学成了一个可憎的发展过程——一代一代的狗老掉了，死去了，真理依然无比遥远，也许还更加遥远。在这个乌烟瘴气的现实里，谁又能保持永恒的记忆力呢？沉沦，一代一代毫无希望的永恒的沉沦。遗忘又是法宝，使得狗类以无与伦比的毅力生存下来。难道真理不正是依赖于狗类的生存吗？这便是绝望中所包含的希望吧。提问也是遗忘的一种方式；提问暂时免去了面对答案的痛苦，使时光变得比较可以忍受。所以狗类不排斥提问，永远在提问；那些问题全是抛向空中，不求答案的。这种状况一点都没有减少它们的问题的价值，只是这价值无法证实罢了。所以"我"向同胞提问时，它们虽不回答，还是鼓励"我"。在这个友爱的集体中，"我"再次体会到"我"关心的只是狗类，没有别的；在这茫茫的世界里，"我"只能求助于狗来找到答案；狗本身拥有所有的知识、所有答案的钥匙。然而由于同胞的本性，那个根本的、永恒不破的原则，"我"遭到了失败。"我"也不能求助于自己，因为同胞的本性也是"我"的本性，"我"同样不承认自己的知识，也不能说出答案。唯一的区别就是"我"对提问的方式着了迷，不断深入内部，变换角度，一钻到底，流连忘返，忘了提问的初衷，一味在细节上挑剔不休，力求方式的完美。这就是"我"的生活方式，令别的狗难以理解的生活方式：明知不可能有答案，还要纠缠细节，在细节里耗费了全部精力。别的狗虽不理解"我"，还是爱护"我"，鼓励"我"，因为"我"的提问也减轻了它们的痛苦。

证实行动的失败

"我"想要证实真理，即证实自身特殊生活方式的价值。"我"向音乐之狗提问，向邻居提问，所获得的只有模棱两可的含糊回答和沉默。唯一真正的收获便是"我"从同胞们的表演风度中，从它们高贵的气质里，体验到了某种令"我"神往的东西。"我"的体验告诉"我"，答案就在这种东西里面，可是无法说出，只能体验。而终极的体验又只能在孤独的情况下去实现。一直到最后"我"都没有放弃证实的企图，并为这企图痛苦；与此同时，企图就被淹没在丰富的体验当中了。谁能分得清到底是过程还是终极的目标更重要呢？证实的企图也许失败了，而那体验过程本身不是辉煌的成功吗？狗类是多么不幸，背负着多么沉重的包袱，有着多么曲里拐弯的、阴暗的内心！狗类又是多么幸运，造物主在成千上万的动物种类中唯独选中了它们，来承担那体验的事业，这体验因为生命的短暂而更显得无畏和辉煌。

词语

词语最初是用来说出真理的。在古时候，真理离得那么近，似乎就在每条狗的舌尖上，说出真理的可能性比今天不知大多少。但狗类不久便发现，真理根本就无法说出。这种发现使得它们更加努力地去说，以期接近真理。说（提问）是狗的本性，狗的生活方式；一代一代的狗都在变换提问的形式，结果是词语离真理越来越远，那种可能性永远丧失了。那么接近真理就不可能了吗？狗仍然可以体验到真理，只是由于狗社会的发展，这体验越来越艰难，方式越来越不可思议；并且即使是最好的体验，一旦说出，就背离了它的本义，开始了背道而驰的过程，于是又要用新的体验来丰富。现代狗与古代狗的区别就在于它们的嗅觉越来越灵敏。现代狗可以透过堆积如山的垃圾嗅到垃圾底下骨头的香味，这香味激起它们对美好的毒药——骨髓的无穷的遐想。于是它们用各种各样的名字来命名这骨髓，在遐想中麻醉自己，以打发没有真理的时光（如我的提问）。由于词语与真理的分离，所有的狗都用对终极问题的沉默来忍受这种状况。沉默包含了无法说出口的真理。空中之狗正是为了这无法说出口的痛苦而唠唠叨叨，"我"也是为了同样的痛苦而提问。从这个方面来看，沉默比说要更丰富，也更有意义得多。可是真理又只能以说的形式表现出来；包含在沉默中的真理不说出来对别的狗就等于不存在，而别的狗的态度又是"我"最关心的。说出的词语是如此贫乏、苍白、不着边际！然而除此以外，狗类也再没有别的形式来表达真理了，只能拾起这个令人憎恨的形式，将那提过了一千次的问题再提一次，并决不期望得到任何回答。这就是狗类，它们的问题消失在沉默的大海里，仍然在不甘寂寞地七嘴八舌，非要用无意义的词语说出意义来。它们的执拗一次又一次地刷新、创造了词语，将想象中的意义赋予了词语，使词语伴随它们生存下来，直到今天。

迷失

历史就是迷失的过程，不论是狗群还是特殊的个体都摆不脱这个过程，狗的本性决定了它的命运是迷失。所以谴责是没有用的，只有承认这个现实，接受这个现实，而又不屈服于这个现实（屈服将导致真理的丧失）。"我"的一生就树立了这样一个典范。在乌七八糟的现实生活中，心中那先验的理想就如一盏灯在前方的浓雾里闪亮，促使"我"不顾一切地奔向那里。"我"的生活是迷失中的清晰，茫然中的坚定。也许可以说那盏灯是"我"的想象，但绝不是忽发奇想，因为自"我"诞生那一日起那盏灯就存在了——只是无法证实。不然"我"怎么会与奇迹相遇呢？怎么会从迷失的领域里找到围墙的缺口突围出去呢？

散发出死亡气味的邻居老狗也是这样一个典范。"我"在与它的长期相处中从它身上体验到了它对迷失的理解。老狗的风度平静而宽怀，有着洞悉一切的敏锐目光。"我"深深地懂得这一切，也佩服老狗的睿智。可这一切却激怒了"我"，"我"不愿沉默，不愿待在狗群里同大家一道默默体验，而要从队伍里挤出去，来一番别出心裁的研究。

一条活到了老年的狗写出了这样一个报告，在报告中对于自己一生所从事的研究做了详细的记录。仔细探讨，就可以发现，这个报告对于研究所获得的最后结论没有交代——虽然那是"我"的初衷。结论是不了了之的糊涂账；文中大肆渲染与描述的只是过程，那痛苦、矛盾、彷徨的过程，那奋力突围、痴心妄想、无中生有的过程，除了过程还是过程；结论（真理的证实）永远被遮蔽着，无法企及，只能在假设中体验。狗类不是已经山穷水尽了吗？悲观的看法也许是这样。可是在这辽阔而荒芜的大地上，除了狗类，还有谁能体验到真理，并通过一代又一代不懈的努力去证实真理呢？只有狗类，与真理结缘的动物。拯救的钥匙在狗身上，拯救的方式也只能由狗决定。狗类以其创造不断丰富着对真理的体验，这是它们区别于其他动物的、唯一的特权。它们在获得大欢喜、大幸福的同时，也必须承受大恐惧、大绝望。它们性情中的这个致命矛盾究竟谁占上风是很难说的，然而却产生了这个绝望中的希望的报告，一个没有最后结论的报告。狗类一直这样生存，还将这样生存下去；它们坚定地信仰这一点，如同信仰毕生追求的真理。为什么要过分地悲观，并被那悲观压倒呢？请相信每一条狗都具有上天赋予的强健的体质来承受自身的性格悲剧吧。

老年狗的报告向世界发出了自由的呼声，尽管这呼声是可笑的，相对于强大无比的狗制度来说是软弱无力的，但是它是真诚的。它在报告中告诉我们，不论多么困难，也许困难到要以生命作为抵押，自由仍然是可能的。那些例子都是真实的，是血和泪的真实。我们看到，自由的圈子已缩得如棺材般小；做实验的条件可怜而荒谬，到处都是干扰，头顶上，脚底下，身后面，想象中；干扰无处不在，可怜的狗战战兢兢，还要摆脱最大的干扰——自身的皮囊。这一切是多么的滑稽可笑，就像癞蛤蟆想吃天鹅肉。然而不可思议的实验还是进行过了，并且被记录下来了。如果谁还没有心如死灰，在垃圾如山、寸步难行的世界里心中还深藏着自由的梦想，就去读这个报告吧。不过不要指望它会使你安心；相反，它可能会使你产生冒险的冲动，那冲动也许会使你碰得头破血流。像这样现身说法、满腔真诚的报告在读者身上产生的效力是无法预料的。

1997年5月7日，英才园

辉煌的再现

——读《歌手约瑟芬或耗子的民族》

约瑟芬——灵感

我们（观众、反对派和小女孩等）——理性

音乐——终极之美，永恒或无

约瑟芬的口哨音——体现了音乐的尘世之声（有意识的）

我们的口哨音——没有体现音乐的尘世之声（无意识的）

创造过程——我们与约瑟芬之间的冲突与依存、突破与包容

我们和约瑟芬

约瑟芬是我们当中的一个奇迹，是我们领略永恒的音乐的唯一窗口。音乐早已从我们所在的尘世消失了，我们已习惯于

艰难地生活，习惯于没有音乐只有随口吹出的哨音的世界。日复一日，我们衰老的身体忍受着苦难。忽然有一天，约瑟芬从我们当中冒了出来，带来她那奇妙的歌唱——一种不能模仿的口哨音——出现在我们面前。我们对于这种不是音乐的歌唱陌生而又熟悉，它令我们想起我们从未听过的天堂的圣歌，而实际上它又的确是我们日日听熟了的口哨声。我们明知这不是音乐，却又每一个人都毫无例外地深深被它吸引；它在我们当中的影响力胜过尘世上的任何事。将我们与约瑟芬的歌唱联系起来的是一种神秘的情绪，它说不出来，但每个人都能感到。只要我们坐在这位歌手的对面，看着她歌唱时的表情，我们便会为之心潮澎湃。她吹的口哨与我们平时吹的毫无二致；深深打动我们的是她对待歌唱的态度，和她歌唱时的状态。还有谁能像她那样，将尘世的口哨声当作天使的歌声来吹奏呢？她是独一无二的这样做的人。我们虽然对这种永远给我们带来新奇感的声音有相当程度的迷惑，但约瑟芬给了我们机会，通过她那灵动的哨音，我们感到自己的身心在向天堂升华。她使我们肃然起敬，这就够了。

在一个没有音乐的世界里，我们信仰音乐；在一个没有奇迹的世界里，我们相信奇迹。这似乎有些古怪，谁也解释不了这件事的原因，这大概是来自一种遗传。而约瑟芬，是音乐与奇迹的化身。我们爱戴约瑟芬，却并不能理解她的歌声，因为她的歌声是无法理解的，它与我们对音乐的预期相去甚远。可是坐在她面前，看她吹奏，我们的感觉就会被激发起来；那种感觉不能描述，那当中既有音乐，也有我们日常的苦难，它们混成一团，不能区分。在倾听时我们只有沉默，在沉默中享受那种盼望已久的、属于天堂的和平。诚然这种感觉并不是理解。即使不理解，为了沉浸在那种感觉中，我们仍然要聚集在她身旁听她吹口哨；这成了我们生活的目的，这也是她那巨大影响力产生的基础。因此我们需要约瑟芬，一天也离不了她；她是唯一的使我们与音乐发生联系的人。

如果说我们因此就将约瑟芬看作了十全十美的偶像，那也不对。我们熟悉约瑟芬身上的一切：她的喜怒无常的孩子气的性格，她的娇弱，易受伤害的体质，她看待众人的那种清高到近乎狂妄的眼光，她内心的彻底的孤独；我们还知道她从根本上是蔑视我们的。基于这些原因，我们人民对她的总的态度是将她看成一个娇弱的孩子。我们总是设法满足她的要求，同时又像父母一样保护着她。鉴于她是受我们保护的小孩，我们当然不会去嘲笑她身上的弱点。不嘲笑她并不是不清楚她的弱点，我们在心里是很清楚的，所以我们在同她打交道时一点也不缺乏灵活，我们的灵活技巧都是为她着想。首先我们对她的吹奏始终怀着很深的疑惑；前面已说过，这种口哨音既不符合我们对音乐的预期，我们也无法区分它与我们平常的口哨音的不同。但我们将疑虑放在心里，通过面对面的倾听来平息内心的矛盾。其次我们知道她对我们的鄙视；知道我们对她的钦佩一点也没打动她，因为她要的是按她所规定的方式的钦佩，一种荒唐的、我们绝对做不到的方式。我们还知道，她以我们对她歌唱的干扰、以及我们对她的完全不理解作为她继续努力歌唱的动力。即，我们越干扰她，越听不懂，她的情绪越高昂。知道了这一切，我们仍然崇拜她，热情洋溢地倾听她。当然在我们清楚地感到她的哨声不是音乐时，也会小小地反对她一下（为了不宠坏她），不过这不会打消我们对她的敬佩。我们始终将自己看作她的父母，不求理解，一味欣赏。约瑟芬是怎样看待这一切的呢？

约瑟芬的痛苦

约瑟芬的痛苦的根源是由于她的演唱的性质的模棱两可，即她的演唱既是完全的尘世生活的演唱又令人想起天堂。异想天开的约瑟芬自己来自于尘世，却竟然要撇开她歌声里的一切尘世的因素。她想要我们直接将她的口哨当作天堂的歌声，为了达到这个目的，她在她那短暂的歌唱生涯中受尽了由于我们反应冷淡而引起的折磨。她明知我们不能同意她，但她的事业就是要成就那不可能的事；为了这个事业（或古怪的爱好），她挖空心思、花样百出，想出一套又一套自虐的方案，耗尽了自己的心血。我们，生长在大地上的臣民们，出于对约瑟芬的敬佩一直很想帮助她；我们用我们那正直的判断与狗一样的忠诚，还有惊人的耐心，使约瑟芬的演唱一次又一次得以顺利进行。但我们的态度只是加重了她的痛苦，她内心的冲突更激烈了。这个天性异常的女人，只对一件事，一件荒唐的不可能的事有兴趣，这就是要从我们这里获得证实：她的艺术至高无上。这样一种妄想注定是要失败的。在我们看来，约瑟芬的口哨声的确美妙动人，它能使我们回想起自己在这凄凉的人世间的全部经验（我们寂寞的童年，我们未老先衰的青壮年，我们如何失去了直接感受音乐的能力）；它就像从人类传到单个人耳中的信息，显示着个人在人群中那不稳定的存在；听到它，我们激烈冲突着的内心便能暂时归于平静。但我们不能说谎，也不能说违心的话，我们只能实话实说——这口哨声确实不能等同于天堂的音乐，它的世俗的痕迹太明显了。约瑟芬将我们这种态度看作对她的钳制，她对我们更鄙视更不服气了，她要用更高级的表演，甚至用一些俗气的举动来动摇我们的看法；她明知不会有效果也要做下去，她已深深地中了魔。在这场暗中进行的、钳制与反钳制的较量中，约瑟芬异常痛苦地折磨着自己，想使我们出于一时的心软同意她的要求。她甚至忘记了我们是些坚持原则的人，不会说谎的人，不论她要什么手段，我们的态度也不会有任何改变。我们没见过天堂，却有对天堂的信念；约瑟芬的歌使我们不断想起那古老的传说，但仅此而已；想用它来取代天堂怎么可能呢？难道她不是生长在我们当中，难道她是天外来客吗？所以约瑟芬无论怎样努力，也是摆不脱世俗的印记的，更何况她歌唱的全是世俗的生活。

如果仅仅认为约瑟芬只是鄙视我们，要努力来反对我们，那又错了。她的表演全是给我们看的，也只有我们在看。因此她又是依赖我们，从我们当中吸取她歌唱的力量的；只是她依赖的方式别具一格。在音乐会上，我们的存在，我们对于她的大大小小的干扰，包括我们对她的不理解，我们灵魂的负担，全都成了她的兴奋剂，激起她更加努力地在歌唱中向上攀升，为的是让我们肃然起敬。当灵感的激情高涨时，干扰反而成为必要的参照,因为约瑟芬可以"反其道而行之"。外在的噪音,甚至观众那空洞的目光都是约瑟芬表演时的先决条件。

但是我们终于没能满足约瑟芬的最后要求,即要我们证实她的艺术天才的要求。经过了一次又一次的不懈的努力,将自己折磨得昏过去,给她带来的仍然只能是深深的沮丧。于是她失踪了。可是失踪并不等于放弃,缺席更加突出了曾经有过的存在。在沉默的人们当中,对她本人的记忆丝毫不弱于对她实际的表演的记忆。也许到了这个程度,艺术家表演或不表演都是一样了。只有过程,没有最后的承认,这是她可悲的命运。实际上,忠于歌唱的约瑟芬从不曾失策,也不曾犯错误;应该说,她的存在就是以"误解"为前提的,即身在尘世,却又可以体验天堂。就是这种由远古以来遗传下来的误解,约瑟芬和我们的人民较量了无数次,用自己那青春的热血吹出一曲曲尘世的哨音,以表达对天堂的向往;而天堂,也就在这个艺术创造的过程里得以呈现。但是约瑟芬本人看不到,处在过程中的她被歌唱的世俗性质所迷惑,被抓不住过程(过程是不能被"抓住"的)的苦恼所折磨,只好不断地唱下去。我们人民也看不到天堂,只能听到世俗的口哨音;关于天堂的想象弥漫在这时断时续的奇特的哨音里,而天堂本身仍然无比遥远。我们能够清醒地区分,我们这种清醒和顽固对约瑟芬是致命的打击。可惜我们只能惋惜地说,她太贪婪了。如果约瑟芬知道了,天堂只能在世俗的追求中实现,即你追求它,它就出现,你不追求它,它就不存在,她还会像这样痛苦吗?应该还会的。因为只有在最痛苦的瞬间,天堂才真切地呈现;而要唤起、抓住这些瞬间是她本能的冲动。在这个意义上也可以说约瑟芬是为了瞬间的快感终生痛苦着，并且她的最大的快感就是存在于她的最大的痛苦中。于是又可以进一步说，约瑟芬的痛苦是她要达到存在的努力，也是生命本身存在的证实。又由于自己（人民也是自己的组成部分）无法证实自己的存在（在参照物是"无"的情况之下），这种痛苦就要不断地延续下去，她自己也就要不断地努力"存在"下去。

1997年12月4日，英才园

障碍

——解读《乡村教师》

乡村老教师——艺术的良知，描述者的艺术自我

描述者（商人）——艺术与现实之间的媒介，现实中的执笔者，某种羞愧、某种自我批判的化身，企图描绘不可描绘的终极真理的失败者；他与乡村老教师共同构成描述的二重性

学者——理性，原则

公众——日常自我

村庄——艺术家的留守地

城市——现实；交流发生之地

大鼹鼠——艺术的最高意境，终极真理

一、描述过程中所产生的那种深重的疑虑是由艺术自身的性质所决定的

乡村老教师付出了毕生的精力来坚持一个虚无缥缈、只存在于传说之中的真理。那个真理差不多已被人们所遗忘了，却并没有消失；它被记录在教师所写的小册子里。老教师坚信他的记录的正确性，容不得任何偏离他的观点的解释；有时候，就好像他不愿有任何人对他的记录加以辩护似的（其实并非如此）。但他内心深处有个矛盾：他想证实大鼹鼠的真实存在，并说服众人不要对此有任何怀疑，而他自己并没有亲眼见过大鼹鼠。由于他的记录本身缺乏可信的根据，也由于一般公众的冷漠、不买账，老教师便隐退到穷乡僻壤的角落里，过着孤独凄凉的生活。这个教师是个十分顽固的家伙，他天天在那与世隔绝的地方等待着。只要碰到有人对他的小册子感兴趣（比如这个被热情冲昏了头脑的描述者），他就要跳出来重新宣讲他的信念，批判别人的不忠诚、不彻底的描述。在这方面他总是出奇地敏感，充满了洞察力，并且能打中对方的要害。他的痛苦只在于他本人没有见过那怪物这一点上，所以批判的矛头往往又掉转来对准了自己，到头来自身又软弱无力了。怀着如此深刻的内心矛盾，乡村老教师是否放弃了教训别人呢？不，他仍然作为一种令人厌恶的存在，逗留在描述者的身旁，似乎在引诱他继续描述，实际上又处处设下障碍，使得描述工作寸步难行。而在内心深处，他又是希望描述者继续他的工作的。他到底要干什么？要达到什么目的？他的复杂心理没人能猜透。

描述者"我"受到诱惑，参加了老教师的描述，并写下了自己的小册子——对描述的描述。在他的描述过程中，乡村老教师出于内心的愤怒和不满不断地打击他、嘲弄他，将他的描述说得一钱不值。而描述者，从教师的话里体会到真理的暗示，便努力地对自己的工作态度加以修正，以迎合教师，减轻自身工作的压力。有时，他也指出教师的致命矛盾，但这并不能证明自己高明，因为教师的矛盾也就是他的矛盾。他的描述应该如何才是正确的呢？乡村老教师自己也说不出来。他只知道，描述者的描述没有直接证实那只大鼹鼠，而只是用为乡村教师辩护的形式，来间接地为大鼹鼠的存在辩护；他在小册子里谈到老教师的人品、对事业的忠诚等等，想以此来作为证据，这令老教师大大生气。但是老教师并没有见过鼹鼠！由于有这个不可改变的前提，描述者的描述便立刻显出了浮泛、浅薄、甚至虚伪的因素；这些因素又使得乡村老教师更为绝望和痛心。他不断地指责描述者，说他的描述一点好处也没有，反而坏事；说他将公众的注意力重新吸引过来，却没有使他们对这件事产生信任感；甚至怀疑描述者心术不正，是为了抢夺他的荣誉来描述的。描述者背上了沉重的包袱，不知不觉中，他由为老教师辩护转向了表白自己。冗长的表白一旦开始，他就发觉简直不可能将自己的动机说成是纯洁的，他所企图做到的纯洁只是一个梦想；从描述动机产生的初始，他就携带了私欲，这是无论怎样也无法撇清的事。在老教师那洞悉一切的锐利目光下，他只能不停地为自己辩护下去，而那些辩护又是绝对不能使老教师信服的。

描述者与老教师的关系就是艺术本身所包含的矛盾之体现。由于描述的对象是那不可描述的东西，因而描述就失去了世俗意义上的可信程度。不论乡村老教师对于描述者是如何不满，他也永远不可能为他指出一条正确的、直接的途径；并且他自己的描述也不过是一种象征、一种抽象的信念，一旦涉及具体就失去了依据。从这种意义上说他也是不纯洁的，要做到纯洁当初就不该有描述的念头。然而描述的行为毕竟通过他们二人发生了，而且还将通过教授的学生等人继续下去。这种纯洁与不纯洁相结合的行为违反乡村老教师的意愿在进行着。不过谁又能肯定呢？也许这正是老教师隐秘的意愿？当初不就是他本人描述了未经证实的东西，而且希望以此来说服众人吗？他还曾梦想过得到人们的拥护呢！即使他很快就打消了那种梦想，也不能表明他是彻底纯洁的。描述者也是知道这一切的，他佩服老教师的敏锐，时时依赖他的敏锐来调整自己的描述方向；但是老教师的存在却使他厌恶，因为他的存在就是对他的工作的一种否定。问题是离了老教师他又没办法继续描述了；他的冲动，他的辩护的对象，不都是源于老教师吗？于是只好与这个令他厌恶的人和平相处，将那没有把握的工作做下去。有时描述者也想过要证实自己的工作；这种时候，他便想到请求教授派一位学生来将老教师和他写下的调查报告复查一遍，然后再写一个报告。当然学生的报告本身也是难以证实的，只是在某种程度上可以使描述者安心。这里又使我们联想到艺术的本质，想到人们是如何用一种艺术来评价另一种艺术的。

二、描述者为什么要为乡村老教师辩护

描述者辩护的动机从一开始就不是出于证实，而是出于某种热情、义愤和理想。或者说是乡村老教师的形象打动了他，使得他要把为他呐喊作为自己终生的事业。这是一条孤寂的小路，不但不为人所理解，也不为老教师本人所赞成。老教师对他的辩护是持怀疑甚至否定态度的；他认为描述者的辩护一点也没有使他接近真理，反而使他陷入被众人误解的困境，他的初衷一开始就错了。描述者并不是不懂得这一切，可是他只能这样做，否则还能怎样呢？他从未见过大鼹鼠，除了通过为老教师辩护来间接地为它辩护之外，他想不出更好的辩护了。明明知道是一桩毫无希望和效果的事，描述者还是要持续下去，并期盼这件事引起另外的人的注意，从而扩大影响；这绝不是出于糊涂，而是由于头脑异常清晰，将方方面面的关系都想了个透彻的一种深思熟虑的权宜之计。这个描述者，对于永恒的事物，对于奇迹有种天生的崇敬和向往；自从听说了老教师的事之后，他就觉得自己的命运和事业与他再也分不开了，他是自愿卷入老教师的充满矛盾的精神领域的；他企图用他的笔来将老教师那不可实现的愿望加以实现，以他的眼光来看，结果当然只能是失败。

辩护的事业由其性质所决定只能游离在核心的外围；从核心发射出的光芒之强烈，使得无人能进入。正因为无人能进入，这才出现了以描述为事业的人。

老教师对描述者的不满就是对自身的不满。这种不满感染着描述者，一方面使他产生要摆脱他的冲动，一方面又使他要与他更紧密地结合，从而更彻底地投身于描述的事业。老教师的责难只会随描述的深入变本加厉，责难往往成为一种刺激，成为新一轮辩护的动力。当然这种辩护从根本上来说是站不住脚的，它只不过是以生命的激情来支撑的罢了。描述者热情洋溢，充满了正义感和崇高的梦想,他选择了一桩绝望的事业,自己很清楚再也没有解脱之日。完全可以推测他在这种情况下所采取的退却只是暂时的,是由于内心的极度苦闷。坐在他家中的令他厌烦的老头一直是,也永远是他最亲近的人;他们这种二位一体的结合一定会持续到最后。因为在芸芸众生中只有他,这个胆大妄为的家伙,敢于站出来为老教师讲话,并将所讲的话发表在外(虽然老教师不满意),这绝不是个偶然的巧合。从他对老教师(也是对自己)的命运的描述里,我们可以看出他早就有了那种深刻的悲观的认识,从事情的初始就看到了结局;他深信透彻的交流之不可能,现实障碍之不可逾越,一切全是徒劳。那么为什么还要与这个烦人的老教师搅在一起呢?看来他的性格里天生有种圣徒的倾向,总是将牺牲作为一种满足,甘愿以自己的皮肉来铺垫通往永恒的小路。

对于描述者来说,乡村老教师是他精神上的父亲;离了他,他的一切描述都不可能产生。这个住在穷乡僻壤的村庄里的老人,给他提供着衡量自己的描述的标准;那标准的高不可攀时常令他异常泄气,产生要全盘放弃的念头。而同时,老人的存在又提醒他放弃之不可能,只有追随到底才是唯一的出路。于是描述者所能做的,只能是不断的自我批判,批判之后又不断地找出新的辩护的理由,在支离破碎的理由中不断领会老人的意图,与老人一道沉浸在无穷无尽的对于巨鼹的遐想之中。

1997 年 6 月 16 日,英才园

折磨：艺术家之一分为二
——解读《和祈祷者谈话》

祈祷者和"我"是艺术家内心中的两个魔鬼，既相互钳制、折磨，又相互鼓励、支撑，结成同盟来对付那摧毁、覆盖一切的虚无感。

我作为旁观者，在教堂内目睹了祈祷者的祷告。那种祈祷是前所未见的，似乎无比虔诚，但分明又是种表演，是演给旁观者看的，因此它在某种程度上失去了宗教的虔诚意义。我为此感到别扭，感到不满，很想走过去阻止祈祷者，向他提出质问，可是我又为他的祈祷的魅力所折服，以至于长时间蹲在黑暗的角落里一动不动。其实我的内心也是摇摆不定的，我对是否应该阻止他没有把握。后来我终于鼓起勇气上前与祈祷者谈话了。当我向祈祷者提问时，我力图在我与他之间拉开距离，指出我和他之间陌生的那一面，希望相互之间的问答有种客观的性质；

祈祷者的做法相反，立刻将我引为他的同谋（他早就注意到了我的存在，一直认为我有义务与他交流），将他内心的痛苦、矛盾，将他身上的晦气一股脑儿都倒在我身上，要我为他的生存找依据，将我看作他唯一的希望和慰藉。由此我得以深入了他的内心。

一切痛苦都来自于无法治愈的虚无感。当他走路时，他不由自主地每一步都要去试探脚下的地面；虽然在教堂内，精神上的寄托却不在那里，一举一动都与那钟声的鸣响不相符合。他就如一个影子，不能将手杖点在人行道上，不能触摸人们沙沙作响扫过去的衣服，只能沿房屋滑过，消失在商店的橱窗内。最普通的事对于他都像深渊。而在他的周围，房屋不停地倒塌，人们在街上无缘无故地倒下、死去，被抬进屋内。他穿过广场，巨大的广场立刻使他忘记了一切，西南风吹着，市镇大厅的塔楼摇摆着，窗玻璃格格作响，路灯如竹子一样弯下腰，绅士淑女浮在人行道的半空，只有风停时才交谈几句，相互鞠躬。但是所有的人眼里都闪烁着快乐的光芒，只有祈祷者是唯一的心存恐惧者。原来他是因为心存恐惧而拼命祈祷的，与教堂并不十分协调的他的举动有点滑稽。于是这古怪的祈祷一旦开始，就带上了某种游戏的因素，后来这种祈祷又成了他必不可少的内心需要。毫无疑问这是对宗教的某种亵渎，他为此惶惶不安。他要向我诉说，以此来确定自己这种生活方式的合理性。他举出儿童时代的例子来说明虚无感对他的折磨：房屋、阳台、草地，不真实的对话，无比遥远和陌生的情绪。那次经验成了他后来生活中的隐患，毒害了他对现实的感觉，总是将他与现实拉开距离，迫使他逃避生活。我完全理解这一切，我的理解给了他勇气。我告诉他,这种经验是有根据的,是很普遍的、人的经验,有可能发生在一切人身上。他从我的肯定中得到了极大的宽慰。由此他一定领悟到了:既然他的游戏似的祈祷能引起别人的注意,并由这注意满足了自己的需要(即意识自身的存在),他的方式也就有了合理性。虽然这仍然减轻不了他的来自宗教感的内疚与对自己的厌恶。

祈祷者与我之间的关系是种犹豫不决而又十分矛盾的关系。在教堂里,我几次下决心要走上去让祈祷者对自己那种夸张的表演做出解释,却总是因为犹豫不决错过了机会。祈祷者的态度更暧昧,他似乎是在逃避我,同时又十分渴望我与他谈话。我经过长久的拿不定主意的阶段之后,终于不顾一切地捉住了他;而他做出要逃脱的样子,又好像巴不得这事发生。他说他担心我要折磨他(是否这种折磨正是他所渴望的?)。他完全知道我是知情者。我在好奇心的驱动下,果然开始了对他的提问折磨。他面对我的逼迫(这种逼迫不是他所愿意的吗?),哭泣起来,说出了内心深重的痛苦。

祈祷者和我一样,既不属于虔诚的教徒也不属于一般人,他的存在不能命名也不能归类。他说他祈祷是为了从旁观的人们的反应中找乐趣,又说是为了让自己的影子偶尔投在祭坛上,最后他说祈祷是他的一种需要。我把他的这种需要解释成热病、晕船、麻风病。我分析说,他是因为处在这种悬空的位置上,无法说出也无法给事物最后命名,内心无比痛苦,才需要经常去教堂进行那种奇特的祷告的。对于他这种与众不同的祷告方式,我也拿不准自己想要反对还是赞成;只有一点是明确的,那就是我感到好奇，我这种好奇心被他视为希望、安慰和依据。其实对于他那些热病似的谵语、那期盼的目光我也是无能为力的。首先我不能要求他虔诚（已经太晚），其次我也没法给他提供真正的依据；我所能做的只能是告诉他，我的病同他是一样的，他所经历的痛苦我同样经历过，一点都不比他少。这就是我们这类人的命运。所以，继续祈祷吧，我会时刻躲在旁边，按照他的心愿注意地观看，这是我唯一的乐趣。

我希望祈祷者说出真实感觉，祈祷者希望从我口里得到依据；我们相互又在暗中监视对方，希望吸引对方；一旦相互面对，又免不了厌恶，不自在，就像脱光了衣服暴露在对方眼里似的。

我在分析中提到的那棵白杨也是核心问题的象征。语言总是使祈祷者产生痛苦的虚幻感。祈祷者所能做的，只能是不停地给事物命名，永无止境。刷新命名的冲动就是内在热病发作的结果。

现在不难想象祈祷者祷告的内容了。在我的鼓励下，祈祷者一步步展开了患病的灵魂。这过程既是抚慰又是折磨，是一种害怕与渴望的混合，一种痛快淋漓的自虐。而我，也从这种无所顾忌的分析里满足了好奇心，获得了短暂的平静。两人关系的发展可以看作艺术家的灵魂一分为二的过程。

分段修建：艺术家的活法

——解读《中国长城建造时》

泥水匠年轻的时候，修建万里长城的宏伟蓝图已经在学者们的头脑里初步构思出来了。这是一座古怪的建筑，下面是不连贯的、坚实的、长达万里的墙，上部则是不可思议的通天塔。这样的建筑也许是不可能完成的，至多也只是一种精神上的象征；然而泥水匠行动的激情却是受制于最高指挥部，所以修建的积极性充分调动起来了。当他放下第一块砖时，就仿佛有魔力一般，他与整个长城连成一体了。从此，暗无天日的单调劳动便与那伸展到遥远的长城或通天塔的理想直接相关了。这种绝望的劳动毕竟是生理上与心理上不能长久忍受的；如果硬要继续，那么人要么发疯，要么彻底放弃，而希望是绝对看不到的。为此最高指挥部便想出了完美无缺的建筑方式——分段建筑。最高指挥部的思维逻辑是一个怪圈，被这个怪圈所控制的泥水匠必须有一种非常明智的态度，才能理解分段建筑的用意与长城的真正功能。明智的态度便是在逻辑的推理上适可而止，接受不可理喻的现实；具体地说这种态度也就是将帝国这个最高理想看作千百年来太阳底下静静游动的云彩，然后该干什么还干什么。这一来，泥水匠获得了某种程度的自由，泥水匠将这自由运用在分段建筑的日常生活里，每一块砖都或多或少地具有了一些意义、一些模糊的憧憬；于是这每一块砖的铺放又变成了分段工程中更细小的分段，只要不在逻辑上钻到底，每一片段皆与那云中的帝国或书中描绘的通天塔相连。修建长城的现实目的本来是抵御敌寇保卫皇上，爱动脑筋的泥水匠不久就发现，一切现实功利的想法都与砌墙无关。首先皇上并不是一个具体的人；其次，敌寇也从未出现过，所以不知道他们会从哪里来，就是来了，处处是缺口的城墙也无法御敌。这样看来，理想的激情成了唯一的工作动力。

　　卑微的泥水匠在现实中接不到皇帝的圣旨，即使接到也已经迟了，这一事实是既定的。因为这一既定前提，泥水匠与帝国保持着一种矛盾的关系——既是无限的虔诚，又并不把它当回事。从泥水匠的处境来说，这也是唯一可行的处世态度，否则只能在自寻烦恼中毁灭。泥水匠的虔诚表现为一切听从于最高指挥部的安排。他相信神的世界的光辉正降落在上司的手所描绘的那些计划之上；方法与目标之间的矛盾是最高领导的有意为之；执行者要善于将热情控制在狭小的范围内努力工作，而不要去追究领导的意图，因为意图与决策都是从远古就存在的神圣的东西。除了这种虔诚以外，任何对于帝国与皇上的现实中的信仰都是可疑的，无法真正实现的。从王朝来的关于皇帝的一切信息都早就过时；帝国的真实情况笼罩在云雾之中；帝国机构的内幕一团模糊，就连年代都是混淆不清的；要指出帝国的所在，人们只能用自己的村庄来打可笑的比方，而村庄以外的世界他们从未看到过，怎么能断定都城是什么样子呢？于是在外人看来，人们并不把帝国当回事，帝国只存在于他们的心中，作为一个抽象的精神支柱。帝国之所以变成了这种东西，也由于人的想象本身是有"弱点"的——想象的极限是虚无。这个弱点正是精神赖以生存的基础。

最高指挥部早就考虑到了漫无尽头的艰苦工作给人带来的不堪忍受的虚无感和绝望感，这才制定了分段建筑的高超策略。这种策略不是为了达到一个宏伟的目标，而是为了让劳动持续下去；实际上，目标就在劳动当中，除此以外一切都是自欺。人们的自欺正是最高指挥部策略的体现。由此联想到劳动的性质，劳动自身的矛盾性质决定了它只能通过自欺来实现。从逻辑上说，墙是无法抵御入侵之敌的，通天塔也不可能建在这种墙上。可是在最高指挥部的操纵下，劳动的热情高涨，泥水匠们在劳动中将以上事实忽略了。他们将自己的生活分为一些阶段，盼望着完成定期的任务，盼望休假，盼望获得荣誉；而时光，就在这划分中一段一段地溜走了。从泥水匠来看，每一段的劳动都充满了辛酸，其间也不乏幸福时光；而综合起来考虑又似乎毫无意义，脑子里只留下一片空白。目标过于宏大，也就根本没有实现的可能。是最高指挥部使得泥水匠们的卑微劳动与伟大的目标相连的，并通过劳动将他们从彻底的绝望中拯救。在劳动的持续中，泥水匠们体验到了生命的欢乐和痛苦、企盼和满足，也体验到了目标的真实存在。劳动，被分割成无数片断的劳动，那些有生命的、带着体温和汗水的砖，满是憧憬的有经验的手，这才是一切。也许这就是最高指挥部隐秘的目的？用不着在虚设的目标面前过分自卑，只要朝那个方向努力就行了。万里长城只能在我们每个泥水匠的心中；这似乎是一件可悲的事，可除此之外它还能在哪里呢？这又是一件值得骄傲的事。看看这位泥水匠吧，他衣衫褴褛，面目消瘦，内心时刻承受着信仰危机的折磨，可是没有谁比他的信仰更坚定的了。我们看见他早晨起来神情阴郁，睡眠不足，一举一动都显得迟疑不定。但这只不过是他一天中的低迷时分；一旦工作开始，他就变成了优秀的工人。他的身体柔韧，双手灵巧无比，他那非凡的大脑无所不包，不但运筹着眼下的工作，还能将无限深远的将来抽象出来。这样，他以准确的动作放下的那块砖就成了通天塔的一部分；他的手、他的眼睛、他的全身都感觉到了：塔就在眼前，趁着还可以看到它，快快砌下去吧，没有比这更美妙的事了。于是泥水匠埋头砌下去，敏捷的动作透出优美的旋律，群山也为之动容，变得默默无言。有关帝国与长城的怀疑在这自信的操作里不断化解……

帝国的存在无法在现实中证实，正如长城的功能无法证实一样。但我们不能因此就说，帝国一钱不值，长城毫无用处。我们找不到帝国，也不能将庞大的长城整体用来做御敌的武器，这不是我们的错，只不过是我们内心与生俱来的一种困难，我们存在的一种方式。因了这种方式，我们才生出无穷无尽的痛苦和渴望。在对帝国和长城的向往中，我们卑微的身子紧紧地贴在一起，每个人都向另外的人发出那种信息："是的，是的，它是存在的。"虽然这种信息未经证实，我们却需要这种紧贴的感觉，它能不断地为我们抵御信仰的危机。然后就是各自孤立的工作了。泥水匠遵照最高指挥部的指示将自己的生命一段一段地分下去，直至最后分完。每一段都有明确具体的目标，小目标在想象中与大目标紧紧相连，泥水匠因此才能集中精力为此而奋斗，过着一种充实的生活。也许对终极目标曾有过深深的怀疑，在那种时候也许泥水匠变得脆弱了，陷入了绝望和对自己的极端不满，什么都有可能发生过，我们今天看到的却是雄伟的万里长城矗立在我们眼前的事实。这就是长城，局部来看是残缺的、脆弱的，整体来看是完美的、坚不可摧的；它是人类精神中的"优点"与"缺点"的集中体现。分段建筑是多么合理啊！最高指挥部想得多么周到啊！

1997 年 5 月 27 日，英才园

跋

残雪与卡夫卡

沙水

（一）

一般来说，我们是凭借文字（原文或译文）来学习文学史的，但领略文学史中的"文学"，却必须借助于"心"。然而，由于心和心难以相通，这种情况极少发生。所以数千年来，文学史对文学的领略完全不成比例。人类的艺术家已经创造出来的东西，全体人类就是再诞生和绝灭好几个轮回也领略不完，那本身就是一个无边无际的世界。在这个世界中，心灵撞击的火花偶尔能在黑暗中向人们揭示它的无限性，旋即就熄灭了。人们无法借此看清人心的底蕴，但却由此而受到启发，知道在黑暗中并不是一无所有，而是有另一些和自己一样摸索着、渴望着的灵魂，只要凝视，就会发现它们在孤寂的夜空中悄然划过天际。

因此，在二十世纪初的西方和世纪末的东方，两位具有类似艺术风格的作家卡夫卡和残雪的相遇，是一件极其有趣，甚至可以说是激动人心的事情。这件事如何能够发生，实在是难以想象。这两位作家的时代背景、地域背景、文化背景和思想背景是如此不同，甚至性别也不同（而性别，在今天被一些人看作一个作家特点的最重要的因素，因此有"女性文学"一说），他们凭什么在文学这种最为玄奥的事情上达到沟通呢？这种沟通是真实的吗？假如人们能证实或相信这一点，那就表明人的精神真有一个超越于种族、国界、时代、性别和个人之上的王国，一个高高在上的"城堡"，它虽然高不可攀，无法勘测和触摸，但却实实在在地对一切赋有人性的生物发生着现实的作用，使他们中最敏锐的那些人一开口就知道对方说的是什么。因为他们知道，这个王国或城堡其实并不在别处，它就在每个人心中，只是一般人平时从不朝里面看上一眼，无从发现它的存在罢了。但即使一个人拼命向内部观看、凝视，也未见得就能把握它的大体轮廓；它笼罩在层层迷雾之中，永远无法接近，只能远远地眺望。虽然如此，人们毕竟有可能认定它的存在，并为之付出最大的甚至是毕生的心血，去想方设法地靠近它，描述它。这种努力本身就是它存在的证明。

毫无疑问，残雪是用自己那敏感的艺术心灵去解读卡夫卡的。在她笔下，卡夫卡呈现出了与别的评论家所陈述的，以及我们已相当熟悉和定型化了的卡夫卡完全不同的面貌。这个卡夫卡，是一个最纯粹的艺术家，而不是一个道德家，一个宗教学家、心理学家、历史学家和社会批判家。当然，他也有几分像哲学家，但这只不过是由于纯粹艺术本身已接近了哲学的缘故。只有一个纯粹的艺术家才有可能对另一个纯粹的艺术家做这样的长驱直入，撇开一些外在的、表面的、零碎的资料，而直接把握最重要的核心，而展示灵魂自身的内在形象，因为他们是在那虚无幽冥的心灵王国中相遇的。在这里，感觉就是一切，至少也是第一位的。这种感觉的触角已深入到理性的结构中，并统率着理性，为它指明正确的方向。在残雪看来，没有心的共鸣而能解开卡夫卡之谜，或者说，撇开感觉、站在感觉的外围而能把握卡夫卡的艺术灵魂，这无异于痴人说梦。一切企图从卡夫卡的出身、家族、童年和少年时代、性格表现、生活遭遇和挫折、社会环境和时代风气入手去直接解读卡夫卡作品的尝试，都是缘木求鱼。正确的方向毋宁要反过来：先真诚地、不带偏见地阅读作品，读进去之后，有了感受，才用那些外部（即心灵王国外部）的资料来加以佐证。至于没有感受怎么办呢？最好是放弃，或等待另外更有感受力的读者和评论家来为我们引路。天才的作品需要天才的读者（或评论家），现代艺术尤其如此。

现代艺术与古典艺术一个最重要的区别，就是艺术视野转向内部，转向那个虚无幽冥的心灵王国。因此，现代艺术只有那些内心层次极为丰富、精神生活极为复杂的现代人才能够创造和加以欣赏。这就注定现代艺术的读者面是狭窄的，而且越来越狭窄。它与大众文化和通俗艺术的距离越来越远，它永远是超越它的时代、超前于大众的接受力的。由此也就带来了现代艺术的第二个重要特点，这就是作品的永远的未完成性。这种未完成性，并非单指许多作品本身处于未完成的、正在制作过程中的状态（这一点卡夫卡的作品尤为明显，他的主要作品《城堡》和《审判》都未写完，许多作品都只是片断）；更重要的是，现代艺术本质上离开评论家对它的创造性评论，就是尚待完成的。这些作品作为"文本（text）"只是一个诱因，一种召唤或对自由的呼唤，作者用全部生命所表达出来的那种诗意和精神内涵，绝对有赖于并期待着读者的诗性精神的配合，否则便不存在。这一点，充分体现出了精神本身的过程性和社会性本质。精神是什么？精神就是永恒的不安息、自我否定，精神就是对精神的不满和向精神的呼吁，这是由精神底蕴的无限性、即无限可能性和无限可深入性所决定的。因此，安定的精神已不是精神，自满自足的精神也将不是精神，它们都是精神的沉沦和"物化"。正如精神只有在别的精神那里才能确证自己是精神一样，现代艺术的作品也只有在读者那里才真正完成自身。

残雪在连续几年多产的写作之后，于1997年开始进入了另一种完全不同的创作，即逐篇解读她心仪已久的卡夫卡。这的确是一种"创作"，我们在这些作品中，可以发现残雪所特有的全部风格。实际上，残雪从来就不认为创作和评论有什么截然分明的界线，她自己历来就在一边写作，一边不断地自己评论自己，如在《圣殿的倾圮——残雪之谜》（贵州人民出版社1993年版）中就搜集了8篇残雪正式的自我评论和创作谈。甚至她的作品本身也充满了对自己写作的评论，她的许多小说根本上也可以看作她自己的创作谈，而她的一系列创作谈大都也本身就是一些作品，即一些"以诗解诗"之作。在中国当代作家中，她是唯一的这样做的人，而在世界文学中，卡夫卡则是这种做法的最突出的代表。艺术和对艺术的评论完全融合为一的这些作品是理解残雪和卡夫卡这类作家的最好入口（想想卡夫卡的《饥饿艺术家》《约瑟芬和耗子民族》等名篇；在残雪，则有《天堂里的对话》《突围表演》《思想汇报》等等）。如果说，卡夫卡的"饥饿艺术家"因为没有"合胃口的食物"绝食而死的话，那么残雪则比这位艺术家要幸运得多，她在卡夫卡那里找到了"合胃口的食物"。当然，这种食物并不能止住饥饿，反而刺激起更强烈的饥饿感，因为这种精神食粮不是别的，正是饥饿本身。但毕竟，这种"对饥饿的饥饿"比单纯的饥饿艺术更上了一层楼，它成了饥饿艺术的完成者，因为如前所述，卡夫卡的饥饿艺术是一种呼吁，残雪的解读则是一种回应，因而是一种完成：残雪"完成了"卡夫卡的作品。

（二）

卡夫卡的作品中，分量最重、最脍炙人口的是《变形记》《审判》和《城堡》。但残雪这本评论集中却没有讨论《变形记》，这绝不是偶然的疏忽。相反，这表现出残雪对卡夫卡作品的一种特殊的总体考虑，即《变形记》属于卡夫卡的未成熟的作品，当后来的作品中那些主要的核心思想尚未被揭示出来之前，这篇早期之作的意义总要遭到曲解和忽略。在残雪看来，卡夫卡的全部作品都是作者对自己内心灵魂不断深入考察和追究的历程，即鲁迅所谓"抉心自食，欲知本味"的痛苦的自我折磨之作。如果我们接受这一立场，那么我们的确可以看出，《变形记》

正是这一历程的起点，在这个起点上，方向似乎还不明确。格里高尔·萨姆沙变成了一只大甲虫，这一事件是意味着控诉什么呢，还是意味着发现了什么？通常的理解是前者。人们搬弄着"异化""荒诞"这几个词，以为这就穷尽了小说的全部意蕴。然而，即算从社会学和历史哲学的眼光来看，异化是如此糟糕的一种人类疾病，但从文学和精神生活的角度看，它却是人类必不可少的一种自我意识和自我反省的功课。不进入异化和经历异化，人的精神便没有深度，便无法体验到人的本真的存在状态；这种存在状态不是某个时代或某个社会（如现代西方社会）带给人的一时的处境，而是人类的一般处境，即人与人不相通，但人骨子里渴望人的关怀和爱心；人与自己相离异，但人仍在努力地、白费力气却令人感动地要维护自己人格的完整，要好歹拾掇起灵魂的碎片，哪怕他是一只甲虫。然而，《变形记》中的"控诉"的色彩还是太浓厚了，尽管作者的本意也许并不是控诉。他对人类的弱点了解得太清楚了，他只是怀着宽厚的温情和善意在抚摸这些累累伤痕的心灵，但人们却认为他与十九世纪批判现实主义的差别只在于手法上的怪诞不经。因而这一"批判现实"的调子一开始就为解读卡夫卡的艺术方向定了位，人们关心的就只是他如何批判、如何控诉。

这种偏见也影响到对卡夫卡其他一些作品的阐释，最明显的是对《审判》的解读。流行的解释是这是一场貌似庄严，实则荒唐无聊、蛮不讲理、无处申冤的"审判"，实际上是一次莫名其妙的谋杀；主人公约瑟夫·K尽管做了英勇的自我辩护和反抗，最后还是不明不白地成了黑暗制度的牺牲品。在中文版的《卡夫卡全集》(叶廷芳主编，河北教育出版社1996年版)中，《审判》被译为《诉讼》，似乎也是这种社会学解释的体现。然而，残雪的艺术体验却使我们达到了另一种新的维度和层次，即把整个审判看作主人公自己对自己的审判（《诉讼》的译法杜绝了这种理解的道路）。她在《艰难的启蒙》一文中开宗明义地说：

> K被捕的那天早上就是他内心自审历程的开始……史无前例的自审以这种古怪的形式展开，世界变得陌生，一种新的理念逐步地主宰了他的行为，迫使他放弃现有的一切，脱胎换骨。

K从最初的自认为无罪，自我感觉良好，到逐渐陷入绝望，警觉到自己身上深重的罪孽（不一定是宗教的"原罪"，而是一种生活态度，即把自己当罪人来拷问），最后心甘情愿地走向死亡并让自己的耻辱"长留人间"，以警醒世人（人生摆脱不了羞耻，应当知耻）：这绝不是什么对法西斯或任何外在迫害的控诉，而是描述了一个灵魂的挣扎、奋斗和彻悟。在这一过程中，充满了肮脏和污秽，灵魂的内部法庭遍地狼藉，恶毒和幸灾乐祸的笑声令人恐惧，形同儿戏的草率后面隐藏着阴谋。这是因为，这里不是上帝的光明正大的法庭，而是一个罪人自己审判自己。罪人审判罪人，必然会显得可笑、暧昧；但它本质上却是一件严肃的事情，甚至是这个世界上唯一严肃的事情。真正可笑的是被告那一本正经的自我辩护，当然这种自我辩护出自生命的本能，是每个热爱生命的人都必定要积极投入的；但它缺乏自我意识。不过反过来看，正是这种生命本能在促使审判一步步向纵深发展，因为这种本能是一切犯罪的根源。没有犯罪，就没有对罪行的审判；而没有在自我辩护中的进一步犯罪（自我辩护本身就是一种罪，即狂妄自傲），就没有对更深层次的罪行的进一步揭露。所以从形式上说，法律高高在上，铁面无情，不为罪行所动摇；但从过程上看，"法律为罪行所吸引"，也就是为生命所吸引。法为人的自由意志留下了充分的余地，正如神父所说的："你来，它就接待你，你去，它也不留你。"但生命的一切可歌可泣的努力奋斗，如果没有自审，都将是可笑的。然而，自审将使人的生命充满沉重的忏悔和羞愧，它是否会窒息生命的灿烂光辉呢？是否会使人觉得生和死并没有什么根本的区别，甚至宁可平静地（像 K 一样）接受死亡呢？这就是卡夫卡的问题，也是残雪的问题。这个问题在《城堡》中给出了另一种回答。

"城堡"是什么？城堡是生命的目的。人类的一切生命活动都隶属于它，它本身却隐藏在神秘的迷雾中。残雪写道：

> 与城堡那坚不可摧、充满了理想光芒的所在相对照，村子里的日常生活显得是那样的犹疑不定，举步维艰，没有轮廓。混沌的浓雾侵蚀了所有的规则，一切都化为模棱两可。为什么会是这样？……因为理想（克拉姆及与城堡有关的一切）在我们心中，神秘的、至高无上的城堡意志在我们的灵魂里……而城堡是什么呢？似乎是一种虚无，一个抽象的所在，一个幻影，谁也说不清它是什么。奇怪的是它确确实实地存在着，并且主宰着村子里的一切日常生

活,在村里的每一个人身上体现出它那纯粹的、不可逆转的意志。K对自身的一切都是怀疑的、没有把握的,唯独对城堡的信念是坚定不移的。(《理想之光》)

其实,只要我们按照残雪的眼光,不把《审判》中的"法"看作外来的迫害,而是看作心灵自审的最高依据,我们就可以看出,"法"和"城堡"本质上是一个东西。就是说,人的自审和人的生存意志、对理想的追求是一个东西。所以我们在《审判》中读到的神父所讲的那个晦涩的故事,实际上已经是《城堡》的雏形了。故事说,一个乡下人来到法的大门前,请看门人让他进去见法,看门人说现在还不行,乡下人于是在门口等待,等了一辈子。临死前看门人才告诉他:"这道门是专为你而开的。现在我要去把它关上了。"乡下人错就错在,他不像《城堡》中的K那样胆大妄为,那样充满活力,他不知道,只有犯罪(如冲破看门人的阻拦,闯过一道道门卫)才能接近法,才能按照法来评价和审视自己的生活。《城堡》中的K却是一个醒悟过来了的"乡下人",他径直强行闯入了城堡外围的村落,并努力通过一道一道的关卡:老板和老板娘,弗丽达,信使巴纳巴斯,奥尔伽和阿玛丽亚,助手们……这些都是城堡的看门人。如果你服从他们,他们便把你挡在门外,让你一辈子无所作为;如果你骗过他们、征服他们,他们就成为你的导师和引路人。但这种生命的冲撞需要的是创造性的天才和临机应变的智慧,以及"豁出去了"的决心。《城堡》中的K与《审判》中的K的一个最大的区别,就是他不再自以为纯洁无辜,他的自审已成为

他内心的一种本质结构,因而极大地释放和激发了他的生命本能。正如残雪说的:

> K永远是那个迟钝的外乡人,永远需要谆谆的教导和不厌其烦的指点,他的本性总是有点愚顽的;可是他有良好的愿望,那梦里难忘的永恒的情人伴随着他,使他闯过了一关又一关,在通往城堡的小路上不断跋涉。但是K不再是纯粹的外乡人了;在经历了这样多的失望和沮丧之后,他显然成不了正式村民了,他仍然要再一次地犯错误,再一次地陷入泥淖;但每一次的错误,每一次的沦落,都会有种"似曾相识"的放心的感觉。这便是进村后的K与进村之前的K的不同之处。(《梦里难忘》)

然而,不论K的思想境界有怎样的提高,不论他进入法的大门多么远,挨城堡多么近,他与城堡或法的对峙是永远也无法完全解除的。直到最后,他与老死在法的大门外的那个外乡人并没有根本的区别。"K又怎么料得到,那高高在上的、永远也无法进入的圣地竟是只为他一个人而存在的呢?村民们究竟是要引导他明白这一点,还是要阻碍他达到这个认识呢?"(《城堡的形象》)《城堡》与《审判》始终构成一个悬而未决的矛盾,双方谁也不能归结为谁,哪一方也不比另一方更高明,因为这是人类永恒的矛盾:没有自我否定(自审),生命就会沉沦;但没有生命,自我否定就无法启动;自我否定将否定生命,走向死亡;但走向死亡的自我否定(向死而在的生存)不正是强健有力的生命的体现吗？生命本身就是在这种自相矛盾和自身冲突中从一个层次迈向另一个更高的层次，哪怕其结局同样是死，但意义却大不相同。一朵娇弱的玫瑰比整个喜马拉雅山更高贵。

(三)

除了对上述两个长篇的评论外，残雪对其他一些作品的评论也是饶有兴味的，它们向我们展示了卡夫卡内心世界的多面性。但万变不离其宗，贯穿于其中的核心思想是对人类在现代社会中所暴露出来的人性之根的思考。这种人性之根在过去数千年的人类历史中一直是潜伏着的、被掩藏着的，在今天却以赤裸裸的、骇人听闻的、无法忍受的真实向人呈现出来，再次逼向人类一个终极的问题：活，还是不活？

《走向艺术的故乡——〈美国〉文本分析之一》一文，揭示了卡夫卡艺术的这个人性之根的背景。在《美国》中，卡夫卡以象征的方式描述了现代艺术，包括他自己的艺术所得以立足的那个现代人格的形成过程。这一过程的前提就是"被抛弃状态"。用残雪的话来说："抛弃，实际上意味着精神上的断奶……一个人来到世上，如果他在精神上没有经历'孤儿'的阶段，他就永远不能长大，成熟，发展起自己的世界，而只能是一个寄生虫。"但这是个多么痛苦的过程啊！矛盾与恐怖缠绕着他，对温情的向往和回忆瓦解着他的决心。卡夫卡本人的惨痛经历最清楚地说明了这种历程既锻炼人、又摧毁人的残酷性。他一次又一次地梦想结婚，企图用世俗的快乐来缓和内心激烈的冲突。但他每次都毅然挺立起来，决心独自一人承担命运。夺去他生命的肺结核既是世界的象征，又是人性的象征。人生就是一场和自己与生俱来的疾病相持不下的消耗战，没有任何人能帮助你。如果你自己撑不住了，那就是你的死期。由这种观点来读《美国》，它就透现出一种悲壮的意义，而绝没有狄更斯小说中那种可怜兮兮的"暴露"和"公理战胜"的满足；它毋宁是对"公理战胜"的一种反讽，是对真实的自由的阴郁的体认。在小说中，"卡尔正是一步步走向自由，走向这种陌生的体验的。他的体验告诉他：自由就是孤立无援之恐怖，自由就是从悬崖坠下落地前的快感，对自由来说，人身上的所有东西全是累赘，全都是要丢失的"。以为卡夫卡在揭露美国式自由民主的虚假性，这种解读是多么肤浅！卡夫卡确实在"揭露"，但更重要的是他在承担。这不是什么"虚假的'自由，这就是自由本身，即自由的丑陋的真相，就看你有没有勇气去承担它！现代艺术的故乡完全是建立在这种自由之上的，其创作和欣赏不光需要天才，而且需要勇气。

《无法实现的证实：创造中的永恒痛苦之源——读〈一条狗的研究〉》这篇文章，同样切合"走向艺术的故乡"这一主题。这里直接谈论了艺术创作的实际过程。《一条狗的研究》这篇小说与《饥饿艺术家》属于同一题材，小说中也有作为艺术家的"狗"通过饥饿、绝食来创造美的情节，但所涉及的问题更加广泛得多。我们看看残雪在文章中开头所开列的那个象征（隐喻）符号的能指——所指清单，便可见出卡夫卡艺术精神的内在构成的复杂性。只有残雪，凭借她那细腻的艺术感觉和在作家（尤其是女作家）中罕见的强大的理性穿透力，才能深入这个结构的内部去做如此明察秋毫的解剖。这实际上也是残雪对自己的艺术自我的分析。理性与非理性，生命的本能冲动与科学原则，个体与社会，现实和思想，生的体验和死的召唤，这是整整一部艺术心理学，但不是诉之于概念和论证，而是对感觉的理性掌握或对原理（原则）的直接体悟。在其中，目的不是阐明艺术创造的隐秘机制，而是借助于对这种机制的揭示来表达一种浓郁得令人透不过气来的情绪。这种情绪在《永恒的漂泊——读〈猎人格拉库斯〉》一文中更为直接地呈现出来，这就是在人世和地狱之间永远流浪、永远无归宿无着落的苍凉之感。猎人格拉库斯本应去地狱报到，但载他的船只开错了方向，他只好在世界上到处漂泊。这是残雪和卡夫卡对于做一名艺术家共同的内心体验："漂泊，除了漂泊还是漂泊，独自一人""欲生不可，欲死不能"；人间的生活他已无法再加入，天堂又绝无他的份，"猎人的生活历程就是一切追求最高精神，但又无法割断与尘世的姻缘的人的历程"。

这种对创作情绪的自我分析或通过自我分析表达出来的创作情绪，同样也贯穿于残雪对其他几个短篇的解读中。在残雪看来，《中国长城建造时》象征着"艺术家的活法"；《致某科学院的报告》记录了"猿人艺术家战胜猿性，达到自我意识的历程"；《乡村教师》中的老教师体现着"描述者的艺术自我""艺术良知"；《小妇人》及《夫妇》描述了"诗人灵魂的结构"；《和祈祷者谈话》中，"祈祷者和'我'是艺术家内心的两个魔鬼，既相互钳制，又相互鼓励、支撑，结成同盟来对付那摧毁、覆盖一切的虚无感"；至于《地洞》，在残雪的解读下也不是什么现代社会下人无处可逃的处境的象征，而是艺术家内心的本真矛盾的体现，即艺术家既要逃离存在遁入虚空，又要逃离虚空努力存在，双重的恐惧使他在有与无之间来回奔忙，耗尽了精力，构筑出奇巧宏伟的艺术工程，同时"体验到了它那无法摆脱的生存的痛苦"（上面引文均出自残雪各篇文章）。艺术家的生涯是人类一般生存状态的集中体现，艺术家是当代人类一切苦难的精神上的承担者，是背负十字架的耶稣；同时，艺术家又是人生意义的创造者，是黑暗中的光明、虚空中的存在。我们甚至可以说，由于有了艺术家，所以才有了人。这就不难理解，为什么卡夫卡和残雪都把艺术家灵魂的自我分析、自我深入当作自己艺术的最主要的题材了。这绝不是什么"脱离生活""脱离现实""闭门造车"和"主观虚构"，而正是一种最深刻的、置身于人类生活最尖端的生活。因为一个真正的艺术家的灵魂就是人类灵魂的代表（如鲁迅被公认为"民族魂"），哪怕大众很难理解他、接近他，他也在以自己辛勤的劳动和创造为大众做一种提高人类尊严、促进人类自我意识的工作，没有他们，大众将沉沦为精神动物。

现在我们要谈谈残雪和卡夫卡在气质上和精神生活上的一致性了，没有这个前提，一个艺术家即使带有美好的愿望，也是很难走进卡夫卡的精神王国的。残雪和卡夫卡则是"心有灵犀一点通"：两人都有一种桀骜不驯的内在性格，有一种承受苦难的勇气和守护孤独的殉道精神，都有一种超乎常人的敏锐和透视本质的慧眼，有一种自我反省、自我咀嚼、"向内深入"的坚定目标和忍受剧痛的坚强耐力，有一种置身于自我之外调侃自身、调侃自己的一切真诚的决心和痛苦的眼泪的魔鬼般的幽默，有一种阴沉、绝望、一片漆黑然而却自愿向更黑暗处冒险闯入的不顾一切的蛮横，有一种自我分裂、有意将自己置于自相矛盾之中的恶作剧式的快感……当然，也同样遭受到同时代人的误解和非议，卡夫卡被视为现代社会的批判者或法兰克福学派的传声筒，残雪也被说成是一个时代的"噩梦"和变态人格的妄想者。从作品来看，两人的作品都展示了灵魂内部的各种层次、关系、矛盾冲突和不同阶段的反省历程，都体现了艺术家的、因而也是全人类的生存痛苦和理想追求，都如此主观、内向、阴暗、充满忏悔意识，但也都如此强悍、不屈不挠，遍体鳞伤却永远在策划新的反抗。这真是二十世纪世界文学中一种最有趣的奇观！这一奇观的产生，也许是因为他们代表中西文化在不同时代和文化背景中共同走入了"世纪末"的意境，并对两种文化中的人性之根进行了最彻底的反省的缘故吧。但这同时也就带来了两人之间的一些微妙的差异。

这些差异主要植根于两种不同的文化心态。先从表层的艺术风格上来看。残雪与卡夫卡在风格上是十分接近的，例如两人都有大段大段滔滔不绝的议论和叙述，但语言又同样的干净、纯粹，没有多余的话；他们都善于通过对话（包括内心的对话）来泄露说话者的心情；他们的每个人物都是象征性的，为的是表达一种情绪化的哲理；他们的激情都很含蓄，而理智却很强健，至于感觉，则是全部写作的润滑剂。然而，卡夫卡仍然明显地继承了十九世纪批判现实主义的细节描写，他能将不论多么怪诞不经的情节描写得如同身历其境，纤毫毕现；而他的对话是如此合乎逻辑，几乎没有跳跃，凡是晦涩之处必定是思想本身的复杂和深邃所致。相反，残雪不大看重外部的细节，其手法近似白描，其语言和对话跳跃性很大，甚至类如禅宗"公案"；在许多作品中，她致力于诗的语言的锤炼和诗的意境的传达；她有时让主人公的内在自我直接现身乃至于抒情，这是卡夫卡绝不可能的。后者在内心最深层次上仍然保持着客观描述的"心理现实主义"原则。

文化心态的影响在更深层次上表现在主人公灵魂的塑造方面。西方文化在某种意义上是一种"罪感文化"，这一点在卡夫卡的《审判》（及《致父亲的信》）中体现得特别明显。主人公的自我意识主要就体现在"知罪"上。在残雪的作品中，这一点被大大地弱化了。残雪可与《审判》相提并论的作品是《思想汇报》，其中的主人公 A 君的自我意识的觉醒不是体现为"知罪"，而是体现为"知错"；他虽然也有忏悔、甚至不断忏悔、永远忏悔的主题，但"忏悔神父"其实不过是主人公自己，顶多是他的另一个自我，而决不代表彼岸世界的声音。因而这种忏悔基本上是对自己的愚顽不化、自以为是和不自觉的虚伪这些病疾的启蒙；其中的痛苦是追求不到真正的自我的痛苦，其中的恐惧只是面对死亡和虚无的恐惧，而不是面对地狱和惩罚的恐惧。实际上，如果真有地狱的话，残雪的主人公甚至会很高兴。因为终于可以摆脱虚无的恐怖了，地狱的惩罚毕竟也是一种"生活"，它也许还可以用作艺术创造的题材！相反，在卡夫卡那里，对存在的恐惧和对虚无的恐惧几乎不相上下（见《地洞》及残雪对它的解读），所以约瑟夫·K 在知罪时可以如此平静地对待死亡，甚至有种自杀的倾向。因此，总体看来，残雪的作品虽然也阴暗、邪恶、绝望，充满污秽的情节和龌龊的形象，但却是进取的，在矛盾中不断冲撞、自强不息的。卡夫卡的作品则是退缩的、悲苦的、哀号着的，他的坚强主要表现在对罪恶和痛苦的承担上，而不是主动出击。他的座右铭是"每一个障碍都粉碎了我"。与此相关的是，由于西方文化的天人相分的传统，卡夫卡对理想的追求是对一个彼岸世界"城堡"的追求，这个"城堡"是固定的，一开始就隐隐约约呈现出它的轮廓，但就是追求不到，对它的追求构成了尘世的苦难历程；相反，残雪所追求的理想却是随着主人公的追求而一步步地呈现出来的，在她的《历程》中（可与《城堡》相对照），主人公（皮普准）对将要达到的更高境界在事前是一无所知的，只有进入到这一更高境界，才恍然悟到比原先的境界已大大提高了，但仍然有另一个未知的更高境界在冥冥中期待着他。只有主人公内在的生存欲望是确定的，这种欲望推动着他从一个"村镇"到另一个"村镇"不断提高、不断深入，这些村镇本身毋宁说对他显得是一些不断后退的目标。再者，在人物的相互关系上，卡夫卡的人物总是被他人拒斥、抛弃和冷落，一切关系都要靠主人公自己去建立，即使如此这种关系也是不可靠的，随时会丢失的；残雪的人物却总是处在不由自主的相互窥视、关怀和相互搅扰中，想摆脱都摆脱不掉，主人公常常是一切人关注的焦点。因此，当卡夫卡和残雪鼓吹同一个人格独立和精神自由时，他们的情绪氛围并不完全相同：卡夫卡是对一切人怀着无限的温情，从"零余者"的心情中努力站立起来，鼓励自己走向孤独的旅途；残雪却是一面怀着幸灾乐祸的恶毒从人群中突围出来，一面从更高的立足处（即作为一个独立的人）克制着内心的厌恶去和常人厮混，去磨砺自己的灵魂。当然，这不光是文化的作用，而是与他们两人的不同性格有关：卡夫卡的清高孤傲使他生性脆弱，容易受伤，残雪则更为平民化、世俗化，更为坚韧和理性地面对生活。

因此，毫不奇怪，我们在残雪对卡夫卡的评论中没有发现西方宗教精神对卡夫卡艺术创造的深刻影响。尽管卡夫卡不是一个虔诚的教徒，这种潜移默化的影响应当是无法根除的，它事实上使卡夫卡后期转向了对犹太教的浓烈兴趣。就此而言，我们可以说，在这本书里呈现出来的是一个"残雪的卡夫卡"。或者说，残雪把卡夫卡"残雪化"了。这是中国人一般说来可以理解和感觉到的一个卡夫卡。然而，正因为残雪所立足的人性根基从实质上说比宗教意识更深刻、更本源、更具普遍性，所以她对卡夫卡的把握虽然没有直接考虑宗教这一维，但绝不是没有丝毫宗教情怀；另一方面，也正由于绕过了西方人看待卡夫卡所不可避免的宗教眼光的局限，她的把握在某些方面反而更接近本质，它是一个中国人在评——论卡夫卡的国际论坛上所做出的特殊贡献。

1997年10月31日，珞珈山

图书在版编目（CIP）数据

灵魂的城堡：理解卡夫卡 / 残雪著. — 长沙：湖南文艺出版社，2019.10
（残雪作品典藏版）
ISBN 978-7-5404-8440-8

Ⅰ. ①灵… Ⅱ. ①残… Ⅲ. ①小说评论 Ⅳ. ①I106.4

中国版本图书馆CIP数据核字(2017)第328370号

灵魂的城堡：理解卡夫卡
LINGHUN DE CHENGBAO：LIJIE KAFUKA
残雪 著

出 版 人：曾赛丰
责任编辑：陈小真　张文爽
责任校对：艾　宁
装帧设计：弘毅麦田
湖南文艺出版社出版、发行
（湖南省长沙市东二环一段508号　　邮编：410014）
网址：www.hnwy.net
湖南省新华书店经销
长沙超峰印刷有限公司印刷

2019年10月第1版第1次印刷
开本：880 mm×1230 mm　　1/32
印张：14.25
字数：303千字
印数：1—8 000
书号：ISBN 978-7-5404-8440-8
定价：69.00元

本社邮购电话：0731-85983015
若有印装质量问题，请直接与本出版科联系调换